Lucía Etxebarria

Cosmofobia

Ediciones Destino
Colección
Áncora y Delfín
Volumen 1082

© Lucía Etxebarria, 2007
© Ediciones Destino, 2007
Diagonal, 662-664. 08034 Barcelona
www.edestino.es
Primera edición: marzo 2007
ISBN: 978-84-233-3923-5
Depósito legal: B. 11.949-2007
Impreso por Cayfosa-Quebecor, S.A.
Impreso en España - Printed in Spain

Cosmophobia A noun (Psych.). Morbid dread of the cosmos and realising ones true place in it. Hence, cosmophobic, adjective.

She was a happy and outgoing person until she developed cosmophobia. Then, knowing her true place in the universe, insanity was inevitable.

Urban Dictionary

«Mi obra está conformada por lo accidental en un porcentaje muy alto; es ignorante de su dirección y casi siempre estoy en desacuerdo de por dónde va. Me interesa lo que me ha hecho llegar a dónde estoy y lo que me va a hacer despegarme de ello. Cada cuadro es una huella de este viaje.»

De una entrevista a Alfredo Álvarez Plágaro

Para Curro Cañete, que ha sido mi mano derecha y parte de mi cabeza en el último año, con agradecimiento.

Para Allegra, con la esperanza de que de mayor lo lea y le guste.

Y para Jeff, esta novela sobre Madrid, para que valore todo lo que tiene aquí.

NOTA DE LA AUTORA

Aunque algunos de los personajes que se citan son reales, y parte de los hechos están inspirados en testimonios que me han llegado a través de asistentes sociales, páginas web, etc., ésta es una obra de ficción. Por lo tanto, conviene recordar que los casos narrados, los personajes y las situaciones que describo, no responden a la historia de ninguna persona en concreto ni, mucho menos, a lo que se haya podido revelar en ningún grupo de ayuda en particular.

Mi amiga Mónica solía contar la anécdota con la que abro esta historia de historias cruzadas.

A principios de los ochenta, cuando ella todavía iba al instituto, tenía un amigo y compañero de clase, un homosexual armarizado que nunca se había acostado con un hombre. La familia de él no sabía de su orientación sexual, ni tampoco sus amigos, y Aritz sólo le había confesado su secreto a Mónica previa ingestión de cantidades masivas de alcohol y después de semanas de malentendidos. Una noche Aritz le pidió por favor a su amiga Mónica que le acompañara por los bares de Chueca, antros que él desconocía pero que imaginaba, pues había leído en una revista alguna insinuación a propósito del público que los frecuentaba (recuerda que entonces no había Internet, ni contestadores, ni móviles, y que la palabra «gay» no se usaba, mucho menos todavía el concepto «orgullo gay»), de forma que acabaron en un bar de ambiente en el que Mónica era la única mujer. Ella no había cumplido aún los diecisiete y ni siquiera tenía edad legal para beber. Aritz se puso a hablar con un hombre muy guapo y Mónica se parapetó contra la barra, sola, asustada e incómoda, cuando le abordó un chico gordito de nariz en forma de patata y pelo escarolado. Mónica dedujo que estaba tan solo como ella porque, al no ser particularmente agraciado, nadie le hacía mayor caso. Se enzarzaron en una conversación sobre cine y música y, finalmente, él le propuso acompañarla a casa. Ella no tenía edad para beber, pero sí la suficiente como para haber captado que la oferta no implicaba insinuación sexual en modo alguno. Ya en el portal, él le dijo que había escrito el guión de un largo y que necesitaba una chica joven para hacer el papel de una tal Bom, y le dio su número de teléfono garrapateado en un papel que Mónica tiró al llegar a casa. El papel de Bom fue a parar a Alaska y el chico era Pedro Almodóvar.

Puede que la historia sea cierta o no. Quizá Pedro Almodóvar, si algún día lee estas líneas, afirme tajantemente que él escribió el papel de Bom pensando en Olvido y sólo en Olvido y que jamás se le habría ocurrido ofrecérselo a ninguna otra mujer. Pero lo cierto es que la memoria es muy caprichosa, y yo he negado con absoluta y fiera convicción haber protagonizado determinadas escenas —un *striptease* en la barra de un bar, por ejemplo— que de verdad no recordaba y, sin embargo, existen numerosos testimonios que aseguran que sí estuve donde creía no haber estado y que sí hice lo que no recordaba haber hecho. Hay quien dice que no hacemos sino recordar lugares en los que no hemos estado, acciones que no hemos protagonizado e historias de amor que no hemos vivido porque nuestra interpretación posterior siempre altera el hecho original. Quizá la memoria no sea sino una adecuada gestión del olvido. En cualquier caso, la memoria y sus trampas son tema para cualquier cuento, puesto que todas las historias se nutren de lo que creemos recordar más que de los hechos en sí.

Si Mónica no hubiese tirado el papel con el número de Pedro, ¿habría acabado convirtiéndose en una actriz de renombre? Al fin y al cabo, todos recordamos a Marisa Paredes, Victoria Abril, Carmen Maura o Bibi Andersen, pero no a Cristina Sánchez Pascual (protagonista de *Entre tinieblas*), a Cristina Grégori (que aparecía en *Pepi, Luci, Bom y otras chicas del montón* y en *Laberinto de pasiones*) o a Eva Siva (que interpretó a la Luci que daba el nombre a la película). Podríamos escribir una historia alternativa en la que Mónica dijera sí y protagonizase el papel, y esa historia podría bifurcarse a la vez en dos finales: el feliz, en el que Mónica acaba por convertirse en una estrella de prestigio internacional, o el no tan feliz, en el que acepta el papel e, inmersa en los oropeles y falsos relumbrones de la modernidad y sin la madurez suficiente para afrontar según qué retos y salir airosa de según qué situaciones, acaba heroinómana, como tantos otros jóvenes de los ochenta para los que demasiado nunca fue suficiente.

En cualquier caso, Mónica a día de hoy tiene un trabajo razonablemente bien pagado, una relación sentimental estable, ningún problema de adicción y la seguridad de que está viviendo la vida que eligió. Así que, como la historia se juzga siempre según el cristal con que se mira, nunca sabremos si una oportunidad perdida no ha sido en el fondo una oportunidad ganada, de forma que de nada sirve lamentarse por lo que pudo ser y no fue.

Éste es un libro sobre oportunidades perdidas o ganadas. Si el trío del éxito se forma por la oportunidad, la habilidad y la valentía, espero que le des una oportunidad y que no te disuada de su lectura el hecho de que me haya tomado la valentía de que no se atenga a géneros preestablecidos. La habilidad se supone que es la mía, pero tú debes juzgarla.

Ahora, permíteme que te hable de mi barrio. En él se yergue un caserón que en su día fue un colegio. Los que eran los parques donde los alumnos pasaban los recreos han quedado para uso público. En el Caserón Grande se organizan todo tipo de actividades: grupos de autoayuda para mujeres, atención a la tercera edad, cursos de ajedrez, de español para inmigrantes, teatro para niños, seminarios de habilidades sociales y educación para adultos, clases de artesanía, talleres de ocio y tiempo libre, de salud mental transcultural, de orientación laboral, de legislación de extranjería, de radio... En La Casita, que es, como su propio nombre indica, una pequeña casa anexa al caserón, se programan actividades para niños: el «cuarto de estar», dirigido a niños de tres a seis años, la ludoetnia y la ludoteca del centro abierto, especialmente creada para niños derivados de Servicios Sociales. Cuando hablo de «niños derivados» quiero decir que una trabajadora social ha informado de que los padres no pueden ocuparse de ellos después del colegio y de que tampoco tienen recursos para pagar a una cuidadora, por eso la Comunidad de Madrid se hace cargo de ellos desde las seis hasta las diez de la noche.

En una esquina de lo que fueron los jardines del colegio han instalado un pequeño parque para niños, con dos toboganes y un balancín. Por las tardes llevo a mi niña y a mi perro a jugar allí. Mi hija suele ser la única niña rubia. Los demás niños casi siempre son morenos. Los hay chinos, pakistaníes, marroquíes, de Bangla Desh, ecuatorianos, colombianos, senegaleses, nigerianos... Hay madres marroquíes y egipcias con velo y *yilaba*, ecuatorianas con vaqueros ceñidísimos, senegalesas con túnicas estampadas, y alguna española —las menos— vestida con vaqueros de su talla. Eso de llevar pantalones dos tallas por debajo de la propia sólo se estila entre las sudamericanas, porque las españolas jamás lucirían con orgullo unos michelines y unas caderas amplias que para unas son sexys y, para otras, motivo de vergüenza.

A mi perro le encanta jugar al fútbol, en cuanto ve a unos niños jugando con una pelota, se mete en medio y le pega cabezazos al balón. Sus habilidades le han convertido en un animal superpopular entre los chicos del parque. El problema es que el chucho no sabe de equipos y no juega a favor o en contra de unos u otros, amén de que no se le ocurra que el objetivo del juego es marcar gol en la portería, lo cual a veces distorsiona bastante el tránsito de los partidos en los que participa. Pese a ello, en cuanto llego al parque se arremolinan en torno a mí unos quince niños repitiendo a coro, como un mantra, la misma cantinela: «¿Podemos jugar con el perrito? ¿Podemos jugar con el perrito? ¿Podemos jugar con el perrito?». Yo siempre digo que sí y por eso me he vuelto casi tan popular como *Tizón* (subrayo el «casi»), popularidad que se acrecentó cuando empecé a llevar chuches para los jugadores. La bolsa de chuches la compro a dos euros en el Día y trae gominolas o piruletas en cantidad suficiente para que ningún niño o niña se quede sin la suya. Normalmente los niños juegan y las niñas les animan, aunque hay dos o tres jugadoras, una de ellas realmente buena. Con el tiempo me hice amiga de ese grupo y me aprendí los nombres de todos los futbolistas.

Una tarde estaba en el parque con dos amigos mientras observábamos un partido de fútbol con actuación estelar del perro incluida.

—Joder, estos niños son de la piel del diablo —dijo Enrique—; cuando yo trabajaba de árbitro, en mi vida vi jugadores tan agresivos como éstos.

—Sí, se les ve bastante tremendos —comentó Nayib—. Yo no sabía que un niño tan pequeñito pudiera tener tan mala hostia. ¿Has visto el cabezazo que le ha metido el de rizos al negro? Peor que el de Zidane en el Mundial.

Y de repente caí en la cuenta: los niños que jugaban todas las tardes al fútbol en el parque eran los niños de la ludoetnia, los derivados de Servicios Sociales.

Normalmente estos críos son hijos de madres solteras trabajadoras. El padre les abandonó y no les pasa un euro y la familia de la mamá está en el país de origen, por eso las madres no pueden cuidarlos después del colegio. La mayoría presenta problemas de hiperactividad, agresividad, trastornos alimentarios, problemas de coordinación motora o de adaptación escolar, todo a causa de carencias afectivas. Por ello, aunque esta ludoteca admite también a niños no derivados de Servicios Sociales, en la práctica casi ningún padre pudiente inscribe a sus hijos en las listas de niños a cargo de Claudia, la supervisora de la ludoetnia. A mi hija la admiten esporádicamente en La Casita, pues le entusiasma dibujar (o intentarlo) unos heroicos garabatos abstractos que ella considera perros, gatos o casitas, y el primer día que vio a los niños pintando alrededor de la mesa se adhirió al cotarro de manera espontánea, pero no se la considera parte «oficial» del grupo.

Y como ya conoces el parque y La Casita, déjame que te lleve de la mano hasta allí.

LAS MUJERES Y LOS NIÑOS PRIMERO

«Mejor robar un banco que fundarlo.» Ésta es la pintada que se lee en el muro que encierra el Parque del Casino. La frase es de Bertolt Brecht, pero Antón no lo sabe.

En las escaleras del Centro, un grupo de jóvenes marroquíes se toman unos bocadillos. Antón ya sabe quiénes son, los que pasan costo en la plaza. De vez en cuando se van a las terrazas de los restaurantes que han abierto los que vienen de Bangla Desh e insultan a los clientes. Hace unos días, Aziz, un marroquí, el dueño de una tetería que hay debajo de su casa, le dijo a Antón: «Los que arman bulla son los de Tánger, porque los marroquíes del norte no son nada educados. Y eso es porque los colonizasteis vosotros, los españoles. A los del sur nos colonizaron los franceses y somos mucho más amables».
Más allá, debajo de un árbol, hay una pareja de borrachos que duermen la mona. Se tiran en el mismo sitio todas las tardes. De cuando en cuando, los niños van a tocarlos a ver si se despiertan. A veces lo consiguen. Ahora mismo, uno de los niños, Salim —Antón se sabe el nombre de oírselo gritar a los demás— se acerca a la borracha y le tira del pelo. La mujer pega un brinco como impulsada por un resorte.

—¡¡¡Me cago en tu puta raza, chaval!!!

El borracho se levanta tras ella pero Akram ya ha salido corriendo. La que no ha sabido quitarse de en medio es una niña pequeña, mulata, con el pelo recogido en trencitas. El borracho la pilla precisamente por una de las trenzas. Antón se pone nervioso.

—¡Suelta inmediatamente a esa cría! —le grita al borracho.

El borracho, con la niña a rastras, se planta frente a Antón con los ojos incendiarios y el brazo que le queda libre apuntándole como una pistola.

—Y a ti ¿quién te ha dado vela en este entierro?

—Que la sueltes te digo, que la niña no te ha hecho nada.

—¡Mierda de críos!, si es que no se puede dormir tranquilo.

—Es que para dormir está la cama —responde Antón— y el parque es para jugar, que es lo que hacen los niños.

—Pero ¿tú quién te crees que eres, gilipollas?

—Salim, Mahamud... Os tengo dicho que por ahí no juguéis.

La que lo dice es una chica de edad indefinida, muy delgada, medio rubia. Antón se ha fijado en ella en este último mes, el mes que ha pasado desde que Irene le dejó, el mes en el que lleva viniendo al parque por las tardes a echarse al sol. La joven le gusta. De hecho, si viene todas las tardes es precisamente por ella, y no porque tenga ganas de ligársela, que bastante problema tiene ya con La Chunga y La Mamá, sino porque le gusta verla, sin más. Es delgada y de aire frágil y Antón, en su cabeza, la ha bautizado con el sobrenombre de El Hada. Antón aprovecha para iniciar una conversación, la primera que va a mantener con ella en todo el mes.

—Es que los críos estaban jugando y este señor se queja. Pero digo yo que el parque es para eso, para jugar.

—Sí, tendría que ser para eso... —coincide El Hada dedicándole al borracho una mirada torcida.

La niña de las trencitas echa a correr hacia la profesora, Antón piensa que la ocasión la pintan calva y se dirige hacia ellas. Se agacha para hablarle a la niña.

—¿Te ha asustado ese señor?

La niña inclina la cabeza para hacer ver que sí y mira al suelo con los ojos bajos, probablemente asustada o quizá avergonzada por haber seguido a los otros hasta la esquina donde presuntamente no deben jugar.

—¿Qué ha pasado? —pregunta El Hada. Antón repara en las arrugas que tiene en los ojos y piensa que quizá no es tan joven como aparenta. Tiene cuerpo de adolescente, muy, muy delgada, pero con unas tetas bien puestas, de mujer. La cara, sin embargo, es de persona vivida. Antón piensa que El Hada podría tener tanto veinticinco como cuarenta años. Quizá ese aire intemporal forme parte de su condición de hada.

—La ha cogido de las coletas, el muy cabrón —responde Antón, aunque la pregunta fuese dirigida a la niña y no a él—. No sé si deberíamos llamar a la policía; esos dos están ahí colgadísimos, y desde luego para los niños no son buen ejemplo.

—La policía no puede hacer nada. Y si es, por ejemplo, en este parque... En fin, qué quieres que te diga...

—¿Cómo te llamas? —pregunta Antón.

—Selene —responde la niña, aunque la pregunta iba dirigida a El Hada y no a ella.

—Ah, qué nombre tan bonito... —Antón es consciente de lo cursi y manido de la observación. Además, el nombre no le parece bonito en absoluto.

—Salim, Mahamud, Nicky, Fátima, ¡dejad de jugar

por ahí que os lo tengo dicho! ¡A jugar cerca del Centro! Y tú, Salim, ni pienses en subirte a los árboles que luego te caes. Hala, todos conmigo, vamos a La Casita.

El grupo de críos se arremolina alrededor de la chica guapa y luego se dirige hacia la explanada que está frente al Centro. Antón piensa en seguirles y organizar un juego de pelota, pero le da vergüenza, así que vuelve a tumbarse en la hierba a contar nubes. Y a pensar en sus mujeres.

Irene se marchó diciendo que iba a comprar tabaco, así de tópico. Se había levantado ya rara, con la cara hasta el suelo, y dijo: «Creo que es mejor que me vaya a dar una vuelta, aprovecho y compro un paquete». Él pensó que igual debería bajar con ella y así se tomaban una caña en una de las terrazas, pero después se dijo que total, para estar cada uno delante de su vaso sin casi dirigirse la palabra, mejor se quedaba en casa y dormía un rato más aprovechando que iba a tener la cama para él solo. Al rato sonó el móvil. Era Irene desde la calle, llorando.

—Que he pensado que me voy a casa de mi madre, a comer.

No fue a dormir y al día siguiente le llamó y le dijo que no podía más. A la semana, cuando Antón llegó del curro, se encontró con que ella se había llevado sus cosas.

Se fijó sobre todo en el cerco que habían dejado los cuadros en la pared.

Y luego pensó: «¡Qué putada». Porque habían quedado en que a partir de ese mes ella iba a empezar a pagar la mitad del alquiler. Irene llevaba ocho meses en paro y todo aquel tiempo Antón se hizo cargo de la renta. Y se había quedado seco.

Habían estado juntos casi cuatro años.

Cuatro años pespuntados por el mismo ritornelo de Irene: «Yo es que no podría perdonarte que me fueses infiel. Es que para mí es muy importante. Yo sé que hay otras que dicen eso de que ojos que no ven, corazón que no siente..., pero yo no soy así».

La madre de Irene había largado a su padre por otro y se había ido a vivir a Ibiza dejándolas a ella y a su hermana muertas de miedo y de vergüenza, porque en su clase todas las niñas vivían con su padre *y* con su madre. Irene nunca había perdonado aquella deserción, ni siquiera cuando, años más tarde, la madre intentó explicarle las razones de su huida. Que no lo hizo sólo por amor, aunque también, que se había casado muy joven, que no había vivido la vida, que tantas cosas que Irene había podido disfrutar —salir a tomar unas cervezas con los amigos, ir a conciertos, perder las mañanas del verano en la piscina municipal, besarse en el portal con un chico con el que nunca viviría— ella no las había conocido, porque se casó demasiado pronto y porque pasó de un padre tirano a un marido tirano. Irene dijo que la comprendía, pero nunca la entendió. Ella no creía que su padre fuera ningún tirano, pero en el fondo, en el último de sus cajones secretos, sí pensaba que su madre era una puta.

Al principio, a Antón esta exigencia férrea de fidelidad no le importaba. En realidad, cuando conoció a Irene ni siquiera se le pasaba por la imaginación estar con otras. Es más, no se creía la suerte que tenía de haber conseguido a una. Porque Antón por entonces era gordito y muy tímido, y todavía era virgen.

Pero Antón había adelgazado quince kilos en dos años, desde que empezó a vivir con su novia. Debió de tener que ver en ello el hecho de que Irene era vegetariana estricta y no permitía que entrara en casa la bollería industrial. Y puede que también influyera que al principio se pasaban el día follando y ya se sabe que el sexo, a fin de cuentas, es ejercicio, y el ejercicio adelgaza.

Y con los kilos se le quitó a Antón la timidez. Y con la timidez se fueron los problemas con las chicas. De pronto, cuando iba a los bares, eran ellas las que le entraban y él se dejaba querer. Pero nunca llegaba más lejos porque recordaba las palabras de Irene, su eterna cantinela admonitoria: «Yo es que no podría perdonarte...».

¡Pum!, un balonazo viene a sacar a Antón de sus ensoñaciones. Antón se despierta sobresaltado y mira a los niños, que lo miran a su vez con cara de susto. La pelota baja rodando por la ladera hacia donde están los borrachos. Antón decide ser amable, más que nada porque sabe que los niños van con la chica guapa, y reprime el primer impulso de dedicarles a gritos todos los insultos de su repertorio.

—Cuidado, que si os lo pilla el borracho ya no veis más el balón... —advierte a los chavales.

Salim sale disparado detrás de la pelota porque el borracho, efectivamente, ha visto el balón y va detrás de él. Salim corre muy rápido, pero es imposible que llegue antes que el borracho, así que Antón se levanta de un brinco, corre a su vez y consigue hacerse con el esférico antes que nadie. Cuando lo tiene, se lo pasa a Salim de una patada y éste lo recoge con las dos manos, impecablemente. Sería un gran portero, piensa Antón. Y se pregunta si la chica guapa habrá visto o no su buena acción.

Dos meses antes de que Irene se largara, Antón se fue a pasar un fin de semana a Mallorca con la pandilla de amigos de toda la vida para celebrar la despedida de soltero de uno de ellos. El paquete de vuelo y hotel salía tan barato que Antón calculó que le valía más vivir en Mallorca, en un hotel con el desayuno y la comida incluidos, que en su ciudad. Sólo el abono de transportes para el metro y el autobús costaba casi lo mismo que el vuelo. Y lo mismo debieron de pensar muchos alemanes, porque el hotel estaba invadido. Alemanes por todos los rincones y, sobre todo, alemanas. Alemanas horteras y rubicundas, encaramadas sobre sus sandalias de tacón, con unas minifaldas tan exiguas que casi parecían cinturones y que dejaban ver todo y más.

Sucedió la primera noche. Fueron a bailar a una discoteca y se encontraron allí con el grupo de alemanas del hotel, todo bastante previsible. Las abordaron y Antón acabó chapurreando en inglés con dos de ellas que iban muy, pero que muy borrachas. La una pequeña y delgada, con cierto aire de duendecillo, y la otra de pelo tan corto y espaldas tan anchas que, vista por detrás, hubiera podido pasar por un chico. Cuando la discoteca cerró volvieron todos al hotel y las dos chicas le dijeron a Antón que si quería tomarse algo en su habitación. Antón pensó que, estando allí la del pelo corto, sería dificilísimo liarse con la duendecilla, así que le pareció que la invitación era de lo más inocente, que no encerraba tentación alguna, que podía aceptarla sin peligro. Porque Antón era tan ingenuo —al fin y al cabo a sus veintidós años sólo se había acostado con una mujer en toda su vida— que no cayó en la cuenta de que las chicas eran pareja y le estaban proponiendo un trío hasta que las dos, aunando fuerzas, le tiraron sobre la cama, entre risas, y empezaron a comérselo a besos.

Al día siguiente, entre la resaca, la sorpresa y la culpabilidad, Antón estaba hecho un lío de mil pares de cojones. Él se tenía por un hombre fiel, se creía un hombre fiel, y si le hubieran preguntado apenas una semana antes si dejaría escapar una oportunidad como aquélla, habría dicho que sí. Si le hubieran preguntado en hipótesis habría respondido en hipótesis que en el hipotético caso de que dos chicas le hicieran una encerrona en una hipotética habitación de un hipotético hotel, él se levantaría y se iría a darse una hipotética ducha fría. Sobre todo, habría respondido así estando Irene presente. Pero en la vida real y no hipotética no se resistió y se pasó la noche haciéndole cosas a la duendecilla, sobre todo porque la del pelo corto no se dejó tocar mucho.

No se lo contó a sus amigos para fardar (bueno, algo de eso sí hubo) sino, sobre todo, porque necesitaba desahogarse ya que se sentía muy culpable. Pero dejó de sentirse así cuando los demás, primero, le felicitaron por la hazaña y, segundo, pasaron a relatarle acto seguido sus respectivas historias de infidelidades y Antón descubrió que ninguno de sus amigos cumplía lo que a sus novias habían prometido. Quien más y quien menos había tenido algún asuntillo de una noche, y los había también que mantenían relaciones paralelas a las conocidas oficialmente, con compañeras de clase o colegas del trabajo los que curraban. Y, por supuesto, todos mentían a sus novias, pero todos estaban convencidos de que sus novias no les mentían a ellos. «Hombre, Susana si se entera me mata, claro, pero no se va a enterar, y es que ella la fidelidad la valora mucho, no me pondría los cuernos en la vida» o «Jennifer ni se lo imagina, claro, como yo en la cama la tengo contentísima, ni piensa que hay otra ni se va a buscar a otro.» Y Antón callaba y prefería no contar nada de aquella fiesta de Nochevieja en la que Susana le metió un beso con lengua mientras estaban preparando mojitos (Antón se lo pensó dos veces, paró y se fue a bailar al salón) o sobre la tarde en la que se encontró a Jennifer en el barrio y se fueron a tomar un café, ni sobre las confesiones que le hizo ella sobre sus orgasmos fingidos, hechas mientras le cogía la mano como quien no quiere la cosa y le ponía ojitos de cordero degollado.

Cuando volvió a casa se sintió incapaz de acostarse

con su novia. Al principio pensó que era porque estaba muy cansado, al fin y al cabo no había dormido durante los tres días que había pasado en Mallorca. Pero, cuando fueron pasando las semanas y seguía sin tener ganas, se empezó a preocupar. Sabía que eso tenía algo que ver con el complejo de culpa, pero no era capaz de llegar más allá en el análisis. O quizá sí. O quizá la idea de «si estoy con Irene ya no puedo estar con ninguna otra» había dejado de resultarle atractiva y la perspectiva de andar mintiendo como lo hacían sus amigos le resultaba menos atractiva aún. Pero el caso es que él todavía la quería, la quería mucho, había pasado con ella ratos maravillosos, la admiraba, la entendía, le gustaba acurrucarse contra ella en las noches de invierno y ver la tele con ella hecha un ovillo a su lado en el sofá; le gustaban sus ojos claros y su pelo oscuro y su voz grave, incluso le gustaba vivir con ella sin follar. Pero todo eso no le bastaba para pensar que no iba a desear a otras mujeres o que iba a dejar de cascarse pajas recordando el trío con la chicazo y la duende.

El sol deja de darle en la cara de repente. Abre los ojos y ve a Salim y Mahamud plantados frente a él.

—Se nos ha vuelto a caer la pelota...

—¿Y...?

Los dos niños se quedan callados durante un rato. Finalmente Salim señala hacia la esquina con la cabeza. Antón mira en aquella dirección y ve que el borracho se ha apropiado de la pelota y que se ha puesto a dormir utilizándola como almohada.

Antón se levanta.

—Vamos —les ordena a los niños, y avanza hacia el borracho sintiéndose el Gran Defensor de Las Causas Perdidas—. Esa pelota es de los chavales —le dice bien clarito al borracho, plantado ante él.

—Pues que no vayan jodiendo con ella a los demás —contesta el otro sin abrir los ojos.

Antón se acerca y le pega una patada a la pelota, que sale disparada. El borracho se da con toda la cabeza contra el césped. Salim y Mahamud corren tras el balón como si tuvieran alas en los pies y huyen del borracho, que se levanta y se planta frente a Antón con el puño en alto en actitud amenazante.

—¿Me vas a pegar tú, matao? —Antón se hace el chuleta, pero la verdad es que por dentro está acojonado ante la posibilidad de que el tío le saque un bardeo automático.

—Mecagoentusmuertosjoderhijodeputa —mascula el borracho, rojo de ira.

Y en ese momento, justo cuando el borracho está a punto de abalanzarse sobre Antón, llega la chica guapa acompañada del guarda de seguridad del Centro.

—A ver, ¿pasa algo aquí? —pregunta el guarda.

—Los niños, que no dejan de joder con la pelota… —intenta explicar el borracho.

—Porque son niños y éste es un parque, y el parque es para jugar a la pelota, no para venir a dormir la mona, así que si le molesta se va usted a dormir a otra parte —le interrumpe el guarda, tajante.

Los borrachos se levantan y todos los demás —los niños, el guarda, El Hada y Antón— caminan hacia el Centro.

—¿Queréis jugar al fútbol conmigo? —pregunta Antón.

—¡Síiiiiii! —corean unánimes todos los niños.

Han pasado quince días. Antón está intentando ayudar a dibujar a Mahamud. Mahamud tiene un problema de coordinación y no se le da bien manejarse con objetos pequeños. Por eso le resulta tan difícil escribir y dibujar, aunque ya haya cumplido los cinco años, porque le cuesta sostener el lápiz y se le resbala continuamente de las manos. Mahamud tampoco consigue mantener la atención mucho tiempo en una sola cosa. Constantemente se levanta del pupitre y se pone a saltar o a bailar. El Hada, su cuidadora, ya lo sabe y ni siquiera intenta que el niño vuelva a su sitio. Le basta con que los demás no le sigan, sobre todo Nicky, porque Nicky es muy agresivo y enseguida busca camorra, y su blanco más fácil es Mahamud porque es negro (es fácil hacer tontos juegos de palabras) y alguien, seguramente su padre, le ha enseñado a Nicky que los negros son inferiores. En realidad, Nicky tiene sangre negra, pero entre los mulatos se lleva mucho despreciar a los negros y decir cosas como «mira, la niña qué guapa es, qué clarita», que es lo que le suele decir su madre a Selene. El padre de Nicky le pega, eso lo dijo el mismo Nicky alguna vez, pero tampoco hacía falta que lo dijera, basta con ver lo agresivo que es Nicky, porque cuando a un niño le da por pegar a todo el mundo sin razón aparente es porque le pegan a él, eso se lo explicó un día El Hada a Antón. El Hada se llama Claudia, pero Antón, cuando piensa en ella, no le pone ese nombre. Claudia, para Antón, es y será siempre El Hada, su hada. También le contó El Hada a Antón que el psicólogo del Centro recomendó una vez, como terapia, que pusieran a Nicky a cargo de los niños más pequeños, porque decía el señor, muy profesional él, que el hecho de darle responsabilidades, de que se viera que confiaban en él, mitigaría su agresividad. Pero lo intentaron y no sirvió de nada. Nicky pegó a todos los niños y le hizo a Selene una brecha en la cabeza con un palo. Al padre de Nicky nunca lo han visto. A Nicky le viene a recoger su tía, que es una señora muy gorda que llega siempre con cara de mala leche y con otras dos niñas, una agarrada de la mano y la otra en el cochecito, y que le dice a Nicky un «vamos» avinagrado, sin darle un beso ni nada. Cuando Nicky se enfada con Mahamud (o sea, casi siempre), le suelta eso de «un día va a venir la policía y se va a llevar a tu padre otra vez a Senegal por negro», y una vez Antón, cuando vio llorar a Mahamud, no pudo contenerse y le dijo: «No te preocupes, es que te tiene envidia, porque a él su padre no le recoge». Y es que ésa es una razón más que tiene Nicky para odiar a Mahamud, porque a Mahamud le viene a recoger su padre, que siempre le da un beso muy grande y lo alza por el aire antes de llevárselo a casa. Antón sabía que no debía haberlo dicho; El Hada le advirtió que no hay que señalar nunca las diferencias entre los niños, pero es que Antón no puede evitar sentir cariño por Mahamud y una profunda antipatía por Nicky. De todas formas, El Hada le ha dejado claro a Mahamud que a su padre no lo pueden devolver a Senegal porque ya tiene los papeles. Al padre de Salim tampoco lo han visto nunca. A Salim le viene a recoger su hermana —Amina se llama, o algo así—, una chica muy dulce, que siempre lleva los ojos bajos con un aire que no se sabe si es sumiso u hosco, y es una pena que nos los alce y los enseñe con orgullo, porque Antón ha advertido que los tiene muy bonitos, incluso espectaculares, brillantes y enmarcados por un abanico de pestañas. Esos mismos ojos negros, oscuros y brillantes que Antón ve repetidos en la cara de tantos niños y niñas marroquíes. Pero Antón ya sabe que las marroquíes no son presas fáciles, que la mayoría quieren llegar vírgenes al matrimonio y que, además, es difícil, si no imposible, que se casen con un español. Estas chicas no se pueden casar con un cristiano a no ser que él abrace el Islam, por lo menos las del barrio, que vienen de familia trabajadora y creyente, porque las de las revistas del corazón que leía Irene eran otra cosa, princesas y cosas así que parecían de lo más occidental. Así que

Antón admira en Amina desde la distancia los mismos rasgos de Salim en un rostro femenino y se da cuenta de que Salim, en realidad, es un niño guapo y que es más que posible que de mayor sea un rompecorazones. Salim le dijo una vez a Antón que su padre estaba en Marruecos y que allí tenía una casa muy grande con muchas habitaciones. Cuando Antón le preguntó cuánto hacía que no veía a su padre, respondió que no se acordaba, y más tarde añadió que tampoco se acordaba mucho de su padre, que creía que era alto. Antón supone que el padre debe de estar en la cárcel, porque es raro que las marroquíes estén separadas o divorciadas, y más raro aún que hayan llegado solas. Que a él le suene, no hay ninguna marroquí que viva sola en este barrio. Pero él qué sabrá, el barrio es multicultural, no intercultural, eso Claudia lo repite a menudo; las comunidades se toleran, pero no se mezclan, los límites se respetan. Pero no pregunta más porque ya ha aprendido que no debe preguntar sobre el historial de los niños. Los niños pasan las tardes en el Centro porque alguna trabajadora social ha decidido que sus padres no pueden hacerse cargo. En muchos casos, sus madres trabajan limpiando casas y no acaban hasta las nueve o diez de la noche, y sus padres no suelen estar. A Selene, por ejemplo, la desvió una asistente social cuando descubrió que a sus cinco años la cría se pasaba las tardes vagando por la calle, con la llave de casa colgando del cuello. A la prima de Selene se la llevó una familia de acogida porque el panadero avisó a los de Servicios Sociales. La prima de Selene se pasaba las mañanas en la calle y de vez en cuando iba a comprar chuches a la panadería. Y entonces, los de Servicios Sociales llamaron al colegio y se enteraron de que la niña llevaba meses sin ir a clase y de que la madre, que estaba más que enterada de sus ausencias, no mostraba ninguna actitud colaboradora cuando la llamaban desde el colegio. Así que ahora la prima de Selene vive con una familia nueva y sólo ve a su madre cada quince días, en presencia de una trabajadora social. A Selene esto le da mucha pena y es que hasta que se llevaron a su prima, las dos dormían juntas porque la tía de Selene trabajaba de noche. «Con hombres», le ha dicho Selene a Antón. Y Selene ahora, sin su prima en la cama, se siente muy sola.

Los niños entregan sus dibujos a El Hada, que les va diciendo a cada uno lo bien que lo han hecho por más que a Antón le parezca que en el Centro no hay ni un solo niño que dibuje un poco bien. La mayoría ni siquiera pueden leer, van todos muy retrasados en los estudios, y ahora empieza a entender Antón eso que contaba Irene de que las madres del barrio no querían llevar a los niños al colegio público, porque estaba lleno de inmigrantes y que por eso la enseñanza era peor. Es verdad que niños como Nicky retrasan las clases, pero está claro que si las madres dejan de llevar a los niños al colegio público y prefieren el de las monjas, entonces sí que en las clases sólo habrá niños como Nicky, y así la cosa sólo puede ir de mal a peor, o eso dice El Hada.

A Antón hay cosas de El Hada que le recuerdan mucho a La Mamá. La forma en que les habla a los niños, por ejemplo. Nunca les grita, y eso que es difícil no gritarle a Nicky. Una vez a Nicky le dio una pataleta y se tiró al suelo chillando. Cuando El Hada se acercó a levantarle, le pegó un mordisco que le hizo sangre y todo. Antón estuvo a punto de levantar la voz también, pero se contuvo porque El Hada se lo había dejado muy claro: si quería ayudar de vez en cuando como voluntario en la ludoteca, nunca, en ningún caso, debería intervenir, pasara lo que pasara. Al final, entre Antón y El Hada, y con la ayuda de otra educadora, una señora gorda que es la que trae la leche y las galletas, consiguieron reducir a Nicky y llevarlo a un rincón. El Hada estuvo una media hora hablando largo y tendido con el niño, intentando que entendiera que no podía seguir con ese comportamiento. Antón se quedó a cargo de los otros críos mientras pensaba que resultaba absurdo que El Hada se esforzara tanto, si estaba claro que en cinco años el Nicky iba a estar en una mara, la botella de cerveza en mano, peleándose a hostias con los marroquíes y sin acordarse de El Hada para nada como no fuera para pensar en el par de tetas que tenía.

A La Mamá la conoció Antón un viernes a las dos de la mañana, en un bar del barrio, una antigua taberna que el nuevo propietario, Yamal Benani, un pintor marroquí bastante conocido, llenó de sillones y mesitas recogidos de los contenedores y, añadiendo a lo casero del mobiliario el hecho de que en cada mesita brillase, como en un restaurante, su correspondiente velita encendida, el bar se convirtió en uno de esos que invitan a la reflexión antes que al baile y por eso se llenó de porreros. Antón estaba precisamente repantingado en uno de los sillones esperando a su amigo Silvio, que se había ido a mear a los servicios todas las cervezas que llevaba encima, cuando se acercaron dos chicas a preguntar por el sillón libre que había al otro lado de la mesita.

—¿Nos podemos sentar aquí? —preguntó una de ellas—. Es que no hay otro sitio en todo el bar.

—Pues sí, claro. Pero me tenéis que contar algo.

Una de las chicas se rió con una carcajada limpia, que parecía sincera por mucho que Antón tuviera claro que no había dicho nada particularmente gracioso.

—A ver, ¿qué quieres que te cuente? —preguntó—. Te puedo contar que nos vendría bien que nos invitaran a una cerveza.

Antón la estudió de arriba abajo. Se trataba de una chica rubia, alta, rellenita pero muy guapa de cara y, por lo que se veía, de sonrisa fácil. Su amiga, por contraste, era muy delgada, pero no tenía una cara tan bonita, aunque sí se podía decir que tenía un pelo espectacular, una melena negra muy larga, de las de anuncio de champú. Decidió que valdría la pena invitarlas. Al cabo de una hora y tres cervezas, Antón y la rellenita estaban bailando en la pista. Y, al cabo de dos horas y seis cervezas, estaban cerrando el bar y la rellenita, por lo visto, llevaba una tajada mayúscula, o eso deducía Antón por la lengua de trapo con la que hablaba y lo mucho que se reía. La rellenita ya le había contado que se llamaba Miriam y que vivía por el barrio, pero en la zona pija, la que lindaba con la estación de Atocha, en la que no vivían negros ni moros. Él le dijo que la iba a acompañar a casa porque el barrio era peligroso. No era una excusa, pues era cierto que el barrio era muy peligroso, sobre todo a esas horas y sobre todo para una chica guapa, así que primero acompañaron a la delgada, que se llamaba Diana, a coger un taxi. Les llevó sus buenos cuarenta y cinco minutos, porque los taxis apenas se atreven a entrar en el barrio, y menos un sábado por la noche. Después Antón caminó abrazado a Miriam calle Salitre arriba y, ya en el portal, no tuvo ni que preguntarle si le dejaba subir a su casa, entraron juntos con la mayor naturalidad, como si lo hicieran todos los días. Y sólo a la mañana siguiente ella le confesó que tenía cuarenta años.

Se llama Miriam, pero Antón, cuando piensa en ella, piensa en lo que es y no en su nombre. La Mamá se ha separado hace unos meses. La Mamá tiene un hijo de cuatro años y ha llegado a un acuerdo con su marido. En lugar de que se lo quede él un fin de semana cada quince días, como le corresponde, La Mamá se lo deja un día y la mañana siguiente de cada fin de semana, y así ella puede salir todos los viernes. Normalmente, el sábado La Mamá se encuentra tan cansada que tampoco le apetece salir y se pasa la tarde en casa, con su hijo jugando a dibujar animalitos, y la noche en el sofá, viendo un programa del corazón. Antón se ha acostumbrado a citarse con La Mamá algunos días entre semana, a la salida del Centro. Antón llega más o menos a las nueve de la noche a casa de La Mamá y espera a que ella acabe de dar de cenar al niño y lo meta en la cama. Y luego se acuestan juntos. Se levantan también juntos a las siete y media, porque Antón tiene que ir a trabajar y La Mamá debe llevar al niño al cole, pero él siempre tiene que salir corriendo, porque ella no quiere que el niño lo vea. La Mamá espera a que su joven amante se haya largado para despertar al crío porque dice que mejor que el niño no sepa que duerme en casa otro señor que no es su papá. A Antón le parece un poco ridícula esta precaución porque piensa que un crío tan pequeño qué va a saber de sexo, pero La Mamá no le deja otra opción y a él le gusta dormir con La Mamá, así que se aguanta. Los fines de semana no salen juntos; ella sale con sus amigas y él no pregunta más y se va con La Chunga, qué remedio. Entiende que él sirve para lo que sirve, para ir pasando el rato, pero que ella está buscando a un señor de su edad, con trabajo y futuro y esas cosas, y que él es demasiado joven para ella. O quizá es que ella no está buscando nada, pero desde luego a él no le tiene colocado en su vida ni lo quiere colocar. Cuando Antón le envía un mensaje al móvil, La Mamá tarda uno o dos días en contestar, y con eso Antón ya entiende que ella no le considera entre las prioridades de su vida. Y lo cierto es que tampoco le gustaría iniciar una relación seria con una mujer que podría ser su madre y que tendrá casi sesenta años cuando él cumpla los cuarenta, pero a veces se siente triste, porque le gusta mucho La Mamá. Le gustan su dulzura y su buen humor. Le gusta que siempre tenga la sonrisa a flor de labios y que nunca parezca enfadada, y esa misma cualidad repetida le gusta verla en El Hada, que trata a los niños del Centro con la misma paciencia con la que La Mamá trata a su hijo, y probablemente por eso Antón se está enamoriscando de ella.

Ahora que todos los niños, menos Nicky, han entregado sus dibujos, El Hada anuncia que es la hora de la merienda, y todos, incluso Nicky, se sientan muy obedientes y calladitos en su sitio porque saben que, si no están bien sentados, no les darán la leche con galletas. Antón piensa a menudo que estos niños están medio muertos de hambre y que sus padres, que cuentan con la merienda que les dan en el Centro a las seis de la tarde, no les deben de dar de comer a mediodía, porque es increíble cómo se abalanzan sobre las galletas y cómo siempre están pidiendo más. Al niño de La Mamá, por ejemplo, le cuesta un mundo cenar y nunca se acaba todo lo que tiene en el plato por más que su madre le ruegue, le ordene o le intente engañar con jueguecitos de aviones que transportan comida y que van a parar a la boca del monstruo. Se tira media hora sentado en su trona, jugueteando con los trozos de pescado, hasta que La Mamá le da por imposible y se come ella las sobras. A La Mamá le ha dicho la psicóloga del colegio que si el niño está inapetente es porque le ha afectado mucho la separación. La Mamá siente cierto complejo de culpa y de vez en cuando piensa si no se equivocó echando a su ex de casa, pero intenta quitarse ese pensamiento de la cabeza porque de todas formas el ex no va a volver; seguro que está mucho más contento follándose a otras por ahí.

La Mamá y su ex marido dejaron de hacer el amor después de que ella se quedara embarazada. Él decía que no quería lastimar al niño y a ella le parecía bien, aunque había leído en el *Ser Padres* que las relaciones sexuales no afectan al feto. Después, una vez nació el bebé, le dolían los puntos y estaba siempre cansada, porque el niño mamaba cada tres horas y ella sólo dormía a ratos. Cuando, por fin, el niño empezó a dormir de un tirón y de los puntos ya ni se acordaba, era el ex marido el que decía que estaba siempre cansado, que no le apetecía. La Mamá había engordado mucho desde el embarazo y se le había caído el pecho, y pensaba que quizá por eso su marido había dejado de desearla y se sentía muy deprimida e insegura. Cuando se lo contó a Antón, éste le confesó que a él le gustaban mucho sus tetas, tan grandes, y ella le dijo «mira que eres guarro», pero se lo dijo sonriendo, visiblemente halagada.

Antón ya lleva un mes trabajando como voluntario y se atreve a tomar iniciativas. Hoy, por ejemplo, ha traído piruletas. El Hada le ha dicho que puede traer chuches siempre y cuando haya para todos los niños y se las dé después de la merienda. Cuando Yeni ve la bolsa de piruletas, prácticamente se le tira encima. Yeni no se hace notar mucho, siempre está callada y casi no se mueve. Yeni está muy gorda, pero con una gordura fea, blanda, de esas que sólo tienen los niños pobres, porque a los otros, a los niños como el hijo de La Mamá, que tienen psicólogo en el colegio, enseguida les mandan los papás al endocrino que les dice que tienen que comer mucha fruta y pocos carbohidratos. Pero la mamá de Yeni limpia casas y apenas saca para mantener a los tres hijos, así que Yeni y sus hermanas comen arroz y pasta cada día, y la fruta casi ni la ven. Yeni no juega al balón porque se cansa enseguida y porque Nicky se ríe de ella y la llama gorda. A Antón le da en la nariz que Yeni va a acabar como la tía de Nicky, que parece una señora aunque es una jovencita, que tiene dos hijos con veinte años y que pesa casi cien kilos, porque lo que está claro es que Yeni no vale para estudiar ni en su familia la ha animado nadie a hacerlo. Una tarde fue al Centro una escritora que iba a dar una conferencia a las señoras mayores. La escritora vive en el barrio y El Hada le ha contado a Antón que incluso a veces trae a su hija pequeña a la ludoteca. Antón le dijo a los niños: «¿Veis a esa señora?, pues escribe libros, y si estudiáis mucho, de mayores podréis escribir libros vosotros también». Y Yeni contestó: «Las mujeres no escriben libros». Y Salim añadió: «Yo no tengo que estudiar, porque yo de mayor voy a ser futbolista, como Zidane». Antón sabe que lo de Salim por Zidane es pasión y cuando tenga un poco más de dinero, porque ahora anda bastante pelado, se ha prometido a sí mismo que le regalará una camiseta de Zidane. La putada es que si lo hace habrá de regalarle también algo a los otros niños y con su sueldo de mierda casi no le da ni para pagar el alquiler del estudio. Entretanto, se tiene que conformar con traer bolsas de piruletas.

Antón no sabe qué hacer con El Hada, si insinuarse o no. El Hada nunca le ha dado la más mínima señal de que esté interesada y, además, Antón se teme que, si empezara algo con ella, no sabría llevarlo con calma, sin precipitación, como un asunto de verse de cuando en cuando como los que mantiene con La Chunga y La Mamá. Antón piensa que si se lía con El Hada se verá metido de cabeza en otra historia como la que tuvo con Irene, porque El Hada no tiene pinta de ser de esas que se conforman con compartir algo del tiempo que a uno le queda libre y él es de los que acaba diciendo que sí a todo lo que le pida una mujer que le guste de verdad.

La Chunga era la mejor amiga de la novia del mejor amigo de Antón. Dicho así suena muy complicado, pero en realidad la cosa es muy fácil. Cuando Irene se fue, Silvio le dijo: «Pues Susana tiene una amiga, la Sonia, que está muy buena, aunque pa mí que es un poco chunga. Pero buena está un rato. ¿Quedamos los cuatro un día, a ver qué pasa?». Se fueron al cine a ver una peli americana, de esas que luego ni se recuerdan, y luego a tomar copas a la misma taberna en la que Antón había conocido a La Mamá, y a las dos horas Antón ya tenía clarísimo por qué La Chunga era tan chunga. Se quejaba de todo, de su padre, que era un cabrón; de su supervisor, que era un baboso; de su trabajo, que era un infierno; del barrio, que era una mierda. Pero eso sí, estaba muy buena y la minifalda dejaba ver unas piernas espectaculares. Antón pensó que con las piernas de La Chunga, las tetas de La Mamá y los ojos de La Novia se podría construir a la mujer perfecta y siguió dándole bola a la chica, en parte por aburrimiento y en parte porque le ponía cachondo, no sólo por las piernas, sino porque aquella mala leche tan infantil que exhibía le hacía pensar que tenía que ser muy buena en la cama, aunque, si lo pensaba un poco más, lo cierto es que no veía qué tenía que ver una cosa con la otra, como no fuera porque Irene, La Novia, que era una chica muy tranquila y muy dulce, en la cama era más bien sosita. La Mamá, sin embargo, era otra cosa. De todas formas, la teoría no se confirmó en la práctica, porque La Chunga, en el sexo, tampoco era nada del otro jueves. Su chunguez la ejercía con todas sus consecuencias: no daba besos y no era nada cariñosa y, a la mañana siguiente, no hacía más que quejarse de lo feo que era el miniestudio de Antón, que se había quedado de lo más desangelado después de que La Novia se llevara todas sus cosas. Pero, por mucho que La Chunga fuera una borde, luego no hacía más que enviarle a todas horas mensajes de «kdms?» y a Antón le estaba empezando a agobiar.

Por lo poco que conoce a La Chunga, Antón cree que la chica necesita un novio, porque lo cierto es que su vida no es nada agradable. El padre le ha pegado a su madre ni se sabe la de veces, hasta que la madre le denunció y ahora, como no le puede pegar porque se da perfecta cuenta de que iría a la cárcel, le mete unos gritos que para qué y se pasa la vida diciéndole a la madre y a la hija: «Putas, que sois unas putas». Sonia, La Chunga, se quiere ir de casa, pero con lo que cobra de teleoperadora no le da ni para pensárselo, y Antón se teme que si sigue con ella cualquier día se le mete en casa y va a tener que acabar manteniéndola como a La Novia, que esas cosas él ya las ve venir, porque con La Novia fue lo mismo, que si no aguanto a mi padre, que si esto y lo otro. Pero hace dos años, cuando se fue a vivir con Irene, Antón era un ingenuo y ahora también lo es, pero menos. Y, además, La Chunga no le gusta para novia. Empieza a pensar que va a tener que dejar de verla si no se quiere meter en líos.

A Selene le duele la cabeza y tiene fiebre. Le han dado un paracetamol, pero no la pueden enviar a casa porque en su casa no hay nadie. La madre trabaja de asistenta por horas y le pagan por día trabajado, así que, si no va, no cobra, y si la niña se le pone enferma la envía al colegio igual. El miedo que tienen en el Centro es el de que contagie a todos los demás. A Antón le da pena y le entran ganas de coger a Selene en brazos, pero El Hada ya le ha dicho más de una vez que ni se le ocurra abrazar o besar demasiado a los niños, que hoy en día te acusan de abuso de menores a la mínima y que a muchos, sobre todo a los sudamericanos, les parece raro que haya hombres que quieran cuidar niños, y desconfían. Ya tuvieron un problema muy gordo con uno de los cuidadores, que era homosexual y tenía mucha pluma, y uno de los padres se empeñó en decir que quería corromper a su hijo. El Hada se enfada mucho cuando lo cuenta y es raro, porque El Hada no se enfada casi nunca: «Lo último que nos quedaba por oír; que le peguen al niño es normal, pero que le besen es raro». El caso es que al cuidador lo desviaron de centro y ahora trabaja haciendo apoyo para la tercera edad.

La cuidadora gorda entra cargando dos bolsas, trae los cartones de leche y las galletas. Las deja sobre la mesa y se acerca al armario a sacar los vasos desportillados de los niños, y entonces se fija en Selene, que se ha quedado dormida sobre dos sillas. Antón la ha cubierto con su propio jersey, a falta de manta.

—¿Qué hace esa niña ahí?

—Está enferma, tiene fiebre.

—Pues alguien debería llevarla al ambulatorio, porque está claro que su madre no lo va a hacer... Oye, una cosa, ¿Claudia ha estado con ella?

—Sí, claro...

—Pero ¿la ha besado, la ha abrazado?

—No sé... Creo que sí.

—¿Esa chica está loca o qué? Si esta niña podría tener sarampión o rubeola o varicela..., que es lo normal a su edad. Vete a secretaría a buscar un termómetro y si tiene más de treinta y ocho grados, avísame. ¿Dónde está Claudia?

—Ahí fuera, jugando al balón con los otros niños. Yo he entrado a ver qué tal estaba Selene.

La cuidadora sale al parque y Antón tras ella, la una en busca de El Hada y el otro en busca del termómetro. Antón va hacia secretaría, que está en el edificio grande anexo a la ludoteca. De camino, ve cómo la cuidadora gorda parece discutir acaloradamente con El Hada.

Cuando Antón regresa a la ludoteca termómetro en mano, se encuentra a El Hada apoyada en la puerta de la casita con aire pensativo.

—¿Qué ha pasado? ¿Por qué estaba tan enfadada la Keti?

—Por nada, cosas nuestras. ¿Has traído el termómetro?

—Sí, aquí.

—Mira, yo no puedo llevar a Selene al médico, pero el ambulatorio está aquí al lado, ¿tú sabes dónde?

—Sí, claro.

—Pues ponle el termómetro y si ves que tiene la fiebre muy alta, la llevas. Preguntas por el pediatra y le dices que vas de mi parte.

—Por mí, vale, pero ¿no prefieres que me quede yo vigilando a los niños? A mí en el ambulatorio no me conocen.

—No, tienes que ir tú, ya te he dicho que yo no puedo.

Entonces, Antón recuerda la cara de susto de la gorda cuando ha preguntado eso de «¿la ha tocado?» y se pregunta si la enfermedad de Selene podría ser más grave de lo que parece.

Antón entra en La Casita y se encuentra a Selene dormida, con una de las manitas aferrada a la manga de su jersey. La coge en brazos y se sorprende de lo poco que pesa. De camino al ambulatorio le da por pensar si no estará a punto de pegarle a él la tuberculosis o algo parecido.

Una tarde más, parecida a todas las tardes, que Antón ha pasado en La Casita. Tan igual y tan distinta, siempre la misma rutina interrumpida por diferentes broncas aunque parecidas. Los niños están jugando a hacer un mural y para realizarlo tienen que recortar flores de colores y pegarlas en una cartulina grande. A los críos les encanta este juego, pero no lo pueden practicar a menudo porque implica usar tijeras y pegamento. Pese a que las tijeras son de punta roma, son peligrosas, sobre todo en manos de un niño como Nicky, al que se le puede ocurrir clavárselas a

Mahamud, que tampoco es conveniente que use tijeras porque no sabe manejar objetos pequeños. En cuanto al pegamento, una vez pillaron a Rachid, que aún no tiene siete años, esnifando del tubo. Rachid les explicó que eso se lo había enseñado a hacer su hermano y que también se podía hacer con pintaúñas. El hermano de Rachid debe de andar por los quince años y Antón lo ha visto alguna vez con la banda de marroquíes chungos. Antón va recortando flores y poniéndoles un poco de pegamento y se las da a los niños para que las peguen en la cartulina, pero ninguno de ellos puede acceder a las tijeras o al tubo de adhesivo. Cuando le da una flor a Selene, ella se la pega en una trenza y Antón piensa que lo hace por llamar su atención, porque desde que llevó a Selene al ambulatorio la niña se sienta siempre a su lado y le mira con arrobo. Al final, la niña no tenía varicela, ni sarampión, ni rubeola ni tuberculosis, sólo un virus, pero para la madre aquello fue un problema muy gordo porque el médico dijo que lo mejor sería que Selene se quedase en casa, y ella no podía faltar al trabajo. Al final, otra de las primas de Selene, Carla, que anda por los trece años, tuvo que perder dos días de colegio para cuidarla. Pero los padres de Carla son como los de Yeni, que no dan mucha importancia a eso de que las niñas estudien.

El Hada se acerca a Antón.

—Oye, ¿te puedes quedar con ellos el resto de la tarde? Yo creo que me voy a casa, no me encuentro muy bien.

A Antón no le sorprende que lo diga, porque lo cierto es que El Hada trae malísima cara y hace un rato, cuando ha ido al baño, Antón ha creído oírla vomitar. Tiene los ojos muy brillantes, como si tuviera fiebre. O como si hubiera llorado.

—Sí, claro, yo me encargo.

—No vas a estar solo con ellos mucho rato, dentro de nada llega Keti.

—Descuida, no es ningún problema.

El Hada coge su bolso y antes de irse se acerca a Antón y le da un beso en la mejilla.

—Muchas gracias, me salvas la vida.

Es el primer beso en casi dos meses y a Antón le pilla tan desprevenido que se pone colorado. Los labios de El Hada son húmedos y leves. Siente el impulso de acercarse la mano a la barba para asegurarse de que el beso sigue ahí, pero lo reprime a tiempo. El beso le ha dejado una extraña alegría triste, como de no usarla. El Hada olía a una curiosa mezcla de colonia de niño y habitación cerrada. Otro beso se añade al primero. Es Selene, que ha sentido envidia de El Hada y ha querido besar a Antón ella también. La flor de papel se le desprende de la trenza.

Mientras sigue recortando flores, Antón no puede quitarse de la cabeza el beso de El Hada y se pregunta si no va siendo hora de que le diga algo. Tan simple como esperar a que todos los niños se hayan ido y en lugar de despedirse con el «hasta mañana» habitual, atreverse con un «y ahora ¿qué vas a hacer?, ¿te apetece tomar algo?». Pero Antón siempre ha sido de los que se dejan querer; nunca ha tomado la iniciativa y el miedo al fracaso le paraliza. Además hay otro miedo. Tiene pavor a enamorarse de ella, le produce horror la posibilidad de repetir lo que pasó con Irene, de encontrarse de repente en una jaula cómoda y acogedora. El mural ya está acabado, un montón de flores sobre un fondo amarillo, cada una con el nombre de uno de los chicos pintado en el centro. Es bastante feo, como casi todos los trabajos manuales que se hacen en la ludoteca, muy buenas intenciones y muy pocos resultados. Antón lo cuelga en la pared con cuatro chinchetas.

—¿Veis lo bonito que ha quedado? Pues ahora todos afuera, a jugar un rato al balón hasta que llegue Keti con la merienda.

Los chicos salen a la estampida, Salim a la cabeza, Rachid a corta distancia, Nicky pegando patadas a Mahamud, las niñas, como siempre, más rezagadas, y Selene aferrada a la mano de Antón como un náufrago a una tabla.

Salim pega el primer balonazo y Mahamud lo recoge con las dos manos.

—A ver, vosotras, ¿por qué no jugáis al fútbol?

—Porque el fútbol es un juego de chicos.

—Y eso, ¿quién lo dice?

—Todo el mundo. Se ve en la tele, en los partidos sólo juegan hombres.

—También juegan mujeres, Fátima, pero es que los partidos de chicas no salen en la tele.

—Pues si no salen en la tele es que no son importantes.

Antón no sigue la conversación. A fin de cuentas, él está ahí para cuidar a los niños, no para darles charlas sobre la manipulación de los medios ni nada de eso. Además, sabe que Fátima es terca, un estilo a Salim, pero en niña, y que le encanta llevar la contraria.

Fátima siempre está hablando de su padre. El padre de Fátima un día es piloto, al día siguiente es futbolista y al otro guardia del Rey, según a Fátima le dé. Antón supone que Fátima no ha visto nunca a su padre.

A lo lejos, ven aparecer a la gorda Keti cargando con las bolsas de la merienda. Avanza por el camino de gravilla con cara de agotamiento hasta que llega frente a ellos.

—Hola, niños. Hola, Antón. ¿Dónde está Claudia?

—Se ha ido a casa; se encontraba mal, tenía muy mala cara...

—Ah, vale, entiendo. ¡La pobre...! Bregar con toda esta chiquillería la debe de tener baldada.

—Nos agota a todos.

—Sí, pero a Claudia más.

Antón se empieza a asustar.

—¿Le pasa algo? ¿Está enferma?

—Enferma no exactamente. Está en estado.

A Antón la noticia le pilla de sorpresa y le deja blanco, como si le acabaran de dar una bofetada.

—Pues a mí nadie me había dicho...

—Claro, es que hasta que no se cumplen las tres faltas lo más prudente es no decirlo...

—Pero... —Antón casi no se atreve, por vergüenza, a formular la pregunta que le quema en los labios—. ¿Está casada?

—No, qué va, casada no, pero como si lo estuviera. Tiene un novio de toda la vida, también trabaja en el Centro, con el grupo de «Las Positivas», ése de autoayuda para mujeres. El Isaac, un chico pequeñito, de gafas; no sé, lo habrás visto, no es gran cosa, así, como hombre digo, pero tiene un corazón que se le sale del pecho... Hacen muy buena pareja esos dos. Hala, me voy ahí dentro que si no estos niños no meriendan nunca. En diez minutos me los traes.

Hace muchos años que Antón no llora, pero si no estuviera delante de todos los niños seguramente le habría apetecido hacerlo. En su cabeza bulle una confusa amalgama de tristeza, decepción, ira y celos. Pero, ¿cómo ha podido hacer el tonto de semejante manera? Dos meses viniendo a verla todos los días, sesenta días aguantando los gritos y las peleas de los críos y todo para nada. Porque si todo el problema fuera que la chica tenía un novio, en fin, eso se puede arreglar, pero lo del embarazo... Irreversible. Y eso le pasa por tonto, por no preguntar. Tenía que habérselo dicho los primeros días: «Oye, Claudia, bonita, ¿tú sales con alguien?», así de simple, y no quedarse allí plantado como un pasmarote a ver si ella se le insinuaba. Por eso tenía las tetas tan grandes, piensa Antón, si ya se lo dijo La Mamá, que se ponen enormes con el embarazo. En la cabeza de Antón una idea fija martillea insistentemente: «Eresunidiotaeresunidiotaeresunidiota», hasta que casi le está empezando a doler. Y justo cuando Antón decide que mañana ya no vuelve, nota que alguien le está tirando de la camisa:

—¡Profeeeeeeeeeeeee!

Es Mahamud, que le mira con unos enormes ojos negros, extrañados, porque el niño se debe de dar cuenta de que no es normal que el profe (los niños llaman así a todos los mayores porque no saben distinguir entre cuidadores y voluntarios) se quede un rato tan largo con la mirada perdida.

—¿Ahora qué quieres?

—La pelota... —y Mahamud desvía la mirada hacia la explanada, señalando a los borrachos, que se han vuelto a hacer con el balón.

—Joder, siempre con la misma historia —refunfuña Antón y, cogiéndole de una mano a Mahamud y a Selene de la otra, avanza hacia la explanada, convencido de que Salim chuta la pelota hacia los borrachos a mala baba, para despertarles, y que hoy van a tener bronca. Y mañana. Y al día siguiente. Y al otro.

LA CHUNGA

Mi padre dice que no sé la suerte que tengo, que él a mi edad no podía comprar condones ni mi madre pastillas, que estaba prohibido esto y estaba prohibido aquello... Y yo le digo que prefiero mazo de veces correr delante de los grises que trabajar de teleoperadora. Y que de follar ni hablemos, porque al paso que llevo jamás voy a tener casa propia y a los novios no me deja llevármelos a la suya, y a mí lo de follar en parques me da miedo, que la última vez casi me violan unos *latin kings* y en el coche es muy incómodo... Vale que Antón tiene su propia casa, pero me da a mí que Antón me va a durar muy poco, y no porque yo quiera, ¿eh?, pero una tiene ojo para estas cosas, que la vida enseña.

Así que no, no sé la suerte que tengo.

Bajío es lo que tengo yo.

«Línea de atención personal, le atiende la señorita Sonia López, ¿en qué puedo ayudarle?» «Pues mire, es que se me ha colgado el...» «Ah, pues si me da sus datos incluyendo el color de sus ojos y talla de pie, podré pasarle con alguien y quizá, quién sabe, en un futuro tenga usted línea otra vez.» «Pero es que necesito el ADSL para trabajar...» Entonces abres el historial de quejas del cliente y ves que es la enésima vez que llama por el mismo problema y piensas que si otro no ha conseguido resolverlo no lo vas a resolver tú que no tienes ni puta idea de cómo funciona aquello. Pero sabes que hay una supervisora escuchando tu conversación a través de un auricular y, como puedes, te deshaces del problema —«Un momento, por favor, le paso con un técnico o con un comercial.»— enviando la llamada a alguno que no quiere ni cogerla porque también tiene el historial delante y sabe que no hay solución. Lo que importa, eso sí, es que la llamada sea lo más corta posible, hay que pasarlas a un 902 para que puedan cobrarle al cliente 50 céntimos minuto. Más o menos cada día me insultan unas quinientas veces: porque una compañera que no tenía ni idea de qué hacer ha pulsado una tecla equivocada y ha dejado a un cliente compuesto y sin teléfono, porque los técnicos de la compañía llevan semanas sin reparar una línea, porque una novata ha creado un parte de avería cuando no procedía y se ha cargado una línea de un plumazo, porque se ha hecho un mal diagnóstico del problema..., claro que mal diagnóstico, ¿qué esperan si ninguna de las operadoras hemos estudiado informática? Y ahí nos ves a todas las teleoperadoras corriendo como pollos sin cabeza cada vez que entra una llamada, en busca del coordinador, que no puede atendernos porque está intentando calmar a otras diez pringadas que tampoco saben utilizar la aplicación o no tienen ni puta idea de lo que les está contando el cliente. Y nos meten en una oficina cochambrosa, sin luz natural, apiñadas durante siete horas en las que no podemos levantar la vista del monitor. Nos permiten cinco minutos de descanso por cada hora de trabajo. Y en cinco minutos no te da tiempo a ir a mear, porque hay un solo cuarto de baño para tropecientas operadoras. Eso sí, te pagan un sueldo de puta madre, seiscientos euros al mes, que no te llega ni para pagarte una habitación. Y, encima, no tienes que preocuparte si no has conseguido plan para el fin de semana, porque tienes sólo un día libre y nunca es sábado o domingo. Un chollo... Hasta que un día alguna no puede más y se le escapa decirle al que llama eso de «denuncia en la OCU, que te están tomando el pelo», y en una de ésas le oye la supervisora y fuera que se va la pobre. A la calle por sincera... Según un panfleto de los que dejan los sindicatos en la sala de descanso, si trabajáramos directamente para la compañía telefónica haciendo exactamente el mismo servicio cobraríamos el triple. Pero estamos subcontratadas. Y para colmo bajo la constante amenaza de la des... deslocalización a punto de caer sobre nosotras como..., ¿cómo era eso que estudiábamos en el instituto? La espada de Pericles. Que si los trabajadores originamos demasiados costes, que si otras empresas ya lo han hecho, que si es la tendencia del mercado... Así que las operadoras están en Marruecos o en Tánger o en Argentina y tendrán aún menos idea que nosotras de cómo se arregla una avería. Me han dicho que en Marruecos les han prohibido decir «Línea de atención al cliente, le atiende Hasán» y deben decir algo así como «Le atiende José». Y si es una chica con un nombre muy árabe, tipo Suad, por ejemplo, tiene que llamarse Susana, para que los que llamen no pillen el truco. O sea, que encima de mantas, engañabobos.

Y por eso yo se lo digo a mi padre y se lo repito.

Sinceramente, papá, hubiera preferido correr delante de los grises y vivir en un tiempo en el que no había ADSL.

Pero, cuando le respondo, a mi padre se le va la pinza, se pone a gritar hecho un basilisco, rojo como un tomate, se le salen los ojos de las órbitas... un número, vaya. Ya no nos pega, ni se le ocurre, porque sabe que si toca a mi madre y le deja una sola marca nos vamos a la comisaría como hicimos la última vez, que de allí nos mandaron al ambulatorio para que un doctor firmara que sí, que mi madre presentaba contusiones. ¿Y cómo no iba a presentar contusiones si tenía un ojo morado? Vamos, que la habían visto los policías, no hacía falta un médico para certificar lo que era evidente, digo yo, y al rato se personaron en casa dos policías y se llevaron a mi padre esposado. No veas tú las vecinas, la cancha que les dimos, porque a las vecinas les encanta largar y, claro, al día siguiente ya estaba la Amina preguntándome en el ascensor: «Oye, que me han dicho que a tu padre se lo llevó la policía. ¿Pasa algo?». Y yo le respondí: «Pasa algo, pero a ti no te lo voy a contar», y me fui tan ancha. Amina no tiene padre; creo que está en la cárcel, el padre. Amina vive con la madre y el hermano pequeño, Salim creo que se llama, un trasto de niño, muy mono pero muy maleducado, me saca la lengua todo el rato. Y es raro que las marroquíes vivan sin un hombre en la casa. Yo no le pregunto a la Amina que dónde está su padre, ella que no me pregunte por el mío. La Alba también me preguntó en la escalera, pero de otra manera, mucho más sutil: «Sonia, ¿estáis bien en casa, necesitáis algo?». Y es que la Alba es mucho más discreta, dónde va a parar, por la cuenta que le trae, porque de ella ya se ha dicho todo lo que se podía decir en este barrio, de todos los colores la han puesto desde que se lió con el moro. Por eso, la Alba no se mete donde no la llaman y no pregunta; porque vive con un marroquí, escándalo asegurado, claro; es que en este barrio todo es un escándalo. Antes, Albita tenía un novio insoportable que se pasaba el día metiéndole gritos. Desde mi casa le oíamos; ecuatoriano tenía que ser. Porque los ecuatorianos tienen esa manía de gritar por todo y poner la música a todas horas. Sin ir más lejos, las del tercero. No oímos más que voces exageradas, bramidos que retumban por el hueco de la escalera. Antón dice que al niño de las del tercero, al Nicky, lo conoce él de la ludoteca y que es malísimo. Y no me extraña, porque, ¿cómo va a salir el niño bueno si se pasa el día oyendo gritos? Y el novio aquél de la Albita gritaba igual. No sé cómo este edificio no se cae entre los gritos de mi padre y los de los demás. Pero ahora Albita vive con Aziz, su nuevo novio, uno que tiene una tetería dos calles más abajo de aquí, y parece que con este nuevo novio Albita no discute nunca, jamás tiene el menor problema, y mira que dice la gente que los moros son complicados, pero éste es un santo varón, se lo digo yo. Pero me ha contado Amina que algunos amigos comunes que los han visto juntos dicen luego por ahí que el moro es un calzonazos y por eso la aguanta. La gente es que es muy mala. Y la familia de Alba, que son cristianos de base, que es una especie como de secta que no la entiendo yo mucho, viene a decir: «Ay, la Albita, que es tan buena que se ha liado con un moro». Como si le hiciera el favor la Albita a Aziz y no al revés.

Pues eso, lo que le estaba contando, el belloto de mi padre pega a mi madre, mi madre llama a la policía, se lo llevan esposado... y luego nos hicieron un juicio exprés, o sea, que fue a los dos días, porque antes había que esperar meses para un juicio pero ahora, en estos casos, o sea, si te pega tu marido, pues no, y mi madre fue llorando y dijo que ella también le había pegado, que había sido una pelea, mintió la muy apamplá, que es que hay que estar trallada para defender al tío que te pega, idiota de remate, vamos... Pero de todas formas le declararon culpable a mi padre y le impusieron una orden de alejamiento, o sea, que a casa no podía venir, pero vino a casa de todas formas y mi madre le abrió la puerta y aquí sigue. Lo que sí es cierto y verdad es que ahora grita pero no nos toca, porque sabe que si nos toca la segunda vez sí que va a la cárcel en serio. Y yo cada día pensando en cómo irme de casa, quiero irme lo más antes posible, pero con lo que gano no puedo ni pensarlo y, además, que me da miedo o pena dejar a mi madre sola, aunque a veces pienso que ella se lo ha buscado, que se coma ella su marrón por haberse casado con él, que nadie le puso una pistola en la cabeza, digo yo, por mucho que ella diga que entonces no se le podía aguantar de guapo, que tenía unas hechuras muy de hombre, así lo dice, lo de las hechuras, digo, pero también me ha contado que de joven mi padre ya era de aquella manera, que le montaba mazo de escándalo si se ponía una falda corta, o sea, que se le veía venir. Vamos, que si a mí un tío me grita porque llevo la falda corta no me vuelve a ver el pelo nunca más, por éstas. Y por eso llevo siempre que puedo la falda muy corta, por joder a mi padre más que nada, porque sé que se lo llevan los demonios. Pues mira, que le den. «Puta», me dice, «que pareces una puta.» Un día le respondí: «Pues te debe de gustar, porque a ti las putas te van, ¿no? Que tú de putas sabes mucho». Y el tío se rayó un huevo, me soltó una bimba que me dejó la cara del revés. «Que eres una buscabocas» me dijo «y un día te la van a partir.» Y con las mismas yo abrí la puerta y no volví hasta la mañana siguiente.

La noche que conocí a Antón llevaba la falda corta, precisamente. Y él me dijo que tenía las piernas bonitas, y luego acabamos juntos, aquella misma noche, en su casa. Susana me ha dicho que Antón me llama La Chunga, que me lo empezó a llamar Silvio, su novio, el de la Susana, digo, y que se lo pegó a Antón. Pues, mira, yo prefiero ser chunga que ser como mi madre, que le abre la puerta a mi padre después de que el muy cabrón le haya metido una entallá. Yo es que esas cosas no las entiendo, pero claro, a Antón no le molan las chungas, por lo que se ve, porque Susana me dijo que Antón anda medio colgado de otra y que la otra le mola porque es muy dulce, o eso dice. No, si todos los tíos son iguales: quieren mosquitas muertas, como mi madre, para poder pegarles y espaventarlas y que luego les abran la puerta de casa, no te jode mayo con las flores.

Susana me dice que no entiende por qué me lo sigo haciendo con Antón si está claro que el tío pasa de mí y que me voy a quedar colgada y él me va a largar cualquier día de éstos. A mí me da que Susana me quiere restregar por la cara lo de que ella tiene novio formal que le dura y eso, pero yo me veo venir que Susana acaba como mi madre, con el Silvio borracho día sí y día también y yéndose de putas cada semana. Porque el Silvio priva, ¿eh?, y se mete, también se mete, no veas los chuzos que se pilla el chaval, y cuando me pongo la minifalda, detrás que se le van los ojos como a un crío que quiere un helado, que lo sé y me consta. Pero yo a Susana no le explico nada, como no le expliqué a la Amina por qué se llevaron a mi padre. Porque yo veo cómo mira la Susana al Antón, que tengo ojos en la cara. Y sé que está celosa, que es muy guapo el Antón... ya se me entiende, ¿no? Y no le digo que por lo menos si duermo en casa de Antón no tengo que dormir en la de mi padre y escuchar sus ronquidos de cerdo, y no me toca ver la mancha de humedad del techo de mi cuarto, que la tengo demasiada vista ya, y que yo ya sé que con el Antón no llego a ninguna parte, pero por lo menos paso el rato, que ya es algo.

Algunas noches, cuando no duermo con Antón, me pongo a soñar despierta, porque dormirme no me duermo, entre los ronquidos del viejo, que no me dejan dormir, y el miedo... ¿Que por qué tengo miedo? Pues no sé... Lo tenía de pequeña, siempre tenía el miedo de despertarme en mitad de la noche porque él hubiera llegado borracho y la tuviera con mi madre, y creo que se me ha quedado desde entonces, lo de no dormir tranquila; nunca duermo de un tirón y, además, me cuesta mogollón coger el sueño, y me quedo horas mirando la mancha de humedad del techo, que tiene forma de dragón a veces, o de caballo otras, o de flor exótica según me dé a mí, supongo, y se me va la cabeza en pensar qué cómo me cambiaría la vida si se muriese mi padre. Me siento culpable e intento arreglarlo, que no quiero que se muera, basta con que se vaya de casa para siempre. ¡Si encontrara a otra y se fuera lejos! Pero quién le va aguantar a ese cafre; otra mema como mi madre, pero es que a mi madre la pilló de jovencita y ya son muchos años. Ahora a otra no la engaña. O me da por pensar que si yo me metiese, es un poner, a puta de esas caras... pero de las que se anuncian en los periódicos, de las que cobran pasta de verdad, no de las de la calle, porque yo soy joven y tengo las piernas bonitas, y en un año ya tendría para pagarme un curso de algo, de decoración o así. Que sí, que es un asco follar con tíos que no conoces, pero si son tíos de pasta supongo yo que por lo menos vendrán bien lavados y oliendo a colonia cara. A veces pienso en largarme a donde sea, a Ibiza, y trabajar de camarera. Pero las camareras cobran como las teleoperadoras, o menos. Y, además, en Ibiza todo el mundo quiere ser camarera y seguro que también acababa de puta. A veces pienso que encontraré otro curro mejor pagado, o un hombre que me quiera, o hasta las dos cosas, y entonces, sólo entonces, me quedo dormida.

LA NEGRA

Ya ve usted que la casa no es muy grande, mejor habríamos quedado en cualquier otra parte, vamos, ahora que lo pienso igual fue una tontería decirle que podía subir. Además, que hoy es el peor día, que no me he levantado con muy buen pie, que he tenido otro farullo con Silvio, ya le he contado alguna vez que con Silvio no me llevo muy bien. Sí, sí, por lo menos la casa está bien arreglada, yo me doy mucha maña para eso, para tenerlo todo limpio porque, como yo digo, una puede que no tenga una casa muy grande ni muy bonita, pero limpia la tiene. Cuando usted me ha llamado la he limpiado de arriba abajo, porque no imagina cómo estaba, por la bronca de ayer, ¿sabe? Usted quiere que yo hable, ¿no?, ¿eso es todo? Superfácil, porque a mí me encanta hablar, y más hoy, que estoy un poco así como desorientada, vamos, que si quiere usted que yo largue, pues largo, y sí, puede usted poner la grabadora, me da igual.

Mi madre contaba, cuando aún se acordaba de las cosas, antes de que la ingresaran, que yo de pequeña me despertaba y le preguntaba: «¿Hoy es ya mañana?». Esta mañana me ha parecido que la pregunta que yo hacía de niña no tenía nada de raro, más bien al contrario, que era una pregunta de lo más sensata, porque esta mañana yo no sabía si hoy era hoy o todavía era ayer, y es que la noche había sido tan rara, una noche de duermevela y vueltas en la cama, de despertarse a cada rato sin saber si lo que tenía en la cabeza era un sueño o una realidad, porque tenía pesadillas en las que se repetía la verdadera pesadilla, la bronca que tuve ayer, y no sabía dónde estaba. Y he recordado esa frase que Antón me decía: «Hoy es siempre todavía», que dice Antón que es de Machado, porque Antón lee, y lee poesía, o sea, que si leyera libros de ésos de templarios igual me impresionaba, pero no tanto, pero lo de la poesía siempre me ha llamado la atención, y no es que yo lea mucho, oiga, pero es que Silvio no lee nada, pero nada, ni el *Marca* lo lee, como mucho pasa las hojas y mira los titulares, aunque tampoco es que haya mucho texto en el *Marca*, vamos. Cuando me contó Irene que Antón le había escrito poesías, poesías para ella, digo, y de esto hará un año o así, cuando aún estaban juntos, a mí me entró una envidia tremenda. Porque a mí Silvio no me ha escrito nada en su vida, por supuesto. Y porque a mí siempre me ha gustado mucho Antón, lo reconozco, y cuando se lió con la Sonia se me puso el corazón atravesado en la garganta, pero yo sé que la Sonia está muy buena y yo no lo estoy. Una noche, en una fiesta en casa de la Jennifer, yo me había cogido un pedo tremendo, pero tremendo, y le dije al Antón que le iba a enseñar a preparar mojitos a la guineana. Por supuesto que en Guinea no hacen, o sea, no hacemos mojitos, me lo acababa de inventar. Yo es que cuando hablo de Guinea hablo de mi casa, aunque no viva ya allí. Mi madre es guineana, mi padre es guineano y yo me empeño en decir que soy española porque lo soy, qué coño, pero también soy guineana, y con orgullo. Bueno, pues en la fiesta yo iba tan pedo que intentaba exprimir zumo de limón, pero me liaba y sólo conseguía llenarme las manos de zumo. Entonces Antón me empezó a chupar los dedos y me puso..., me puso excitadísima, vamos. Y acabamos besándonos. Y de repente él paró y se fue. Y me dejó allí, planchada, en la cocina con los limones. Y desde entonces, y me da vergüenza hasta reconocerlo, he pensado mucho en Antón chupándome los dedos... Demasiado he pensado. Por eso me jodió tanto que se liara con la Sonia, porque ella está muy buena y yo no. Vamos, que las minifaldas ésas tan descollantes que lleva no me caben a mí ni en una pierna; además, que cómo me voy a poner minifaldas yo con las caderas que tengo. Está esquelética, Sonia, la cabrona, pero parece una fulana con esas minifaldas, cosa más vulgar. Eso sí, con lo flaca que está tiene mucha más fibra de la que aparenta, es cien veces más fuerte que yo y tiene más conchas que un galápago, la tía.

Justo antes de que usted se presentara, para vestirme, saqué del armario una chaqueta y se cayeron unos pantalones negros que ya no me puedo poner. Me pareció que de la percha pendían varios años de mi vida. Porque yo antes era delgada. Nunca estuve tan flaca como la Sonia, pero mi tallita 40 la tenía. Pero, como yo digo, a mí me pasa al contrario que al resto de la gente, que pierden el apetito cuando se deprimen. Pues a mí, al revés. Yo me deprimo y me tiro a la nevera. Y entonces no compro casi comida para evitar la tentación. Y al final, en la calle, acabo parando en cualquier supermercado o en cualquier tienda de chinos para comprar chocolate. Es como una droga. O sea, que una parte de mi cabeza me dice: «No comas chocolate, Susana, que engordas, compra una manzana». Pero otra parte de mí pide chocolate, necesita chocolate, es como si tuviera un monstruo rugiéndome en las tripas. Y cuando empezaron las broncas con Silvio, el monstruo empezó a pedir y pedir.

Yo con Silvio no me había peleado nunca hasta que nos fuimos a vivir juntos. Hasta entonces, un ángel. El tío más majo del mundo. Pero, en cuanto alquilamos el estudio, se le fue la pelota. Porque, claro, él había vivido en casa de su madre, y su madre, como yo digo, es como la esclava de la familia, que cose, limpia, friega y barre para todos, y el Silvio cuando llegó a casa no sabía ni hacer una tortilla, se lo juro, no sabía que había que poner el aceite en la sartén y dejarlo calentar y entre tanto batir los huevos y luego echar la mezcla; qué va, él echaba el aceite y los huevos sin batir en la sartén y luego lo batía todo. Y no sabía fregar los platos, porque no los enjuagaba y le quedaban más sucios que antes de lavarlos. La ropa se la llevaba a la madre para que se la lavara y planchara. Y de vez en cuando pasaba la aspiradora, pero a regañadientes. Y claro, yo también curraba y llegaba a casa derrengada después de haber estado de pie ocho horas y me jodía tener que hacerlo todo yo sola, y el muy batato rascándose la bartola en el sofá. Y ahí empezaron las discusiones.

Yo entonces trabajaba en Mango, de dependienta. Me pagaban una mierda y estaba de pie todo el rato. Lo único que tenía el curro de bueno era que se hacía por turnos, que currabas o a la mañana o a la tarde, así que te quedaba mucho tiempo libre. Pero pagar, lo que se dice pagar, pagaban bastante poco, así que Silvio pagaba más alquiler que yo y eso me lo restregaba todo el día por la cara. Era como que si él trajera más dinero a casa yo debiera limpiar más a cambio, pero, como yo digo, él trabaja sentado y yo trabajo de pie; no es lo mismo. El caso es que me empecé a amargar y fue cuando se despertó el monstruo, y de camino al trabajo me daba por comprar chocolate. Al principio, sólo una barrita, un Toblerone, pero luego me dio por ir andando hasta la tienda, por aquello de que estaba engordando, y claro, desde el autobús pues si ves una pastelería no puedes bajarte a comprar un bollo, pero si vas andado ahí está la tentación detrás del escaparate, y el monstruo que se pone a rugir. Y al cabo de un mes paraba dos y hasta tres veces desde casa a la tienda. Aquí me compro el Toblerone y, un poco más adelante, la palmera de chocolate y, en el quiosco de enfrente de Mango, los Smarties. Y yo me odiaba a mí misma por hacerlo, pero el monstruo seguía rugiendo. Y un día los pantalones ya no me cabían. Es que el negro está obsesionado con el comer; cuando entras en una casa africana, siempre es lo mismo: «¿Has comido? ¿Quieres comer?». Y las mujeres están siempre en la cocina, charlando, cotilleando, cocinando. Así que, si me deprimo, yo, que soy negra, voy a la cocina, que para mí es como el sitio más acogedor, más familiar. Y así me puse de gorda, adiós a mi talla 40. Y me prometí a mí misma: a partir de mañana, ensaladas. Y al día siguiente comía una ensalada y cogía el autobús y no había chocolate, pero a la salida del trabajo el monstruo empezaba a rugir como un loco, me daba la impresión de que me iba a desgarrar las tripas con sus arañazos, y yo cedía y le daba de comer. Y los meses pasan y el Silvio y yo todo el día tarifando, y yo cada vez más amargada y el monstruo que pide más comida. Y yo pienso que tengo que dejar a Silvio, pero luego me miro en el espejo y me veo tan gorda que pienso que nadie me va a querer; sí, además soy una histérica y una perfeccionista y una castradora, y tengo un humor de perros que no hay quien me lo aguante. Y no sé si de verdad soy una histérica y una perfeccionista y una castradora y tengo un humor de perros que no hay quien me lo aguante o si me lo he acabado creyendo porque es lo que Silvio me dice y me repite, pero el caso es que no quiero dejar a Silvio porque no quiero volver a vivir en casa de mi padre y porque, ya lo he dicho, creo que nunca más voy a encontrar a nadie. Y sigo engordando. Y el problema es que en Mango no contratan a dependientas que no sean delgadas. Están todas esqueléticas; se pasan el día con la botellita de agua mineral a cuestas y casi no comen. Lo de las botellitas de agua mineral es lo más absurdo del mundo. Resulta que alguna dijo que para adelgazar había que beber dos litros de agua diarios y que por eso las modelos siempre llevaban agua mineral en el bolso, así que todas se hicieron con sus botellas y las tenían escondidas en el mostrador de las cajas. Pero, claro, si bebes tanto tienes que ir al cuarto de baño a cada hora, y si estás trabajando de cara al público en una tienda en la que sólo hay un servicio, pues no resulta tan fácil. Y además luego leí un artículo que decía que en realidad era muy malo beber tanta agua, porque se pierden sales minerales y no sé qué más, pero ellas no me echaron cuenta cuando se lo expliqué; no comían nada y bebían demasiado. Cuando me contrataron, yo era delgada, talla 40, ya lo he dicho, pero ya no lo soy y, en éstas, un día me doy cuenta de que están a punto de echarme, en cuanto se cumplieran los seis meses del contrato, porque ya había visto cómo habían echado a otras... Y, claro, esto me angustia cada vez más y empiezo a hacer locuras. Me tiro tres días sin comer, sólo a base de té rojo, que dicen que quema grasas. Pero al cuarto me pego un atracón salvaje, me compro un kilo de pastas en una panadería y las acabo vomitando en el baño de casa. La ropa de la tienda ya no me cabe. Silvio hace bromitas crueles: «¿Qué, nena...?, que te estás poniendo de buen año, ¿no?». Y yo cada vez me deprimo más y más y me veo en un callejón sin salida. Porque si me convierto en todo lo que él quiere, me perderé a mí misma. Y entonces paso por delante de la tienda de Superwoman y veo el cartel: «Se necesita dependienta». Tengo claro que no me van a echar de una tienda especializada en tallas grandes, pero la encargada me dice: «Mira, es que tú eres demasiado oscura y las clientes se me van a asustar», así de chungo me lo pone. Pero al menos le agradezco la franqueza. Porque cuando iba a pedir trabajo, antes de encontrar lo de Mango, quiero decir, no me lo solían decir tan claro. Enviaba el currículum y me llamaban y por teléfono parecían encantados, pero en cuanto llegaba a la entrevista me miraban de arriba abajo y me decían: «El puesto ya está cogido» porque no tenían arrestos ni eran tan sinceros como aquella señora. «Las clientas se me van a asustar.» Y luego me pregunta: «Pero tú, ¿de dónde eres?». «De Alcalá de Henares, señora.» «Ya, pero lo que quiero saber es que dónde has nacido.» «Pues en Alcalá de Henares, señora.» «Ya, pero tus padres de dónde son.» «Pues han vivido toda su vida en Alcalá de Henares.» La señora ya estaba de los mismos nervios. «Pues, si son negros, no han podido nacer en Alcalá de Henares.» «No, señora, mi padre nació en Guinea.» Y la señora parecía aliviada ahora que por fin sabía de dónde viene el color de mi piel. «¿Y allí, qué se habla, francés o indígena?» «Español, señora, se habla español.» Yo no sé cómo le aguanté tanta tontería y no la mandé a la mierda directamente, pero debí de caerle bien a la tipa, porque al rato me dijo: «Mira, pensándolo mejor, te vienes mañana y te quedas dos días a prueba, a ver qué tal sale». Y hasta hoy.

Perdone que me vaya tanto por las ramas y que no esté muy coherente. Es que me duele la cabeza, mucho; en parte por no dormir y en parte porque el Silvio me rompió un cenicero en la crisma. Sí, en serio le digo, que me rompió un cenicero. No, qué va, paso de denunciarle, ni loca, ni hablar, yo no me busco líos. No sé adónde voy a ir con este cuerpo de lunes. Menos mal que tengo turno de tarde, si hubiera tenido de mañana fijo que hoy no llegaba. Para colmo, el puto cenicero estaba lleno de colillas y la cabeza me huele a tabaco, y yo al tabaco lo tengo aborrecío. Yo siempre le decía: «Cari, por favor, no fumes en casa. Además, el olor se pega hasta en las cortinas. Y me hace toser». Y él: «Tía, eres una exagerada. ¡A ti qué más te dará...! ¡Si es que a este paso nos van a prohibir hasta follar! Además, de algo hay que morirse». Lo decía de muy mala leche, muy en hombre, muy gallito. Y yo callaba y abría ventanas y encendía velas antitabaco y vaciaba ceniceros. A mí me da asco el tabaco. Las negras no fumamos, está mal visto; es una cosa de hombres, pero también de blancos; no hay mucho negro que fume. Yo no fumo, como todas las negras, y además tengo muy buen olfato, como todas las negras. Y me daba muchísimo asco el olor del tabaco que se me pegaba en la ropa. Intentaba disimularlo con perfume de flores, pero ni por ésas. Se mezclaban los dos olores y el tufo era mareante. Olía como a puta barata. Dicen que las negras olemos distinto, que los perfumes en nuestra piel adquieren un tono más intenso. No sé si será verdad, a veces esas cosas me suenan a cuentos racistas, pero el caso es que el tufo mareaba, me mareaba hasta a mí. Y cuando le prohibieron fumar en la oficina, Silvio, en casa, fumaba más aún. El hogar de un hombre es su castillo, decía, es el único espacio en que me dejan libre. Porque en la taberna moderna, la de debajo de casa, el dueño, el pintor ése tan guapo, el moro, Yamal se llama, también prohibió fumar, pero al poco tuvo que cambiar el letrero porque se quedaba sin clientes. Y a Silvio, que no le llevarás la contraria, no, que entonces empieza con que no le taladres, que eres una pincho. Y nada, yo a pelarla, poniendo cuenquitos con vinagre por toda la casa porque dicen que quitan el mal olor, pero qué va; es que fumaba como una chimenea, el Silvio. Como no funcionaba, probé a llenar los cuencos con agua y granos de café, y tampoco. Y luego puse un cuenco con agua y esencia de tomillo sobre el radiador, que se supone que cuando el agua con la esencia se evapora se lleva el vapor todo el tufo del tabaco, pero mi sobrino se lo bebió —¡es que los niños tienen unas cosas!— y hubo que llevarle a urgencias porque tenía dolor de estómago la pobre criatura. Y cuando le pillé al sobrino fumando un cigarro del paquete que se había dejado Silvio en la mesa del recibidor... Encima el tío riéndole la gracia: «Será jodío, el niño». Ya lo que me faltaba, que me entraban unas ganas de llorar, que el niño tiene seis años, coño. Y encima en este barrio, que me contó Antón que los críos de la ludoteca esnifan pegamento, lo que nos faltaba, que anduviera el chiquillo cogiendo vicios desde ya. Y nada, yo rociaba con colonia, como hacía mi madre, rociaba con colonia para ahuyentar a los malos espíritus y de paso el olor a tabaco; rociaba en la esquina de la puerta de la calle, como hacía mi madre, y pasaba un sahumerio con incienso por todas las habitaciones, como hacía mi madre, pero ella lo hacía para ahuyentar a los malos espíritus (eso cuando aún se acordaba de las cosas, digo) y yo lo hacía a ver si se iba de una vez el olor.

Por las noches, Silvio tosía con una tosecilla seca e irritante que no me dejaba dormir y yo me las pasaba en vela, contemplando la esponja empapada en agua fría que había puesto en un platito en la mesilla de noche, porque en las revistas decían que así se quitaba el olor a tabaco. Pero de todas formas el olor del cigarrillo no se iba. Como no se me iba de la ropa, y en la tienda está prohibidísimo fumar, a la encargada no le gusta. Tampoco le gusta que nadie huela a tabaco; tiene nariz de catadora de vinos, esa mujer, Dora, la encargada. En su día fue modelo, o actriz, o algo así, y camina como si fuera una reina, sólo le falta un cetro. Guapa es, nadie se lo niega, pero se da unos aires.... Tiene los ojos muy bonitos, de un azul raro, como oscuro, azul mar, ojos así yo no los había visto antes, pero anda todo el día con la nariz arrugá, y con la nariz arrugá me pregunta: «¿Tú fumas, Susana?». Y yo: «No. ¿Por qué?».

Ella: «Por nada, por nada...», pero me pone cara de asco. Y yo me agobio porque sé que nunca voy a conseguir que Silvio no fume en casa, que voy a oler siempre al puto tabaco, y me deprimo más y el monstruo ruge y pide comida y yo se la doy y ahora me visto con ropa de la nueva tienda en la que trabajo. Porque, al final, me quedé en la tienda, fíjese. La mujer, la Dora, es una racista de cuidado, pero yo enseguida vi el truco, que era ponerme al día de todos los cotilleos del corazón. Porque, como yo digo, a los africanos les pirran las telenovelas, pero a las españolas les encanta el chisme. Y yo me di cuenta de que, si sabía un poco de cotilleos de las estrellas de la tele, enseguida me iban a aceptar. Entonces, siempre que estaba en casa, procuraba ver algún programa de esos de chismes, y ahí nueva bronca con el Silvio, que él lo que quiere ver es fútbol. Pero yo me tenía que saber todos los chismes porque las señoras de la tienda sólo habían visto negras en la tele, en los documentales, de ésas dando saltos con las tetas al aire pidiendo que llueva, y claro, pues me veían un poco *masai*. Y, el primer día, la mujer no se me despegaba y me tenía todo el rato vigilada; adonde yo iba, allá que me seguía. Y me acuerdo de que había una señora que estaba así como mirando prendas y yo me acerco toda amable y toda fina y le pregunto: «Perdone, ¿puedo ayudarla en algo?», y la mujer se gira y me ve y pega un grito como si se le hubiese aparecido el mismo diablo: «¡Aaaaaaaaaaaaaaay!», y luego, cuando se da cuenta de la metedura de pata, para intentar arreglarla, va y me suelta: «Perdona, es que me has asustado; como hablas tan bien...». Lo dicho, que me veía *masai* y las *masais* no hablan castellano. Y entonces va la Dora y me dice: «No te preocupes, Susana, que ya la atiendo yo». Y luego, cuando la otra se va: «Ya te irás acostumbrando, es que al principio se asustan un poco». Y a mí ya me estaba empezando a tocar las narices todo aquello pero, como yo digo, el orgullo no da de comer. Y de ese estilo las tenía todos los días. Un día viene una señora con una niña pequeña y yo estaba detrás del mostrador, quietecita, porque a las señoras no hay que importunarlas hasta que no lleven un rato curioseando en la tienda. Y la niña se le suelta de la mano y, mientras la señora está mirando unos jerséis, la niña se acerca hasta el mostrador y se me queda mirando con los ojos muy redondos y muy fijos. Y entonces yo, toda educada y gentil y sonriente, le digo: «Hola, bonita», y la cría: «¡Aaaaaaaaa-aaaaaaaaaaay!», y sale disparada hacia su madre, berreando: «¡Mamá!, ¡Mamá!, ¡LA MUÑECA HABLA!, ¡LA MU-ÑECA HABLA!». Claro, yo de aquella casi me vuelvo blanca, del susto. Y la madre me viene toda aturullada intentando explicarme: «No, mira, es que... ¿Sabes?, que la niña tiene una muñequita que es igual que tú, ¿sabes?, y..., o sea, que como que tiene las mismas trencitas...». Vamos, que lo que me venía a decir era que la niña no había visto una negra en su vida, porque la niña vive en un barrio donde no hay negros.

Pero, a lo que iba, que me quedé en la tienda. Pero que la mujer, la encargada, odia el tabaco. Incluso cuando llegan las mejores clientas, Dora no les deja fumar. Tenemos una que se gasta auténticos pastones, como yo digo, es compulsiva esa mujer, se pasa por la tienda de media una vez por semana y siempre se lleva algo. Y no es una tía gorda ni nada de eso, es más bien normal, rellenita, pero guapa, muy guapa, rubita, con cara de niña. «Es que es absurdo que ahora las mujeres de cuarenta años nos tengamos que vestir todas en tiendas de tallas grandes, como si fuéramos ballenas.» Eso decía ella en el probador. «Que yo no estoy tan gorda, ¿verdad?» «No, claro que no», le contestaba yo, pero el caso es que la señora estaba tan gorda como yo, y yo me veo hecha una foca, pero también sé que si me ves por la calle no dices: «Mira esa gorda», pero tampoco dices: «Mira qué tía tan guapa». Y antes sí que lo decían. Coño, claro que lo decían, yo iba por la calle y los tíos volvían la cabeza, que el Silvio me lo decía todo el rato: «Que no se te queden mirando de esa manera, a ver si le voy a tener que partir yo la cara a más de uno». Y como a alguno se le fueran los ojos, ya se enfurecía el Silvio: «A ver, tú, ¿qué miras? Ten cuidado, a ver si te voy a meter dos hostias y así la ves por los dos lados». Es un macarra, el Silvio; siempre lo ha sido, pero a mí entonces me molaba; es que yo era un poco pava. Yo me quedé un poco flipada cuando la señora me dijo que tenía cuarenta años, porque pensaba que andaría por los treinta, por lo de la cara de niña. También será porque dicen que hay que elegir entre la cara o el culo, que cuanto más gorda menos arrugas; no sé. Además, aunque en su tarjeta de crédito decía que se llamaba Elena, ella decía que se llamaba Poppy, que no es un nombre para una mujer de cuarenta años, vamos, o eso creo yo. Una vez le pregunté que por qué la llamaban así y me dijo que cuando era ella pequeña había un programa para niños que se llamaba *La Casa del Reloj* y que había tres muñecos: Poppy, Marta y Manzanillo, y que ella se parecía al muñeco Poppy y que por eso su padre empezó a llamarla así. Y la verdad es que esta señora seguía teniendo cara de muñequita, era lo que la encargada de la tienda llamaría «una chica mona», porque muchas veces habla de chica mona refiriéndose no a una chica, sino a una mujer, y creo que quiere decir eso, que les falta un hervor, que no parece que hayan acabado de crecer. Y esta chica mona era precisamente la que más me insistía para que dejara a Silvio. Porque sin esta chica, o esta señora, o lo que fuera la Poppy, yo ni me habría planteado dudas, hubiera seguido pensando que qué suerte tenía yo de estar con Silvio. Pero una tarde, que por no sé cuánta vez vino la Dora a preguntarme que si fumaba, ya no pude más y me desahogué con la clienta, con la Poppy, que desde luego, qué manías tienen los pijos, yo no entiendo lo de llamarse Pipi o Poppy a los cuarenta años, de verdad, pero el caso es que a la Poppy le conté de Silvio y lo de que fumaba. Y una cosa llevó a la otra y cada vez que venía le iba hablando más y más de Silvio, hasta que un día ella me dice: «¿Pero tú no ves que ese tío te manipula? ¿Que te pincha y te pincha para que explotes y así, cuando explotas, te puede llamar loca a gusto?». Me estuvo hablando mucho rato y me convenció. Porque a esa mujer se la veía que no era como las demás clientas de la tienda, que tenía por lo menos dos dedos de frente, que se la veía más vivida, mucho más inteligente a pesar de que al principio, por lo de la cara de buena y de niña, diera otra impresión, porque, como yo digo, nuestras clientas no saben hacer la *o* con un canuto, que ni trabajan ni hacen nada en casa, porque son de las que tienen asistenta y niñera. Pero la Poppy no, estaba hecha de otra pasta. Y trabajaba, era gestora o asesora, o algo así, importante, de números. Me impresionó a mí aquella mujer, me hizo pensar. Conoce tu punto débil, me decía, sabe que si te pinchan explotas, y sabe que tienes miedo de volverte loca como tu madre. Mujer, me dijo, es que se lo pones muy fácil. Conoce tu punto débil.

Y esta mañana esa frasecita de Poppy me martillea en la cabeza y se mezcla con el dolor del golpe del cenicero.

«Se lo pones muy fácil.»

«Conoce tu punto débil.»

Recuerdo cuando Silvio y yo empezamos a salir. Solíamos ir a unos recreativos que estaban por el centro, a jugar a un juego que se llamaba, y se llama, *The House of the Dead*. Allí se jugaba con unas pistolas de plástico que estaban conectadas a una pantalla enorme con una especie de mangueras de goma. Creo que ahora el jueguecito lo cargas en la Play, pero yo de eso no sé; mis sobrinos no son de los que tienen consolas ni chorradas de ésas porque les meto mucho rollo pacifista, les cuento eso de que en el país de sus abuelos hay una guerra entre los bubis y los fangs y que ya hay demasiada sangre de verdad como para que se diviertan con la de mentira, pero yo por si acaso sí que jugaba a matar zombis, y no sé si lo hacía para impresionar a Silvio o para entrenarme en la agresividad, que falta me hacía ser agresiva si quería estar con él. A lo que íbamos, el juego trataba de que entrabas en una gran mansión que estaba tomada por los zombis y tenías que ir atravesando pasillos y habitaciones y cargarte a un zombi detrás de otro, y cuando se te acababa la munición había que ir con cuidado al recargar, para que los zombis no aprovecharan la distracción y te comieran. Si jugabas bien, y yo jugaba bien, bastante mejor que Silvio por mucho que a él le jodiera, al final llegabas al nivel dos, cuando salía el Supermonstruo y una información que te explicaba del tipo que era (*Type 0053* o *Type 4567*) y cuál era el *weak point* o sea, el punto al que debías disparar si te lo querías cargar. A veces había que disparar al corazón, otras al estómago, otras a la cabeza y, evidentemente, ésa era la parte que el monstruo se protegía más. Y yo siento demasiadas veces que estamos jugando a una guerra y que a mí el Silvio me puede, porque me ha identificado el punto débil, y yo a él no.

¿Que quiere que le cuente la pelea? Pues no es tan fácil, porque me llegan las imágenes a trozos. Tengo que colocarlas en algún instante donde me imagino que ha sucedido algo que no puedo revivir con claridad. No puedo reconstruir la ansiedad ni el miedo, que sólo son reales y potentes cuando se sienten y no cuando se recuerdan. Como los olores, que no se pueden recordar. Escucho los pasos de los vecinos sobre mi cabeza, el llanto de un niño, el portazo de una puerta y sé que hoy es ya mañana y que la vida sigue, como yo digo.

Verá, yo había pasado el puente fuera, en casa de mi hermana la separada, en Zaragoza, que a mí me gusta ir allí porque, como yo digo, es otro sentir, es más pueblo, me estreso menos, pero Silvio no quiso venir porque dice que se aburre. Y también porque sabe que mi hermana no le puede ni ver. Que cuando yo le cuento algo de nuestras broncas, ella me dice: «¿Ves? Eso te pasa por salir con blancos». Que no crea usted que ella está mucho mejor que yo, porque el marido la tiene en casita, con los niños, y luego le va poniendo cuernos con todas, pero es que se supone que las negras no tenemos que salir con blancos, aunque ellos sí que puedan salir con blancas. Es absurdo, como yo digo, pero lo mismo pasa con los gitanos: sale un gitano con una paya, sin problemas; sale una gitana con un payo y ya está la bronca armada. Y los moros, lo mismo. Los marroquíes todo el día con blancas, pero no verá usted a una marroquí en este barrio con un español, fíjese. Pues eso, que a los negros les gustan las blancas, y cuanto más blancas mejor, a poder ser rubias. Salen con rubias o con negras negras, con mulatas no. Las mulatas les gustan a los blancos. Por eso me puse yo las extensiones rubias, para gustar en mi familia. Pero a las negras no nos tienen que gustar los blancos. De ahí que a mí mi padre, cada vez que me ve me suelte lo mismo: «Y si tienes un niño mulato, ¿qué? Si me traes un niño mulato, ni me lo presentes, porque no quiero pasar vergüenza en la aldea». Que él a la aldea no va hace años, como yo digo, para lo que se van a acordar de él en la aldea. Y no te quiero contar cuando el Silvio iba a la casa de mi hermana, que estaban allí todas mis tías y le preguntaban: «¿Y tus padres quieren a mi sobrina? ¿Y la aceptan?». Y él: «Pues yo no tengo padre, señora, y mi madre sí, quiere muchísimo a Susana». Mentira, y gorda. Y mis tías: «¿Y tienes hermanos?». Y él: «Sí, cinco». «¿Y a mi sobrina, la tratan bien?» «Pues sí, muy bien.» Mentira otra vez, porque a mí sus hermanos me ven por la calle y se cruzan de acera, excepto la pequeña, la Esther, que es la única maja, como yo digo, pero la Esther con Silvio ya no se habla. Y lo de «mis hermanos» lo preguntaban mis tías porque, como los negros siempre somos tantos hermanos, ya estaban pensando ellas en si mis hermanos se tendrían que pegar con los suyos.

No crea, que yo a veces pienso también que estaría mejor con un negro, como mis hermanas. Debajo de mi casa, a la vuelta de la esquina, casi al lado del bar del pintor, por ejemplo, hay una tienda enana, de esas que están abiertas casi veinticuatro horas, hasta las tantas, vamos, que sales de La Taberna Encendida o de cualquier otro bar con ganas de comprarte una chocolatina y la tienda está abierta. Y yo en esa tienda compro chocolate casi todos los días. Y en la tienda está siempre un negro impresionante, pero impresionante de guapo, de no creérselo... Un cuerpo... qué fuerte, qué fuerte el cuerpo que tiene ese hombre. Y un día me pregunta que de dónde soy. Y lo de siempre, yo digo que española, él dice que no se lo cree, yo le digo que mis padres son de Guinea, que son bubis y él me dice que es de Costa de Marfil y empieza un flirteo bastante descarado, porque si los negros tienen una cosa es que son directos, no como los españoles, que se van por las ramas y pierden el tiempo en decirte que si nos tomamos un café o nos vamos al cine cuando lo que quieren es lo que quieren y lo que quieren no es ni cine ni café. El Ismael este, que así se llama el tipo, superdirecto: que si eres muy guapa, que si tus ojos, que si tu cuerpo, y venga con que si tu cuerpo, y a mí me hacía sentirme una reina, porque yo sé que a los africanos las mujeres delgadas no les gustan y podía ver en los ojos de este hombre que yo sí que le gustaba, que le gustaba de verdad, y pensaba: «¿Y por qué no me voy con este chico que no me va a dar la brasa con mis kilos como hace el Silvio?». Pero luego me dije: «A ver, adónde voy yo con un tío que seguro que no tiene ni papeles, que debe de estar ganando una miseria y currando doce horas diarias y que seguro que como todos los negros tiene una mujer en África. O dos». Así que le dije que tenía novio y el tipo paró. Es verdad que los africanos son directos, pero también respetuosos. Y el caso es que muchas veces me descubro a mí misma fantaseando con bajar a la tienda y hacérmelo con él en la trastienda, rodeada de latas de conservas. Ya sé que suena muy fuerte que se lo cuente a usted, que no la conozco mucho, pero es que el cuerpo de ese negro es de no creerlo, de verdad, él me dijo que había vivido en Senegal y que había sido luchador profesional, y yo le veía los brazos y pensaba: «Éste seguro que me iba a dar la misma mala vida que Silvio, pero por lo menos follará mejor». De vez en cuando, todavía pienso en Ismael, más a menudo de lo que debería, lo reconozco. Intento no pasarme por la tienda, ir a comprar el chocolate a otra parte, pero a veces no puedo evitarlo y me paso sólo por verle. Es un hombre guapo de verdad, tan guapo que el chándal de trapillo que lleva le sienta como si fuera un Armani, y reconozco que cuando follo con Silvio —que lo hacemos cada vez menos— muchas noches, sin poder evitarlo, pienso en cómo sería hacerlo con Ismael o con Antón.

Pues eso, es verdad, que le estaba a usted contando lo de la bronca de ayer, tiene usted razón, que me enredo en la conversación y me voy a otra cosa distinta. Pues que me fui yo sola a Zaragoza porque quería ver a los sobrinos. Y Silvio me dijo que iba a aprovechar el tiempo que yo no estaba para pintar el cuarto, y me quedé flipada, porque llevaba yo un año con que teníamos que pintar la habitación, que las paredes estaban ya grises de puro sucias, y él siempre dándome largas, que este fin de semana no, que el siguiente, y el siguiente que al otro. Y me dijo: «¿De qué color quieres que la pinte?». Y yo: «De amarillo, pero amarillo muy claro, lo más claro posible». O sea, que yo no las quería blancas del todo, porque la habitación es interior y sólo tiene un ventanuco abierto al salón por el que entra un poco de claridad y pensé que el amarillo pues les daría un poco de color. Y cuando vuelvo a casa y veo la habitación se me cae el alma a los pies. La había pintado de un color amarillo canario, chillón-chillón, y yo le pongo la cara larga y le digo que no pienso dormir en una habitación de ese color, que es demasiado intenso, que me pone nerviosa, que no me va a dejar pegar ojo. Pero lo digo bajito, calmada, con la voz un poco en un hilo, porque ya sé que a él le molesta mucho que se le critique. Igual, pienso ahora, no escogí bien el momento, como yo digo, que nunca me he dado ningún arte para engatusarle. Y entonces él me dice que se ha tirado todo el puente pintando y que soy una desagradecida y, conforme estaba, coge la puerta y se va. Yo le llamo al móvil, al rato. «Silvio, que quiero saber una cosa, que si vas a cambiar el color de la pared o la voy a tener que pintar yo.» Y entonces él se pone romano. «QUE SI QUIERES CAMBIAR EL PUTO COLOR DE LA PUTA PARED TE BAJES A LA PUTA DROGUERÍA Y COMPRES TÚ UN PUTO BOTE Y UN PUTO PINCEL Y PINTES EL PUTO CUARTO A TU PUTO GUSTO.» Y me cuelga. Vuelvo a llamar. El contestador. El teléfono descolgado. Espero en casa. Deshago la maleta. Abro la nevera. No hay nada, pero nada. Bajo a la calle. Compro leche, huevos, pan. Subo. Dan las siete, las ocho, las nueve. Pongo la tele. A las diez llega Silvio. «Silvio —le digo—, tenemos que hablar. No podemos tener una pelea tan absurda.» «No quiero hablar contigo», me dice. Se va a la cocina. Abre la nevera, desgarra el cartón de leche con las manos y se pone a beber a morro. «Silvio, CARI —le digo—, tampoco hace falta que te pongas así.» «Me voy —me dice—. Estoy harto de ti. Estás como una puta cabra. Te dejo, me voy a vivir a casa de mi madre. PORQUE ESTOY HARTO DE TI. ¿ME ENTIENDES? HARTO.» Grita. A boca llena, con mayúsculas. Y me recuerda a cuando mi padre me gritaba. Y siento que el peligro está latente y puede retornar en cualquier momento. El peligro ya ha pasado, hace mucho, pero siento que vuelvo a vivir la historia como si estuviera ocurriendo en el presente, como si volviera a tener seis años, como si mi padre no nos hubiera dejado. La situación aterradora se entromete en la escena como una obsesión cargada de ecos y lo veo todo en retrospectiva. Y, como ahora no tengo seis años, puedo defenderme. Y veo en Silvio a mi padre y le pego una bofetada, porque le odio. Y entonces él coge lo que tiene más a mano, un cenicero, y me lo rompe en la cabeza. Yo me caigo al suelo. Él va al salón y agarra una foto mía que estaba enmarcada y la estrella contra el suelo. Se oye un estrépito de vidrios rotos y luego sigue chillando: «ESTÁS LOCA, COMO UNA PUTA CABRA, PUTA NEGRA DE MIERDA». Y viene hacia mí gritando y yo cierro los puños y le vuelvo a golpear, ciega del coraje que me daba. Él me tira al suelo. Me voy a mi habitación, llorando. Él me sigue. «ESTÁS LOCA, ESTÁS LOCA, ESTÁS LOCA.» Y se pone a hacer sus maletas sin dejar de hablar: que estoy loca, que le he pegado, que soy una hija de puta, que se va a casa de su madre, que no me quiere volver a ver. Todo se le vuelve decir lo mismo. Y yo sólo deseo que se vaya de una vez, pero tarda ochocientas horas en hacer la puta maleta, y al fin se va, pero deja la maleta en casa.

Yo sé que volverá, eso es lo peor, que sé que volverá, que por eso está aquí la maleta, que volverá supertarde y superpuesto y que le abriré la puerta, exactamente igual que la madre de Sonia, y que se quedará así, de seguidito, me da vergüenza reconocerlo, porque la Sonia siempre dice y repite que no entiende cómo su madre puede seguir viviendo con el cabrón de su padre. Así que yo nunca le hablo de nuestras peleas, por si acaso. Ella de esto no sabe nada. Pero yo sé que Silvio volverá. Y que le abriré la puerta, porque yo sola no puedo pagar el alquiler del apartamento. Y porque tengo miedo. Tengo miedo de quedarme sola. Me miro al espejo y me veo tan gorda que creo que va a ser muy difícil, o imposible, que encuentre a otro tío. O que soy tan hija de puta que me merezco al Silvio, que yo le he provocado por quejarme del color de la pared, que hay que tener correa, ser más flexible, que estoy loca, loca como loca está mi madre. Y luego pienso que Silvio me llama loca porque sabe que es lo que más me duele, lo que más miedo me da. Acabar como mi madre, en una clínica, empastillada hasta las orejas. Que por eso me llama loca. Que si fuera yo como la Irene, la ex del Antón, que lo que más temía en el mundo era que le pusieran los cuernos, entonces me habría dicho que se follaba a otras. Pero sabe que a mí eso en el fondo me da igual, como si se folla a cincuenta, que ya supongo que lo hace y me la suda. Pero que me llame loca me da mucho miedo, mucho miedo.

Además, ¿a qué otra se va a follar con lo gordo que se ha puesto? Como se pasa el día en casa de su madre y la madre le prepara siempre los platos que le gustan... Los que el médico le ha prohibido. Fabada con chorizo, cocido, potaje de habas, tartas, natillas, bocadillos de *foie gras*. Yo cuando iba a casa de la madre ni los probaba, claro. Yo picoteaba mi ensalada mientras le veía devorar aquellos manjares con su boca enoooorme y desmedida de dientes amarillos. Ya no voy, desde que me enteré de que la madre decía que soy poca cosa para su hijo y que me ha puesto de todo lo más malo. La negrita, me llamaba, al principio. «Es que mi hijo está con una negrita —le decía a las vecinas—, y yo no soy racista ni nada de eso, faltaría más, pero pienso, claro, que si el día de mañana tienen un niño, en el colegio al crío le pueden llamar de todo, porque ya se sabe cómo son los niños...» Me lo contó la Sonia, que se lo dijo la Albita, la novia del Aziz, el de la tetería. La Albita es que es lengüetona y todo lo cuenta. La Albita se lo había oído decir a la madre del Silvio en la cola del Carrefour. Los niños pueden ser muy crueles, señora, pero no tan hijos de puta como algunos adultos. Así que dejé de ir a comer a su casa, porque la señora es una facha de pronóstico reservado. También porque siempre cocinaba con ajo, que sabía que yo no lo puedo soportar, ni tocarlo siquiera, que a los negros no nos gusta el ajo. En Guinea, con ajo sólo cocinaban los *masas*. Mi abuela misma era cocinera y servía en la casa de unos españoles ricos, o ladrones, que llegaron y se quedaron con la tierra. Mi abuela se llamaba Susana, como yo, y la pobre llevaba todo el día el olor a ajo, y en la aldea se lo decían: «Hueles a *masa*». Y como los negros tenemos el olfato más desarrollado, yo enseguida noto si hay ajo en la comida, y por eso la madre de Silvio, que es una bruja, todo lo hacía con ajo. Y yo dejé de ir a comer allí, ya lo he dicho. Por bruja. Que no quiero saber de ella ni pa bueno ni pa malo. Que yo sé muy bien lo que le dice al Silvio, que él mismo me lo ha contado alguna vez que iba muy ciego: «¿Es que no hay suficientes españolas de tu edad para que te tengas que ir con una negra?». Y él: «Que es española, mamá». Y ella: «Sí, pero negra». Y, entretanto, la mujer cebando a su Silvio del alma y poniéndole como un cerdo. Pero, aun así, me llama a mí gorda. El cerdo, a mí. De buen rollo, pero me lo llama. «Susana, que nos estamos poniendo de buen año, ¿eh?», riéndose, como quien no quiere la cosa. Y a veces de no tan buen rollo. Estábamos en un restaurante y de pronto me suelta: «Eso, tú come, come a dos carrillos, que luego vendrán los lloros y los lamentos», y claro, yo paré, pero entonces me di cuenta de que él mucho meterse conmigo, pero seguía poniéndose ciego de *cous-cous*, que a él le pierde el jalufo. Y luego se le queda mirando como lelo las piernas a la Sonia, que está esquelética. Mucho llamarle La Chunga a sus espaldas, pero bien embobado que está con ella el muy cabrón, desde que le echó la vista encima.

Hubo un día que la miraba tanto que ahí sí me encelé y al día siguiente me compré un camisón negro con mucha transparencia y mucho encaje. Él nunca me había visto con algo así; nunca, claro que no; todos mis pijamas son de algodón, del Carrefour, que los venden a seis euros. Joder, que con el frío que hace en casa, sin calefacción central, voy a estar yo como para dormir con pijaditas. Y no es que a mí me parezca mal que haya quien use esas cosas; la propia Sonia lleva ropa interior de ésa, así, como atrevida, pero a mí es que esas chorradas nunca me han llamado la atención. Y, además, no la hacen de mi talla. Porque los sujetadores de encajitos no los hacen de mi tamaño. Y me puse encima, que eso casi nunca lo hacía, le tuve que apartar la barriga primero, echársela hacia delante, porque se había puesto tan gordo que la barriga casi le cubría... Y me esforcé, claro que me esforcé. Mientras me movía, pensaba en las velas antitabaco, en la esponja de agua fría, en los dientes amarillos, en el aliento rancio, en la tos que no me dejaba dormir, en el crío fumando, en el olor que se me pegaba a la ropa y que no había forma de disimular... Y él decía: «Sigue, nena, sigue», con esa voz ronca que el tabaco le había dejado. Y, cuando acabó, gritó mucho; bueno, él siempre gritaba, pero aquella vez más. Qué vergüenza, se debieron de enterar los vecinos y todo. Después le pasé el pitillito de costumbre. Hasta lo encendí yo, aunque me daba un asco horrible y detestaba que él fumase en la cama, porque quemaba las sábanas.

Ahora le doy vueltas a la cabeza y pienso que si estaba ayer tan histérico eso era porque se había estado dando barzones y metiéndose coca el fin de semana, claro. Sólo así se explica que le diera por pintar la pared de ese color. Debía de ir embolillao y le pareció una idea estupenda. Seguro que iba borracho también, y puesto. Al principio, no se metía, sólo bebía; él siempre ha bebido de más, siempre ha sido un cáncano y le ha gustado más el trinque que a un tonto un lápiz. Pero luego fue cuando conoció al actor ése, al Álex, que a Silvio lo del famoseo le ha tirado siempre mucho, es muy convenío él. Es que, como el pintor moro ese es así, como conocido y tal, ahora a la taberna va mucho artista, actores, escritores, músicos..., famoseo de medio pelo. David Martín, sin ir más lejos, se pasa bastante; yo me quedé flipada la primera vez que lo vi, porque cuando yo era jovencita la Sonia estaba enamoradísima de él, era su ídolo. Ahora sigue guapo, pero no tanto, ya se le nota la edad y le ha salido tripa, aunque con lo gorda que estoy yo, tampoco puedo ponerme a criticar a otros. Pues eso, que el barrio nuestro es muy pobre, se supone, pero ahora se ha puesto de moda entre los modernos, por aquello del mestizaje y lo multicultural, y las casas están subiendo de precio, sobre todo por la zona cercana a la estación, la que linda con el museo, que se está llenando de pijos. Pero bien dice Antón que multicultural sí, pero intercultural no, que aquí no se mezcla nadie. Si lo sabré yo, ¿cómo se van a mezclar si está lleno de señoras como la madre de Silvio? Pero, en fin, que a la taberna del moro va mucho moderneo y mucho artisteo. Y el Álex Vega tam-

74

bién va mucho, así le conoció Silvio. El Álex le llamaba a Silvio «el osito», y me dijo Sonia, la muy bocacabra: «Tú ten cuidado, que me ha dicho Yamal, el dueño de la taberna, que el Álex es lila y que va por ahí presumiendo de que él es especialista en convertir a heteros». Yamal habla mucho con la Sonia; para mí que la Sonia le gusta, los dos pastelean mucho. Le ha dicho que si quiere trabajar en el garito los fines de semana, que les hace falta gente, pero a mí hay algo del tal Yamal que me da mala espina. Tiene un aire siniestro ese tipo en la sonrisa, no sé cómo explicarlo, pero yo me entiendo. Y yo no creo que Silvio y Álex hayan hecho nada; vamos, es que estoy casi segura, aunque a veces dude, pero sí que sé que el Álex se mete coca y que al Silvio le invita, y el Silvio cuando se mete se pone rebullente, sobre todo con el bajón. Y voy sumando dos y dos y pienso, tate, el sábado estuvo de marcha por el barrio, fijo, seguro que salió con el Antón y se encontraron al Álex, porque las negras tenemos mucho olfato, y entre la ropa sucia hay una camisa, que el Silvio aún no la ha llevado a casa de su madre, y es la camisa buena, la cara, la que se pone para salir, y apesta a la colonia del Álex, ese perfume carísimo que lleva, de Dior o lo que sea. Y yo: «Qué fuerte, qué fuerte; cómo puede ser este chaval así», y así era: muy fuerte, muy fuerte todo. Porque yo soy abierta y comprendo a las personas y me meto a los charcos si hace falta, pero a mí lo de que el Silvio se líe con un tío…, que es muy fuerte el pavo. Porque, desde que conoció al Álex, la cosa ha sido siempre igual: de pronto, a Silvio le sonaba el móvil y yo ya veía que se iba vistiendo y luego me decía: «Oye, Susi, que me voy a dar una vuelta, que enseguida vuelvo». Y luego, al momento, mensaje: «Lo siento, que me he liado, que vuelvo a las doce». Las doce, la una, las dos, las tres, las cuatro, las cinco, las siete. Y luego llegaba y me despertaba. Porque yo siempre ponía los juguetes de mi sobrino cerca de la puerta para que hicieran ruido al llegar. Y, cuando me despertaba, yo estaba atenta. Y yo veía que en lugar de entrar hasta dentro, hasta la cama, se iba para la ducha y yo pensaba: «Aquí ha habido tema», porque Silvio se ducha, sí, todos los días, pero a la luz del día; vamos, que es aseado, muy aseado, pero no tanto, y esas veces se duchaba de noche porque ya sabía que yo tengo mucho olfato y que tonta no soy. Y, al día siguiente, cuando yo estaba en el trabajo, otra vez el momento mensaje: «Lo siento mucho, perdóname, cariño, soy un poco estúpido. Te prometo que te voy a tratar mejor y que si salgo voy a hacerlo contigo». Total, que yo me guardaba los mensajes. Y todos empezaban por lo siento. Lo siento, perdóname. Lo siento, soy un niñato. Lo siento, te quiero. Lo siento, cariño... Uno el día cinco, otro el doce, otro el diecinueve, otro el veintitrés... Total, que al mes tenía yo diez mensajes y otras tantas notas, que me las dejaba en el cuarto de baño, encima de la cama, en la mesa. «Cariño, perdóname, soy un niñato y, verdaderamente, no me he dado cuenta de lo que tengo en casa.» Y cuando llegaba del trabajo: «¿Has visto mi carta, has leído mis mensajes?». Y yo: «Sí». Y él: «¿Y qué opinas?». Era un número, el chaval. Y si la farra había sido muy grande y la camisa apestaba demasiado a Dior, ese día yo tenía el desayuno hecho y había tendido la ropa. Y, entonces, volvía con la misma cantinela: «Soy un niñato, perdóname... ¿Quieres que mañana te vaya a recoger al trabajo?». Y yo: «No, que yo sola voy y vengo». Y él: «Encima de que te escribo, hay que ver cómo me tratas». Y yo callada, porque lo que tiene la mujer africana es lo que tiene, que es muy paciente, que tiene mucha paciencia.

Lo que yo no entiendo es por qué sigo con él. Porque le quiero. Sí, es cierto, le quiero mucho. Recuerdo los ratos buenos y ¡ha habido tantos todos estos años! Cuando está de buenas no hay quien le gane a simpático. Me envuelve la ternura y de pronto me siento idiota por sentirla, es como una garrapata esta nostalgia que se ha pegado a mí y me chupa la sangre. ¿Le quiero? Sí. O no sé. Creo que bordeo lo que quiero decir porque no quiero sentirlo. Creo que si no le dejo es por el miedo que tengo a decirle a mi abuela que esto se ha acabado, que se acabó el cuento de hadas del novio formal con el que llevo cinco años viviendo en discreto, que se acabó la mujer de sustancia, que soy como mi padre, una violenta, o como mi madre, una loca, o como mis hermanos, la una separada, la otra también, el otro que dejó a su novia cuando su hijo no había cumplido ni el mes y encima diciendo por todo el barrio que el crío no era suyo, el muy cabrón; si era clavao, café con leche, la misma cara de negro. A mí me encantaba jugar a ser la única que había escapado de la maldición y por eso me jode tanto que el Silvio me llame loca, porque yo quiero ser distinta.

Supongo que el Silvio volverá en diez días, como siempre, como si me perdonara la vida. No entiendo cómo, ni sé por qué, pero sé que vendrá y que me meterá la bacalá y que nos liaremos. Me llamará, me dirá que quiere venir, que necesita venir, que quiere hablar conmigo, que me odiaría, pero que no quiere odiarme. Antes me lo creía, que qué suerte tenía yo de estar con un tío que volvía conmigo a pesar de que le daba bofetadas, pero ahora empiezo a dudarlo. Me jode que él me esté restregando siempre por la cara que lo de pegarle una bofetada es horrible, pero que nunca admita que ignorarme, dejarme colgada o gritarme tampoco es de estar muy bien de la cabeza. Me jode quedar yo de hija de puta. A veces creo que estoy loca, como mi madre, a veces pienso que él es como mi padre, que me provoca para que salte. Una mitad de mí se pelea con la otra mitad y me convierto en mi propia enemiga.

Me gustaría trepar por el patio, colarme por una ventana y entrar en el hogar de una de esas familias felices. Imagino que Poppy tendrá una familia feliz. Me ha hablado de sus hijos, tiene dos y viven en una casa en las afueras, supongo que muy bien decorada, con las cortinas a juego con las fundas del sofá y esas cosas que se ven en las revistas, todo con gusto pero con sobriedad, sin estridencias. En este edificio también debe de haber familias felices, de las de mesa puesta, televisión encendida, madre que desde la cocina pregunta a la hermana si falta pan en la mesa, hermana que, despierta, sueña con el novio, padre y hermano pequeño que cantan a coro la alineación de su equipo preferido, bebé que agita su sonajero desde la trona. El niño de arriba ha dejado de llorar. La madre le está cantando una nana. Desafina. Por el patio me llega el olor a fritanga, las vecinas están haciendo la comida. Se cuela también el runrún de un programa del corazón. Y todos estos ruidos mezclados como en un cocido, tan familiares, me recuerdan que hoy es ya mañana y que la vida sigue.

LA MAMÁ

Cuando Miriam mete al niño en la cama, el crío se aferra al osito rojo que le regaló la abuela por Reyes. Luego se da la vuelta y cierra los ojos. A Miriam siempre le sorprende lo rápidamente que se queda dormido, probablemente sea porque sus días son agotadores. Miriam lo recoge del colegio y lo lleva al parque, donde Teo se puede tirar del tobogán cincuenta veces seguidas. Miriam sólo decide volver a casa cuando casi no quedan niños, para estar segura de que el suyo estará tan cansado que se caerá de sueño inmediatamente después del baño.

Miriam ha elegido un parque fuera de los límites del barrio de Lavapiés, ya en Huertas, en la zona más turística, la cara. Allí los niños son todos blancos, excepto alguna chinita adoptada. Y la mayoría va con sus cuidadoras, ecuatorianas y colombianas. Antón insiste en que debería llevar a los niños al parque donde está la ludoteca, pero a Miriam no le hace ninguna gracia la presencia de los borrachos y los marroquíes que esnifan pegamento, así que Antón no ha logrado convencerla. Lo que Miriam no le dice a Antón es que no quiere bajar hacia esa parte del barrio porque allí es donde ella vivía con Yamal, y que por eso prefiere quedarse en la zona de los ricos, en la que vivió con Daniel. Es curioso que a dos mundos tan diferentes los separe sólo una calle ancha. A un lado, el Barrio de las Letras, los lofts de diseño, los bares para turistas, los teatros, los hoteles y las cafeterías; al otro, los inmigrantes, los niños derivados de los Servicios Sociales, los borrachos con sus litronas, los *latin kings*, las maras, las navajas, los traficantes de hachís. Por el mismo café que cuesta un euro en una zona te cobran tres en la otra.

Antón vendrá dentro de un rato, cuando el niño esté ya dormido, porque Miriam no quiere que Teo se acostumbre a verle en casa, y es que el niño ya habla mucho y un día le soltó a su papá que a casa venía un chico a ver a mamá. Cuando Daniel le preguntó a Miriam, ella le dijo que Teo se refería al fontanero, que había venido algunas tardes, encargado por la comunidad, para verificar si había escapes de agua en la casa, porque hay que cambiar las cañerías, que ya tienen más de treinta años. Daniel fingió creérselo y no preguntó más. De todas formas, si Miriam se ve o no con alguien, eso ya no es de la incumbencia de Daniel. Miriam es consciente de ese detalle pero, aun así, prefiere que Daniel no sepa nada.

Cuando contempla a su hijo dormido, abrazado a su osito con cara de felicidad, Miriam recuerda aquella pregunta que le hizo la abogada: «¿Y no preferirías ceder la custodia? Al fin y al cabo, os habéis casado en gananciales, te va a tocar la mitad de la casa, y eso es mucho dinero, puedes volver a trabajar e iniciar una nueva vida, y al niño lo seguirás viendo, claro. Piensa que, si te quedas con él, te va a ser mucho más difícil encontrar una nueva pareja».

Ella nunca habría esperado que Daniel reclamara la custodia y, a día de hoy, todavía tiene claro que lo hizo por dinero, para no tener que dejarle a ella la casa y no tener que pagar pensión de alimentos. Y, seguramente, también azuzado por su madre, la suegra de Miriam, una mujer que nunca había tenido demasiado afecto por su nuera y que hubiera preferido a una chica sin pasado, una que no hubiera convivido nunca con otro hombre o, si eso no fuera posible, que al menos no hubiera convivido nunca con un árabe. Porque eso es lo malo, que las cosas se saben y, del pasado de Miriam, la suegra sabía, y sabía mucho; tanto como para haber obtenido los informes de sus entradas y salidas en el Ramón y Cajal todas las veces que la habían atendido por ataques de ansiedad, en las que ella había reconocido al médico que había fumado hachís. Y el parte del famoso «intento autolítico», que es el eufemismo técnico con el que los médicos certifican un intento de suicidio. La tonta de Miriam los había archivado en una carpeta y se ve que en algún momento Daniel los encontró.

—Pero eso es ilegal ¿no? —le preguntó Miriam a la abogada—. Eso son informes confidenciales, no se supone que ellos los puedan tener.

—Pues verás... —la abogada adoptó una expresión exageradamente seria cuyo objetivo era ponerse ella misma en concordancia con la preocupación que sabía que sus palabras iban a causar—. Se entiende que, si se trata de datos que puedan afectar al menor, el juez puede requerir que se los envíen desde el hospital. No sé qué decirte. En principio, todo esto sucedió antes de que tú tuvieras al niño, así que no pueden cuestionar de ninguna manera tu capacidad de cuidar de él. Pero tu marido se ha buscado a un muy buen abogado, y su familia tiene muchos contactos, y en este país, a veces, los jueces toman decisiones muy absurdas.

Tiempo más tarde, Diana sugirió que quizá la abogada sólo la estaba probando, para saber hasta dónde estaba dispuesta a llegar Miriam. Pero, en aquel momento, ella odió a la abogada con todo su corazón. «No pienso renunciar al niño. De ninguna manera», afirmó contundente, mientras advertía que las lágrimas se le resbalaban por las mejillas sin que lo pudiera remediar. La sola idea de vivir sin Teo le hacía sentirse sin aire. Estaba más enamorada de ese niño de lo que hubiera estado nunca de su padre e, incluso, de Yamal. Le encontraba perfecto; guapo, bueno, dulce, cariñoso, divertido, tierno. No sabía si todas las madres sentían eso por sus hijos. Seguramente, muchas no. Había bastantes que les pegaban; en su propio barrio, sin ir más lejos. Una tarde, Miriam iba empujando el carrito cuando, delante de ella, una madre le arreó una bofetada a su hija porque la niña no la seguía al ritmo tan rápido que la madre imponía. Miriam se fue directa a la madre y le espetó: «¿Pero tú estás loca o qué?». La madre le respondió: «La loca eres tú, la niña es mía y hago con ella lo que quiero». Miriam, fuera de sí, le gritó: «LA NIÑA NO ES TUYA, NO ES DE TU PROPIEDAD, NO ES UNA ALFOMBRA NI UN COCHE, ES UN SER VIVO». Y entonces se dirigió a la niña y le dijo: «Mira, nena, diga lo que diga tu madre, no tiene derecho a pegarte, ¿me entiendes? La que está equivocada es ella, no tú». Y se fue con lágrimas en los ojos. Probablemente, esa madre sí habría estado encantada de ceder la custodia de su hija, vaya usted a saber, y de no tener que preocuparse más de ella ni de si la niña andaba más o menos deprisa.

A Daniel lo reencontró en una fiesta a la que le había llevado Diana. Se conocían desde pequeños, habían crecido en el mismo barrio pero habían dejado de verse cuando Miriam se fue de la casa de sus padres. Cuando ella tenía trece años y Daniel dieciséis, se enamoró de él, o al menos así lo había creído ella, si es que alguien se puede enamorar de una persona con la que apenas ha cruzado dos palabras en la vida. Ella escribió en la pared del portal: «Miriam y Daniel» con un lápiz de ojos, y siempre que iba a visitar a sus padres le sorprendía que el recordatorio de aquella fantasía adolescente siguiera allí. Más tarde interpretaría la permanencia de los dos nombres como una señal, una advertencia de que el destino iba a unirlos, pero Daniel aseguraba que el lápiz debía de contener mucho aceite y que por eso el mensaje permanecía sobre aquella superficie calcárea. Siempre quedó claro en aquella pareja quién era el prosaico y quién la romántica.

Con Daniel hubo pedida de mano, traje blanco, boda por la Iglesia, velo de tul y primita llevando las arras. Y piso en el centro y mujercita que deja de trabajar para poder ocuparse del niño y de los que vendrán, y que permite que su vida transcurra en acumulación de días idénticos, en la previsible uniformidad de la rutina, grata y tierna en lo que al niño se refiere, aburrida en todo lo demás. Miriam había adquirido un dominio del día a día doméstico de cuya amplitud ella misma se asombraba. Pero el tedio y la soledad la iban devorando por dentro como el gusano que está matando una rosa aparentemente lustrosa y sana. Cuando Daniel era novio y no marido, le iluminaba un aura romántica y ella había visto en él lo que había imaginado más que lo que realmente Daniel era. Cuando el matrimonio puso fin a la idealización, cuando se establecieron entre ellos relaciones de rutina, entonces su marido empezó a parecerle poco interesante, soso, inculto, desapasionado. Se acabaron las cenas románticas, los regalos y los ramos de flores. Daniel viajaba mucho, demasiado y, cuando estaba en Madrid, llegaba siempre tarde y cansado. Dormía con ella en la misma cama, pero parecía que su cabeza estuviera a años luz de distancia. Y el sexo, por supuesto, se había convertido en un trámite que se practicaba muy de cuando en cuando. Todo había cambiado después del embarazo: el cuerpo de Miriam y el interés de Daniel. Casi no había vuelto a tocarla. Y parecía que el niño le interesaba tan poco como podía haberle interesado un osito de peluche. Daniel siempre le había dicho que no le gustaban los niños, pero Miriam no podía imaginar que le iba a prestar tan poca atención a su propio hijo y se preguntaba por qué entonces Daniel la había dejado embarazada, si acaso no había sido sólo por contentar a su madre, una señora que venía diciendo que quería que la hicieran abuela prácticamente desde la pedida de mano. El aburrimiento y la frustración conducían la mente de Miriam por caminos peligrosos y se descubría pensando en Yamal mucho más a menudo de lo que debería y, lo que era peor, fantaseando con él. Porque Yamal había sido un pésimo novio, pero un excelente amante.

Y entonces, una tarde, cuando paseaba la silla del niño de camino al parque, se dio de narices con Yamal, que llevaba de la mano a un niño de cinco o seis años y que al verla se llevó la mano a la boca en un gesto tan melodramático que a la fuerza tenía que ser espontáneo. Miriam se quedó plantada en la acera como si la hubieran atornillado, aferrada con tanta fuerza a la barra de la silla de paseo de Teo que los nudillos se le pusieron blancos. Cerró los ojos y volvió a abrirlos un instante después para comprobar que no se trataba de una alucinación. Sintió la boca repentinamente seca e intentó tragar saliva para recuperar el habla y poder articular un «hola» no excesivamente desmayado, que sonara natural. Notó su sabor extrañamente ácido. Luego se hizo un silencio largo y hondo, cargado de recuerdos agridulces y de miedos recién resucitados, que vino a romper la voz alegre y cantarina de Yamal. «Miriam, estás tan guapa que no te había reconocido.» Y ella se dio cuenta de que él no había cambiado. En absoluto. Pensó que aquel renacuajo sería el hijo de Yamal y sintió en la boca del estómago un nudo que no sabía identificar si como producto de la sorpresa o de los celos, pero al momento Yamal se lo presentó como Salim, el hermano de Amina, «aquella chica que limpiaba en nuestra casa, ¿no te acuerdas?». Y luego le explicó en francés —porque el niño, le dijo, no lo entendía, hablaba sólo árabe y español— que al padre lo habían metido en la cárcel y que él pasaba algo de dinero a la madre y, de vez en cuando, sacaba a pasear al niño. Le dijo que había abierto un bar en el barrio, La Taberna Encendida, que él era el dueño pero que por supuesto había un encargado. No, no se había hecho hostelero, el bar era una inversión o, más bien, un pasatiempo, porque no le rentaba demasiado dinero y él seguía pintando; le iba muy bien ahora, estaba con Yvonne Lambert, iba a exponer en Arco ese mismo año.

A Yamal lo había encontrado en París muchos años atrás, cuando ella tenía veinticuatro, en un viaje de fin de carrera. Fue un flechazo absoluto. Se conocieron en una discoteca y, en cuanto ella lo vio entrar, se quedó prendada. Pensó que era el chico más guapo que había visto nunca. Durante los seis días siguientes se desentendió por completo de las actividades del grupo y quedó con Yamal que, siendo estudiante, tenía todo el tiempo libre del mundo para dedicárselo a ella. Fueron horas encantadas, que parecían fuera del tiempo, inscritas en un paréntesis mágico, aquellas en las que paseaban por el Jardín de Luxemburgo, cuando la ciudad relucía al tibio sol de primavera, cuando ella sentía que su amor obedecía a leyes naturales, inmutables, que sólo podía dejarse llevar abandonándose a la felicidad como un juguete mecánico. Caminando a su lado, desconocido y glorioso como un dios que hubiera bajado a visitar a los mortales, Yamal parecía participar de una vida desconocida, llena de privilegios y sorpresas en la que su amor le introduciría a través de besos que eran como túneles.

A la semana de que Miriam hubiese regresado a Madrid, Yamal tomó un tren y se presentó en la ciudad. Se alojó en un hotel pequeño en la plaza del Carmen y allí pasaron juntos otra semana, prácticamente sin salir de la habitación. Miriam apenas aparecía por casa de sus padres para ducharse y desayunar, por hacer acto de presencia más que nada, para que la familia no pusiera el grito en el cielo. Fue una semana increíble, al término de la cual Miriam estaba absolutamente convencida de que había encontrado al Hombre De Su Vida.

Yamal tenía dinero, eso ella lo había advertido desde el principio, no había hecho falta que él se lo dijera; se notaba en la prodigalidad con la que gastaba sumas que un chico de veintiséis años normalmente no maneja. Más tarde, él le explicaría que había heredado dinero de su abuelo, que disponía de un fideicomiso asignado, una cantidad fija que le llegaba cada mes. Alguna vez le dijo a Miriam que había cortado absolutamente todo contacto con su padre desde que repudió a su madre y que no sabía nada de él. Quizá el dinero se lo pasaba su madre, el caso es que Yamal disponía de dinero, mucho, y podía instalarse donde quisiera. Tampoco le importaba abandonar París; tenía las raíces demasiado dispersas para amar un solo paisaje. Podía, por tanto, mantenerla, podían vivir juntos. Nunca, eso sí, mencionó el matrimonio. A ella tampoco se le ocurrió. «Me encanta tu ciudad —dijo él—. No me importaría vivir aquí.» Y aquellas cinco palabras fueron como el anuncio de la realización de un sueño largamente acariciado. Así que, en cuanto Yamal obtuvo el título de licenciado en Bellas Artes, volvió a Madrid y alquiló un estudio, y la niña de buena familia acabó viviendo en un barrio de inmigrantes al que su madre se negaba a ir a visitarla.

A la familia de Miriam no le hizo ninguna gracia que su benjamina se fuera a vivir con un hombre, pero mucha menos gracia les hizo aún cuando se enteraron de que él era árabe. «Un moro —le reprochaba la madre, embebida en su patrioterismo de estrechas miras—, qué vergüenza, tú estás loca. Si esa gente pega a sus mujeres y las hace ir con velo. Vas a ver tú cómo vas a acabar. Va a querer que os vayáis a su país y luego nunca más te volveremos a ver. Piensa en lo que estás haciendo, hija.» «Su país es Francia, mamá, no seas loca —respondía Miriam—; no sabes de lo que estás hablando.» Miriam sabía que sus padres habían esperado otro yerno. Un ingeniero, un abogado, un economista. Una pedida de mano, una boda por la Iglesia con traje blanco, velo de tul y la primita llevando las arras. Unos suegros que hablaran el mismo idioma, con los que poder comentar aquello de que en nuestros tiempos las cosas eran muy distintas, y mejores según y cómo. Y quizá precisamente la certeza de que a sus padres no les gustaba nada Yamal la reafirmaba en su deseo de seguir con él. Pero, poco a poco, el bonito sueño se fue desintegrando. La palabra amor se le quedaba enganchada en la garganta como el bolo de carne que de pequeña no podía tragar por mucho que lo intentara. Yamal salía todas las noches, y muchas sin ella. Regresaba de amanecida y nunca decía dónde había estado. Luego dormía cuatro o cinco horas y después se encerraba en el estudio a trabajar. Ella quitaba el polvo, ponía lavadoras, planchaba; se había convertido en su asistenta. Y las palabras de la madre resonando: «No son como nosotros, no respetan a las mujeres». Cuando su amiga Diana llamaba y preguntaba qué tal le iba la vida, a veces Miriam comentaba: «Hoy Yamal no ha venido a dormir», con el entusiasmo de quien, no pudiendo ocultar por más tiempo un problema que le resulta penoso, prefiere proclamarlo para dar la idea de que relatar la situación no le causa el menor apuro, de que puede contarla de forma fácil y espontánea, como quien presagia una tormenta. Pero cuando estaba decidida a dejarlo, a punto de hacer las maletas, Yamal se presentaba en casa con un ramo de flores y la sacaba a cenar a un restaurante coqueto o se la llevaba dos días a la playa, y Miriam se aferraba a las flores, a la cena o al hotelito encantador como palanca para hacer saltar por los aires las salidas nocturnas de Yamal, sus desplantes sin explicaciones, su nula colaboración doméstica.

Después vino la primera exposición, en una galería pequeña. Yamal hacía *Cuadros Gemelos*, cuadros iguales pero diferentes, casi idénticos pero no exactos, que se podían comprar juntos o por separado, en grupos de dos, cuatro, seis u ocho piezas. Se vendieron todos los cuadros, o eso creía la galerista. Lo cierto es que Yamal compró la mayoría. Aún recuerda Miriam cómo tuvo que convencer a su amiga Diana para que reservara uno a su nombre que, finalmente, se pagó con dinero de Yamal. Los demás los «compraron» los nuevos amigos de Yamal, que eran legión porque en el poco tiempo que llevaba en la ciudad Yamal había hecho más amigos que los que había hecho Miriam en sus veinticinco años de vida. Yamal tenía una habilidad especial para embaucar a la gente. Su amabilidad, su gracia, poseían la soltura de aquellos privilegiados cuya posición les ha acostumbrado desde pequeños a tratar con gente muy distinta. Había muchos artistas entre los nuevos amigos, por supuesto, gente que conocía en exposiciones, pues Yamal asistía a todas las inauguraciones sin excepción. Había galeristas y críticos. Había periodistas y escritores. Y había muchos marroquíes, muchos, la mayoría sin oficio ni beneficio, buscavidas. Yamal siempre se refería a cada uno de ellos como «mi primo». Mi primo Hammed, mi primo Tarik, mi primo Aziz, mi primo Nayib, mi primo Abdul. Puede que algunos fueran verdaderamente primos lejanos, pero Miriam sospechaba que el hachís tenía mucho que ver con aquellas amistades porque Yamal se pasaba el día fumado. Decía que le ayudaba a pintar.

Ella se iba sintiendo cada vez más sola, más fracasada. Pensó que tenía que buscar un trabajo y empezó a mirar las ofertas de los periódicos, pero Yamal siempre la disuadía. «Con lo que te van a ofrecer como dependienta o camarera no tendrás ni para pagar una asistenta, es absurdo.» A ella no se le escapaba la poca confianza que Yamal demostraba, el hecho de que él no pensara que podía encontrar algo mejor. Al fin y al cabo, era licenciada, o casi. Le habían quedado dos asignaturas para obtener el título. Se hubiera tenido que presentar a los exámenes de septiembre para aprobarlas, pero al volver de aquel viaje de fin de carrera sólo podía pensar en Yamal, no en libros. Finalmente, encontró trabajo en una agencia de viajes y aquello agudizó los problemas. Yamal se quejaba de que la casa estaba siempre sucia pero, por supuesto, no movía un dedo para limpiarla. Ella buscó una asistenta. Eligió a una marroquí precisamente para que su novio estuviera contento.

Amina era una chica muy joven y muy guapa, con una impresionante melena negra que le llegaba hasta la cintura, que venía recomendada por uno de los muchos «primos» de Yamal y que apenas duró un mes en la casa. El día en que anunció que no quería volver más, Miriam imaginó lo que podía haber pasado con Yamal, pero se empeñó en no pensar mal. Entonces buscó a Kerli, una señora colombiana, nada atractiva, de la que Yamal no hizo más que quejarse. «Me cambia las cosas de sitio, no encuentro mi cartera, no me gusta cómo plancha.» Miriam llegaba agotada del trabajo y no se sentía capaz de prestar demasiada atención a aquella cantinela de niño pequeño. «Pues si no quieres que te toquen tus cosas —le dijo un día—, aprende a organizarlas tú mismo y no dependas de alguien que tenga que ir limpiando detrás de ti.» La reacción de él fue completamente desproporcionada. La llamó histérica, loca, verdulera y bastantes cosas más que Miriam no quiere ni recordar. Después salió de casa y no volvió en toda la noche, una noche que Miriam pasó en vela, pendiente de la puerta. Por fin Kerli se marchó de casa, ahora trabaja en casa de Diana, la mejor amiga de Miriam, que de vez en cuando lleva al parque a Selene, la mulatita de trencitas en la que se ha convertido el bebé del que Kerli tanto hablaba.

La bronca que se desencadenó a propósito de Kerli fue la primera de una serie de discusiones continuas que estallaban de improviso, sin motivo aparente, como si su relación avanzara a través de campos minados, pues Miriam nunca podía prever cuándo y por qué iba a explotar Yamal. Cuando tenía que preguntarle algo, Miriam vacilaba mucho respecto a la forma en que debería de hacerlo y, cuando por fin lo había explicado, le observaba a hurtadillas, intentando desentrañar los más furtivos cambios en su fisonomía o cualquier contradicción en su respuesta para adivinar cómo se lo había tomado y, en consecuencia, si tardaría mucho o poco en enfadarse o no. Como sentía que no podía hacer realidad los sueños de Yamal, convertirse en la mujer ideal que él ansiaba y que en algún momento pensó que podría ser, procuraba, al menos, no contrariarle, no oponerse a sus caprichos, a sus amigos, a sus porros o a sus salidas, intentaba apreciarlos, incluso, como un conjunto de rasgos particulares gracias a los cuales Yamal se hacía visible, como toleraría la naturalidad de un niño maleducado o la fealdad de un cuadro expresionista. Procuraba entender las cosas que a él le gustaban y encontrar placer en imitar sus hábitos, y por eso empezó ella también a fumar hachís, intentando en vano refugiarse en ensoñaciones que le permitieran dejar de lado el fondo de las cosas para sentirse más cerca de él compartiendo sus gustos. Pero el hachís no le sentaba bien, le agudizaba los miedos y las paranoias. Para colmo, Yamal se hizo muy amigo de un personaje clave en el ambiente artístico, de condición tan poco común que pareciera que Yamal pronunciara el nombre con sílabas llenas de luz: «Vengo de cenar en casa de Trentino».

Fulvio Trentino era conocido por su labor dentro del mundo de la gestión y dirección de proyectos de arte contemporáneo en España y muy conocido también por su promiscuidad confesa. Se decía que cualquier artista joven que quisiera acabar exponiendo en el Reina Sofía tenía que acostarse primero con Trentino. O eso es lo que le contó a Miriam su amiga Diana, que estaba mucho más al día que ella en lo que a los cotilleos del mundillo cultural español se refería. Yamal estaba entusiasmado con su nuevo amigo, decía que a Fulvio le habían comisariado para que organizara una importantísima exposición de nuevos valores en el MUSAC y que ya le había dicho a Yamal que iba a incluir su nombre. De la noche a la mañana, el nombre de Fulvio Trentino no se le despegaba de la lengua. Una tarde, Miriam acompañó a Yamal a una *vernissage* en la galería Espacio Mínimo y fue allí donde conoció a Trentino. Y al advertir cómo al joven gestor se le iluminaban los ojos cuando vio al pintor, expresando una animación y un celo extraordinarios, y la mirada mucho menos amable que le dirigió a ella acto seguido para decir: «Encantado» —única palabra que Trentino dirigió a Miriam en toda la noche—, le brotó la misma comezón que le había asediado cuando la joven asistenta marroquí se despidió del trabajo. Pero, al igual que en aquella ocasión, no quiso decir nada, porque las sospechas no eran sino fuego de paja y decaían pronto por falta de alimento.

Desde que conoció a Trentino, Yamal comenzó a salir

todas las noches, sin Miriam, y a volver de amanecida o no volver. Ella se despertaba a las siete para salir de casa a las ocho y muchas veces él todavía no había llegado. Y, si llegaba borracho y hacía el amor con ella, le sembraba en la carne un bosque de cuchillos. Y así fueron pasando los meses, marcados por la ansiedad y el sufrimiento, por el desconcierto desesperado y sordo del niño que se pierde en unos grandes almacenes, y su duradero amor por Yamal fue haciéndose un largo olvido de la primera imagen que amó, la de aquel chico amable y encantador, para sustituirla por la del hombre cruel y distante al que también amaba, o incluso amaba más, como si la tristeza que sentía hiciera dulce su infelicidad, hasta el día en que Miriam se tragó entera la caja de ansiolíticos que el médico de la Seguridad Social le había recetado cuando ella se presentó llorando en su consulta diciendo que no podía dormir.

Pero no le guardaba rencor. Porque le había amado, le había amado muchísimo.

Quizá por eso volvió a quedar con él, incluso como si, nada más verlo con aquel niño pequeño aferrado a su mano, ya paladeara el presentimiento de la última derrota.

Yamal no era hombre de horarios fijos, así que Miriam podía verle cuando salía con el niño al parque y el marido estaba trabajando. Daniel viajaba mucho y a veces se pasaba dos y tres días fuera, y una noche en la que iba a estar ausente, Miriam dejó al niño con su madre y decidió quedar con el pintor para ir de copas. Se lo pasaron muy bien y ella le invitó a tomar la última en su casa. Una cosa llevó a la otra y de improviso se encontraron besándose apasionadamente en el sofá. Y entonces cayeron en la cuenta de que no tenían condones, porque ninguno de los dos había previsto que la noche pudiera dar tanto de sí. Entonces, a Miriam le vino una idea a la cabeza, una idea que llevaba tiempo gestándose, muy lentamente, en algún recóndito rinconcito oscuro de su cerebro y que de pronto, ya perfectamente formada, había decidido manifestarse y salir a la luz. Y Miriam se dirigió al escritorio del marido, un mueble que ella había heredado de su padre. El escritorio tenía un primer cajón que se cerraba con llave, y ella de pequeña lo había abierto infinidad de veces con una horquilla, pero nunca había usado el truco viviendo con Daniel porque pensaba que lo de no husmearle los cajones era una cuestión de respeto y de confianza. Sin embargo, aquella noche lo hizo. Y encontró en el cajón un par de gafas antiguas, un reloj, cuadernos viejos, innumerables lápices y bolis, una serie de extractos del banco sujetos con un clip, una pequeña carpeta con los papeles del seguro de la casa, un paquete de aspirinas, unas pilas gastadas, un rollo de celo... y una caja de condones, como el descubrimiento que de pronto significará la piedra fundacional para una ciencia naciente. La abrió y saco dos, que fueron los que usó aquella noche.

Si Daniel se dio cuenta de que faltaban dos preservativos, nunca lo hizo notar, seguramente porque entonces habría debido explicar por qué tenía condones en el cajón de su escritorio. Y poco después se separaron. Miriam se había pasado una semana sola, Daniel estaba en viaje de negocios, o eso decía, el niño cogió una bronquitis y en el móvil de Daniel salía siempre el contestador. Y durante esa semana el resentimiento fue engordando como una bola de nieve que desciende por la ladera de la montaña. Por eso, y no porque Miriam pensara que tuviera la más mínima posibilidad de retomar una relación con Yamal, le contó a Daniel que se había acostado con otro. Y su ex marido hizo como pudo una maleta y se largó. Miriam pensó que se le veía con muchas ganas de marcharse, que probablemente sólo estaba esperando la excusa que su mujer le había brindado tan graciosamente.

A Yamal no le ha vuelto a ver después de aquella noche que pasaron juntos. Él no volvió a llamarla y ella decidió que si él no lo hacía ella tampoco intentaría contactarle; se trataba de una cuestión de orgullo. Sin embargo varias veces fue a La Taberna Encendida, por si acaso le veía, pero sin suerte. Y una de esas noches, acompañada por Diana, conoció a Antón. Antón no es importante para Miriam, tampoco lo es Yamal, y mucho menos Daniel. Para Miriam es importante el niño, que últimamente no quiere comer. Hace tiempo pensó que Yamal era el Hombre De Su Vida, después lo pensó de Daniel. Nunca se le ocurrió engañarse con Antón, porque Miriam ha crecido y no es la niña tonta que fue, y ahora sabe que el único Hombre De Su Vida es el niño que duerme aferrado a su osito rojo, ignorante del mundo que, ahí afuera, espera con las fauces abiertas a que crezca.

LA REALIDAD Y EL DESEO

Acodado en la barra mientras se bebe el cuarto gin-tonic de la noche, David se queda embobado mirando las piernas de la camarera. La camarera lleva una minifalda de las que quitan el hipo, tan corta que podría ser un cinturón, y tiene las piernas largas, musculosas y bien torneadas. Las piernas constituyen su mejor activo, porque la chica, de cara, no acaba de ser guapa. Tiene un rostro muy particular y, vista de lado, presenta un perfil gracioso. También destaca la boca, que llama la atención, con los labios muy gruesos y bien dibujados, pero la aprieta a menudo, como quien va a tragar saliva, lo que, a pesar de toda su finura, le da un aire de excesiva rudeza. Es mona, como lo son casi todas las chicas jóvenes, pero ese rictus de amargura definitivamente no le favorece.

La joven ha aceptado trabajar los jueves y los sábados para redondear su sueldo de teleoperadora, y ésta es su primera noche en la barra. Como camarera puede llegar a ganar exactamente lo mismo que lo que saca al teléfono en menos de la mitad del tiempo. Le pagan bien, mucho mejor que en cualquier otro bar del barrio, donde los sueldos han bajado hasta los mínimos porque todos los que aceptan trabajar son inmigrantes que la mayor parte del tiempo ni siquiera entienden las comandas. Pero en un bar de copas no pega poner a una ecuatoriana chaparrita, lo que se tercia es una chica mona y bien plantada, y por eso a ella le pagan a cincuenta euros la noche. Bien pagado, sí, para lo que es el barrio. De momento, no quiere dejar el otro trabajo, porque su intención es ahorrar, pues pretende largarse lo antes posible de la casa de su padre. Ahora que parece que su mejor amiga ha dejado ¡por fin! al insoportable que tenía por novio, un imbécil que le tiraba los tejos en cuanto Susana se daba media vuelta, ambas tienen planes para alquilar un apartamento juntas.

Una chica de ojos perdidos se acerca a la camarera para pedir un vaso de agua del grifo. Es el tercero que pide en lo que va de noche. Evidentemente, la chica va empastillada y por eso tiene tanta sed. La camarera, mosqueada, le dice:

—Mira, bonita, me he hartado de ser tu esclava. Si quieres agua, te vas al cuarto de baño y te rellenas tú misma el vaso.

—Anda que eres borde, tía.

—Superborde. Y a mucha honra. Me llaman La Chunga, conque imagínate.

Yamal, el dueño del local, aparece desde el fondo, se encara a la pastillera y le pregunta directamente:

—¿Tienes algún problema?

—No, ninguno... —murmura ésta con un hilillo de voz, visiblemente amedrentada ante el hombre alto que la ha interrogado con una seguridad tan aplastante como si pudiera triturar piedras con las manos, y que ahora se dirige a la camarera.

—Y tú, si cualquiera te molesta, me llamas, ¿vale?

La camarera sonríe por primera vez y entonces David repara en que la chica es verdaderamente bonita cuando no frunce el ceño y cree ver en esa sonrisa casi infantil una invitación abierta que evidentemente no le está destinada a él, sino al árabe.

Yamal regresa a su mesa, situada en el fondo del local, en una esquina resguardada desde la que se controla todo el garito pero en la que es difícil que le controlen a él. En la mesa le esperan sus cuatro amigos, dos marroquíes y dos negros. Los cuatro hablan francés, aunque con acentos muy diferentes, por eso se esfuerzan todos en hablar lentamente y con corrección, porque si no no podrían entenderse. Este tipo de grupos es raro en el barrio. Los árabes y los negros no se mezclan demasiado, por no decir que simplemente no se mezclan, pero ya se sabe que uno de los dones de Yamal es reunir a grupos de lo más variopinto.

Aziz es el dueño de la tetería que está dos calles más arriba. Vive con una española que, según dicen en el barrio, plantó al novio ecuatoriano que tenía y lo dejó tirado dos meses antes de la boda, con el traje comprado y las invitaciones enviadas, para largarse con Aziz. Lo de tetería es un decir. Por supuesto que sirven té, pero en realidad funciona como cualquier bar donde se consumen cervezas, coca-colas y tintos de verano. Aziz, como buen musulmán, nunca bebe, pero el negocio es el negocio. Ahora mismo, su mujer debe de estar sirviendo mesas, como todas las noches. A Aziz no le hace demasiada gracia que a su mujer la miren tanto, que le sonrían los clientes y le pregunten cuándo sale, pero ella se lo dejó muy claro cuando le conoció, que no pensaba dejar de trabajar, y él no podía siquiera insinuárselo. Dentro de una hora, cuando la tetería cierre, Aziz irá a buscar a Albita para ayudarla a hacer la caja y para asegurarse de que cierra el bar sin problemas. La zona es demasiado peligrosa como para que una mujer se aventure a volver a casa sola, sin protección.

Hisham trabaja en la construcción, como Youssou. De siete de la mañana a siete de la tarde, doce horas apenas interrumpidas para consumir a toda prisa un bocadillo. Está trabajando en la renovación de una estación de metro del centro. El 20 de septiembre, por imposición municipal, debe haber construidas cuatro salidas de emergencia y cuatro ascensores. El presupuesto de la obra es de trece millones de euros. Hisham es muy consciente de que la obra no debería ser tan costosa, de que varios millones de euros están pasando de mano en mano en comisiones, pero a él le pagan bien, tres mil euros al mes. Es cierto que le pagan menos de lo que cualquier español cobraría en un trabajo de tanto riesgo y con un horario tan salvaje: doce horas diarias, de siete de la tarde a siete de la mañana, pero a él le vale porque quiere ahorrar para comprar una furgoneta. No vale cualquier furgoneta, no; tiene que ser una furgoneta potente, una Mercedes; y una Mercedes cuesta (y los vale) quince mil euros. Y tiene que ser una Mercedes porque la furgoneta tendrá que hacer viajes desde Madrid a Tánger. Hisham era mecánico en Tánger, y en Tánger los coches se arreglan con piezas de segunda mano. Sin embargo, en Madrid las piezas de segunda mano no valen casi nada, los coches van al desguace y las piezas se pueden comprar al peso. Hisham planea ahorrar para dedicarse a comprar piezas en Madrid al peso y revenderlas en Tánger por unidades. Entonces, cuando tenga dinero y posición, le pedirá a Amina que se case con él. Con Amina se ve a escondidas, de momento. Quedan siempre fuera del barrio para que nadie le vaya con el cuento a la madre y mucho menos llegue la historia a oídos del padre, que está en la cárcel. Si se cruzan por la calle, en el barrio, ni siquiera se miran a los ojos. Esta tarde, por ejemplo, Amina volvía del Parque del Casino; acababa de recoger a su hermano en la ludoteca, llevaba a

Salim de la mano y casi choca con Hisham en la puerta del parque. Se quedaron mirándose a los ojos durante un instante que se hizo eterno, y luego Amina los bajó y tiró del niño. Amina limpia casas, pero con lo que gana no da ni para pagar el alquiler. Amina le ha contado a Hisham que es Yamal el que mantiene a la familia, aunque Amina no sabe bien por qué. Parece que existe algún parentesco lejano entre el padre de Amina y el libanés, pero Amina sospecha que Yamal tiene algo que agradecerle a su padre, que en la cárcel el padre calla algo que sabe y que Yamal está pagando su silencio. Por eso Hisham no puede aceptar regalos de su novia, pues el Corán afirma que no se pueden recibir presentes que hayan sido pagados con dinero del pecado. En realidad, ya casi nadie respeta ese principio y todo el mundo lo considera un pecado menor. Hisham sabe incluso de algún capo de Tánger que ha hecho una peregrinación a La Meca con el dinero que ha ganado vendiendo hachís. Probablemente, Hisham se empeña en respetar un principio pasado de moda para dejar claro que, si el padre de Amina no le respeta, Hisham tampoco se va a agachar ante él. Sin embargo, Hisham intenta ser amigo de Yamal, porque en el pintor reside su única posibilidad de casarse algún día con la chica a la que quiere. Y es que los daños de familia se heredan y, allá en Tánger, sus familias eran enemigas. La razón exacta la desconoce, pero sabe que tuvo algo que ver con una casa que alguien le vendió a otro alguien hace muchos años. El padre de Amina no quiere ni oír hablar de una posible boda y, sin la firma del padre al lado de las de los dos *adul*, no hay matrimonio, al menos según la tradición islámica. Hisham y Amina podrían casarse por la ley española, incluso por la marroquí, pero entonces la familia de Amina dejaría de hablar a la chica, no podrían siquiera saludarla si se la cruzasen en la calle. Amina sugiere a veces que recurran al extremo; si ella le dijera a su madre que ya ha perdido la virginidad con Hisham, la familia no tendría otro remedio que autorizar el enlace para evitar la deshonra. Pero Hisham no quiere hacer así las cosas, no quiere mentir a nadie, él quiere una boda en Tánger que dure tres días, en la que Amina vaya al *hammán* con las demás mujeres, en la que le pinten los pies y las manos con *henna*, en la que su novia luzca los tres o cuatro caftanes que las mujeres de la familia de Hisham habrán confeccionado para ella; una boda como Alá manda, con *aammaría*[1] y todo. Hisham confía en que Yamal interceda ante el padre de Amina para que de una vez firme la maldita autorización a la salida de la cárcel.

Ferba tiene un pequeño local que está abierto desde las nueve de la mañana hasta las doce de la noche y en el que vende un poco de todo, desde sémola hasta helados. Es el que le suministra el hielo al bar de Yamal. Yamal le permite beber todo lo que quiera sin tener que pagarlo, lo cual no le cuesta casi nada porque Ferba también es un buen musulmán, no prueba el alcohol y sólo bebe zumos, incluso evita la coca-cola porque cree que la cafeína también es una droga. Ferba es un hombre feliz. Es de los pocos senegaleses que han conseguido papeles y, además, pudo traer a España a su mujer y a su hijo.

Ismael trabaja en la tienda de Ferba. Es un negro guapo, alto y bien formado, con una mirada turbia que llega agotada después de haber conocido otros paisajes y mejores tiempos, una expresión vieja que no sabe bien si le aporta atractivo o se lo resta.

1. Una especie de jaula de madera, adornada con telas bordadas en colores vivos, en la que los invitados llevan a la novia a casa del marido.

Aziz le cuenta a Yamal que un grupo de jóvenes marroquíes, de esos que esnifan pegamento, le espantó la tarde anterior a todos los clientes de la terraza cuando la pandilla se enzarzó en una pelea a navajazos justo delante del local. Uno de ellos se bebió la coca-cola de un cliente; pasó al lado de la mesa y de pronto, sin avisar, agarró el vaso y se echó al coleto el contenido. Cuando el cliente se levantó con un puño en alto, toda la pandilla se abalanzó contra él y, en un visto y no visto, se había montado una batalla campal, hasta que se presentó la policía y los chavales desaparecieron por los callejones. Pocos días después, hubo una pelea entre dos traficantes de hachís que se cruzaron a navajazos por una cuestión de territorio. Todavía hay manchas de sangre en los adoquines de la calle. Pero nadie interviene, porque la policía deja actuar a estos camellos de medio pelo a cambio de que les pasen información sobre cualquier movimiento raro del barrio, en el que se supone que están escondidos varios comandos fundamentalistas islámicos.

—Así no podemos seguir. A este paso nadie va a querer sentarse en mi terraza. Esto está cada vez más peligroso. Ésos son los del norte, todos —dice Aziz— de Tánger. Se les nota en el acento. Y en las maneras. Porque nosotros, los de Marrakech, somos mucho más educados. A ellos los gobernaron los españoles, y no hay más que vivir aquí para entender de dónde viene la diferencia. Los españoles lo arreglan todo gritando y peleándose. Los franceses gritan mucho menos. Y, por supuesto, nada tengo a favor de los franceses, que nos explotaron, pero la diferencia se ve.

Hisham está a punto de intervenir, porque él viene, precisamente, de Tánger, pero es Yamal el que toma la palabra.

—Te equivocas, hermano. Ése es un argumento falaz. No son ellos y nosotros, todos somos iguales. Estás hablando como hablan los americanos. Si dicen que nosotros somos diferentes, que no somos como ellos, que no sentimos como ellos, que no amamos a nuestros hijos como ellos, entonces se sienten con derecho para invadir nuestras tierras y atacar a nuestros hijos. El marroquí del norte no es distinto al del sur; todos somos hermanos. No existe mi verdad o la del otro, sino mi verdad y la del otro. Y la violencia de estos chicos nada tiene que ver con que hablen español o francés, tiene que ver con la pobreza, con la desestructuración, con tener lejos a la familia.

Yamal habla en francés para hacerse entender por Ferba e Ismael. Los dos africanos le miran con admiración y asienten cabeceando, como quien calibra la honda sensatez de una argumentación inapelable. Gracias a discursos como éste es como Yamal se ha ganado la reputación de hombre íntegro.

Los dos africanos son hombres guapos, sin duda. Pero Ismael es el más llamativo. Alto, fuerte, elegante, distante como un ídolo. Ismael nació en Jorhogo, en Costa de Marfil. Era comerciante: compraba cosas, aspirinas, cremas, ropas, las metía en un hatillo y salía a venderlas a pueblos de la montaña. Un trabajo cansado y monótono, llagas en los pies y dolor de espalda. Entonces, llegó la guerra civil. Los rebeldes mataron a su padre e incendiaron la casa. Su familia —madre y hermanas, primos y primas, tíos y tías— se refugió en una misión salesiana e Ismael huyó hacia Burkina Faso y luego a Malí con el propósito de conseguir dinero para poder enviarlo a su familia. Tenía una prometida con la que hubiera debido casarse aquel mismo año, al cumplir los veinte, pero la guerra lo truncó todo. Era su prima y se conocían desde niños, las dos familias estaban contentas. La boda hubo de retrasarse porque no había dinero. Te esperaré, dijo ella, el tiempo que haga falta.

En Malí no había guerra, pero en el norte el agua era cara, además, Ismael era extranjero, y eso dificultaba las cosas. Así que pasó a Mauritania. Sobrevivía trabajando como pescador. Después, decidió bajar a Senegal. Evitaba hacer amigos porque no quería que nadie le robara el poco dinero que tenía. El desierto había sembrado sus propias plantas de largas espinas que se ensañaban en el esqueleto de los animales muertos, mientras el sol cruel consumía árboles y lagartijas respetando su cáscara y alargaba la desesperada sombra de Ismael. A veces, le detenía algún policía, le pedía mil, dos mil francos y se iba. Tenía que tener siempre al menos mil francos en el bolsillo; mejor quedarse sin comer que sin dinero. Dormía donde fuera necesario: la calle, el suelo, el autobús.

De un pueblo a otro, a veces andando, a veces en *taxi brousse*, a veces en camión, llegó a Dakar, una ciudad abigarrada como un hormiguero en la que se contaban y se reconocían narices y orejas de todas las etnias, de todas las profesiones, y en la que enjambres de niños descalzos jugaban con las cabras en un laberinto de callejones de arena que se transformaban en barro cuando llegaba la estación de las lluvias. Empezó a vivir en la calle. Intentó probar suerte como luchador amateur, pues en su pueblo era sin duda el que mejor peleaba. Ganó algo de dinero. Su cuerpo delgado, tallado en músculo y fibra, se movía como dibujando una rúbrica antigua, con gracia, elaborando una danza pero sin dejar de buscar el punto débil de su adversario, replicando en su carne movimientos de animales agresivos, sucediendo en la coreografía al león, al águila, a la serpiente. Pero en Senegal la lucha estaba institucionalizada y había profesionales mucho mejores que él: comprendió que nunca iba a llegar demasiado lejos. A veces, compraba artesanía en los pueblos y las vendía a los *toubabs* en la calle. También robaba carteras, pero nunca a un hijo de la tierra, sólo a los blancos. Hizo amigos, conoció a mucha gente, a veces se acostaba con una turista francesa que se creía muy moderna y tolerante sólo por permitirse hacer lo que en realidad le apetecía más a ella que a él. Estos amigos le dejaban su dirección, pero le olvidaban pronto. Él les escribía largas cartas que nunca obtenían respuesta. Los europeos no eran hombres de palabra, pronto lo comprendió, decepcionado.

La vida no era tan amarga, sólo parecía estancada. Pensaba, como muchos, en marchar hacia Europa, pero no podía hacerlo sin visado. Su madre no le había inscrito cuando nació, así que era difícil conseguir un documento. El pasaporte sí, si lo pagaba, el nacimiento lo podían certificar cuatro testigos, pero el visado era otra cosa, demasiado caro. Y le hablaban también de salidas en lancha. Si pagabas cuatrocientos euros o un millón de francos africanos te hacían un sitio. Estuvo diez meses en Senegal y por fin se decidió.

En la lancha eran veintitrés, casi todos pescadores, ninguna mujer. El patrón era un marroquí despectivo con su carga. Partieron desde una playa cubierta de desperdicios y tardaron siete días en recorrer dos mil kilómetros. Corrieron un gran riesgo, porque evitaron la costa del Sahara Occidental para tomar las aguas internacionales, a mar abierto, lo más peligroso. Cuando perdieron de vista la tierra, Ismael se levantó intentando ver algo más que agua, apoyando su peso en una pierna y en otra para compensar el bamboleo de la lancha, para mantener la línea del horizonte, y le aterró sentirse cercado, indefenso. Intentaba no vomitar, mantener la referencia de su propio pasado que dejaba detrás para decirse que avanzaba pues, rodeados de agua por los cuatro costados, parecía que la lancha no se dirigiera a parte alguna. El sol, la luna y las estrellas fueron sus únicos guías durante la travesía. Como navegaban hacia el norte, el sol debía estar a la derecha por la mañana y a la izquierda por la tarde. Por la noche, la luna quedaba a la izquierda y siete estrellas servían de referencia: las tres de la izquierda marcaban la dirección de América, las dos de atrás señalaban al Sur, las del Norte marcaban el rumbo de Tenerife. Hacia mediodía, se repartían galletas y un vasito de plástico con agua dulce. Al quinto día, el agua se acabó. Algunos empezaron a llorar y a llorar y a llorar. Nos vamos a morir, repetían, nos vamos a morir. No se veía tierra por ninguna parte. Pensó que había sido idiota, que debería haber comprado un pasaporte y un billete de avión, como hacían tantos. Pensó, bueno, voy a morir, eso es todo. Nunca encontrarán mi cuerpo, se lo comerán los peces, mi madre nunca sabrá qué fue de su hijo, mi sombra hará feliz a otra madre al reencarnarse en un bebé. La madre llorando olas, meciendo sus ilusiones y él esperando en la aldea de los fallecidos, preparando la mesa para cuando lleguen los demás. Se durmió, cegado por el cansancio, la sed, el calor, la fatiga, el miedo, por el sol estridente, por los rayos que se deshacían en flechas que le estaban envenenando la piel. Y entonces escuchó a su padre, directamente venido de la aldea de los fallecidos: «No llores, no vas a morir». Y, al sexto día, el mar, que era verde hasta entonces, se volvió azul oscuro: estaban cerca de tierra. Aquella noche el resplandor de las ciudades se hizo visible en el cielo y, como un faro, les ayudó a aproximarse.

Llegaron a puerto y la policía y la Cruz Roja ya estaban esperando. Cuando los miembros de Salvamento Marítimo dejaron de sostenerle para ayudar al siguiente inmigrante, recorrió, haciendo eses como un borracho, los cinco metros que le separaban del hospital de campaña. Pasaron la noche en comisaría, hacinados en un local, tirados en el suelo. Llegó una abogada, una mujer que les explicó, a uno por uno, en francés, que les llevarían a un centro de retención y que tras cuarenta días decidirían si les repatriaban o les liberaban en España. Dijo que venía de Guinea Conakri porque los dos países no tenían acuerdos y no sería posible una repatriación. Se lo habían advertido en Senegal: no digas dónde naciste.

Llegaron al centro de retención. Una colchoneta, una manta, jabón, toalla. Un patio. Tres retretes y tres duchas para doscientas personas. Dos horas de patio después del desayuno. Después, tocaban el silbato y vuelta a las colchonetas. Cuando llegaba la hora de comer, todo el mundo al comedor. De cuatro a seis, otras dos horas de patio y vuelta a la colchoneta. La misma rutina durante cuarenta días. Hizo un amigo en el centro, Youssou, un senegalés de ojos brillantes que había trabajado en el mar.

Youssou era bajo y rechoncho como una cepa, con cuello, brazos y hombros de luchador y rostro de piedra. Para hacer el gran viaje, Youssou se había asociado a varios pescadores que trabajaban en Mauritania. Como la pesca era cada vez más escasa y los barcos tenían que alejarse más y más de la costa para llenar las redes, las ganancias se iban haciendo más y más exiguas. Dependían de la cantidad y la calidad de las capturas, pero había que dividir el total de la venta en tres partes iguales: un tercio para el capitán, otro para pagar el mantenimiento de la barca y la gasolina, y el restante para los pescadores. No se ganaba para comer; lo mejor era marcharse. Ahorraron, buscaron una pequeña lancha, un motor, compraron el carburante y decidieron probar suerte. Tardaron sólo tres días. Youssou decía que tenía planes, contactos en España, los proyectos de futuro le iluminaban la sonrisa blanquísima.

Los días pasaban monótonos e iguales en el centro de retención hasta que por fin un día les dijeron: fuera.

Sin más explicación.

Les llevaron a un avión y les dejaron en Madrid. Más tarde, se enteró de que aquél era un reparto típico. Los emigrantes africanos llegados a Canarias se hacinaban en las dependencias, así que el Gobierno los repartía en vuelos directos hacia Madrid, Barcelona y Valencia, las tres capitales con mayor capacidad de absorción de los recién llegados.

En Madrid, Ismael no conocía a nadie, no sabía adónde ir y no tenía ni un solo franco en el bolsillo. Junto con Youssou, se dirigió a una iglesia católica. Les dieron dos mantas y estuvieron durmiendo al raso y mendigando. Su amigo tenía la dirección de un primo de Senegal y fueron a buscarlo. El primo vivía en una casa con diez personas más y les dejó dormir en el suelo, con las mantas. Les dio dinero y una lista de direcciones. En Madrid comían en los comedores de caridad: en Ave María, Guzmán el Bueno, Puente de Arena, Mamá África, y dormían en el hueco de una escalera. Youssou tenía otro primo que vivía en Lavapiés, un hombre rico, de buena posición. Youssou tenía muchos «primos». El hijo de una amiga de su madre podía ser su primo. No había recurrido al segundo «primo» —al rico— en un primer momento porque no tenía su dirección. Pero no tardaron mucho en encontrarlo. Preguntaron a todos los senegaleses que encontraban por el barrio y, finalmente, dieron con él.

Y sí, Ferba Tall era rico; o, al menos, rico para ser un hermano: tenía una tienda, una mujer y un hijo; les daría trabajo. Ferba no era un hombre cualquiera, no. Descendía, o eso aseguraba, de El Hadj Oumar Tall, el fundador del imperio Toucouleur y, cuando aludía a sus antepasados —lo hacía todos los días—, el orgullo le esponjaba como el agua a una planta de raíces superficiales. Hacía unos años, Ferba había llegado desde Senegal en un avión, con billete y visado. Contactó con un compatriota que importaba artesanía, bisutería, joyas, pulseras de oro falso. Se hizo con mercancía y bajó al sur, a las playas. Ofrecía las pulseras de oro a cien, el turista regateaba y creía que había hecho el gran negocio comprando por sesenta una pulsera que en realidad valía diez. En un verano, Ferba hizo dinero suficiente como para ingresar en el banco la cantidad que el Gobierno exigía para conceder la exención de visado. Después todo vino rodado; alquiló el local, trajo de Senegal a su mujer y a su hijo mientras el resto de su familia le esperaba en su pueblo, supervisando la construcción de la casa que estaba levantando con las ganancias de Europa. Ferba empleó a Youssou, pero dijo que no podía hacer nada por Ismael.

Ismael vendía *La Farola,* comía en comedores de caridad y dormía en albergues, cuando había sitio, o en la calle cuando no lo había, teniendo presente a cada hora que entre la muchedumbre de sombras que le rozaban y con las que a veces tropezaba, ensimismadas en sus problemas y sus cálculos, nadie le recogería si caía exhausto. En los ojos que no le miraban sospechaba desdén, recelo contra la excepción negra parada ahí, en medio de la gente que avanzaba; una conjura de sombras silentes, fantasmas enemigos que su imaginación localizaba en personas reales, en la joven que paseaba al perrito, en la señora que arrastraba el carro de la compra, en el hombre trajeado que hablaba por el móvil. Contemplaba con envidia los edificios, altas torres de desprecio que nunca le acogerían y en las que imaginaba comida caliente, sábanas limpias, calefacción central. Tiraba hacia adelante, callado, porque un pueblo condenado cría individuos hechos esencialmente de silencio. Había soñado un paraíso en Europa, pero estaba igual que en África, incluso peor, porque allí era un hermano y aquí era poco más que un animal, un individuo de segunda. Seguía manteniendo el contacto con Youssou, pasaba a verlo por la tienda todas las tardes. La tienda abría a las diez de la mañana y cerraba a las doce de la noche, a veces más tarde, y allí se pasaba el día su amigo, de martes a domingo; sólo libraba los lunes.

Por fin, un día, Youssou anunció a Ismael que iba a empezar a trabajar en la construcción, así que su puesto en la tienda de Ferba quedaba libre para Ismael, si lo quería. Trabajaría por 500 euros, sin contrato. Si alguien le preguntaba, debía decir que no trabajaba allí, que era el pariente del dueño y que estaba vigilando la tienda porque su primo había salido a llevar a su hijo al médico o a hacer un recado. Ismael ya se ha acostumbrado a la inutilidad trabajosa y larga de los días iguales, a la repetición persistente de los mismos objetos en las estanterías.

Muchas veces viene Mahamud, el hijo de Ferba, que se sienta a su lado y contempla con los ojos muy abiertos los paquetes de *cous-cous,* las latas de atún, los botes de cerveza apilados en las estanterías, el pequeño reino de veinte metros cuadrados que pertenece a su padre. Ferba está muy ocupado supervisando sus otros negocios, unos locutorios y una empresa de importación de artesanía africana. Fagueye, su mujer, la madre de Mahamud, trabaja en el locutorio. El niño pasa mucho tiempo solo, pero Ferba está convencido de que le está dando a su hijo una buena vida. En unos años, el niño heredará sus negocios y una gran casa en Senegal.

Ahora Ismael comparte una habitación en Lavapiés con Youssou. En la casa hay cuatro habitaciones y viven ocho hombres. Ismael paga ciento cincuenta euros. Cada mes envía a su madre otros cincuenta o cien. Y tiene que comer con el resto, pero se apaña. Se considera un hombre afortunado, porque consiguió llegar y porque tiene trabajo y un sitio donde dormir. Necesita empadronarse, pero no puede hacerlo porque no tiene pasaporte. Youssou le ha dicho que pueden hacer un duplicado de los papeles de otro hermano que trabaja en una comunidad autónoma distinta. Le costará seiscientos euros, pero merecerá la pena, porque así podrá empadronarse y optar, incluso, al permiso de residencia. Con eso podría trabajar en la construcción, como Youssou, cobrar más dinero, enviar más a su madre y, quizá, con el tiempo, volver a África. De vez en cuando siente como una punzada en el vientre: la irrescatable soledad de lo perdido. Y en cada hora, en cada día de ausencia, el olvido va difuminando un poco más el rostro de su madre y de sus hermanas mientras se esfuerza por sobrevivir en una ciudad densa como un nido de insectos venenosos. Él sabe que los sentimientos que más duelen son los más absurdos: el ansia de cosas imposibles, la nostalgia de lo que no se ha vivido, el deseo de lo que podría haber sido, la envidia de los otros, la insatisfacción de la existencia en el mundo, y por eso procura decirse que es feliz, que tiene un trabajo, un amigo, un sitio donde dormir, y que llegó vivo, sin hundirse en el mar. Mientras tanto, otros hombres, blancos todos ellos, que nunca le han visto ni saben quién es, diseñan programas, escriben artículos, firman manifiestos y redactan leyes para decidir su futuro.

Acodado en la barra, David está pensando en Diana, aunque no debería hacerlo; Diana ya ha salido de su vida, no merece siquiera que piense en ella. Un ejército alineado de botellas frente a él, el rostro reflejado en el espejo con la elegante irrealidad de una fotografía borrosa. Lo reconoce con sonrisa escéptica y lejana y apura un trago. Los hielos del vaso se convierten en un caleidoscopio. No debería haber pedido ese ron, Havana 7, y no debería haberlo pedido con angostura, porque mediante un mismo sabor se acaba de trasladar al tiempo en el que vivía con Diana. La memoria recorre pasadizos llenos de telarañas por los que hace mucho tiempo que no se adentraba, y recuerda secuencias, momentos, imágenes. Y, para colmo, acaba de reconocer la canción. *Cómo acerca el temor, aún me resisto, pero me lleva a ti de extraño modo. Porque te voy arrastrando a todas partes: en el pensamiento, en el soplo de mi aliento, confundida con mi sangre.* Y la voz de Emma haciendo el coro femenino: *Porque a todas partes vas conmigo: en el pensamiento, en el soplo de mi aliento y en mi sangre confundido.* La han debido de poner en su honor, porque le han reconocido. Una de sus viejas canciones, adaptada de un poema, dedicada a Diana en teoría pero escrita pensando también, secreta y orgullosamente, en Emma, compuesta en un tiempo remoto, cuando él era aún tan pedante y tan cursi como para poder cantar chorrada semejante, cuando cada hora estaba repleta de promesas, cuando tenía la vida por delante, inagotable, cuando quizá no había sido feliz del todo, pero había sentido siempre consigo, palpitante, la posibilidad de serlo. No hay nada más inútil y más patético que emborracharse escuchando una música herida de recuerdos. Habían habitado juntos un amor, dos casas, un montón de canciones a cual peor. El otro día, cuando después de un concierto la vio aparecer por el camerino, con la melena negra impecablemente alisada, supo que se había presentado allí sólo para joderle, para demostrarle lo bien que le iba la vida sin él. Mira, fíjate, estoy estupenda, más guapa, con otro novio y embarazada. Habían pasado casi tres años, tres años sin verla, y de pronto, así, sin que viniera a cuento, la muy puta se presenta en su concierto. Para joderle. Porque Diana sólo se alisaba la melena en las ocasiones especiales, así que se había presentado guapa al concierto por algo. Para impresionarle. ¡Que se joda Diana, que se alise la melena todo lo que quiera, que se arruine en la peluquería si le sale del coño! ¡Que tenga cuatro niños con el nuevo novio que se ha echado, si le da la gana, pero que le deje en paz! Odia a Diana. Odia la idea de que Diana esté embarazada, y no de él. Odia la paradoja de que al final vaya a ser Emma la madre de su hijo, de que Emma vaya a interpretar el papel que él había escrito para Diana. Odia a Diana. O ya no la odia, pero llegó a odiarla mucho y, a veces, la herida se reabre y supura.

Se separaron de la forma más inesperada. Un lunes Diana le había enviado un mensaje de lo más cariñoso: «Te quiero muchísimo y te echo de menos», y el viernes había cambiado la cerradura.

Aquella tarde, Diana llegó de mala leche del trabajo. Entró en el cuarto de baño y salió pegando gritos: «¿CUÁNTAS VECES TENGO QUE DECIRTE QUE CUELGUES TU PUTA ROPA Y NO LA DEJES TIRADA EN EL SUELO, JODER?» Él no podía responder lo de siempre, aquello de «¿para qué estamos pagando a una asistenta?», porque ya se sabía la respuesta, que la asistenta no es la esclava de nadie, que no tiene que ir por ahí recogiendo tu ropa, que es una cuestión de mínimo respeto, que si tu madre era tan idiota como para hacerlo eso no quiere decir que las demás mujeres seamos iguales y que al final la acabo recogiendo yo, porque me da vergüenza que Kerli tenga que recoger del suelo tus calzoncillos usados. Él siempre pensó que Diana trataba demasiado bien a Kerli. Kerli le contaba a Diana historias del marido que la maltrataba y que se bebía todo el «mensual», la palabra que ella usaba para decir salario, y le presentó a su hija, Selene, una pequeñaja con trenzas de la que Diana se había encariñado y a la que, a veces, hasta llevaba al parque los sábados, porque la asistenta también trabajaba los fines de semana en otra casa y porque la niña adoraba al setter de Diana y podía estar horas tirándole la pelota, y a David aquello le molestaba por dos razones; la primera, porque a él le habría gustado pasar las mañanas de los sábados en la cama con Diana, viendo la tele, releyendo revistas viejas o haciendo el amor, aunque era cierto que cada vez lo hacían con menos frecuencia y pasión; y, la segunda, tremendamente infantil y casi inconfesable hasta para él mismo, porque tenía celos de la niña, porque sentía que Diana le dedicaba a la cría de trencitas unas sonrisas tiernas, unos apelativos mimosos que en el pasado le había dedicado a él y quizá por eso, vaya uno a saber, David seguía dejando los calzoncillos tirados en el suelo, para llamar la atención de Diana que creía estar perdiendo. Él se había levantado a las cuatro de la tarde, se había puesto los primeros vaqueros y una camiseta que encontró en el armario, había bajado al bar de la esquina a por un bocadillo y, al volver a casa, se dio una ducha; después se envolvió en el albornoz y se puso a ver la tele. Era cierto que se le había olvidado recoger los vaqueros y la camiseta, que estaban desparramados en el suelo del cuarto de baño. Era cierto también que Diana llevaba tres años diciéndole que no dejara la ropa tirada, que estaba harta de tener que ser ella la que la colgara en el armario, como era cierto que él seguía pasando millas de lo que Diana decía. Así que David se levantó del sillón, fue al cuarto de baño, se quitó el albornoz, se puso los vaqueros y la camiseta, se calzó unas zapatillas y se largó a la calle pegando un sonoro portazo. Bajó a un bar y pidió dos carajillos. Cuando los hubo acabado, ya de mejor humor y más entonado, recibió una llamada de su amigo Víctor Coyote que le decía que había un concierto en el Siroco a las nueve. Le pareció un buen plan. En el Siroco, la camarera le ponía siempre las copas gratis por aquello de que David era famosillo o, al menos, lo había sido. Cuando cerraron el local, a las cuatro, ya no llevaba la cuenta de cuántas se había metido. A la salida, el teléfono móvil empezó a pitar; dentro del local no había cobertura y ya en la calle los mensajes se acumulaban. Todos ellos de Diana, que quería saber dónde estaba y a qué hora iba a volver a casa. «¡Que se joda —pensó—, que sufra, así la próxima vez se lo pensará dos veces antes de volver a gritarme.»

Víctor había conocido en el bar a dos chicas jovencitas y propuso ir a su casa a tomar la última. A David le pareció una idea estupenda. En casa de Víctor, David y las chicas se hicieron unos porros y esnifaron unas rayas. Víctor se limitó a seguir bebiendo cerveza, porque a él el rollito drogas nunca le había molado demasiado. David se despertó en el sofá-cama de Víctor, abrazado a una de las chicas que, a la luz del día, con el maquillaje corrido y el pelo hecho un ovillo, parecía mucho menos joven y menos guapa de lo que él había supuesto la noche anterior. Pálida y con el rímel corrido, recordaba a un oso panda. David miró el reloj y descubrió que eran las cuatro de la tarde. Era viernes y los viernes Diana tenía jornada reducida, salía de trabajar a las tres, ya estaría en casa. Se pegó una ducha rápida y ni siquiera se despidió de la chica. Llegó a las cinco y, cuando introdujo la llave en la cerradura, descubrió con sorpresa que no conseguía abrir la puerta de su propio piso. Casi quema el timbre de tanto hacerlo sonar, pero nadie abría. Llamó al teléfono de Diana, pero le respondió el mensaje del contestador. Después le llegó un mensaje de texto: «He cambiado cerradura. Manda msj pa decir dnd t envio tus cosas». Se enfadó tanto que empezó a pegar patadas a la puerta para intentar abrirla. No hubo modo ni manera, porque la cerradura antirobos tenía anclajes. Al rato apareció la policía alertada por los vecinos, que habían escuchado el escándalo. Cuando les contó la historia, le preguntaron si la casa era comprada o alquilada. «Alquilada», dijo él. «¿Y a nombre de quién está el contrato?» «Al de ella, que es la que tiene nómina.» «Pues, entonces, chaval, no puedes entrar si ella no quiere que entres, y deja de dar patadas a la puerta o tendremos que llevarte a comisaría.»

Él regresó a casa de Víctor y aquella noche volvió a irse de farra hasta las siete de la mañana. Recibió varios mensajes de Diana: «Dime dnd t envío tus cosas». David respondió: «D mmnto no tngo casa. Dme tmpo». Pensó que era mejor dejar amainar la tormenta, porque al final ella le readmitiría, como había hecho tantas otras veces tras tantas otras broncas. Le envió un ramo de flores a la oficina y un montón de mensajes cariñosos al teléfono. No recibió ninguna respuesta, ninguna llamada. Por fin, le llegó otro mensaje: «Si en 15 dias no tnes sitio dnd dejar tus cosas van a la calle. Tu veras kmo t las arreglas». Se está marcando un farol, pensó, y siguió a lo suyo, saliendo todas las noches y durmiendo en el sofá de Víctor, a veces solo, a veces acompañado. Pasaron los quince días. Diana le llamó por fin, no con la voz suave y aplacada que él había esperado, sino con una firme y clara, insistiendo en que tenía que llevarse las cosas de SU casa, y subrayando el posesivo. MI casa, decía, no NUESTRA casa. Acabaron discutiendo a gritos por teléfono. Ella le colgó.

Pasaron diez días más. Víctor le dijo que se podía quedar con él el tiempo que fuera necesario, faltaba más, para eso eran colegas. Había pasado casi un mes, así que David pensó que lo mejor sería pasarse por casa de Diana, recoger de una vez sus dichosas pertenencias, almacenarlas de momento en casa de Coyote y ponerse a buscar un apartamento. Llamó a Diana. «Que cuándo me paso a por mis bártulos.» «Ya no hay bártulos.» «¿Cómo que ya no hay bártulos?» «Te dije quince días y ha pasado un mes, así que he regalado tu ropa a la parroquia de San Lorenzo.» Se está marcando un farol, pensó él. «¿Y la Fender? ¿Y los discos?» «Se los regalé a mi sobrino; llámale si quieres a ver si te los devuelve. Te puedo dar el número, pero a mí no me llames más.» «No hablas en serio.» «Claro que hablo en serio, gilipollas. No sé tocar la guitarra y nunca me ha gustado tu música, así que explícame a santo de qué tendría que acumular trastos en MI casa.» «PERO TÚ ERES GILIPOLLAS O QUÉ, HIJA DE PUTA». «A MÍ NO ME GRITES, CABRÓN». Ella desconectó el teléfono. Al rato le llegó un mensaje con el número del sobrino. David le llamó. El sobrino confirmó la historia: su tía le había regalado la guitarra y los discos, pero los había vendido en el Rastro y se había fundido la pasta. «ME CAGO EN LOS MUERTOS DE LA HIJA DE PUTA DE TU TÍA.» El sobrino también le colgó el teléfono, debía de ser cosa de familia.

Aquella noche llamó a Diana ni se sabe la de veces. Siempre le salía el contestador. Dejó grabados allí todos los insultos de su repertorio y alguno más que improvisó para la ocasión. Al día siguiente, le llegó otro mensaje: «Tngo tdas tus amenazas grabadas. Llamame 1 vez + y t denuncio». Sabía que Diana no era tonta y que era muy capaz de hacer lo que prometía, así que no volvió a llamarla.

Se buscó un apartamento grande en Malasaña, se compró otra guitarra y descargó toda la música por Internet. Más tarde se enteró —porque Diana le había contado a alguien, que se lo había contado a otra persona, que a saber a quién se lo habría contado hasta que por fin la historia llegó a oídos de Coyote— de que aquel dichoso jueves Diana estaba tan cabreada, no a cuenta de la ropa tirada en el cuarto de baño, sino porque la noche anterior había estado curioseando en su ordenador y había visto los mails de las *grupis* y los de Emma. Las discusiones siempre tienen lugar en una tierra de nadie, entre lo que se dice y lo que no se dice, entre lo que se sabe y lo que se ignora del otro, y él comprendió que Diana pronunciaba frases en voz alta y, simultáneamente, decía cosas hacia dentro, pero sólo las segundas eran sinceras. En voz alta gritaba por la ropa sin recoger, y hacia dentro era lo de Emma lo que peor le había sentado. Lo de las *grupis* más o menos lo sabía o lo imaginaba. A David la fama le precedía como un heraldo, como una cama preparada para el huésped y, por eso, había tantas mujeres dispuestas a acostarse con él sin ni siquiera conocerle. Un músico tiene amantes en cada bolo, y eso las novias lo toleran más. Es muy distinto, sin embargo, lo de una amante fija, una relación que transcurre paralelamente, minuto a minuto, a la oficial.

Pero es que Emma Ponte era la debilidad de David, la única mujer a la que no se podía resistir, quizá porque era la única que siempre se le había resistido. Podía acostarse con ella, pero nunca la podría tener del todo. «Yo es que para hacer casita prefiero a las mujeres —le había dicho Emma en la cama, mientras se fumaba un porro, con esa intimidad poscoital que adquieren los amantes de muchos años—. Los hombres me podéis gustar para follar, pero no me imagino con novio. Yo me enamoro de las chicas, no sé si lo puedes entender.» Pues claro que no, claro que no lo entendía. No le quedaban más huevos que respetarlo, pero no lo entendía. Y, quizá por eso, empeñado en descifrar el inexplicable misterio de Emma, había seguido a su disposición durante veinte años. Si Emma llamaba, David acudía. Y cuando ella le dijo que quería quedarse preñada, él se lo hizo sin condón pese a que podía meterse en un lío de mil pares de cojones, pese a que Emma se lo había dejado muy claro: al niño lo pensaba criar ella solita, y si él quería verlo, de puta madre, pero nada de hacer de parejitas ni cosa por el estilo.

«¿Pero tú estás loco, tío? —le dijo el Coyote cuando se lo contó—. Que el niño es para toda la vida, que la tía te va a meter una demanda por paternidad y te va a tocar pasarle pasta hasta que el crío cumpla los dieciocho.» «Qué va, Emma no me va a pedir un duro, si está forrada. Además, la conozco de toda la vida, ella no es así.» Y ya es casualidad que Diana se haya quedado embarazada al mismo tiempo que Emma, debió de ser una conjunción de planetas. Pero odia la idea de que Diana tenga un hijo de otro casi tanto como odia a Diana. La verdad es que, si le dijo que sí a lo de Emma, fue por miedo a la soledad. Los cuarenta no iba a volver a cumplirlos, Diana le había dejado y Livia también le acababa de dejar. Pensó que, si al menos tenía un hijo, sentiría que había alguien a quien querer de forma incondicional.

A Livia la conoció uno de los pocos días en los que llevaba traje de chaqueta, en la ceremonia de los premios Ondas. A él no le habían dado ningún premio, hacía años que ya no se los daban y ni siquiera le habían invitado. Acudió acompañando a Víctor Coyote, a él sí le habían incluido en la lista de elegidos, a saber por qué, quizá porque le había diseñado la portada a un grupo de jovencitos con acné que se suponía que eran la gran esperanza blanca del pop patrio. David también había sido la gran esperanza del pop patrio en su día, también le habían dado premios, su foto había ocupado portadas de revistas, el grupo había hecho macrogiras y una canción compuesta por él había sido la sintonía de un anuncio de refrescos. Pero aquello se esfumó. El grupo se mantuvo, pero cada vez había menos bolos y peor pagados, aunque las críticas fueron cada vez mejores. El batería les había dejado porque tenía mujer e hijos y había que darles de comer, así que se fue a trabajar a la empresa del suegro. Los demás no tenían suegro que les pudiera enchufar, así que el bajista vivía de su mujer, que era peluquera, y el segundo guitarra sobrevivía más o menos airosamente porque ni se había casado ni había tenido hijos, pero vivía en un apartamento de mierda y llevaba la misma chupa desde hacía quince años, lloviera o hiciese calor. A David la pasta no le preocupaba. En los ochenta, en pleno *boom* del grupo, su padre le había aconsejado que invirtiera el dinero que estaba ganando y la herencia que había recibido de su madre, y se compró dos apartamentos cuyos alquileres le daban para vivir más que dignamente. A veces pensaba que los fans se sentirían desencantados al saber que el autor de una canción como «Somos chusma», que se había convertido en todo un himno generacional, no era más que un vulgar rentista, un burgués de medio pelo. Quizá lo fuese, pero pensaba seguir tocando hasta que se cayera de viejo; ni se le pasaba por la cabeza retirarse, no mientras quedaran tres incondicionales que le corearan los estribillos en los conciertos, David iba a aguantar, por mucho que por ahí le llamasen dinosaurio o vieja gloria. No le quedaba otra opción, se lo había jugado todo a una carta, no había estudiado otra carrera, no sabía hacer otra cosa... Quizá el tiempo que perdió en la música no lo ganó sino con la ilusión, que ahora se desmoronaba poco a poco, de que había valido la pena hacerlo.

Aquella noche, en la fiesta de los premios Ondas, David iba guapo de pura casualidad. La tarde anterior, Víctor se lo había encontrado tomando un carajillo en El Palentino. Víctor iba acompañado de su última novieta, que tenía una peluquería y que convenció a David de que con esas greñas y la barba de varios días no podía ir a ninguna parte. Así que le dio hora al día siguiente y como resultado David lucía un corte impecable. El traje que llevaba se lo había comprado a las ocho de la tarde, cuando cayó en la cuenta de que no tenía nada que pudiera llevar a la fiesta con una mínima esperanza de que le dejasen pasar. Como David no sabía usar la lavadora, se había equivocado en el programa de lavado y, tras haber incluido una camiseta roja en la colada, toda la poca ropa que tenía —la que había comprado después de que Diana regalase sus cosas al sobrino— salió del tambor teñida de rosa. Como David tampoco sabía planchar, no había en toda la casa ni una camisa ni una camiseta medianamente presentables, así que se fundió la Visa en un traje negro de alpaca y dos camisas de seda, una blanca y otra negra. Decidió lucir la negra para la ocasión, por aquello de que el negro adelgazaba y él había engordado bastante desde que cumplió los cuarenta. El caso es que aquella noche se sentía guapo y por eso se atrevió a abordar a una chica morena que se movía sola entre la gente con una copa de champán en la mano. Ella se mostró descaradamente seductora, con la cabeza inclinada en un ángulo absurdo para poder mirarlo de soslayo, la mano que se le iba a cada poco a la melena francesa para atusársela, una voz mimosa, como de gatita, y unas risitas tontas y coquetas que subrayaban cada frase. Le explicó que se había colado en la fiesta porque tenía un amigo que trabajaba en *Rolling Stone*. A las dos horas se fueron de allí juntos, como si juntos hubiesen llegado, de la mano, sin que David se despidiera siquiera de Víctor. Y juntos pasaron las siguientes cuatro noches, con sus respectivos días, besándose con avidez de fugitivos. Y a la semana, cuando Livia le contó una movida muy embarullada sobre un contrato de alquiler que vencía y no se podía renovar, él le dijo que podía acogerla el tiempo que ella necesitase y Livia apareció con un montón de cajas, se hizo dueña de los armarios y las estanterías y señora de la casa.

«Pero ¿tú estás loco, tío? ¡Que se te ha apalancado la tía en casa, así, por la cara!», le decía Coyote. Pero a David le venía Livia como caída del cielo. Sabía planchar, poner la lavadora y cocinar. Y él le decía que la quería y esas cosas que se dicen cuando va uno muy caliente. Apretaba su cuerpo por las noches como si sólo fuese un cuerpo y no un ancla. Sentía su temblor bajo los dedos, el cálido transcurrir de la sangre, la estremecida tibieza de la piel intentando arrancar de él una promesa de refugio. Livia hacía el amor con estudiada mezcla de pasión y método, de intuición y experiencia. Quizás fingía. Probablemente. Livia le regaló dulzura a borbotones, compró ropa, se la colgó en el armario, le decía cómo tenía que vestirse, le conjuntaba las cosas, se notaba que tenía gusto, que venía de buena familia aunque con la familia ya no se hablaba. Estaba muy sola, Livia; ésa era una de las cosas que le atrajo de ella, la compasión que le inspiraba.

Compasión... Lo piensa y le entra la risa. Compasión siente ahora de sí mismo, porque llegó a estar muy colgado de Livia, mucho. ¡Dependía de ella para tantas cosas! Era como una droga; la necesitaba, la necesitaba de verdad porque sin ella la casa se le caía a pedazos. Y no se trataba de ninguna metáfora, sino de la más cruda realidad. Sin Livia, los platos criaban moho en el fregadero y las camisas sin planchar se enredaban en una pelota en el fondo del armario. Livia le dio seis meses de estabilidad, de buen sexo, de compañía, de afecto madurado a la sombra tierna del ocio. Le dio también muchos quebraderos de cabeza, porque Livia era una mujer de gustos caros. Quiero cenar en este restaurante, quiero que me compres este traje. Víctor se lo decía: «Te está chupando la sangre, tío, te va a dejar seco». Pero David pensaba que no todos los días uno se encuentra con semejante pibón en la cama y, además, el hecho de tener que pagar por Livia le hacía sentirse más seguro de su amor y aumentaba ante él el valor de su novia, tal y como le había pasado a Diana en aquella ocasión en la que fueron a un hotel con encanto en medio de una isla perdida y ella no estaba al principio del todo convencida de que le gustara aquel paisaje de peñascos agrestes, sin playa, hasta que se enteró de que la habitación que les permitía disfrutar de la vista de aquel árido paisaje costaba doscientos cincuenta euros por noche. Entonces dejó de dudar y se convenció de la calidad poco común del destino elegido y del excelente gusto que había demostrado su novio a la hora de llevarla allí. Y ahora, del mismo modo y manera, David se repetía que Livia merecía la pena y tiraba de tarjeta de crédito. Hasta que se la rechazaron.

Pero entonces Livia no pareció demasiado afectada. «No te preocupes —decía—, comeremos pasta con atún. Nos quedaremos en casa una temporada, hasta que vuelvas a tener dinero. No saldremos a restaurantes.» Y la vida, aparentemente, transcurría en apacible y doméstica calma. Livia entraba y salía mucho, a él empezó a sorprenderle verla tan ajetreada. «Voy a un *casting* —decía ella—, tengo que volver a trabajar, porque no tenemos dinero.» Y si salía por la noche, decía que había quedado con el director de arte de una agencia, que podía conseguirle trabajo, y se despedía con un beso y un adiós bañado de falsa alegría. Entraba y salía mucho, sí, pero él no se atrevía a preguntar o imponer, sentía que no tenía derechos sobre ella ahora que no podía pagarle los caprichos. Cuando él se iba a otra ciudad para tocar, nunca llamaba a Livia, porque no quería imaginar lo que podría estar haciendo sin él. Livia no se quejaba, parecía un detalle que no importara. Con Diana siempre importó, aunque toleró mucho tiempo que no importase. Hasta que un día, a la vuelta de un bolo, regresó a casa y se la encontró vacía, sin Livia, sin su ropa en los armarios ni sus cosméticos en las estanterías del cuarto de baño. Faltaba también su ordenador, el de David, y su reloj de oro. Y la fantasía retrocedió como empujada por una ametralladora.

A veces tiene la impresión de que esa historia tan absurda y tan previsible le sucedió a otro, que se trata de un episodio de una novela de la que leyó la mitad, porque ni siquiera le importaba el final, pues ya desde el principio se veía que el enredo de la trama no tenía sentido y que nada iba a aportarle. Es curioso, debería odiar a Livia, odiar a Livia mucho más de lo que odia a Diana, pero a Livia no la detesta. Apenas sí la recuerda, porque no la convoca. Era tantas que no puede imaginarlas con un solo rostro. Se cambiaba el peinado, el maquillaje, la sonrisa, la máscara con demasiada asiduidad, como si siempre se estuviera camuflando, y nunca se podía saber qué animales se escondían tras sus ojos. En realidad, no la odió nunca porque en el fondo se comportó tal y como había esperado. No puede decir que desde el principio supiera que ella estaba con él por el dinero. Desde luego que había intentado engañarse a sí mismo, pero las cosas caían por su propio peso, no hacía falta que el Coyote le advirtiera; se veía venir. Una pasión no se construye en cuatro días, y cualquiera podía imaginar que Livia huía de algo. Pero él no lo quiso ver, no reconoció la evidencia pese a que se plantó frente a él agitando los brazos. Estaba demasiado necesitado como para permitirse ser desconfiado. No sabía vivir solo y esa incapacidad le hizo vulnerable. Livia le arrastró como una corriente y le envolvió como un remolino antes de que él mismo se diera cuenta. Pero siempre faltó algo que sólo se inscribía en el terreno de lo profundo y no de lo visible, siempre sintió esa desesperación que residía en la certeza de que no podía esperar de los instantes más de lo que aquéllos podían ofrecer. Ahora la casa, sin el repiqueteo de los tacones de Livia, parecía mucho más silenciosa, pero al menos la tarjeta había recuperado el crédito.

Es curioso, piensa, cómo nos equivocamos al juzgar a las mujeres. Víctor solía calificar a Diana de dura, incluso llegó a llamarla prepotente alguna vez. Y Diana parecía dura, directa. Hablaba sin tapujos, gritaba cuando hacía falta, no intentaba convencer mediante palabras edulcoradas, no caminaba con los ojos bajos, jamás usaba maquillaje, casi nunca falda. Livia, sin embargo, era todo lo contrario: melosa, acaramelada, delicada como una porcelana, acicalada como una bombonera, obsequiosa como un animal doméstico y siempre impecablemente arreglada. Llevaba tacones incluso dentro de casa, nada que ver con Diana, cuya idea de la felicidad se resumía en unos zapatos cómodos. Y, sin embargo, fue Livia la que cortó una historia con un abrupto golpe de guillotina, sin piedad ni remordimientos, mientras que Diana, lo reconoce ahora, dio muchas oportunidades, muchas. Y piensa, por ejemplo, en tantas mujeres de músicos que parecían dulces corderitas pero que se revelaron después como auténticas depredadoras. Confiados en la devoción absoluta de sus mujeres, los músicos exprimían las giras hasta la última gota, follando con toda *grupi* disponible y bebiéndose hasta el agua de los ceniceros pues en el hogar esperaba, fiel y entregada, la mujercita que cuidaba de los niños y que tenía la cueva preparada para el reposo del guerrero, que le recibiría con las sábanas limpias y la comida preparada. Y pasaban los años y un día la dulce mujercita presentaba una demanda de divorcio y se quedaba con la casa, con la custodia de los niños y con la mitad de los derechos generados por las canciones que su marido había grabado durante los años que habían estado juntos. Y a veces daba la impresión de que la dulce mujercita, en la sombra, había ido labrando su futuro cual hormiguita para que, llegado el tiempo en que se cansase de limpiar culos, fregar platos, planchar sábanas, ordenar armarios y hacer camas, llegado el día en que se hartase de que todo el mundo a su alrededor sintiera compasión por la pobre hormiga que no sabe los cuernos que le pone la cigarra, o que lo sabe, pero calla y, sobre todo, llegado el momento en que le desesperara aguantar a la cigarra cuyas canciones se sabía más que de memoria, pudiera contar con una buena pensión de la que poder vivir el resto de la vida, mientras que la cigarra, que tan bien se lo había pasado cantando, se congelaba cuando llegaba el invierno del descontento y se acababan el éxito, los clubes de fans, las portadas de las revistas y los conciertos en grandes estadios porque la cigarra se ha convertido, sin saberlo, en un trofeo cubierto de polvo y arrinconado en el cuarto de los trastos.

De pronto, todo se mezcla como en una batidora, las piernas de la camarera, los acordes de la canción, la imagen inconvocable de Livia, el cabello alisado de Diana, la ecografía del embrión de Emma, flotando ingrávido en un resplandor rojizo, los destellos y chispas de las velitas diseminadas por las mesas erizadas de vasos y botellas y, de nuevo, las lujosas piernas de la camarera, solemnes como columnas. El disco se queda atascado en los surcos del recuerdo. David se raya, siente los párpados pesados, la cabeza perdida, se le amarga la lengua, se le nublan los ojos y todas sus obsesiones se funden en negro.

—Tío, ¿qué te pasa? Despierta tío, que vamos a cerrar... Oye... —la camarera empuja levemente al tipo con suavidad precavida, no sea que le provoque un mal despertar, que ella ya sabe mucho de borrachos agresivos—. Ah, Yamal..., menos mal que estás aquí. ¿Qué hacemos con éste?

Yamal, más confiado en su propia fuerza, zarandea al borracho sin piedad.

—David... ¡David...! ¡DAVID! Despierta, hermano, que te tienes que marchar.

David cae al suelo como un fardo, completamente inconsciente.

—Vosotros —Yamal se dirige a sus amigos—, ¿podéis ayudarme? Habrá que sacar a éste de aquí.

—Pero qué dices, Yamal, no lo puedes dejar tirado en la calle en ese estado. Habrá que reanimarlo primero... —apunta la camarera, y a Yamal le sorprende ese repentino interés casi maternal en una chica que siempre ha parecido tan desapegada y distante.

—Pues tírale un vaso de agua a la cara.

Dicho y hecho, Sonia, La Chunga, llena un vaso con agua en el fregadero y se lo echa a David en la cara. David reacciona sorprendido, sacude la cabeza, los ojos parpadean, se abren, indagan desde la transparencia y luego fijan la mirada como intentando recordar quién soy, dónde estoy.

—Estamos cerrando, hermano, tienes que volver a tu casa.

David se incorpora despacio.

—¿Vives por aquí? ¿Te acompañamos? ¿Quieres que te acerquemos a un taxi? —pregunta Yamal.

David menea despacio la cabeza, como si hubiera oído hablar de los taxis pero ya se le hubiese olvidado para qué sirven.

—Lo mejor será llevarle a un taxi; tienes razón, Yamal. —Sonia se esfuerza por atraer su atención. Nota que él, como todos, le mira las piernas y, aunque sabe que el libanés es una pieza codiciada en el barrio, que las conquistas caen como espigas ante la guadaña de su encanto y que mujeres mucho más guapas que ella no han conseguido retenerlo, o precisamente por eso, alberga una secreta esperanza de llegar a ser algo más que su empleada. Yamal es un arma de seducción masiva.

—Sí... —Yamal capta la sonrisa de la camarera, sólida como un puente, que adquiere la consistencia de una garantía, y le responde con otra—. Pero no sé si vamos a encontrar uno a estas horas... Últimamente los taxis no entran en el barrio.

—Ay, sí. El otro día venía yo de tomar unas copas con unos amigos y, cuando le pedí al taxista que me llevara a la calle Olivar, él me dijo que no, que en Lavapiés no entraba y menos a esas horas, así que me dejó en Embajadores.

—¿A qué hora?

—No sé... Serían las dos de la mañana o así.

—¿Y cruzaste la plaza tú sola?

—A ver... Qué iba a hacer.

—Pues la próxima vez me llamas y yo te acompaño.

—¿Cómo te voy a llamar, si no tengo tu teléfono?

—Te lo apunto ahora mismo.

—¿Y de verdad te puedo llamar a las dos de la mañana?

—Tú puedes llamarme a cualquier hora, linda...

Ascendiendo desde las brumas etílicas a la realidad de la taberna, David ve cómo el rostro de la camarera se ilumina en una radiante efusión de placer que revela unos hoyuelos en las mejillas y unos dientes blanquísimos y se opera una transformación que convierte a una chica de barrio, mona, pero no espectacular, en una auténtica belleza.

—Oye —le dice Ismael a Sonia—, yo a ti conozco.

—Otro que me va a intentar entrar, piensa Sonia, qué nochecita—. Tú eres amiga de Susana, tú sabes, Susana, una negra guapa, muy guapa. Tú viniste tienda con ella.

—Ay, es verdad... Ya caigo; mira que llevo un rato pensando que me sonabas. Tú estás en la tienda que hay debajo de la casa de Susana, es verdad.

—¿Y cómo está Susana?

—Pues no muy bien últimamente, creo; un poco triste...

—Triste, qué pena. Porque es mujer con corazón, Susana, mujer buena.

—Pues se lo diré, se lo voy a decir de tu parte.

—Es ridículo —dice Ferba, ya en la calle, después de que entre todos hayan metido a un David semiinconsciente en un taxi—. Nunca he entendido a esta gente. Veo tantos en este barrio. Lo tienen todo y se empeñan en destruirlo todo. No puedo comprender a la gente que bebe.

Ismael asiente con la cabeza. Está pensando en parar un rato en el bar de Abir, donde casi seguro que estará Youssou bebiendo su coca-cola de costumbre pues, como buen musulmán, no bebe alcohol. El bar de Abir está regentado por dos senegaleses, Hamid y el propio Abir, y casi siempre está lleno de hombres negros, aunque las mujeres que van suelen ser blancas. Ellas saben lo que van buscando, y los hombres entienden lo que buscan. Al ritmo del *reggae* que suena en el local, las unas y los otros se encuentran. A los hombres negros les gustan mucho las mujeres blancas. A Ismael, sin embargo, no acaban de llamarle la atención. Pero es verdad que por cada mujer negra en el barrio hay cinco hombres negros, porque las mujeres africanas esperan, como espera su novia; se quedan allí, no vienen a Europa. Y las que vienen suelen estar casadas o viven con su hombre. Por eso es más fácil una mujer blanca. Las mujeres blancas son distintas, no creen en la virginidad ni en estar toda su vida con un solo marido. El honor y el pudor no son palabras de blancas. Ismael cree conocer a las mujeres blancas. Tuvo muchas en Senegal y ha tenido alguna aquí. Pero no le gustan, no las acaba de entender. Él piensa, por ejemplo, que le gustaría conocer más a Susana, pero prefiere no pensar en Susana ni en su prometida, porque Ismael sabe que los sentimientos que más duelen son los más absurdos. El ansia de cosas imposibles, la nostalgia de lo que nunca ha existido, el deseo de lo que podría haber sido, la envidia de los otros, el abismo que se abre entre la realidad y el deseo, entre la voluntad y la evidencia.

LOS MOLINOS DE VIENTO

Verá usted, yo creo que para su libro yo no le voy a servir de nada. Porque usted está escribiendo un libro sobre el barrio, ¿no? Pues eso, que yo le cuento lo que usted quiera, que ya les he dicho en el Centro que colaboraría... Usted ha hablado con el Isaac, ¿no?, el pequeñito, el de gafas, pero no creo que le sirva a usted de mucho, ¿me entiende?, porque yo soy de «Las Positivas», sí, del Grupo de Apoyo, pero no de las más interesantes. Mi vida es muy normal, o sea, que maltratada yo no soy y anoréxica tampoco, así que no sé por qué Isaac le ha dado a usted mi número...

A Cristina la ha entrevistado ya, ¿no? Lo sé porque ella misma me lo ha dicho, me ha llamado. Es guapa Cristina, ¿verdad? No se le nota nada. Y es que la gente espera que las anoréxicas sean como los niños de Sudán que vemos en los telediarios, y no lo son. Porque Cristina a mí nunca me ha parecido desnutrida. Me parece una modelo. O al menos tiene cuerpo de modelo. Cara no, por lo de la cicatriz. Un mordisco de perro es, cinco años creo que tenía Cristina. En el grupo contó una vez que se había obsesionado con tener un cuerpo perfecto para compensar la imperfección de su cara. O ésa era la manera más fácil y superficial de enfocar el problema, porque las raíces del tema eran mucho más profundas, ¿me entiende? Y eso que nadie en el grupo pensaba que Cristina era anoréxica, porque, además, siempre llevaba ropa muy holgada, pantalones muy anchos, nada ceñidos. Hasta que ella lo dijo, ni se nos ocurrió. Nos contó ella misma, Cristina, que más o menos cada seis meses se desmayaba en medio de la calle, en la parada del autobús o en el trabajo, que se quedaba sin sentido ante la fotocopiadora, por ejemplo o, si la pillaba en casa, ante la tabla de planchar... En cualquier sitio. Y, entonces, claro, una algarabía de peatones o de colegas o de familiares que se encargaban de atenderla y de llevarla en volandas hasta la cama o al banco más cercano, o al sofá de la entrada de la oficina, que le daban palmaditas en la cara y le aplicaban pañuelos mojados en la frente. Alguien telefoneaba al SAMUR, se presentaba una ambulancia, la llevaban de urgencias al hospital, un doctor dictaminaba que estaba desnutrida, la internaban, estaba unos días en observación y después la volvían a enviar a casa. El cuento de nunca acabar. Y así hasta que a los veinticinco, y por voluntad propia, Cristina decidió empezar con la terapia. No la del grupo del Centro, no; otra.

Lo primero que le dijo la psiquiatra, eso me lo contó Cris, es que tenía que empezar a vivir sola, por su cuenta. Lo segundo que le dijo es que hiciera terapia de grupo en el Centro. Lo de vivir sola yo lo veo muy normal. Normal si se tiene en cuenta la edad que tenía ella entonces, casi veinticinco años. Pero la madre, cuando se enteró de lo que había dicho la señora, puso el grito en el cielo. Decía que, si ella no vigilaba a la niña para que comiese (y yo digo «la niña» porque la madre la llamaba y la llama así, ¿me entiende?, no porque yo crea que Cristina sea una niña, que yo sé que es una mujer), pues eso, la madre decía que si no estaba ella para vigilarla, entonces la pobre niña moriría de desnutrición, porque Cristina estaba muy enferma y no podía vivir sola, o eso decía la madre. Pero el caso es que Cristina era mayor de edad, así que se podía ir si le daba la gana, a no ser que la madre la incapacitase, claro, y la madre lo intentó, fíjese, pero no lo logró: en cuanto habló con el primer abogado, el señor le vino a decir que aquello que le proponía era imposible. Normal. Pues bien, al tiempo Cristina le hizo oídos a la señora, a la psiquiatra, digo, y se vino a vivir a mi casa, con mi marido y conmigo. Aún no teníamos al niño. A mí me había conocido en el Centro y nos habíamos hecho amigas. Y no se murió de hambre, Cristina, en mi casa. Comía; no mucho, pero comía. Y su madre llamaba a mi casa unas cincuenta veces al día, pero Cristina no se quería poner. Al final, yo decidí no coger nunca el teléfono; dejaba que saltase el contestador automático. Y, entonces, la madre se presentó en mi casa un día, llorando, pero Cristina no la quiso ver. Y, después, Cristina se fue a vivir con su novia y la madre no las llamó más, porque a la pareja de su hija no la tragaba. A mí me llamó la madre pero un montón de veces y la verdad es que a mí la señora me daba mucha pena y en cierto modo la entendía. Pero el caso es que, desde que se fue de aquella casa, Cristina no volvió a estar ingresada. Nunca más. No le digo a usted que engordara desde entonces, ni que a día de hoy coma mucho, pero no ha ido a peor, ¿me entiende? La madre sí sé que estuvo muy deprimida. Desde luego, quería y quiere a su hija, o eso parece, pero ahora creo que la psiquiatra tenía razón, al menos en parte, cuando le decía aquello de que la madre necesitaba que Cristina no comiera para poder tener una razón de existencia, un motor que la pusiera en marcha; que sin Cristina la madre no tenía nada que hacer en la vida, porque no trabaja y con el marido ni se habla y que, claro, le venía bien tener que cuidar de alguien. Aunque la madre ni se enteraba. O sea, era una cosa inconsciente, que la madre .

misma ni sabía lo que quería, ¿me entiende? Y es verdad que Cristina le hizo un mal tercio al marcharse; pobre señora, se quedó tan triste, tan sola desde que Cristina se fue... Pues ahora Cristina vive con su novia y casi no ve a su familia. El padre y el hermano dicen siempre que Cristina es una desagradecida y una egoísta; por no hablar de que, para colmo, Cristina es lesbiana y eso ni al padre ni al hermano les hace mucha ilusión que se diga.

La madre de Cristina sigue muy deprimida.

Probando, un, dos, tres... Me llamo Cristina. El apellido no lo tengo que decir, ¿no? Vale. Pues me llamo Cristina y tengo veintiocho años. Voy a terapia desde los veinticinco y a terapia de grupo desde los veintiséis. Soy anoréxica desde los catorce años y, en algunas temporadas de mi vida, también bulímica. Es decir, que me defino por eso más que por ninguna otra cosa. Por ejemplo, me sé de memoria las calorías de todos los alimentos que podrían pasar por mi boca, incluido el semen, y puedo calcular a simple vista el IMC de una mujer, con un margen de error de 0,2 puntos. ¿Que qué es el IMC? El Índice de Masa Corporal. Viene a ser una forma de medir la grasa acumulada. Tengo un hermano, aunque hubiera tenido también una hermana. Mi madre perdió una hija hace doce años, después de una discusión con mi padre. Yo misma la acompañé al hospital.

Sabe que han cerrado las páginas web Pro Ana, ¿no? Son las páginas que escriben chicas anoréxicas dando consejos a otras chicas sobre cómo adelgazar, cómo disimular ante la familia si eres anoréxica o bulímica, esas cosas... Sí, esas mismas; salió en la prensa hace poco. Pues mucha gente me ha llamado o me ha escrito —amigos y familia, sobre todo— para ver qué pensaba yo y, por tanto, qué debían opinar ellos en las charlas con hijas y ami-

gos, y eso, con la tranquilidad de que, bueno, ella fue anoréxica, pero ya está bien, fueron tonterías de chica, blabla-
blas... Sí, claro, ahora estoy perfectamente, miento. Fueron
tonterías de adolescente, miento. Ahora me alimento con
mucha sensatez, miento. Lo mismo que digo siempre:
Miento. Mis mentiras les tranquilizan, aunque las madres
de mis amigas me dicen que estoy muy delgada, que debería comer más. Y mi abuela, la pobre, siempre que me
ve comiendo ensaladas me dice: «No volverás a hacer tonterías..., ¿no?». Sé que lo hacen con buena intención, pero
son tan torpes... No me preguntan cómo estoy, qué me
inquieta, si lloro o si tengo a alguien con quien hablar.
Para ellos, y no importa las veces que se lo explique, todo
se limita a un problema de si me veo gorda o no, si me
veo guapa o no. Yo ya los he dejado por imposibles. Me
dicen que me ponga unos kilos encima casi sin mirarme
el cuerpo; yo creo que me lo dicen por puro hábito,
como quien le dice a una embarazada lo bien que se le ve
aunque la señora parezca un portaaviones, ¿sabe?, pero yo
tonta no soy, yo sé que no les gustaría que engordara.
Quizá a alguna mala amiga sí, pero ni a mi abuela ni a mi
novia, que es la más pesada, ni mucho menos a mi madre, con su tipo envidiable, les haría gracia que de pronto
pesara 60 o 65 kilos. Vamos, es que a Mónica le da un
pasmo si engordo, seguro. A Mónica le encanta presumir
de novia y a mi madre también le encanta que su hija sea
elegante. Lesbiana, pero elegante; monísima. Pobres hi-
pócritas, escindidas entre lo que les gusta mirar y lo que
creen que deben decir. Pobres ellas y pobre yo, que soy la
primera en sonreír, asentir y comer a mi aire, siempre po-
quito, siempre a poquitos, procurando no adelgazar demasiado para que me dejen vivir y no me den la lata pero
procurando a la vez no engordar, eso nunca. Aunque la
verdad es que Mónica no me presiona, me ve que como

poco y no dice nada. En eso no es pesada como mi madre, lo tengo que reconocer.

En la última sesión hablaba con Amina, una de las chicas del grupo acerca de la última vez en que nuestros padres nos pegaron. Porque a las ecuatorianas del grupo les han pegado a todas, primero los padres y luego los maridos. Amina decía que a ella el padre le había pegado muchas veces. Mi padre nunca en su vida me ha pegado, jamás. ¿Cómo iba a hacerlo si nunca estaba? Y mi madre me ha pegado en contadas ocasiones, que yo recuerde. Me apretaba un brazo y me zarandeaba, creo que algún azote me ha caído, nunca un bofetón ni cocos en la cabeza. Ella pasó muy pronto a otro tipo de golpes, los que no dejan huella física: el chantaje, la hipercrítica, la sensación de que jamás estaría a la altura. Desde que voy a terapia soy consciente de que cada uno somos una mezcla: somos como somos y también como nos han construido nuestros padres. A veces me detengo a analizar las relaciones amorosas de algunas de mis amigas, sobre todo las de la infancia, y a compararlas con las que sé que tenían con sus padres. Los resultados son sorprendentes. En relaciones largas, las parejas de cada una acaban convirtiéndose en una copia de la que formaban con el padre, sumisas o complacientes o guerreras o princesitas. Y yo pienso que casi no conozco a mi padre. Sí conozco su aspecto físico: es alto, bastante elegante, fue muy guapo. Sí conozco su carácter: callado con aquellos a los que conoce, encantador con los desconocidos, puntual, estricto, inteligente. Sí conozco sus hábitos: maniático, puntilloso, disciplinado. No conozco sus sueños, ni sus aspiraciones, ni su vida, ni siquiera la mayor parte de sus actos. Nunca he sabido prever cuál sería su siguiente movimiento. Mi madre dice que mi padre es inseguro, ciclotímico, perezoso, dictatorial, autoritario, irresponsable. Pero sigue con él; no se va, no se divorcia.

Ni siquiera se fue después de lo del aborto. Mi abuela lo adora y lo respeta. Me ha costado mucho distinguir qué pienso yo de él y qué no, y sólo repito lo que estas dos mujeres me han contado. Y luego pienso en Mónica, mi novia. Me quejo de que tenga cambios de humor, de que sea a veces tan callada... Mi novia es alta, guapa, inteligente, muy reservada con su familia, muy amable con los desconocidos... Y es mayor que yo, tiene casi cuarenta años. Para que se haga una idea, Mónica es tan reservada que sólo después de varios años de relación me enteré de que estuvo años saliendo con Emma Ponte..., sí, mujer, la cantante, esa misma..., justo antes de conocerme a mí, que fue su única novia seria. ¿Se lo puede creer? Ella a mí no me lo había dicho nunca, nada, ni una palabra. Fue muy fuerte, porque lo descubrí por casualidad, de la manera más tonta. Nosotras tenemos un altillo donde guardamos las maletas viejas y yo me iba de viaje y necesitaba una pequeña. Iba a coger la de siempre cuando veo en el fondo del armario otra, una con pinta de muy vieja, como salida del *atrezzo* de una película, que debía de llevar ahí años, de ésas cuadradas, como de posguerra. Y un poco por eso de que ahora se lleva el rollo *vintage,* me dije: pues vamos a verla. La saqué del armario y, cuando la abrí..., allí había cartas, fotos. Y las vi todas y las leí todas. Y así me entero de que mi novia ha estado locamente enamorada de otra mujer durante casi una década y a mí no me ha dicho nada, nada, ni siquiera lo ha insinuado. Y, claro, veo una pauta que no sé si me gusta. ¿Que si luego intenté hablar con ella? No, qué va, ni loca. Usted no sabe cómo es Mónica, no se me ocurre. Yo a Mónica no le tengo miedo, claro, pero la veo lejana, distante, inalcanzable a veces, y eso era lo que sentía con mi padre y, claro, no puedo dejar de preguntarme: ¿Estamos condenados a repetir las relaciones que teníamos con nuestros padres? ¿O lo estoy yo, al menos? ¿Ando en busca de una segunda oportunidad para reencontrarme con lo que perdí en la infancia, cuando mi padre se apartó de nosotros, de la familia, cuando se centró en su trabajo y supongo que en sus amantes, cuando empezamos a verle poquísimo, como ha sido habitual hasta el día de hoy? Supongo, claro, que no andaría preguntándome estas cosas si no estuviera yendo a terapia, es Isaac el que me mete las preguntas en la cabeza.

De todas formas, yo no soy quién para criticar a Mónica porque oculte cosas. Porque yo me he pasado media vida mintiendo. Cuando estuve en la fase más crítica de la enfermedad me internaron en un centro de día y allí el psicólogo nos hacía llevar un diario anotando nuestros progresos y tal. Pues yo hice dos diarios. El uno decía: «Voy progresando mucho gracias a la ayuda del psicólogo. He engordado casi dos kilos desde que estoy en el centro de día, y ahora entiendo que estoy mucho más guapa así...». Y en el otro se podía leer: «¡Qué asco, he engordado dos kilos! Pero si no engordo algo no habrá forma de que dejen de obligarme a acudir al puto centro de día. Estoy harta del gilipollas del psicólogo y de su tonito paternalista. En cuanto me den el alta voy a hacer un ayuno salvaje a ver si pierdo los dos kilos...». Todavía leo los dos diarios a veces, y sé que no debería reírme, que no tiene ninguna gracia, pero no puedo evitarlo, me descojono.

Mi madre me llama más o menos cada día para quejarse de lo sola que está y de lo mal que la trata mi padre. Cuando me lo cuenta, siento pena. La pena me dura un par de horas. Yo intento evitarla todo lo posible porque, después de contarme sus dramas, pretende que la acompañe de compras, que la consuele o que vaya a pasar el fin de semana con ella. Y yo lo que le digo es que se divorcie y que, si no quiere divorciarse, que deje de quejarse. Pero ella, como quien oye llover. Sigue pesada, inaguantable, egoísta y sin asumir una sola culpa. Qué le vamos a hacer. A Mónica ni le habla, le dice: «Pásame a mi hija», cuando coge el teléfono. Y cuando la menciona nunca dice «Mónica», sino «esa chica que vive contigo». Pero, a pesar de que no la aguanta y no la puede ver ni en pintura, aún se atreve a decirme a veces que quiere venir a pasar una temporada conmigo, a mi casa, a nuestra casa. Yo ya no sé cómo decirle a las claras que no, que no, que no quiero, que no venga. No le gusta mi ropa, no le gusta mi casa, ni mi novia, ni mi vida, ni el modo en que trato a los demás. No le gusta que esté tan delgada y no le gusta que sea lesbiana. A mí tampoco me gusta nada de lo que concierne a su vida, pero al menos no la critico, no la juzgo y no la aconsejo. Me tiene harta. No quiero que venga a mi casa. No quiero que me siga reprochando todo a lo que ha renunciado por mí, la vida que ella podría haber llevado... ¡Es mentira! Nunca le he importado gran cosa, no en lo que debería. Me ha cuidado, me ha educado, pero jamás me ha dado cariño, y siempre, siempre, me ha dejado claro que ella era más lista, más guapa, más capaz. Y si no ha hecho lo que quería en la vida ha sido por miedo, no por mí. Menos aún ahora. Cuando se entera o imagina que mi padre le pone los cuernos con una tía nueva (esto sucede más o menos una vez al año), mi madre está insoportable, pero no insoportable llorona, como era de esperar, sino insoportable exigente. Es entonces cuando se quiere venir a pasar unos días a mi casa. Y hete aquí que la tenemos de nuevo con su discurso de lo sola que está. Por favor, que alguien se la lleve lejos. Cuando intento explicarle que a mi casa es mejor que no venga y le hablo de la necesidad de respetar el espacio y esas cosas, mi madre me dice lindezas como que tiene la sensación de no tener hija, y me agobia hasta el infinito con ocho mil tonterías. Cuando le digo que voy a colgarle el teléfono porque tengo cosas que hacer me monta una pelotera, me llama egoísta y me dice que no tiene hija. Ella no tiene hija, pero ¿tengo yo madre? Al poco, vuelve a llamarme, ofendida como una emperatriz, y con el mismo aire de perdonarme la cabeza que la Reina de Corazones de *Alicia en el país de las maravillas*. No se aclara con nada y comienza a ver que sin Cristina a su lado se desespera... En casa no se las apaña y por eso me dice que no puede vivir sin mí, que quiere que me disculpe con ella, o algo parecido. Obedeciendo los consejos de mi novia, de Isaac y de las chicas del grupo, paso de ella.

Ayer le dije a mi madre que se las arreglara sola con la boda de mi hermano. Porque ella esperaba, por supuesto, que yo la ayudara con los preparativos, desde hacer la lista de invitados a escoger el traje que se va a poner. Y es que quiere ocuparse ella porque la novia de mi hermano trabaja, dice, como si yo no trabajara... Le expliqué que no puedo ayudarla porque estoy centrada en mi propia vida y se puso a gritarme por teléfono. Que soy una egoísta, que siempre le he amargado la existencia, que no sabe qué ha hecho para que siempre esté triste y enfadada. Le dije, creo que por primera vez en mi vida, que se callara y que, si nos poníamos a contabilizar ofensas, yo le ganaba por goleada. Me colgó. Me parece que no iré a la boda. Ni la ayudaré. Para qué. Mi hermano no me interesa, no le interesa. Y a mi padre le intereso menos. Creo que mantiene el contacto conmigo sólo porque eso le ayuda a sentir que, pese a todo, no es un desastre de persona. Llevo tanto tiempo pensando en los demás que me he olvidado de lo que yo soy. Nos pasa a todas las del grupo, todas nosotras vemos con meridiana claridad la realidad de los que nos rodean pero no sabemos mirar para nuestros cuerpos, para nuestras vidas. Es como si tuviéramos miopía selectiva. Nada objetivo sirve. O al menos nada me sirve a mí; no me sé ver a mí misma. Por eso me veo siempre gorda aunque no lo esté. Las balanzas engañan, o eso me parece. Las tallas engañan, o eso me parece. Y yo me aferro a mi IMC como si fuera mi salvación. El mío es 19. Será 17,9 al llegar a los 47 kilos. Cuando llegue a los 47 habré resuelto un problema, algo que para otros es una tontería, pero que a mí me ha condicionado la mitad de mi vida. Tendré entonces fuerzas para centrarme en otros. En los demás. En este caos informe, aterrador, que es el resto de la existencia.

Sí, a Amina también la conocí en el Centro, en el grupo. Y también sabía que habló con usted; claro, me lo dijo. Allí se crean relaciones muy profundas, si te haces amiga de alguien del grupo, se convierte en algo muy serio; es como si la conocieras de toda la vida, aunque siempre nos dicen que fuera del Centro no debemos vernos, pero eso ninguna lo cumple. Por eso Cristina se vino a vivir a mi casa sin decirle nada a Isaac, ¿me entiende? Que, al fin y al cabo, amistades que son ciertas, nada las puede turbar. A usted supongo que Amina le contaría la historia del novio ese que tuvo, ¿no? Del novio de ahora, del Hisham, no. La del malo, la del Karim quiero decir. Karim era el novio de antes, Hisham el de ahora, se lo aclaro para que no se líe.

Yo la historia me la sé de memoria. Los padres de Amina son marroquíes, pero ella nació aquí; tiene carnet de identidad y todo. Vamos, que es española. Pero para los españoles ella es marroquí, por cómo viste, por cómo luce, por cómo piensa. Y la familia espera que se case con un marroquí, claro. Porque así son las cosas, por lo visto. Y le buscan un novio. Al principio, Amina le aseguraba a quien quisiera oírla que nunca había conocido una persona así, tan encantadora, tan atenta, tan cariñosa. Eso nos contó. Hasta que un día, tres meses después de empezar la relación, ella estaba en la tienda de él y se puso a mirar en los cajones, por aburrimiento. Y entra él y se piensa que Amina está curioseando en sus cosas. Y se enfada muchísimo, le arma la marimorena, todo muy desproporcionado, ¿me entiende? Y Amina ya ve que a él la cabeza no le rige del todo, pero está muy enamorada y no tiene valor para dejarle. Y desde entonces empiezan a tener discusiones constantes, no hay semana que pase sin una agarrada monumental. Y él siempre dice lo mismo, que Amina es egoísta, que sólo piensa en sí misma, que no le quiere lo suficiente y que, además, está loca. Sin embargo, cuando Amina intenta romper el compromiso, asegura que la adora y que no puede vivir sin ella por muy egoísta, loca y mala persona que la crea. Así que ella vuelve con él, pero todo va a peor, porque ahora él ya tiene una razón para odiar a Amina, y es que ella le ha hablado de romper el compromiso y él, en el fondo, no la ha perdonado y, además, teme que pueda volver a hacerlo. Y, por inverosímil que parezca, y es que a veces no hay nada más inverosímil que la realidad, esta historia se mantuvo durante casi dos años, y sólo después vino Amina al Centro porque tenía ataques de ansiedad y esas cosas. Su madre no ve bien que venga, pero ahora que el padre no está, no se atreve a imponerle nada a Amina.

Maltrato psicológico, lo llaman unos. Diferente cultura, lo llaman otros.

Un hijo puta, le llamo yo.

Yo no nací en Madrid, nací en Algeciras. Mi padre vivía en Tánger, pero trabajaba en Algeciras, en la costa, de vendedor ambulante, con un carrito. Hacía mucho dinero. Luego, cuando yo tenía cinco años, vinimos a Madrid.

Mi padre trabajaba en la construcción, en esto y aquello, en lo que salía... Pero cuando yo tuve uso de razón y edad para darme cuenta de las cosas, ya advertí que a mi casa venía mucha gente y que mi padre viajaba mucho a Algeciras y que había cosas raras, pero nunca pensé que fuese a pasar lo que pasó. Bueno, creo que usted ya sabe que mi padre está en la cárcel. Pero entonces, cuando conocí a Karim, a mi padre parecía que le iba bien. Él decía que trabajaba en la construcción... Mi madre no trabaja. Cuando estaba con mi padre en casa él no lo permitía, y ahora que mi padre no está ha intentado trabajar en el servicio doméstico, pero no hay casi ofertas, y para estas pocas ofertas había varias candidatas y, en estos casos, con las que se quedan son con las ecuatorianas o las colombianas. En parte es por el idioma pero además es también por todas las repercusiones de esta intoxicación política que hay. Por ejemplo, se ve en el caso de una marroquí que sí sepa el idioma...; ahí sí se ven los prejuicios. Yo, por ejemplo, últimamente también he trabajado limpiando casas, porque con mi padre en la cárcel no tenemos dinero y otra cosa no me sale y, si me preguntan de dónde soy, nunca digo que soy de origen marroquí, digo que soy de Algeciras, y no miento, porque mentir es pecado, pero oculto la verdad.

Supongo que usted sabe que a muchas chicas marroquíes las familias las casan con un chico al que ellas no conocen, que son arreglos entre familias. Pero en mi caso no fue así. A Karim lo elegí yo. Es verdad que mis padres estaban encantados, pero nunca me lo impusieron, qué va. Yo fui al colegio aquí, en España, y al instituto después, y ya conocía la cultura española y mis derechos. Tenía claro que mi boda no la iban a concertar, que no iba a permitirlo. Pero también sabía que no me casaría con un español, porque aquí de mestizaje nada. Los diferentes grupos se toleran, pero no se relacionan. Por eso no hay graves problemas, pero hay convivencia, no intercambios, no hay mestizaje, no hay nada de eso. Las parejas mixtas son escasísimas. Se puede ver por la calle, y a las pocas que hay se las mira con curiosidad. Yo no veo todavía mestizaje. Pero todo eso es muy dinámico y ha pasado poco tiempo. Los chavales están más abiertos e, incluso, tienen amigos de otras nacionalidades. Mi hermano pequeño, por ejemplo, ya juega en el Centro con niños ecuatorianos y colombianos. Las generaciones anteriores son mucho más cerradas. Lo que noto en el barrio es que sí hay grupos de jóvenes interétnicos. Pero todavía no se puede considerar que haya gente que se mezcla. De todos modos, para que yo me case con un chico, él se tendría que convertir al Islam y sé que los españoles no lo hacen... No, al revés no, si un marroquí se casa con una española ella no se tiene que convertir obligatoriamente, aunque casi todas lo hacen.

En realidad, yo creo que a la familia de Karim yo les parecía poco para su hijo, porque ellos tenían más dinero que nosotros. Porque nosotros éramos y somos pobres. El que emigra siempre viene de capas sociales pobres. En ese sentido, los que emigran por lo menos tienen la impresión, o es la realidad, de que pueden encontrar trabajo. Algunas personas vienen de zonas donde no hay perspectivas... Pero siempre hay esta ambivalencia: no están bien aquí, pero tampoco en su tierra. Somos gente de la insatisfacción... La familia de Karim, ya le he dicho, me veía poco para su hijo. Y todo el mundo sabe que la marroquí tira mucho por la familia, que el dinero de su marido va para la familia, por eso en Tánger hay tanta chica joven que se casa con un español viejo y que mantiene con ese dinero del español a toda su familia. La madre de Karim decía que mi familia me quería casar con su hijo por el dinero, pero no es así. Mi madre estaba contenta, claro, pero fue él, Karim, el que me buscó, no yo a él. Ellos tienen una tienda en la calle Santa Isabel, un bazar. Venden de todo, *yilabas*, zapatos, lámparas, de todo... Y por eso mi familia estaba tan contenta, porque Karim era un buen partido, con su propia tienda y todo. Pero yo a su lado me sentía rara, no era feliz. Como si no supiera hacer nada a derechas, como si todo lo hiciese mal. Por ejemplo, yo le limpiaba la tienda. Le conocí precisamente por eso, porque su familia conocía a mi padre de allá, de Tánger, y cuando le preguntaron si él sabía de alguna chica que pudiera limpiarles la tienda, pues mi padre dijo: «Mi hija, Amina». Después, cuando él se enamoró de mí y ya me había pedido y desde que se anunció el compromiso no me pagaban por limpiar, no habría estado bien, pero yo trabajaba allí todas las tardes, limpiando, ordenando, atendiendo al público a veces... tenía que hacerme con la tienda si me iba a casar con Karim. Y una tarde estaba yo llenando el cubo de fregar y me llamaron por teléfono. No cerré bien el grifo y cuando volví al patio, la trastienda me la encontré medio inundada. Nada grave en realidad, nada que no se pudiera arreglar con una fregona. Pero Karim se puso fuera de sí. Empezó a gritarme en árabe y a decirme que era una descuidada. Siempre en árabe, nunca me hablaba en español porque sabía que yo el español lo hablo mucho mejor que él. Quizá se puso así porque odiaba que yo hablase por teléfono. Porque si me llamaban al móvil delante de él y yo hablaba con quien fuese más de un minuto, me gritaba. Me llamaba derrochadora y decía que él no quería vivir con alguien que no conocía el valor del dinero. Yo le decía que era mi dinero, pero eso le ponía más furioso aún. Llegaba a pegar puñetazos en la mesa. Nunca me tocó, pero me asustaba. Así que, con el tiempo, cada vez que estaba con él desconectaba el móvil. Y, claro, así me iba distanciando de mis amigas, porque cada vez pasaba más tiempo con él, y cuanto más tiempo estaba con él menos veía a mis amigas, con lo cual tenía mayor necesidad de él: un círculo vicioso. Eso sí, Karim, delante de mí hablaba por teléfono sin problemas durante horas. Pero yo no me atrevía a decirle nada, porque si lo hacía se justificaba diciendo que lo suyo era distinto, que eran llamadas de trabajo. Si yo intentaba decirle que las mías podían también ser de trabajo, porque me podían llamar para limpiar una casa, entonces se iba de donde estuviéramos y me dejaba con la palabra en la boca. Ésa siempre era su forma de zanjar las discusiones: cuando intuía que yo podía tener razón, se iba. Nunca daba su brazo a torcer, nunca admitía que podía equivocarse. Además, él no quería que yo trabajara, eso lo dejó siempre muy claro, que cuando nos casáramos yo no trabajaría. Le ayudaría en la tienda, pero nada de trabajar fuera de casa. Es que él no quería que limpiara casas. No quería que tuviera mi propio dinero. Y no quería que trabajase en sitios donde pudiese haber hombres, sobre todo porque le habían llegado rumores de lo que había pasado en casa de Yamal Benani.

Le comenté mi problema a una amiga, le dije que no estaba segura de si me quería casar con Karim, y mi amiga me convenció para que le diese una oportunidad, porque él, que era amigo de su hermano, le había dicho al hermano que estaba loco por mí, que no podía vivir sin mí. Después, decidí contárselo a mi madre, que me dijo lo mismo, me dijo que la mujer debe obedecer al hombre, que así eran las cosas. Mi madre es de esas que siempre dicen: «Si Alá ha hecho el mundo así, qué le vamos a hacer». Entonces, otra amiga, una española, una antigua compañera de clase, me dijo que acudiera al Centro, pero al principio no me atreví a ir porque sabía que a Karim no le gustaría. Porque a Karim no le gustaba que yo conociera a mucha gente. Si íbamos por la calle Karim y yo, y me encontraba con un antiguo compañero del instituto, lo que fuera, yo ya sabía lo que vendría después: él me empezaría a preguntar que quién era ése, que de qué le conocía, que por qué había sido tan afectuosa con él, porque no le gustaba que saludase a los hombres. Se volvió tan pesado con el tema que empecé a hacer como que no veía a los amigos que me encontraba por la calle y pasaba de largo sin saludarles.

Karim no quería ni oír hablar de otros hombres. Por eso, la primera vez que me besó, yo me desmayé, quiero decir que hice como que me desmayaba, porque en Marruecos se dice que si a una mujer nunca la han besado se desmaya con el primer beso. Pero a mí sí me habían besado. No sólo Yamal, Yamal también, pero tuve un novio español en el instituto... Eso mi madre no lo sabía, claro. Después, Karim se empeñó con lo del pelo, con que me lo cubriera. Yo nunca me he cubierto el pelo. Mi madre sí, pero yo no. En Tánger muchas chicas jóvenes llevan el pelo a la vista y a mí el pañuelo me parece incómodo, me parece que da calor. Pero él se empeñaba y a mí me empezó a parecer todo un poco raro. Y luego llegó el mes de Ramadán y él lo observaba estrictamente. Desde las cuatro de la mañana hasta las siete de la tarde sin comer ni beber nada de nada. Mi padre y mi madre también cumplen el Ramadán, pero yo no lo he hecho nunca así, siempre he bebido. En Marruecos eso no se puede hacer, la policía puede incluso detenerte si te ven comiendo o bebiendo. En realidad, casi nunca lo hacen, nadie va preso por comer o beber en Ramadán, pero todo el mundo sabe de historias de una vecina que denuncia a un vecino porque le ha visto comer en Ramadán, que no sé si serán ciertas o no. Lo que te quiero decir es que en Marruecos todo el mundo observa escrupulosamente el Ramadán y Karim no podía ni concebir que yo no lo hiciera. Así que, si me casaba con él, tendría que seguirlo el resto de mi vida o beber a escondidas. Y también me obligaba a llevar la *yilaba* sobre los pantalones porque decía que los pantalones ceñidos eran una provocación y que no los podía llevar en Ramadán, pero eran unos vaqueros normales, no estaban ceñidos. Y yo tenía dudas, pero no me atrevía a decir nada porque todo el mundo pensaba que tenía tanta suerte de haber encontrado a un chico con tan buena posición, sobre todo ahora que en Marruecos es tan difícil para una mujer casarse. Porque yo no vivo en Marruecos, pero como si viviera, yo con un español no me voy a casar. Y en Marruecos casarse es difícil porque casi todos los hombres han emigrado y los que quedan no se atreven a casarse. Y muchos de los que han emigrado se casan con españolas, como ese de la tetería, que la familia de ella está indignada, y la de él, que son de Marrakech, creo que también. Porque antes a un hombre le resultaba muy fácil dejar a una mujer para irse con otra, pero ahora no. Ahora la Ley exige la autorización de la mujer para un segundo matrimonio. Ya no se puede dejar a la mujer de la noche a la mañana, como antes. Claro que hay ricos que le dan una propina al *adil* y el *adil* los divorcia.

Por eso a mí me daba miedo dejar a Karim, porque pensaba que no encontraría otro hombre y que acabaría como mis tías Samira y Cherifa, que tienen treinta y tantos años y nunca se han casado y ya no lo harán. Y no pueden viajar ni salir de casa sin el permiso de su padre, porque ellas son de buena familia creyente, respetan la tradición. Y cada verano, cuando voy a Tánger y las veo, parecen niñas grandes, mal crecidas, venga a reírse por todo con risas histéricas; me dan mucha pena, pero también cierta repulsión, no sé si usted lo entiende. Alá me proteja a mí de esa calamidad. Y yo pensaba que me iba a quedar solterona como ellas, por eso no dejaba a Karim. Ya ve, con lo fácil que fue encontrar a Hisham después, que me fue siguiendo por la calle durante días. Porque yo ahora tengo otro novio, Hisham, y va a ser mi compañero de vida, lo quiera mi padre o no. Si firma, mejor; pero si no firma, también. Yo ya he aprendido que tengo derecho a tomar mis propias decisiones.

Cuando estaba con Karim cada vez me sentía más sola. Intentaba quedar con mis amigas, mantener cierta vida social, abrirme más allá de él, pero siempre se empeñaba en ir conmigo allá donde yo fuera, así que me resultaba muy difícil quedar con mis amigas a solas y no podía hablar con ellas de lo que me pasaba y de lo agobiada que me sentía. Cuando no estábamos juntos, en todo momento quería saber qué hacía y con quién. Me llamaba hasta veinte veces diarias, y para eso, por supuesto, no le importaba derrochar dinero en el móvil. Al principio, a mí me gustaba que fuera celoso; creía que era porque me quería, pero después no lo soportaba. Una tarde íbamos por la calle y nos encontramos frente a frente con Yamal Benani, y Yamal se me quedó mirando muy fijamente y yo sentí que enrojecía. Eso fue todo. Pero Karim lo notó y se puso fuera de sí. Me gritó tanto que me asustó. Yo no quería contarle nada de lo que había pasado con Yamal, nada, y además pensaba que, si se lo contaba, él no lo iba a creer. La verdad es que casi nadie lo cree. Isaac dice que fue todo una crisis histérica, que fue cosa de mi imaginación, que fue mi propio miedo el que me puso así. Él no dice miedo, dice represión. Ésa es la palabra que usa, pero es lo mismo.

Bueno, lo que me pasó con Yamal es un poco raro. A Hisham tampoco se lo he contado. Aparte de mi familia, sólo lo sabe Isaac, y él no lo ha creído. Sí, ya sé que usted no juzga y que no lo contará nunca, que es como si se lo contara a un médico... Además, usted es mujer, es diferente, claro. Bueno, Yamal conocía a mi padre desde Tánger, pero no sé de qué. Yamal es rico, viene de muy buena familia, pero mi padre no, así que en principio no tenían por qué conocerse. Pero se conocían. Yamal estaba mucho en casa, hablaba con mi padre durante horas. Se encerraban en la habitación y hablaban; todo sonaba un poco raro. Yo por entonces no hacía nada. Había acabado el instituto y no sabía en qué ponerme a trabajar. Nunca pensé en ir a la universidad, porque no era muy buena en los estudios y, además, pensaba que me casaría y cuidaría de mi casa, como mi madre. Desde que cumplí los dieciséis, mis padres ya me decían que tenía que casarme. Entonces fue cuando mi padre me dijo si quería limpiar la casa de Yamal, y yo dije que sí. Él vivía entonces con una chica, yo no la veía nunca porque ella trabajaba fuera de casa. Cuando yo iba a limpiar la casa, muchas veces me encontraba con él, que se acababa de despertar, y notaba cómo me miraba. Yo le preparaba el té y se lo dejaba en la mesa del salón, casi no intercambiábamos palabra, pero siempre sentía su mirada sobre mí, que me quemaba. Porque él era como su nombre, Yamal, que significa belleza. Y así fueron pasando los días, las semanas, los meses, él cada vez me miraba más, y a mí me gustaba que me mirara. Y al final, pasó lo que pasó. Me da mucha vergüenza contar esto, mucha, para mí es muy duro contarlo. Yo prefiero que no lo grabe, si puede ser, porque me da vergüenza. Un día, yo estaba en la cocina fregando los platos y sentí que él estaba detrás, observándome. Al final, me di la vuelta y allí tenía sus ojos verdes fijos, observándome. Y yo no bajé los míos, le miré también. No pude evitarlo, sentí como si me arrastrara, como si me estuviera hipnotizando. Y él se acercó y, cuando se quedó frente a mí, me alzó la barbilla y, entonces, muy despacio, me besó. Y yo no me moví, le dejé que me besara. Y, entonces, noté cómo algo entraba dentro de mí transportado en su saliva, y entraba a través de mi garganta y se filtraba en mi sangre, y ese algo me iba envolviendo entera hasta que me llegaba al corazón, y entonces hundía las garras y empezaba a arañar. Yo estaba muy asustada, pero no me atrevía a moverme. Entonces, y esto es lo que más vergüenza me da, casi no me atrevo ni a repetirlo..., entonces me dijo..., me dijo..., me dijo que si se la quería ver. Me habló en español, y me chocó que me lo dijera en español y en femenino, porque tiene mil nombres en árabe y todos masculinos. Y creo que ahí me desmayé, porque no recuerdo más. Desperté en la cocina y él ya no estaba. Yo me había desmayado de verdad, no como con Karim, que fingí. No estaba segura de si lo había soñado...

Cuando llegué a casa, le dije a mi madre que no quería volver a trabajar allí, pero no le podía contar lo que había pasado; no, de ninguna manera. Así que dije que me daba vergüenza trabajar en una casa en la que había un hombre solo y que a veces salía del baño cubierto nada más que con una toalla. Mi madre lo entendió y mi padre también. Y el tema se olvidó. Pero no para mí, porque su desvergüenza ocupaba parte de mi intimidad; no me soltaba, no podía olvidarlo.

Un día, cuando ya no trabajaba para él, Yamal vino a la mía y me trajo un regalo, una planta muy grande, muy bonita, de hojas lustrosas. Se veía que era muy cara. La maceta también era bonita, él mismo la había pintado a mano, me dijo. Estaba pintada de azul y tenía escrito mi nombre en árabe clásico, con muy bella caligrafía. Mi madre la puso en el salón, en una esquina. Poco después empezaron los sueños. Yo soñaba con el dragón todas las noches, me despertaba aterrorizada. Y después recuerdo poco. Mi madre dice que empecé a hablar con otras voces, que hablaba sin parar y que gritaba, que rechazaba la comida y que la insultaba. Y ella avisó a una mujer, una mujer muy sabia, una *chouwaffa*, y le contó lo que pasaba. La mujer vino a casa a verme y, luego, se fijó en la planta y preguntó quién había traído una maceta con mi nombre. Cuando se lo contaron, pidió un martillo grande y empezó a golpear el tiesto. Luego desmenuzó la arena de la planta y aparecieron varios saquitos, cuando los abrió allí había cosas muy raras, me dijo mi madre, limaduras de hierro y papeles con cosas escritas en árabe que ellas no podían leer porque las dos son analfabetas. Y yo tampoco; yo leo en español, porque fui al colegio aquí, pero no sé leer árabe, nadie me ha podido enseñar; mi madre no sabe leer y mi padre no ha tenido tiempo. La *chouwaffa* dijo que yo estaba *meshura*, no sé cómo sé dice en español, creo que es hechizada, pero no es exactamente, es distinto. Mi madre se lo dijo a mi padre, pero él no quiso creerla. Así que mi madre me llevó a Tánger para ver al alfaquí. Y el alfaquí llenó una palangana con agua hirviendo y luego me hizo beber unas hierbas que me hicieron vomitar y le dijo a mi madre que sí, que alguien había hecho uso de la *sihr* para tenerme bajo su influencia, pero que si llevaba atado a mi ropa interior un relicario con unas azoras del Corán que él me daría, yo estaría protegida. Y se lo dio y lo llevo desde entonces, nunca me lo quito.

Isaac dice que la *sihr* no existe, que todo era fruto de mi imaginación. Psicosomático, dice. Pero yo le creo en algunas cosas y en otras no. Le agradezco a Isaac que me ayudara a darme cuenta de que no hice nada malo al decidir no casarme con Karim, que tenía el derecho a ser yo misma, pero creo que Isaac hay cosas que no entiende, que en nuestro país y en nuestro mundo las cosas son diferentes y que yo sé lo que viví, pero no intento convencerle de lo que no le puedo convencer.

Sí, claro, no me casé con Karim. No me casé, deshice el compromiso porque sabía que no iba a ser feliz; porque me gritaba y me gritaba y me gritaba. Una de las discusiones más fuertes que tuvimos fue a propósito del traje de boda. Sí, de MI traje de boda, porque ya habíamos fijado fecha y todo. Habíamos decidido casarnos dos veces, una en España y otra en Marruecos porque, como yo soy española, si nos casábamos en el juzgado español, él podía tener la nacionalidad española con el tiempo, por haberse casado conmigo. Y si nos casábamos en Marruecos también, la verdad…, pero había que hacer unas cosas muy raras de papeles y compulsaciones y lo de los papeles en Marruecos llega a ser muy lento. Así que dijimos: «Dos bodas, una en España y otra en Tánger». Y yo al juzgado quería llevar un traje nuevo, me hacía ilusión. Pero no era un traje blanco ni nada, era azul, largo, aún me acuerdo. Me lo hacía una modista que está en la calle Buenavista. Y él se empeñó en acompañarme a las pruebas. Yo no quería que él viniera, porque la modista era una señora mayor y no le parecería normal que viniese un novio a ver cómo le iban probando un traje a una chica en ropa interior. Y ya sabe usted lo que dicen, que el novio no debe ver el vestido de la novia antes de la boda, que trae mala suerte. Claro que ésta era una boda distinta, en el juzgado, pero aun así. Pero él no lo quiso entender y acabamos discutiendo. Karim significa generoso, pero él no es como Yamal, no hace honor a su nombre. Y a los dos días, en la modista, me veo frente al espejo con aquel traje azul y vi que me sentaba muy mal, que el traje era feo, y me dije: «Amina, mujer, ¿qué estás haciendo?

¿Qué te estás haciendo?».

Amor y deseo son cosas diferentes, que no todo lo que se ama se desea ni todo lo que se desea se ama. El final de la historia ya lo sabrá usted, que al final es Amina la que decide no casarse. Y, entonces, la familia de Karim se presenta en casa del padre de Amina para pedir explicaciones. Porque entre los marroquíes la cosa es así, que para todo se meten las familias por medio. Y el padre de Amina le dice a ella que se tiene que casar, que se tiene que casar, que si ella deshace el compromiso atrae la deshonra sobre toda la familia. Llegó a pegarla y todo... mucho, por lo visto. Pero, entonces, se lo llevan preso, al padre, y es la propia familia de Karim la que dice que su hijo no quiere casarse con la hija de un hombre que está en la cárcel, que eso sería una deshonra. Aunque en realidad sólo lo dicen para no admitir que su hija ha dejado a Karim. Entonces, a Karim le da por telefonear a Amina cada día para llamarla egoísta, mala persona, desagradecida, todo el repertorio. Y claro, como el barrio es pequeño, se la encuentra cada dos por tres y le grita en público, delante de todo el mundo. Y es por eso que Amina empezó a venir a nuestro grupo, ¿me entiende? Porque estaba asustada, porque tenía miedo, porque él la amenazaba. Y, por lo visto, el tal Karim, que vive en el barrio, que yo sé quién es, también tiene ahora otra novia, marroquí también, de las que van tapadas de la cabeza a los pies y con pañuelo, creo que ni español habla la chica.

Dicen que se niega a hablar de Amina.

Que no quiere volver a mentar su nombre.

Y ahora viene mi historia, claro, que es a lo que íbamos desde el principio. A ver, me llamo Esther, tengo veintisiete años, estoy casada, tengo un niño pequeño, quiero a mi marido, o eso creo. Me considero una persona normal, ¿me entiende? Soy la menor de cuatro hermanos. Hay otras dos chicas y un chico, Silvio. No sé casi nada de sus vidas y ellos saben menos de la mía. Estoy prácticamente segura de que mi padre nunca le puso los cuernos a mi madre pero, en lo demás, se parecía mucho al padre de Cris, porque casi no le veíamos por casa, ¿me entiende? Trabajaba hasta los fines de semana, porque el taller era suyo y, ya se sabe, cuando uno es su propio jefe... Después, mi madre se puso muy enferma. En mi casa decían que era la menopausia, pero el caso es que yo recuerdo claramente que tomaba haloperidol, y ese medicamento es para tratar la esquizofrenia, me lo ha dicho Isaac. Mi madre dice que me lo invento, que ella nunca tomó eso, pero yo recuerdo muy bien que yo le robaba las pastillas a mi madre y que con mis amigos nos las metíamos para ir de marcha, porque el haloperidol, mezclado con alcohol, sube, vaya que si sube. Y de jóvenes, en este barrio, lo de mezclar pastillas con alcohol se estilaba mucho, ¿me entiende? Bueno, en este barrio, por entonces, había mucha droga, muchos yonquis y eso... Ahora también, pero ya no hay tanta heroína, aquí venden hachís y pastillas y cocaína... Es un barrio de camellos, lo sabe todo el mundo. Mi madre también me dijo que ella nunca ha estado deprimida y que ha sido muy feliz, pero luego me llama diciendo que sufre mucho, que ha sufrido mucho toda su vida. Fuera lo que fuera lo que le pasara a mi madre cuando vivía con ella, se llamara depresión o menopausia o pepinillos en vinagre, la cuestión es que de repente fue como si me hubieran quitado a mi madre y la hubieran sustituido por otra, por una señora que estaba o bien gritando o bien llorando, sin término medio, todo el santo día, ¿me entiende? Esto empezó cuando yo tenía trece años y seguía más o menos igual cuando me fui, a los veinte. Sencillamente, no soportaba ver así a mi madre, y no tenía escapatoria porque, como menor de edad que era, no podía irme de casa. Entonces odiaba a mi madre con toda mi alma. Pero mi pobre madre tampoco tenía la culpa de nada; ni de estar deprimida ni de que yo no la pudiera entender. Y con el tiempo dejé de odiarla, pero tampoco quería vivir con ella, porque me sentía impotente para ayudarla. Además, en el fondo, la quería mucho y no me gustaba verla así, ¿me entiende? Me propuse empezar a vivir por mi cuenta y, en cuanto encontré un trabajo me marché, me fui a vivir con mi novio, el que ahora es mi marido, que es del barrio también, es de los que se tomaba el haloperidol conmigo y con una litrona.

A mis hermanos los veía muy de cuando en cuando. Por ejemplo, ellos nunca conocieron ninguna de mis casas, nunca vinieron a visitarme. Yo tampoco se lo pedí, no pensaba mucho en ellos, la verdad. Era como si fueran unos primos lejanos, primos terceros o cuartos, gente a la que veía de higos a brevas, en bodas o reuniones familiares. Yo sobrevivía como podía. Es decir, que nunca falté al trabajo ni dejé de pagar un alquiler ni me metí en líos gordos. Resumir aquí años de mi vida no creo que venga a qué... Luego me casé con mi novio. La boda fue horrible... Silvio se emborrachó y le iba tocando el culo a todas las invitadas, y mis hermanas ni me hablaban.

Mi madre está enferma, o eso dice, y casi no sale de casa. Mi hermano Silvio se pasa el día con ella. Silvio vive con su novia, la Susana, pero está más en casa de mi madre que en la suya propia, ¿me entiende? Además, mi madre a la Susana no la puede ni ver. Yo creo que no podría ver a ninguna novia de mi hermano, porque lo quiere todo para ella, pero la Susana, además y para colmo, es negra, y a mi madre lo de tener una negra en la familia, pues imagínese... Si es lo que dice la Claudia, que es la novia de Isaac, que éste un barrio multicultural, pero no intercultural; usted ya me entiende. La Claudia trabaja en el Centro también, pero con niños. Es muy guapa, muy guapa esa chica, y muy maja. Un ex amigo de mi hermano, al que me encontré en un concierto, me contó en plan cotilla que Silvio a la Susana la trata a zapatazos. Me dijo que la Susana le acaba de dejar por eso. Puede que fuera un bulo o puede que fuera verdad, ni idea. También me contó que Silvio sale mucho por ahí con ese actor tan guapo que sale en *Hospital Central*, el de los ojos azules, ay, cómo se llama... ¡Álex! Álex Vega, y que se meten muchísima coca y que por eso mi hermano Silvio se pone tan gallito y tan loco y parece que todo le da un bledo, porque a todos los coqueros se les va la olla. Pero la olla a mi hermano no se le va del todo, no; él no es de los que dan puntadas sin hilo. Se le va porque él quiere que se le vaya. Cuando insulta, sabe lo que hace. Yo lo que sé es que mi hermano es muy agresivo, verbalmente digo, y lo sé porque yo he vivido con él. Entonces también era agresivo de otras maneras, pero en aquellos tiempos que alguien te pegara un bofetón no se llamaba maltrato, como ahora.

Hace un año se murió mi padre y vino el cuento de la herencia. Que mi padre dejaba el taller, la casa y la casa del pueblo. Y la casa del pueblo no valía nada cuando mi padre la heredó, pero ahora sí que vale, porque el pueblo se ha convertido en centro turístico y, al ser la casa antigua y tener tres pisos, imagínese, casi un millón de euros. Y nos enteramos de que se lo había dejado todo al chico, y a las chicas nada. Yo llamé entonces a una abogada que me dijo que ese testamento se podía impugnar, ¿me entiende?, que a mí me correspondía una parte legítima, que me iba a venir muy bien porque la hipoteca la estamos pagando y vamos siempre apurados. E impugné. Y se armó la gorda.

Dice Cristina que su madre la llama cada dos por tres tratándola de mala hija y de egoísta. Mi madre ya no lo hace, pero solía hacerlo. Cuando murió mi padre lo hizo alguna vez. Los que sí que me llaman egoísta una y otra vez cuando hablan conmigo son mis hermanos. Todo se les va en decir lo mismo, y dale Perico al torno. Es la palabra que más repiten: egoísta. A mi hermano Silvio también le gustan los términos «chochomierda» e «histérica». Otra hermana me llamó «paranoica» y «loca» y dijo que yo siempre había tenido complejo de que los demás me perseguían. Durante todo este año no ha habido ni una sola conversación en buenos términos, excepto si estaba mi madre delante, porque entonces todo el mundo disimulaba. Cuando Amina habla en el grupo del Karim, de aquel hombre que nunca la escuchaba, que no le echaba cuenta, que no respondía a las preguntas, que siempre estaba enfadado, que siempre estaba vigilando, a la que saltaba, que en las discusiones siempre echaba mano de los insultos, de las burlas o de las humillaciones, un hombre al que no se le podía contradecir en nada si no quería una acabar en una pelea mayúscula..., en fin, que me parece que está retratando punto por punto lo que fue la convivencia con Silvio en los años en los que vivimos juntos. Que Silvio no es moro, pero como si lo fuera, ¿me entiende?

Yo sé que mis hermanas consideran que mi hermano no es mala persona y que hay que respetar la voluntad de mi padre, porque los hombres saben más que las mujeres y porque, de toda la vida de Dios, en el campo la herencia ha ido a parar al varón y no a las hembras. Mi hermano, dicen, trata muy bien a mi madre. Y la trata muy bien, no me cabe duda. Pero, por otra parte, a mi hermano le viene muy bien ir a verla, ¿me entiende?, porque en mi casa mi madre le hace la comida y hasta le lava y le plancha la ropa, que él se la lleva en una bolsa y luego la recoge. Y mi madre nunca, jamás, le lleva la contraria, faltaría más.

Desde que murió mi padre, yo me empecé a sentir mal... Ataques de ansiedad, lloreras, insomnio, pesadillas, crisis de falta de apetito seguidas por días de apetito exagerado, o sea, el patrón bulimia-anorexia del que en el Centro tanto se habla y que sufrimos casi todas... Y un día fui al Centro y vi en el tablón que había un grupo de autoayuda para mujeres del barrio, gratuito, y me apunté.

Isaac, el psico, el bajito de gafas, ese que me puso en contacto con usted, ha insistido en que deje de ver a mi familia. Dice que hay muchos conflictos sin resolver y que nuestra relación nunca se va a arreglar, que asuma que la esperanza de que exista entre nosotros armonía es tan infantil como la de ansiar encontrarse un regalo debajo de la almohada enviado por el Ratoncito Pérez. Repito frases que Isaac me repite a mí: «La culpa es el precio de la libertad. La madurez implica asumir la frustración y renunciar a expectativas». Me ha dicho que debo cortar de plano cualquier relación con mis hermanos, lo cual no es mucho decir, puesto que con ellos casi no tengo relación. Ninguno, por ejemplo, ha pisado mi casa ni vino a ver a mi hijo en el posparto, cuando la casa estaba llena de amigos que se pasaban a visitarme. Aparecieron por el hospital los quince minutos de rigor, dijeron que el niño se parecía a su padre y eso fue todo, ¿me entiende? Yo no conozco la casa de mis hermanas, nunca he estado. Ni ellas me han invitado ni yo se lo he pedido. Ellas tampoco conocen la mía. Les invité a mis tres últimas fiestas de cumpleaños y no aparecieron. Nunca nos hemos dicho te quiero ni nada por el estilo, ¿me entiende? Pero esto no me parece anormal, porque ya he dicho que tampoco hemos convivido. Por otra parte, yo nunca he echado de menos esa relación, porque tenía a mis amigas. Y tengo a mi marido y a mi hijo, a mi nueva familia, que es lo que más cuenta. Yo no he sentido que tuviera hermanos, ni creo que ellos tampoco pensaran en su día mucho en mí, por eso, cuando les oigo apelar a conceptos como «la familia», no entiendo nada, porque desde que yo me fui de mi casa entendí que la familia no era otra cosa que una ilusión, un invento, una tontería que sale en las comedias de la tele, esas que son todo azúcar y merengue y en las que te sabes el final del capítulo antes de que llegue el primer bloque de anuncios, porque en esas series todo el mundo se quiere y las cosas siempre acaban bien. Mi hermana mayor dice que entre hermanos no hay que poner abogados. «Esther —me dice—, es que te empeñas en ir siempre contracorriente», como si la culpa fuera mía. Digo yo que habrá familias que se lleven bien, como hay familias que se llevan mal. El otro día leí en el periódico que sólo el diecisiete por ciento de las familias españolas son familias nucleares, que las demás son monoparentales o divorciados o separados, así que me parece que el concepto de mi hermana es precisamente el anormal, ¿me entiende?, porque lo normal es que familia equivalga a problemas, a separación, a abandono. Y supongamos que yo soy, efectivamente, una egoísta y una loca; si lo fuera, ¿no sería mejor para mis hermanos librarse de mí, no verme más? ¿No vivirían ellos mejor, más felices, sin la obligación de tener que tratar con una persona tan horrible como, según ellos, soy yo? Para mi familia soy una egoísta, pero mi marido dice que soy muy generosa. Yo pienso que mi hermano está loco, pero mi madre no lo cree así. Supongo que porque la vida es según el color del cristal con que se mira. Y no hay refrán que no sea verdadero, porque todos son sentencias sacadas de la experiencia, que es la madre de la ciencia. También es cierto que cada uno puede ser en un mismo día personas completamente distintas, depende de con quién estemos tratando. Yo no les deseo ningún mal a mis hermanos, ¿me entiende? No fantaseo con que les echen del trabajo o les caiga una maceta paseando por la calle. Y digo esto porque sé lo que es odiar, sé lo que es fantasear con el mal del otro, porque alguna vez lo he hecho. Recuerdo, por ejemplo, un jefe de personal al que le deseé de corazón que le pasara algo malo. Y le pasó, pero no es el momento de hablar de aquello, otro día se lo cuento. Y puedo asegurar que alguna vez, como casi todo el mundo, cuando me ha dejado algún novio, de jovencita, he deseado que lo mismo le pasara a él, que también le dejasen, que en el futuro se encontrara solo y triste como me encontraba yo entonces por su culpa. Pero no siento eso por mis hermanos, en absoluto. No les deseo mal, sólo quiero estar lejos de ellos, que no me metan más palos en la rueda, que ellos ladren y yo cabalgue, empezar una vida en la que no me tenga que definir más como hermana de nadie, permitirme el lujo de vivir como una egoísta, si ése es el nombre que los demás le quieren dar a lo que yo quiero llamar libre. Le digo que no sé por qué Isaac se ha empeñado en que me entreviste usted también a mí. Yo ya le dije que colaboraría, que hablar frente a una grabadora no me cuesta nada, todo lo contrario: me gusta, me desahogo. Si, además de esto, nadie se entera, queda en su libro y punto, y nosotras salimos con nombres falsos, ¿no?, eso me dijo Isaac, que le habrá dicho que me entreviste a mí también, supongo, porque me ha visto siempre muy deprimida y ansiosa..., pero yo no soy una maltratada ni nada de eso. Al grupo sí que va mucha maltratada, de las de palizas y toda la vaina. La Cristina no es maltratada, es anoréxica, pero la metieron en el grupo porque Isaac dijo que lo de la madre de Cris es acoso psicológico y porque también el grupo es un poco cajón de sastre ¿me entiende? Pero eso, que no creo que mi historia le sirva a usted para nada. Creo que tendrá que llegar usted a casa y romper la cinta, o grabar encima algo más interesante.

¿Le he dicho ya que yo también estoy estudiando? Ya habrá oído lo que se dice: el que lee y anda mucho, ve mucho y sabe mucho. A la tesis no he llegado, estoy en primero. Yo es que empecé a trabajar muy pronto, de administrativa, porque quería el dinero para vivir por mi cuenta, para irme de mi casa. Yo no tenía pensamiento entonces de ir a la universidad, vamos, que ni se me ocurrió, pero luego, al nacer el niño, dejé de trabajar y como, cuando empezó el niño a ir a la guarde, me encontré con mucho tiempo libre..., entonces pensé en lo de estudiar por la UNED, y a mi marido no le importó, muy al contrario, me animó, casi parecía que le hacía más ilusión a él que a mí. Porque mi marido a mí me ha apoyado siempre muchísimo; mi marido es lo mejor que me ha pasado, me ha salvado la vida a mí ese hombre, no tiro yo a mi marido por tierra por naíta del mundo. Yo veo a las del grupo y algunas están muy amargadas, sobre todo se lo escucho a las ecuatorianas, siempre la misma cantinela, qué historias tan predecibles, él se bebe todo «el mensual» y encima le pega y no cuida de los niños, porque eso no es de hombre, y ellas vienen a España y ven que las cosas pueden ser de otra manera, pero no se atreven a dejar al marido, porque dicen que le quieren y porque repiten eso de «es que todos los hombres son iguales» y yo siempre digo: «Ah, no, no, que porque te haya pasado eso a ti no quiere decir que todos sean lo mismo», porque mi marido es un ángel, siempre lo digo, que yo no tengo un marido, tengo un diamante pulido, y que también hay mujeres que maltratan. La madre de Cristina, sin ir más lejos, que es una maltratadora psicológica. Vamos, que yo no pretendo ser psicóloga, pero se ve. Y tampoco pretendo ser escritora como usted ni nada de eso, qué va, pero a mí me gusta mucho leer, y por eso me dije, pues mira, estudio Filología y si veo que me gusta y la acabo, pues bien, y si no, también. Ahora estoy haciendo un trabajo sobre *Don Quijote*, lo típico, por lo del Centenario, ya sabe. Yo voy a hablar de los molinos de viento, más típico aún. A mí lo que me gusta es que Don Quijote sale machacado de la embestida contra los molinos, pero pocas líneas después se incorpora y prosigue el camino con su escudero rumbo a Puerto Lápice como si no le hubiese ocurrido nada y convencido de que tendrá nuevas aventuras. Los golpes y las magulladuras no lo detienen ni lo hacen flaquear en sus andanzas. Incluso más: apenas sí los siente. Me tocó leer un ensayo de un tal Eduardo Camacho, no sé si usted lo conocerá, habrá oído usted hablar de él por lo menos, aunque él de narrativa contemporánea no escribe. Bueno, pues este señor es un crítico que dice que Cervantes es excesivamente cruel con Don Quijote, sádico incluso, porque el pobre Don Quijote siempre se lleva unas tundas tremendas que lo dejan al borde de la muerte. Pero a mí lo que me interesa, de lo que voy a hablar en el trabajo este que estoy escribiendo es de que Don Quijote forja su personalidad precisamente como resultado de esas batallas de las que sale tan maltrecho, ¿me entiende?, o sea, que resurge siempre con nuevos bríos, con más ganas de seguir el camino. Lo que yo voy a escribir en el trabajo es que para mí los molinos de viento son un símbolo ¿me entiende?, que en la vida hay siempre molinos de viento contra los que uno no puede luchar, porque esos molinos no se mueven nunca de su sitio y siempre están moviendo las aspas en la misma dirección y, cuando uno arremete contra ellos, siempre sale mal parado; así que lo mejor es dejarlos donde están, inamovibles, y olvidarse de ellos y continuar camino, que ellos sigan a merced del viento, agitando las aspas como quien proclama a gritos una verdad, mientras que uno, si quiere aprender cosas, debe avanzar contra el viento, adelante, siempre adelante... Bueno, no sé si me explico, espero que el profesor lo entienda, ya sabe, la pluma es la lengua del alma, pero al alma a veces no la entiende nadie. A mí me hace mucha ilusión escribir el trabajo. Le parecerá a usted una tontería, pero es que a mí estas cosas, los pequeños retos, son los que me animan la vida. Porque, donde una puerta se cierra, otra se abre.

EL RASTRO DE TUS LABIOS

Lo peor no es encontrarte con su cara en la tele cada vez que ponen los anuncios. Lo peor no es tener que escuchar su voz en el hipermercado, en las tiendas de ropa y hasta en el autobús, porque hay veces que el conductor lleva puesta Cadena Dial a todo volumen. Lo peor no es ver su cara en cada cartel, en cada portada, en cada marquesina.

Lo peor es enterarte de su vida por la prensa.

Lo peor es enterarse de que tu ex novia está embarazada hojeando las páginas del *Rolling Stone.*

Que no sé ni qué hacía leyéndolo, porque era evidente, de antemano, que allí iba a encontrar algo escrito sobre ella, como en cada número.

Aquí, en el *Rolling Stone,* dicen que Emma está componiendo una canción de cuna para su futuro bebé. A saber cómo le sale. Dicen que el padre es David Martín, el mismo David con el que me puso los cuernos cuando aún estábamos juntas. Pero no explican si es su novio. Supongo que los lectores creerán que sí.

¿Que si entiende? Claro que entiende. ¿Que cómo puedo estar tan segura? ¿Que no debo creerme a ciegas los rumores que corran sobre gente a la que no conozco? Pero es que yo sí la conozco, querida. Y muy bien. Nunca te lo había dicho, ¿verdad? Y mira que somos amigas desde hace tiempo. Pero como tú eres escritora, no sé, me daba palo contártelo no fuera que lo sacaras en una de tus novelas. Si ni siquiera a Cristina se lo he dicho, no porque ella sea celosa, que no lo es... sino porque... no sé, ni yo misma me quería acordar de la historia. Vista con el tiempo me parece ridícula, yo quedo como una estúpida, todas las tonterías que hice. Es increíble que haya estado saliendo ocho años con la que hoy es una de las mujeres más famosas de España y que nunca hable de ello. Pero es que, hasta hace no tanto, ni siquiera quería mentar su nombre; me dolía su sonido en la lengua.

Sí, te lo cuento todo, si quieres. Ahora ya no me hace daño contarlo. El tiempo todo lo cura, o eso dicen.

Por partes. Yo conocí a Emma hace ya muchos años en el Ras, un bar muy conocido en los tiempos de la movida en el que podías encontrarte de todo, desde un camello iraní que pasaba jaco hasta un pijo de los de Lacoste rosa y náuticos —un uniforme que se llevaba mucho por entonces—, pasando por la Fanny MacNamara, que en aquella época era el novio de Almodóvar, o eso decían. Le llamaban la Fanny, pero por lo visto se llamaba Fabio. Tenían un grupo, ¿te acuerdas? Almodóvar y MacNamara. Cantaban aquello de *Gran ganga, gran ganga, soy de Teherán, calamares por aquí, boquerones por allá.* La Fanny —qué graciosa era la Fanny— se pasaba el día en el cuarto de baño de las chicas pidiendo prestadas barras de labios. No sé si lo hacía para escandalizar o qué, porque digo yo que ella se compraría sus propias barras y no tenía que pedir prestadas las ajenas, ¿no? La Fanny iba siempre pintada como una puerta y puesta hasta las cejas, y era muy, muy, muy divertida; te reías mucho con ella, siempre andaba contándote su vida, que si en el metro la habían insultado unas viejas o que si se había hecho una carrera en una media.

Yo había ido al Ras acompañando a Aritz, que era un amigo y compañero de clase, creo que ya te he hablado de él. Era un chico que era gay pero que no se lo contaba a casi nadie porque por entonces esas cosas aún eran mucho tabú. Que sí, que te he tenido que hablar de él, mujer. ¿Te acuerdas de la historia de cuando conocí a Almodóvar? Pues Aritz era el chico que me había llevado al Rimmel. Y eso, que yo había ido al Ras con Aritz y que allí me encontré a Emma de la forma más rara.

Verás, yo estaba en la barra esperando a ver si me servían una copa cuando me entró un tío con clara intención de ligarme y yo le dejé hacer porque pensaba que estaba bueno, aunque ahora sea incapaz de recordar siquiera de qué color tenía los ojos. ¿Que qué hacía yo ligando con un tío? Bueno, entonces yo salía con chicos, ¿sabes? No tenía claro que me gustasen las chicas, no me atrevía, estaba muy reprimida, además de que en aquella época todo estaba muy escondido, muy difícil. Había bares de ambiente, claro, pero eran muy antros, no sé si es fácil de entender desde la mentalidad de ahora, cuando se ven lesbianas en la tele y todo, algo impensable entonces, imagínate. Bueno, sigo con la historia, que si no pierdo el hilo. La barra estaba casi a la entrada del bar, y en éstas que entra por la puerta una chica muy mona que se dirige hacia nosotros y se pone a hablar con el tipo en cuestión, que hola qué tal, que cuánto tiempo, que cómo te va, y entonces el tío me la presenta: «Ésta es Emma, mi ex», y «encantada», dice ella. Y entonces le pregunta al ex que si la invita a una birra, que no lleva un duro encima, y él dice que nos invita a las dos. Yo no sabía a qué carta quedarme, porque no entendía si es que la chica aún estaba quedada con él y por eso se empeñaba en entrometerse en nuestra conversación o si era verdad la excusa de la cerveza, pero el caso es que la chica era de lo más simpática.

Enseguida empezó a darme palique, que a ver qué estudiaba yo y que dónde y, bueno, pues se nos pasó el tiempo. Entonces yo digo que necesito ir al cuarto de baño y ella dice que me acompaña. El cuarto de baño era pequeñito pequeñito, y en aquel bar, como estaba de moda, siempre había mucha gente y se formaban unas colas terribles. Y allí estaba Leonor Mayo, que todavía no era una actriz famosa, pero que ya actuaba como si lo fuera. La tía era muy conocida en los bares de Madrid sólo por eso, por guapa. Pero ten en cuenta que entonces, en los primeros ochenta, había menos bares que ahora y los bares modernos se podían contar con los dedos de una mano, así que todo el mundo conocía a todo el mundo, al menos de vista. Y Leonor ya apuntaba maneras, ya se veía que iba a ser una estrella; iba siempre vestida con unos modelazos increíbles y unos tacones de vértigo, y atravesaba los pasillos de los bares con la barbilla apuntando al cielo, como si desfilara por una pasarela, llamaba muchísimo la atención. Recuerdo que iba casi siempre acompañada de una chica rubita y pequeñita, parecían el punto y la i. La chica tenía un nombre raro, cursi, como de muñeca… Poppy creo que se llamaba. Y claro, la Fanny fue ver a una chica tan despampanante como la Leonor pintándose los labios con tanto esmero frente al espejo, con cara de estar más que encantada de haberse conocido, y empezar con lo del lápiz de labios, que si me prestas tu pintalabios, que me «encantaaaa» el color. Imagínate la cara de susto de Leonor, ella que era tan divina y tan estirada ya entonces, cómo le iba a dejar su pintalabios a un tío. Y ella que no, y él que sí. Y la Fanny haciendo amagos de quitarle el *rouge* a Leonor y Leonor poniéndose gallita y a gritos: «Te he dicho que no te dejo el pintalabios y no te lo dejo». Pero lo que no se esperaba Leonor era que de repente esta chica, Emma, la pillara en un descuido y le quitara el pintalabios. Leonor se llevó tal sorpresa que no supo ni reaccionar y Emma se acercó a ella, al espejo, y se pintó los labios. Y yo pensé ya entonces: «Esta chica llegará donde se lo proponga».

Al rato vino el grupo de amigos de la facultad, con los que yo había ido al bar, a contarme que se iban a La Fábrica de Pan, que era un bar que estaba a dos calles, y yo me quedé de piedra cuando la tal Emma dijo que por qué no me quedaba un rato con ellos, para acabar la cerveza. Y nada, que nos quedamos hasta que cerraron el bar y después nos fuimos al Sol y acabamos a las siete de la mañana y nos intercambiamos los teléfonos. Al despedirnos, ella me dio un beso y me dejó plantada en la mejilla la marca del pintalabios que le había cogido prestado a Leonor y me dijo: «Ay, que te he dejado en la cara el rastro de mis labios». Y yo le dije: «Estás hecha una poeta, has hecho una frase tan bonita que ya no me voy a quitar la marca». Y ella se rió mucho, pero el caso es que no me quité la marca y viajé en el metro con ella y dormí con ella.

Al principio sólo éramos amigas, pero a los dos meses o así nos enrollamos.

La primera vez para las dos. Con otra mujer, quiero decir. Los primeros meses fue todo muy bonito; estábamos enamoradísimas. Emma ya escribía canciones por entonces y me dedicó varias. Las dos vivíamos en casa de nuestros padres. Ella tocaba de vez en cuando en un sitio que se llamaba el Nevada. Entonces no se llevaba nada el rollo cantautor y Emma tenía un grupo con otros dos tíos, uno en la caja de ritmos y otro al bajo. Ella tocaba la guitarra y cantaba. Yo lo pasaba fatal, porque el bajista estaba enamoradísimo de ella y, por lo visto, alguna vez se habían enrollado, y Emma se empeñaba en que nadie supiera nada de lo nuestro, en decir que éramos sólo amigas.

Es verdad que en aquellos tiempos el rollo bollo no se llevaba nada, la homosexualidad estaba fatalmente vista, no te digo ya el lesbianismo, incluso en los ambientes más modernos, los chicos, como mucho, decían que eran bisexuales o que estaban experimentando, y las chicas no decían nada... Joder, si todavía muchas jugaban a que eran vírgenes... sí, mucha droga, mucho concierto, mucho salir, pero poco sexo... y no era cosa de ir contando nuestra historia al primero que viniera, pero yo siempre pensé que Emma la escondía para no perder las oportunidades con los tíos.

Porque yo siempre tuve celos, desde el primer año. Y ésa fue mi cruz.

La relación fue tormentosa desde el principio precisamente por eso, por mis celos. Porque Emma era una chica muy guapa, y todavía lo es, no hay más que verla, y encima con el rollo del grupo, que entonces no era muy normal lo de las tías cantantes, pues a los tíos les encantaba, y yo lo pasaba muy mal cada vez que uno la entraba, porque yo no podía decir en voz alta: «Oye, tío, deja en paz a mi novia», como podía haberlo hecho cualquier chico, porque se suponía que nosotras éramos sólo amigas. Y, claro, cuando salíamos de los garitos yo acababa montándole la bronca; no lo podía evitar, es que se me encendía la sangre. Ella me decía que me quería muchísimo, que nunca se iba a liar con otro. Pero al año se hartó y, en una de las broncas, me dejó y se lió con otro, claro, precisamente con el bajista, David se llamaba. David Martín, por supuesto. Se hizo después superfamoso con otro grupo, los Sex & Love Addicts, no ya de bajista, sino de cantante. Y se supone que ahora es el padre de su hija, o eso dicen en la revista. Yo me puse fatal, me quería morir, no podía dormir, no podía comer, no podía estudiar, no podía vivir sin ella; vamos, es que me faltaba el aire, y le envié no sé cuantísimas cartas arrepentidísima, prometiéndola el oro y el moro si volvía conmigo. Y volvió. Pero después fue peor, porque los celos no desaparecieron, todo lo contrario. Yo pensaba que si ya me había dejado una vez por un tío eso quería decir que lo podía volver a hacer, y se me envenenaba la sangre imaginando lo que habría hecho con David, porque David vivía solo y yo sabía que se habían acostado en su piso. Y además, por entonces, David era un chico guapísimo. Ahora ha perdido mucho, porque ha engordado y tal, y porque la mala vida le ha dejado hecho unos zorros, pero entonces era un bombón, no me duelen prendas por reconocerlo. En fin, que los siguientes tres años aquello fue como un sube y baja: o estábamos maravillosamente o estábamos peleadas. Y en una de las peleas me volvió a dejar, por segunda vez. Y esta vez se fue con otra tía, una cantante que se llamaba Mercedes y que iba de mística por la vida, de intelectual, porque la familia tenía muchísima pasta y la habían enviado a estudiar a París primero y a Nueva York después; y que estaba armarizadísima, porque la familia, ya lo he dicho, era de pasta y de apellido y vamos, que si se enteran de que la hija es lesbiana, la desheredan. Era una esnob la tal Mercedes, que iba de artista pero que en realidad vivía de las rentas. Y yo otra vez fatal, como la primera vez; que me moría, vamos. No salí de casa en casi seis meses de lo deprimida que estaba. Me dediqué a estudiar y a estudiar y saqué el último año de carrera con notables y sobresalientes. Hasta que, por fin, un día me llama Emma toda amerengada, que qué tal, Mónica, cariño, que te he echado tanto de menos, que qué es de tu vida, que si quedamos a tomar un café por los viejos tiempos. Casi se me sale el corazón del pecho. Me compré un traje nuevo y fui a la peluquería y todo para llegar guapa a la cita, que fue en el Café Gijón, cómo iba a olvidarme. Me dijo que había dejado a Mercedes, que no la aguantaba, que la tía no tenía ningún sentido del humor y que era una pesada, y que me echaba mucho de menos. Y entonces yo le dije: «Vale, volvemos, pero si volvemos, volvemos en serio y nos vamos a vivir juntas, para siempre». Porque yo ya entonces estaba trabajando y ganaba un buen sueldo, que en aquella época no existían los contratos de prácticas y los años ochenta eran los del *boom* económico y a mí me pagaban muy bien. Así que alquilamos un piso y allí que nos fuimos. Por supuesto, a nuestras familias les dijimos que íbamos a compartir piso como amigas. Nadie se imaginó nada.

Yo la mantenía, porque ella con la música ganaba lo justo para ir tirando, así que era yo la que pagaba el alquiler y las facturas. Y me levantaba todos los días a las siete y media para ir a currar y a veces ésa era la hora a la que Emma llegaba a casa, porque salía mucho. Las noches que tocaba, porque tocaba; y las que no porque decía que tenía que ir a los bares a hablar con los encargados a ver si la contrataban. Como imaginarás, cada vez que ella salía de noche sin mí yo no podía evitar pensar que si conocería a alguien, que si se enrollaría con alguien, pero procuraba no decir nada porque sabía que Emma no aguantaba mis celos; ya la había perdido dos veces y no quería perderla la tercera. Lo malo era que acababa enfadándome por otras cosas. Por ejemplo, le montaba muchísimas broncas a cuenta de lo sucia que estaba la casa, porque si yo me mataba a trabajar lo lógico es que ella pusiera algo de su parte y se ocupara de la limpieza, digo yo, pero yo sabía que esas discusiones eran como la espita de salida para dejar escapar los celos que llevaba contenidos a presión, y creo que ella también se lo podía imaginar. La convivencia, a veces, era un infierno. Podíamos pasarnos días sin dirigirnos la palabra, sin embargo yo cada día estaba más enamorada de ella porque, además, la admiraba, me encantaba su música, sus canciones. Y, cuando estábamos bien, estábamos bien de verdad, los momentos buenos eran tan buenos como para compensar todos los malos.

El grupo del principio, aquel rollo *tecno pop* con caja de ritmos, había pasado a la historia y Emma empezó a cantar en inglés, en un grupo *indie* en que la bajista era otra tía y en vez de caja de ritmos había una batería. Y había también otro guitarra, porque llevaban un rollo muy guitarrero, muy sucio, muy *grunge,* y un día vino Emma a casa excitadísima y me contó que iba a grabar un disco, que habían enviado una maqueta a una compañía y que el AR había ido a verles actuar al Siroco y que les había citado en las oficinas de la compañía en dos días. Y resultó ser verdad, las cosas salieron rodadas y por fin firmó un contrato. Y a partir de entonces fue el principio del fin. Porque el productor del disco, que era un tío muy joven, con *rastas,* que iba siempre fumado, se colgó de verdad con ella y empezó a llamarla a todas horas. Entonces no había móviles y no hacía más que llamarla a casa y dejar recados en el contestador, y a mí cada vez que escuchaba aquella voz melosa en la máquina se me llevaban todos los demonios. El tío la llevaba a cenar a sitios carísimos y yo le decía a Emma: «¿Pero no ves que ese tío te quiere follar?». Y ella me respondía que tenía que ser amable con él, que se jugaba el disco, que aquélla era la ocasión por la que llevaba años luchando y que no la podía desaprovechar. En fin, unas peloteras tremendas. Y, por fin, salió el disco en una compañía independiente. No vendió mucho, pero tuvo muy buenas críticas, y en verano llegó la gira. Yo sólo tenía vacaciones en agosto, así que en julio no la podría acompañar, y julio era el mes, precisamente, en que Emma más bolos tenía y, por entonces, ya te lo he dicho, no había teléfonos móviles, así que me tocaba quedarme en casa esperando todas las noches a las nueve la llamada de

Emma, que a veces se retrasaba porque se había alargado la prueba de sonido o porque no había encontrado una cabina, y para mí aquello era horrible, angustiosísimo, no podía controlar la ansiedad. Y luego empezaron a espaciarse las llamadas. En lugar de a diario, cada dos días, después cada tres. Al final ya ni llamaba cuando estaba fuera. Y yo empecé a notar su distancia, su desinterés. Cuando en agosto le dije que me quería ir con ella de bolos, me contestó que eso no era posible, que no cabía en la furgoneta y que ningún otro miembro del grupo llevaba a su pareja. Y ahí ya me temí lo peor. Y me lo temía bien, porque en septiembre me enteré de que se había liado con la bajista. Fui a meter sus vaqueros en la lavadora y me encontré con una nota, una carta de amor que la otra le había enviado. Y ahí sí que monté la de Dios es Cristo. Y entonces Emma me dejó. Pero esta vez para siempre. A la tercera va la vencida.

Yo creí que me moría, de verdad. Me enteré de que se había ido a casa de la bajista y empecé a llamarla a todas horas, de día y de noche, le dejé millones de mensajes en el contestador hasta que cambiaron el número. Un día me puse a llorar a lágrima viva en el autobús, con sollozos e hipidos y todo, es que no me podía contener. Todas las viejecitas mirándome, imagínate. Me tuve que ir a casa de mis padres, porque en la mía se me caían encima las paredes. Me ponía tan mal que me daba la impresión de que podía llegar a hacer cualquier cosa, tirarme por la ventana de pura ansiedad. En el trabajo iba como una zombi, de vez en cuando tenía que ir al cuarto de baño para que no me vieran llorar. Pasé unos meses espantosos, adelgacé casi diez kilos, no dormía... Al final fui al médico y me recetó Prozac, y la verdad es que la pastillita funcionó. No es que me hubiera olvidado de Emma, pero al menos podía soportar su ausencia sin pánico, sin ansiedad. Decidí dejar el apartamento y volver a vivir con mis padres porque no soportaba pasar las noches sola. Aquel año me lo pasé entre la oficina y casa, casi sin salir. Cuando no trabajaba, me enchufaba a la televisión y me podía tirar horas en el sofá sin hacer nada. Me lo tragaba todo, hasta los anuncios de la teletienda.

Y, entre tanto, llegó la moda de los cantautores; ya sabes, Pedro Guerra, Ismael Serrano, Javier Álvarez, Rosana Arbelo. Y, un día, pongo la tele y me veo a Emma cantando ella sola, a pelo, con una guitarra acústica, una canción que decía: *Llevo en mis labios el rastro de los tuyos,* y me dio una llorera tremenda, creí que me moría, porque aquélla era una de las primeras canciones que me había escrito cuando empezamos a salir. La letra venía a cuento de la historia del pintalabios la noche en que nos conocimos, era como un homenaje a nuestra historia, y estuve a punto de llamarla, pero ya no tenía su teléfono. Pensé en telefonear a su madre y pedírselo, pero su madre no me podía ni ver. Es una cruz la que yo tengo con las madres de mis novias: ninguna me aguanta, todas creen que soy yo la que ha pervertido a sus hijas. La madre de Cristina, sin ir más lejos, ni me habla. Cuando le habla a Cristina de mí no dice «Mónica» sino «esa chica que vive contigo». Pues eso, no llamé a la madre de Emma, pero en aquellos momentos hubiera dado un brazo por haber podido volver a ver a Emma, de tanto que la echaba de menos. No podía imaginar que en menos de un mes la ciudad iba a amanecer empapelada de carteles con su cara, que su voz se iba a escuchar en todas las emisoras, que su canción iba a estar en el número uno de las listas durante meses enteros... ¿Cómo iba a poder olvidarme de mi ex novia si el mundo entero estaba empeñado en recordármela cada día?

No, nunca la he olvidado, sería imposible; pero es cierto que con el tiempo el dolor se fue haciendo más soportable. Seguía estando ahí, por supuesto, pero ya no me daba por llorar en los autobuses y por las noches. En lugar de quedarme hasta las tantas viendo la teletienda, leía. Y, por fin, casi cuatro años después de que Emma me hubiera dejado, me encontré en un comercio de Almirante con una antigua amiga de la facultad que también entendía, y poco a poco empecé a rehacer mi vida social. Chueca ya no era el barrio del Ras y de La Ola, ya no era una mezcolanza informe de yonquis y modernos, sino un barrio estrictamente gay en el que había bares de lesbianas, y cuando salía algún sábado por el barrio, si avanzaba por la calle Barbieri, donde antaño estuvo el Ras, se me subía el corazón al estómago si me acordaba de cómo nos conocimos. Para colmo, en todos los bares ponían sus canciones. Emma Ponte se había convertido en un auténtico icono del mundo lésbico. No había forma de librarme de ella, pero en cierto modo eso me ayudó, creo que acabé por insensibilizarme de pura saturación. Después conocí a Cristina en un bar y, aunque al principio me daba un poco de miedo empezar otra historia, y sobre todo con alguien en apariencia tan problemático, no sé cómo, pero me volví a enamorar. Sí, Cristina ha sido anoréxica, es mucho más joven que yo, está un poco loca y tiene una madre insoportable que no me aguanta y que luego se pasa el día llamando a casa y amenazando con venirse a vivir con nosotras... Pero, qué quieres que te diga, prefiero mil veces una anoréxica que una infiel, y bisexual para colmo. La relación con Cristina, pese a todo, ha sido siempre muchííiisimo más fácil que la que tuve con Emma, sobre todo desde que Cristina hace terapia de grupo. Vamos, bendito sea el suelo que pisa el tal Isaac, su terapeuta. Y me siento por fin querida; se acabaron las angustias. Y un día me encontré bailando en el Escape al son de «El rastro de tus labios» sin acordarme siquiera de quién cantaba la canción y para quién había sido escrita. Y ése fue el momento en el que supe que por fin había puesto punto final a la historia, que volvía página, que estaba preparada para borrar de mis labios el rastro de los suyos y de mi cabeza su imagen y su nombre, porque de repente me di cuenta de que ni siquiera me gustaba aquella canción con una melodía tan previsible y una letra tan cursi, tan azucarada.

Y tan falsa.

LA BELLA DORITA

Hay un anuncio muy estúpido que pasan por la tele en el que la modelo, para promocionar las virtudes de las cremas, asegura que «él no me había visto hace muchos, muchos años, y pese a todo me reconoció».

Veinticinco años lleva Claudia sin ver a Dorita.

Y la ha reconocido.

En aquellos tiempos en los que Dorita y Claudia aún iban juntas al colegio, el eslogan de la crema era «Ponds, belleza en siete días». Se ve que ahora los publicitarios no se atreven a hacer promesas que no puedan cumplir, piensa Claudia, y ya no cierran plazos para la consecución de la hermosura. La crema sigue, los anuncios cambian. ¿Veinte? ¿Veinticinco?, sí, más o menos son los años que lleva Claudia sin ver a Dorita.

La verdad es que al principio, cuando reparó en ella, no se dio cuenta de que se trataba de Dorita. Se fijó en la mujer que estaba sentada dos asientos más allá sólo porque era muy guapa. Le llamaron la atención los ojos azul marino, y de ahí la asociación: le recordaron a los ojos de Dorita. Y entonces, pensó: «La verdad es que se parece a Dorita. Coño, ¡si es que es ella! No, es imposible, no puede ser Dorita».

Pero era Dorita.

Y sigue teniendo los ojos color azul eléctrico.

Cuando todavía iban al mismo colegio, en el libro de texto de la clase de literatura había un poema que decía algo parecido a «Un trozo de azul tiene mayor intensidad que todo el cielo».

Claudia no recuerda el resto del poema.

No recuerda el autor.

Pero recuerda el verso, porque siempre lo asoció a la mirada de su amiga.

—¿Dori? ¿Dorita?

La mujer vuelve la cabeza y fija en Claudia los ojos imposibles, sorprendida.

—¿Te acuerdas de mí? Soy Claudia, Claudia Román..., del colegio.

Los ojos se le desmesuran. Y, luego, una sonrisa blanquísima le va iluminando la cara en oleadas.

—¡Claudia! Ay, por favor... ¡Qué alegría! Pero..., ¡esto es increíble!

A Dorita le ha costado reconocer a Claudia porque Claudia no usa cremas y el tiempo ha pasado por ella, por supuesto. A Claudia, últimamente, le preocupa mucho el tiempo, su paso y sus trampas, sobre todo desde que advirtió que un compañero de trabajo, un chico al que probablemente le saque quince años, la miraba con ojos amables, y entonces se dio cuenta de que aquélla podría ser su última oportunidad de vivir una pasión efímera, con fecha de caducidad, sin responsabilidades ni compromisos, antes de ingresar definitivamente en las rígidas rutinas de la madurez. Pero Claudia estudió en un colegio de monjas y, lo quiera o no, ciertos condicionamientos se le han quedado grabados a fuego en el subconsciente, y a una ex alumna de colegio de monjas no se le ocurre ponerle los cuernos a su novio de toda la vida con el primer jovencito que se pone a tiro, y mucho menos cuando el médico le ha confirmado la gran noticia, esa que marca una línea divisoria entre la primera y la segunda parte de su vida. Sí, es cierto que el hecho de saberse admirada, y quién sabe si amada por un chico al que casi le dobla la edad ha hecho renacer en Claudia un sentimiento de valía que últimamente tenía olvidado. Claudia no es tan bella como Dorita, nunca lo fue, pero Antón le hace sentirse hermosa y joven. Últimamente le parece que las sonrisas de Antón, sus miradas oblicuas, sus balbuceos torpes y sus repentinos rubores le están precipitando a un abismo de impresiones contrapuestas: Antón le devuelve a la juventud de la que le cuesta tanto despedirse pero, por otra parte, no se quiere acercar a él; sabe que sería una locura dejarse llevar. Ella no quiere traicionar a Isaac, de ninguna manera. Aunque, sobre todo, la mirada de Antón, en la que Claudia puede verse reflejada, le ayuda a sobrellevar el constante desaliento de su vida diaria. Porque Claudia creyó que podía y que debía dar de comer al hambriento, dar de beber al sediento, vestir al desnudo, asistir al enfermo, corregir al que se equivoca y consolar al afligido, y es que en Claudia se inocularon dos virus muy dañinos: la educación católica de las monjas y la conciencia social de los padres, que le hicieron creer que al mundo se venía para arreglarlo; de ahí que Claudia se estrellara de manera tan contundente contra la realidad y, tras casi cinco años trabajando en la ludoteca, haya tenido que admitir a su pesar no sólo que ella no puede salvar el mundo, sino que le cansa el mismo intento estéril de cambiarlo.

Por eso se agradecen sorpresas inesperadas como las miradas ansiosas de un chiquillo que aún no ha cumplido los veinticinco años o el reencuentro con una vieja amiga perdida.

Dorita se levanta de su asiento y estrecha a su antigua amiga en un abrazo. Claudia, poco acostumbrada a las efusiones, reacciona incómoda al principio, pero enseguida se deja arrastrar, se hunde en su cuerpo y se ahoga con su perfume, barato pero exquisito, canalla, una esencia mareante y densa que huele a incienso, a serrallos orientales, a noches sin dormir, a flor carnívora.

—Por favor, siéntate aquí, a mi lado. Tienes que contarme... ¿En qué parada te bajas?

—Ramón y Cajal. Voy al hospital.

—¿Algo grave?

—No, qué va. Unas pruebas, nada importante. ¿Y tú?

—Torrelodones. Vivo allí, en pleno campo. Tenemos tiempo para hablar, veinte minutos por lo menos.

—Veinte minutos no sé si dan para resumir veinte años...

El nombre completo de Dorita era Dorotea Álvarez Sierra, aunque lo de Dorotea no lo usaba nadie, sólo las profesoras nuevas cuando pasaban lista el primer día de clase. Al segundo ya se habían enterado de que a aquella niña la llamaba Dorita todo el colegio. El sobrenombre de «La Bella Dorita» se lo puso el padre de Claudia en honor de una vedette que fue la reina del Paralelo, la primera en cantar aquel tema que decía *fumando espero al hombre que más quiero* y que luego haría famosísimo la Montiel. El padre de Claudia no había visto jamás a «La Bella Dorita» original, ni sobre el escenario ni en ninguna otra parte, pero recordaba el nombre de habérselo oído al suyo, a su abuelo, y rebautizó con él a la compañera de clase de su hija un día en que fue a recoger a Claudia al colegio y se encontró en la salida con «la niña más guapa que había visto nunca», según le explicó más tarde a su esposa.

El título de guapa oficial del colegio no se lo podía discutir nadie a Dorita. Ya a los ocho años se adivinaba que iba a ser una mujer espléndida: breve y recta nariz, labios sensuales, sólida y erguida barbilla. Para colmo, los ojos azul cobalto venían enmarcados por una melena zahína y espiralada cortada justo a la altura de los hombros.

No era aquel un rostro de niña, sino de princesa, de reina.

Quizá fuera por eso que una de las bromas repetidas del colegio fuera la de que Dorita se iba a casar de mayor con el príncipe Felipe. Felipe era por entonces un niño rubio y ojiclaro que debía de andar por la misma edad de las niñas y que salía a menudo en las fotos de los *Holas* y los *Semanas* que las madres hojeaban en la peluquería cuando esperaban turno o cuando metían la cabeza, para que el calor les marcara los rulos, dentro de uno de aquellos secadores de entonces que parecían cascos espaciales y de los que salían después con unos horrorosos peinados colmena. No se sabe a quién se le ocurrió por primera vez la peregrina idea, pero Claudia sí recuerda que pronto la broma adquirió carácter de leyenda: Dorita de mayor sería princesa, y luego reina. De la misma forma que Claudia sería enfermera; Ana Gómez, misionera; Verónica Luengo, bailarina; Clara Sánchez, secretaria; Judith Durán, peluquera y Mabel Camino, madre, simplemente madre.

—Oye, te veo estupenda. ¿Qué ha sido de tu vida?

—Pues nada, estudié Psicología y ahora trabajo en una ludoteca de la Comunidad de Madrid, y..., a ver..., vivo con un chico desde hace la tira de años. Trabaja conmigo, no en la ludoteca, pero en el mismo centro. Yo trabajo con niños y él con mujeres.

—¿Lo conozco? ¿Es del barrio?

—No, qué va... Lo encontré en la facultad. Lo conocí en primero, nos hicimos novios en segundo y nos fuimos a vivir juntos al acabar la carrera. ¿Y tú?

—Yo, nada, no me he casado y no vivo con nadie, ni tengo novio, ni ganas. Hasta hace poco salía con un tío, pero ahora estoy sola y encantada de estarlo. Y, por lo demás, pues estuve trabajando de modelo una temporada, y de actriz. Hice de todo: mucho teatro y algún papelito muy pequeño en el cine. Pero, ya sabes cómo son esas cosas, me dejaron de llamar y un día me encontré con que llevaba seis meses sin trabajar y que no tenía un duro en la cuenta corriente. Y me dije: Dora, los sueños son los sueños, pero en la vida hay que comer. Y, pues eso…, ahora trabajo en una tienda de ropa muy, muy pija, en Serrano, soy la encargada. Es una tienda de tallas grandes, fíjate. Yo me dedico a hacer el inventario, encargar pedidos, supervisar la mercancía… No es el trabajo de mi vida, pero pagan bien. Y me puedo llevar la ropa a mitad de precio. Se la regalo a mi madre, porque a mí me viene todo ancho, claro.

Dorita y Claudia se hicieron amigas por intercesión de la profesora de gimnasia, pues hasta entonces, pese a que habían asistido a la misma clase desde los cuatro años, apenas se dirigían la palabra, ya que ambas jugaban con grupos de niñas diferentes que podían reunirse de cuando en cuando para jugar al balón prisionero o a la pídola o, incluso, a la comba pero que, en lo esencial, ocupaban diferentes territorios bien delimitados en el patio del colegio a la hora del recreo. No es posible explicar cómo ni cuándo se habían formado los grupos, pero el caso es que eran inamovibles como castas orientales y resultaba muy raro que una niña cambiase de bando y un día jugara con el grupo que solía situarse más cerca de la puerta del edificio y, al día siguiente, con el de las que se ponían a jugar más cerca de la valla.

Hasta el día en que a la profesora de gimnasia se le ocurrió hacer correr a las niñas durante una hora por el patio. Quién sabe por qué lo hizo, por qué precisamente media hora en lugar de los habituales veinte minutos.

Quizá la profesora tuviera resaca y no quisiera perder el tiempo supervisando otro tipo de ejercicios, quizá se hubiera enamorado y los delirios del recuerdo la tuvieran tan distraída como para no darse cuenta de lo que les acababa de pedir, una auténtica locura, sobre todo para aquellas patosas que, como Claudia, no estaban acostumbradas al ejercicio más allá de las tres horas de gimnasia semanales —lunes, miércoles y viernes— que solían consistir en ejercicios suaves —al fin y al cabo se esperaba que de mayores se convirtieran en señoritas— y que, desde luego, no estaban preparándose para correr la maratón ni nada por el estilo. A Claudia ya le dolían las ancas del esfuerzo y se le salía el bofe por la boca cuando vio cómo Dorita, aprovechando que la profe, ensimismada en el recuerdo o medio dormida, vete tú a saber, no miraba, se escondió detrás de una columna que la ocultaba tanto de los ojos de la profesora de gimnasia como de los del resto de las alumnas y se puso a descansar. Ni corta ni perezosa, Claudia se situó a su lado.

—Pero... ¿qué haces? Que aquí no cabemos dos, que nos va a pillar.

—Schhhh, cállate. Que si gritas así claro que nos va a pillar.

La profesora ni se enteró, así que desde entonces en cada clase de gimnasia Dorita y Claudia se apostaban tras el pilar y se pasaban la clase jugando a adivinar las formas de cada nube; en susurros, eso sí, para que nadie se percatara de su presencia. Hasta el aciago día en que la señorita Rosa las descubrió y, amén de enviarlas al despacho de la madre superiora, que les largó un sermón antológico, les suspendió la asignatura.

Así fue cómo Dorita y Claudia se hicieron amigas. Desde luego, no subvirtieron el sistema de castas. En el patio, cada una seguía en su sitio, con su grupo de amigas, cerca de la puerta del edificio o cerca de la valla del jardín, pero a la salida de clase se juntaban y juntas emprendían el camino a casa, mochilas al hombro, unas calles más abajo.

Hasta el incidente de la clase de gimnasia, Claudia ni siquiera había caído en la cuenta de que Dorita vivía apenas a tres portales del de ella.

—Y tus padres, Claudia, guapa, ¿qué tal? ¿Todavía viven en el barrio?

—Hija, sí, y lo que les queda... Silvia y Roberto ya no, claro. Silvia trabaja en Inglaterra, de enfermera en un hospital. Se casó con un inglés y tienen dos hijos. Y Roberto trabaja en un taller de motos, de mecánico; le va muy bien. Vive con una chica, pero no se va a casar ¿Y los tuyos?

—Pues mi padre se jubiló y ahora se han ido a Alcorisa, que era el pueblo de mi abuela. Se han comprado una casita allí y tan contentos, oye.

Claudia no recuerda el día que murió Franco. Ha visto, por supuesto, el vídeo en el que un lloroso Arias Navarro anunciaba a los españoles y al mundo entero el remate del dictador que llevaba ya un mes ejerciendo de muerto viviente. Supone que estarían en clase. Se lo debieron de decir en el colegio, porque Claudia conserva una borrosa imagen de niñas llorando y cómo aquellas lágrimas le parecían tan ridículas como las llantinas que presenció a cuenta de la muerte del payaso Fofó. Quedaba fatal decir que tú no estabas triste por Fofó, así que ella no decía nada, pero no estaba triste. Fofó no era de su familia, no lo había conocido nunca, ¿a santo de qué iba a afectarle su muerte? Y mucho menos le iba a afectar la de Franco, que tenía el culo blanco porque su mujer lo lavaba con Ariel, o eso aseguraba la canción que a veces berreaban los niños que jugaban al balón en el descampado del barrio. Pero Claudia callaba, callaba sin entender y las niñas seguían llorando, algunas a moco tendido, con sollozos desencajados.

A Claudia la muerte de Franco no le daba ni frío ni calor. Se puso muy contenta, eso sí, porque les daban vacaciones. Y se le quitó la alegría cuando descubrió que no iba a haber televisión o, más bien que sí, que la habría, pero que en lugar de María Luisa Seco y *Un globo, dos globos, tres globos,* lo único que se podría ver sería la capilla ardiente, los rostros contritos de quienes iban a presentar sus respetos al cadáver amojamado (varios kilómetros de cola, medio millón de personas que pasaron a rendir el último homenaje, o eso decían en televisión) y conciertos de réquiems y otras músicas igual de lúgubres o funerarias.

La hermana de Claudia no lloraba. Al contrario, parecía encantada. A su padre también se le veía de excelente humor.

Hubo un brindis en la comida.

—Por la ocasión —dijo su padre.

—Anda que no ha tardado —su hermana Silvia, la mayor, veinte años, melena planchada, pantalones ceñidos y jersey de cuello vuelto.

—Sí, aunque más vale tarde que nunca... —la tía Trini, vecina de escalera y prima segunda de su madre, peinado colmena, suéter de lycra bien ceñido y enormes pendientes de plástico.

—Ya, pero es que ha sido muy tarde —su hermano Roberto, diecisiete años, acné y melena a lo Leif Garrett.

Y la voz de su madre:

—No digáis esas cosas delante de la niña, a ver si luego lo cuenta en lo de las monjas, que ya sabes de qué pasta son.

La frase «delante de la niña no» es como el estribillo que va marcando los diferentes compases de la primera infancia de Claudia. Si su padre hablaba de política en la mesa, su madre le pegaba un codazo y la señalaba con una inclinación de cabeza. Delante de la niña no. Si se hablaba de su tío Ander, que estaba en la cárcel, lo mismo: delante de la niña no. Y aún recuerda Claudia la que se montó el día que su madre la pilló cantando a voz en grito: *A las barricadas, a los parapetos, por el triunfo de la Confederación.*

—¡Niñaaa! ¿Tú qué andas cantando?

—Me lo ha enseñado Silvia.

—¡Silviaaaaaaaaa! ¿Tú qué canciones le enseñas a la niña? ¡Al diablo se le ocurre! ¿No ves que esta niña luego lo suelta todo y lo larga en lo de las monjas? Un poco de cabeza, por favor.

Hay que hacer notar que Claudia no tenía ni idea de lo que significaban las palabras «barricada», ni «parapeto», ni muchísimo menos «Confederación», y que se había aprendido la canción sólo porque Silvia se partía de risa cada vez que le oía entonarla y porque estaba en la edad de las monerías, desesperada por llamar la atención.

—¿Y has vuelto a ver a alguna de las del colegio?

—Qué va, qué va... A ninguna. Espera, sí; a Mabel Camino me la encontré un día que fui a ver a mis padres al barrio. Está gordísima, me tuvo que saludar ella, que yo no la hubiera ni reconocido. Sigue viviendo allí, en la casa que fue de los padres.

—¿Mabel Camino? Ay, me suena el nombre, pero no le pongo cara.

—Una rubia muy repipi.

—Ay, mira, sí, claro. Que nos llevábamos fatal ella y yo...

El 22 de noviembre Claudia se aburría en casa y bajó a jugar al parque. Recuerda claramente una imagen que no se le borrará nunca de la cabeza: la de Mabel Camino, la futura Madre con mayúsculas, paseando muy seria de la mano de su abuelo, vestida con un abriguito negro (hecho o comprado para la ocasión, supone Claudia, porque por aquel entonces ninguna niña de ocho años tenía un abrigo negro, color que no dejó de ser color de luto, e inapropiado por tanto para una niña, hasta que llegaron los ochenta) y un lazo a juego, de camino, según se enteró más tarde, a la cola de la capilla ardiente.

En el parque no había un alma. Quizá se temiera un golpe de Estado o algo parecido, pero la gente estaba asustada y no quería que los niños jugaran en la calle. Una Claudia desanimada se dirigió, pues, a la casa de Dorita..

—¿No estaréis mejor en casa, tranquilitas? —le dijo la madre de Dorita, que era casi tan guapa como su hija pero sólo casi, porque los años pesan, y los kilos también—. Claudia, ya llamo yo a tu mamá, que seguro que está preocupada. ¿Le has dicho que salías a jugar?

—Sí, claro.

—Bueno, la llamo de todas formas. ¿Cuál es tu teléfono?

Claudia puso cara de pasmo. El teléfono se lo acababan de poner y no lo usaban mucho, porque era caro. A ella nadie le llamaba y, por tanto, no se había visto en la necesidad de aprenderse el número.

—Déjalo, lo busco en la guía.

Dorita tenía una habitación para ella sola, circunstancia que le provocó a Claudia una envidia insana y comezoñera. Ella compartía su cuarto con Silvia y Roberto dormía en un sofá cama que había en el comedor. El comedor, eso sí, era bastante grande, así que de noche se abría una especie de acordeón que hacía las veces de puerta y una parte de la estancia se convertía en la habitación de su hermano, y el sofá se desplegaba para hacerse lecho.

Para colmo, Dorita tenía un montón de muñecas, el Baby Mocosete, la Barriguitas y tres Nancys, tres a falta de una: la rubia, la morena y la negra.

Tras media mañana empleada en vestir y desvestir al Baby Mocosete y en peinar a las Nancys, Claudia se atrevió por fin a revelar su terrible secreto:

—Dorita, te tengo que contar una cosa —Dorita desvió sus ojos azules del traje de enfermera que le estaba probando a la Nancy rubia—. Pero me tienes que jurar que no se lo dices a nadie.

—Jurar es pecado.

—Pues prometer. Pero, si me lo prometes, entonces me lo tienes que prometer por algo muy importante. Por tu Baby Mocosete.

El Baby Mocosete era un muñeco carísimo que meaba y soltaba mocos y muy pocas niñas tenían la suerte de que sus padres pudieran obsequiarles con semejante prodigio escatológico, así que se trataba de una posesión muy preciada.

Dorita hizo una cruz con los dedos índice y corazón, se la llevó a la boca y la besó.

—Lo prometo.

Se acercó a su oreja y se lo susurró al oído, norma protocolaria a la hora de revelar secretos:

—En mi casa no están tristes. O sea, que se ha muerto Franco, pero en mi casa no están tristes.

Esta vez fue el turno de Dorita.

—Aquí tampoco —le dijo muy bajito, inclinada sobre la oreja—. No están tristes; están contentos.

Y luego continuó en susurros, pero ya no al oído.

—Me han dicho que no lo diga a nadie, pero lo celebraron con una botella de champán, como en Navidad, pero no se lo puedes decir a nadie o yo diré lo tuyo.

Por supuesto, Claudia cruzó los dedos y besó la cruz.

—Bueno, la verdad es que tú te llevabas mal con un montón de gente. Con el genio que tenías... Que lo digo en buen plan, ¿eh?, que yo te lo admiraba, que me daba envidia.

—Si es que en aquel colegio, la fauna que había... Menos mal que luego me fui al instituto, que si me llego a quedar hasta los dieciséis años me muero. Con lo que yo era...

—Pues yo me quedé... Y sin problemas.

—Claro, es que tú eras mucho mejor estudiante que yo.

—Qué va..., sólo que yo no montaba broncas. Era muy paradita, pero más por timidez, creo yo.

Volvían de una excursión. Supone Claudia que les habrían llevado a Navacerrada o a la cuenca del río Alberche, que era donde las llevaban siempre. Las subían en un autocar, cada una cargada con su mochila que contenía una tartera (que llevaría dentro quizá un trozo de tortilla de patatas), un bocadillo envuelto en papel de estraza (el de aluminio aún no lo usaba nadie), una cantimplora con agua (todavía no se habían inventado las latas de refrescos, así que con la cantimplora sobraba y bastaba), unas naranjas o mandarinas, una bolsa de gusanitos o de patatas y cubiertos y servilletas (de tela, lo de las servilletas de papel tampoco se estilaba todavía). El autobús llegaba hasta un merendero, aparcaba, las niñas bajaban, comían, el conductor se echaba una siesta a la sombra, las crías jugaban a polis y ladrones, a la pídola o al balón prisionero, alguna metía los pies en el río y hala, a casa. A Claudia ahora le sorprende pensar que aquel fuera el día más esperado de todo el año, porque, visto así, en frío, la verdad es que la excursión no era nada del otro jueves.

En el autocar iban cantando las canciones de costumbre: *Ahora que vamos despacio, vamos a contar mentiras, tralará;*

por el mar corren las liebres, por el monte las sardinas, tralará, o aquella de: *El señor conductor no se ríe, no se ríe, no se ríe.* Alguna vez intentaban algo más moderno como: *Linda, agua de la fuente, Linda, dulce e inocente,* pero las monjas ponían el grito en el cielo. A Claudia le hubiera encantado berrear: *Moneda, te amo, al viento te amo, si sale cara dirá que mi amor está muerto y yo te amo,* pero no la podían cantar, ni se les ocurría, porque aquella era una canción pornográfica que escandalizaba hasta a sus madres, cómo no iba a escandalizar a las monjas con aquello de: *Me siento un hombre sobre ti, con fuego dentro del alma quemando en la cama, tiemblo sintiendo tus senos, mi mariposa que muere agitando las alas haciendo el amor en sus brazos, piel de mi propio coraje, hazte rogar un poco antes de hacer el amor, viste de calma tu furia…* ¡Cómo le gustaba aquella canción a una Claudia virgen cuyos labios aún no había besado nadie!, o aquella otra que decía: *Tengo que decirte que tu mejor amiga ha estado entre mis brazos, sus ojos me pedían que la hiciera mía* o la otra de: *Fui bajando lentamente tu vestido y tú no me dejabas ni hablar, solamente suspirabas, te necesito, ven, abrázame fuerte, más, amiga, hay que ver lo que es el amoooooooooor,* o la no menos sugerente: *Amada mía, adúltera, mi gran amor, mi niña mimada, cierra la puerta y óyeme: o tú o nada,* que ésa ni mencionarla, porque una canción que dijera adúltera así, con todas las letras, era incluso peor que la que hablaba de hacer el amor. Cómo le gustaban a Claudia todas aquellas canciones que ni se les hubiera ocurrido cantar en el regreso de la excursión. Y cómo le aburrían las liebres y las sardinas y la cara adusta del señor conductor. Y estaba mirando el paisaje a través de la ventanilla cuando en éstas escucha cantar.

—*Cara al sol con la camisa nueeeeeva que TÚ bordaste en rojo ayer…*

La voz chillona de Mabel Camino destacaba por encima de las otras. A Claudia la canción le parecía tan aburrida como aquella otra de: *Montañas nevadas, banderas al viento, el alma tranquila* o la no menos triunfal de: *Cuando avance rugiente la tormenta y en mi alma ya gima el huracán, feliz con tu recuerdo soberano desafío las olas de la mar,* que iban todas en plan himnos épicos y en las que nunca se hablaba de hacer el amor, ni de entregarse, ni de las sábanas de lino, ni de adulterio ni de ná.

Y, de repente, Dorita que se levanta de su asiento hecha una furia y que les grita:

—Esa canción ya no se canta, que estamos en democracia. ¿Os enteráis, panda de fachas? ¡DE-MO-CRA-CIA!

Claudia no sabía muy bien qué significaba «facha», pero sí sabía que era un insulto muy gordo, porque un día Silvia le llamó eso a su padre porque le había montado una tremenda cuando llegó a casa a las doce de la noche y su padre le dijo: «Encima, la niñata ésta llamándome facha a mí. ¡A MÍ! ¡Lo que nos faltaba...!». Por eso se sorprendió tanto cuando Mabel Camino le respondió.

—A mucha honra, facha. ¡Y por la Gloria de Dios!

—Mema es lo que eres tú, hija, mema perdida —y Dori hubiera seguido, pero en ese momento llegó la profesora y se puso entre medias.

—Álvarez y Camino, ¡se acabó! Nada de discutir en el autocar u os castigo a venir el sábado al colegio. ¿Entendido? Pues tengamos la fiesta en paz.

Y empezó, para dar ejemplo, a cantar otra vez la puñetera canción de las liebres y las sardinas. Claudia sólo pensaba que de toda la vida habían cantado en las excursiones la canción de la cara al sol y la camisa nueva que le bordó la novia y que hasta entonces a nadie le había molestado. A ella, más que nada, le parecía una canción feísima y, además, no se sabía la letra, pero no entendía qué tenía que ver la democracia con que dejaran de cantarla. Y sobre todo, que nunca supo bien de qué trataba la canción, de amor no, desde luego, y menos cuando decía aquello de: *Imposible el alemán que están presentes en nuestro afán,* que, para colmo, allí no había concordancia ni nada, que tenía que haber sido «Imposibles los alemanes presentes en nuestros afanes». Si es que la canción, además de fea, estaba mal escrita. Le hubiera preguntado a Dorita, pero al final no lo hizo porque le molestaba admitir, una vez más, que ella sabía cosas de persona mayor, cosas como qué era de verdad una adúltera o por qué la canción de Umberto Tozzi era pornográfica.

—¿Te acuerdas de cuando en el colegio decíamos que te ibas a casar con el Príncipe? Pues se te ha adelantado Letizia, guapa.

—Ay, ni me lo recuerdes... Un día llegué a casa diciéndolo y mi padre por poco me cruza la cara. No me pegó porque nunca me pegaba, pero se enfadó muchísimo.

—¿Y eso?

—Pues verás, la cosa va pa largo, tiene que ver con la familia de mi padre.

—¿Que eran republicanos...?

—Sí, del pueblo, de Alcorisa. Allí, el jefe de la Falange local, que era un cacique, hizo migas con un mosén evangélico que no tenía nada de cristiano, don Domingo se llamaba, que mucho amor al prójimo y muchas gaitas, pero fue el cura precisamente el que denunció a la familia de mi abuelo, que vivían juntos en la misma casa, y los de la Falange se cargaron a todos los hermanos. Y a mi abuela, la única a la que dejaron viva, la apalearon durante varios días y le arrancaron el pelo a jirones. Dorotea se llamaba, de ahí me viene el nombre. Que no lo uso nunca, ahora todo dios me llama Dora. También la violaron, a la pobre Dorotea. La dejaron preñá y todo, pero abortó con una comadrona del pueblo.

—Joder, qué culebrón.

—Te diré... Después de eso, mi abuela Dorotea se fue a Madrid a servir y acabó por casarse con mi abuelo. Y mi abuelo era también de familia republicana, y a su hermano mayor le enviaron a trabajos forzados al valle de Erronkari, en Navarra, y allí murió de hambre o de agotamiento. La familia supo que había muerto porque se lo contó años después uno de los supervivientes, pero como no encontraron la tumba no pudieron pedir indemnización.

—Qué fuerte.

—Pues sí, fuerte. Así que, como comprenderás, a mi padre bastante poca gracia le hacía lo de que dijera que me iba a casar con Felipe. Tragó con lo de las monjas porque mi madre se empeñó, porque el colegio público nos pillaba muy lejos y porque el de las monjas era barato, que si no... Pero lo de que viniera a casa diciendo que me casaba con el Príncipe, ya eso no lo pasó. Por eso me cambiaron de colegio después de la básica, porque el instituto era laico y tenía fama de progre.

—¿Y a ti, siendo tan pequeña, te contaban esas cosas?

—No, qué va. Me enteré porque mi padre se afilió a una asociación de familiares de republicanos en busca de las trazas de la familia, sobre todo de la tumba del tío abuelo, el que enviaron a trabajos forzados, y allí le pusieron en la pista de toda la historia de la familia. Lo de que su madre había abortado él no lo supo hasta mucho después de que la abuela muriera. Se enteró a través de una novela, fíjate. Resulta que la partera del pueblo había escrito una especie de memorias que nunca habría querido publicar. Fortísimas, las memorias. Contaba cómo hacía los abortos a todas las mujeres de la comarca, con ruda y perejil y, al final, alguna la denunció y acabó en la cárcel. Y al salir decidió publicar el libro. Los de la Asociación se lo enviaron a mi padre porque allí se contaba la historia de su abuelo.

—Pues es un novelón, Dorita.

—Sí. Mi padre, ahora que está jubilado, está pensando en escribirla. Como allí, en Alcorisa, tampoco hay mucho que hacer... Por cierto, la próxima parada es el Ramón y Cajal, ya te tienes que bajar. Si es que se me ha pasado en un suspiro... ¿Qué pruebas te tienes que hacer?

—Nada, una tontería sin importancia. Análisis, rutinas.

—Ay, espero que no sea nada.

—Tenemos que volver a vernos.

—Claro que sí, espera, que te apunto mi teléfono.

Lo garrapatea precipitadamente y se lo tiende a Claudia, que tiene que apresurarse para alcanzar la puerta. Sólo queda en el aire el perfume de Dora y un malogrado adiós en la punta de la lengua.

En el andén se cruza Claudia con un negro alto y cree reconocer a Ferba, el padre de Mahamud. Está a punto de preguntarle si viene o va hacia el hospital, si hay algún problema en la familia, si le puede ayudar, pero no quiere pasar por la vergüenza de descubrir que ha confundido a un negro alto y guapo con otro negro alto y guapo, como ya le ha pasado algunas veces. El otro día, sin ir más lejos. Vino un negro alto y guapo a recoger a Mahamud y, justo cuando se lo llevaba de la mano, Keti se dio cuenta de que aquel negro alto y guapo no era el padre del niño. Keti se empeñaba en no dejarle llevarse al crío porque las normas lo dicen muy claro, que ningún adulto no autorizado puede recoger a un niño de la ludoteca. «Ya ha pasado más de una vez —le explicaba Keti a Claudia—, que llegó un padre a recoger a su hijo y resulta que el padre tenía una orden de alejamiento por maltrato y quería secuestrar a la criatura. De ninguna manera —insistía la gorda—, a Mahamud no se lo lleva.» Y Mahamud decía: «Pero si es Ismael, que trabaja en la tienda de mi papá». «Pues yo a ese tío le conozco —intervino Antón—. Sale con la Susana, una amiga mía, y es verdad que trabaja en una tienda.» Para colmo, el tal Ismael hablaba muy mal español, así que no parecía enterarse de por qué no podía llevarse al niño. Finalmente, localizaron a Ferba en el teléfono móvil y les explicó que no había podido ir a recoger a su hijo porque su mujer había tenido un problema en el locutorio en el que trabajaba y él tenía que atenderla. Quizá el problema de la mujer sea de salud, quizá se desmayó o algo y por eso Ferba está en el hospital, haciendo tiempo mientras a ella le hacen pruebas, imagina Claudia. El caso es que Mahamud se fue de la mano de Ismael y Claudia le preguntó a Antón: «¿Y lleva mucho tiempo tu amiga con ese chico?». «No, qué va, poquísimo; desde ayer como quien dice. Se peleó con el otro novio con el que vivía, el Silvio, y se puso a salir con éste. Pero dice mi amiga Sonia que seguro que este negro va con mi amiga para ver si se puede casar con ella y pillar papeles. Es que la Sonia, la verdad, es un poco chunga..., ya sabes, un poco pincho, y malpensada.»

La misma historia se repitió el día en el que Yamal Benani se presentó a recoger a Salim. Un hombre tan guapo, tan elegante, tan bien vestido... Dijo que Amina no podía venir y que él era un amigo de su padre. Y de nuevo Antón, que parecía conocer a todo el barrio, identificó al desconocido: «Ése es un pintor famoso, sale en la tele y todo, es el dueño de La Taberna Encendida... Ahora medio sale con La Chunga, o sea, Sonia, la chica de la que te hablaba el otro día, la malpensada, La Chunga...». Y otra vez a localizar al padre del niño para confirmar que, efectivamente, el padre accede a que ese hombre se lo lleve. Claudia recuerda que la visión del pintor le provocó una extraña impresión de fiebre, como si una fuerza oscura intentara arrastrarla a otro mundo en el que no hubiera ni Isaac ni compromisos ni compasión ni lealtades, un mundo en el que el placer propio fuera más importante que el dolor ajeno, y creyó intuir una chispa de deseo o de invitación en los ojos de aquel árabe. Y le pareció que el bebé que llevaba en su seno daba un salto. Pero Claudia sabe que es imposible que una mujer encinta note los movimientos de un feto que aún no ha cumplido los cuatro meses. «Esto es raro —pensó—. Esto es cosa de magia.» Y recordó lo que le había contado Isaac de los marroquíes y de la *sihr*. Y de la historia de Amina, una chica a la que Isaac trata y que asegura que la embrujaron. «A mí un hombre como éste podría embrujarme, seguro», pensó Claudia, y se asustó de sí misma, de sus propias dudas como agujeros, se asustó al saberse insegura de su propio presente, de esa vida que creía haber elegido pero que ahora, a veces, la espanta; insegura ante las preocupaciones cotidianas en las que su antiguo barrio, el colegio de monjas, los uniformes o los celos ya no tienen cabida ni relevancia. En su vida no queda sitio para ninguna Dorita, ni apenas para su recuerdo, ni para músicas de otro tiempo al compás de cuyas viejas notas dijo adiós a la niñez. *Amada mía adúltera...* Ella no ha sido adúltera jamás, aunque técnicamente no podría haberlo sido, porque no está casada con Isaac. Pero tampoco le ha sido nunca infiel. Y, entonces, piensa en Antón y en su mirada de cachorro, y en las veces en las que ha fantaseado con acariciar sus rizos rubios. Muchas veces, demasiadas, bastantes más de las que Antón pueda nunca imaginar. Pero el mundo no está hecho de fantasías, sino de realidades. Qué bien lo sabe Claudia, que cada día se enfrenta a las peores, a las que se esconden bajo la alfombra, a las que no se ven en televisión. Quizá por eso se ha aferrado tanto a Isaac pese a que, muchas veces, demasiadas, bastantes más de las que Isaac puede imaginar, le pone de los nervios ese tono agudo y entusiasta que emplea cuando intenta resolver conflictos, el mismo que usa en la terapia, el mismo que se utiliza normalmente para hablar con un niño pequeño. Y pese a que el cuerpo de Isaac, en la cama, le resulte un estorbo antes que un aliciente.

Isaac ronca y se mueve y no la deja dormir. Ya sólo hacen el amor los sábados, y en esas noches Isaac jadea sobre ella como un cachorro sobreexcitado y Claudia no puede evitar que la cabeza se le vaya a otras cosas, a los rizos de Antón, por ejemplo, o a los abdominales que imagina debajo de esas camisetas ceñidas que a Antón, como a tantos chicos del barrio, le ha dado por llevar. Pero ya es tarde para plantearse dejar a Isaac, imposible dejarlo precisamente ahora.

Claudia dobla cuidadosamente el papel en el que Dora ha escrito su número y lo guarda en su cartera. Aún guarda en la nariz o en la memoria el penetrante perfume de flor carnívora. No sabe si telefoneará a Dorita, o Dora, como ahora se llama. Dejaron de verse hace muchos años. Ya no podían ir juntas a casa a la salida de clase y, pese a que vivía a sólo tres portales del suyo, no se le ocurrió nunca timbrar a su casa para jugar con ella. Ella ya no jugaba. Ella tenía novio en la época en la que Claudia aún no usaba sujetador. La vio alguna vez, de refilón, desde el autobús, y su conciencia de niña todavía niña se sentía avergonzada ante la contundencia de la belleza de Dorita. Se sintió abandonada, o celosa. Es increíble que nunca volviera a verla viviendo a tres portales de su casa, pero es cierto. Después cambió de barrio, de vida, de intereses, incluso de recuerdos, y borró los de Dorita, que ahora es una extraña, alguien a quien no te apetece contarle que vas al hospital a hacerte una ecografía. O quizá sea que no quieres hablar de eso precisamente cuando acaban de contarte cómo abortó una mujer tan importante como para que su hijo decidiera ponerle su nombre a su propia hija, incluso si sabía que el nombre estaba ya pasado de moda y que todo el mundo acabaría llamando a la pequeña por el diminutivo, por muy bonito que fuera el significado del nombre.

Dorotea.

Regalo de Dios.

Y piensa: «Dora, Dora, Dora, es un bonito nombre para niña».

Regalo.

El mejor regalo que le hayan hecho nunca.

LA SIHR

Si alguna mujer le hubiese visto avanzar aquella tarde por la calle Tribulete, ensimismado, a solas con su sombra y su quimera —Isaac es un ferviente lector de Machado, como Antón, y a Claudia le hizo mucha gracia descubrir la coincidencia—, no habría pensado nunca algo parecido a «mira qué hombre tan guapo», ni siquiera «qué tipo más atractivo», ni tampoco un triste «por ahí va un feo con gancho». Peor aún, es más que probable que esa hipotética mujer ni siquiera se hubiese fijado en él, que no le hubiera dedicado ni un mísero pensamiento. Porque Isaac es un tipo del montón, escuchimizado, lacio y poca cosa, con una cara que dista mucho de ser atractiva o siquiera interesante por más que su fealdad sea expresiva. Si algo le salva de ser un feo de los de broma son los ojos sagaces y gatunos que se adivinan tras las gafas, prometedores faros que iluminan un rostro demacrado en el que, a gran distancia de la nariz aguileña y desairada, la boca de labios finísimos está apretada casi siempre en un gesto de preocupación, de manera que las comisuras casi ni se advierten, y es esa especie de hendidura que se aprecia en lo que debería ser la boca y que, para colmo, cuando sonríe, prácticamente le roza las orejas, la que le confiere a Isaac un aspecto de reptil que sin duda contribuyen a agudizar el mentón agudo, los pómulos prominentes, la frente amplia y severa y el color ligeramente verdoso de la piel. Si bien es cierto que cuando a Isaac se le conoce un poco más, la voz dulce, casi femenina, y los modales finísimos suavizan un poco la primera impresión.

Isaac, definitivamente, no es un tipo que guste a las mujeres (ni, ya puestos, tampoco a los hombres). Más de una vez él mismo se ha preguntado si no eligió su profesión precisamente para conseguir que las mujeres le hicieran caso, le admirasen o incluso, por qué no, le obedeciesen. Leyó algo al respecto en un libro de Alice Miller en el que se explicaba cómo la mayoría de los terapeutas eligen su profesión por dos razones: o bien porque han sido niños sobreparentalizados y su función desde pequeños ha sido la de intentar solucionar los problemas de sus madres, o bien porque en el fondo de su subconsciente ansían que se les preste atención y se les escuche. De hecho, Isaac conocía de cerca, lamentablemente, a algún que otro psicólogo que estaba mucho más desequilibrado que cualquiera de los clientes que pudieran llegar a su consulta y, a lo largo de más de una década de ejercicio de la profesión, se había topado con megalómanos de muchos tipos, gente que creaba una especie de secta en la que los pacientes eran los acólitos y el terapeuta el gurú.

Aquella tarde soleada, precisamente, Isaac se preguntaba si la obsesión que tenía por publicar su artículo en la revista *Salud Global* no respondería más a un afán de notoriedad que a la noble causa de intentar aproximar un avance revolucionario, de pergueñar un nuevo enfoque en el campo de la Psicología.

Isaac amaba su trabajo, pero también, muchas veces, se sentía casi harto. En algún sitio había leído que la media de vida laboral del trabajador social ronda los tres años, que la mayoría acaba pidiendo la baja por depresión. A veces le entraban ganas de hacer lo mismo. Sabía de sobra que nunca hay que dar de lado a la mujer maltratada, que, por mucho que la paciente decida volver a convivir con su verdugo, el terapeuta debe estar siempre ahí, sin juzgar ni recriminar, como figura de referencia, dejando claro que la salida siempre queda disponible por si ella un día quiere utilizarla. Ésa era la teoría. Pero resultaba sumamente complicado ajustarse a ella cuando uno se topaba con mujeres que se presentaban el lunes en el taller contando historias de auténtico terror (él me ignora, me insulta, me grita, me amenaza, me sacude) y convencidas, en principio, de que querían una nueva vida, y que a partir del viernes no volvían a dar señales de vida, todo para reaparecer al cabo de un mes con la misma monserga, o incluso peor. Porque de nada había servido la charla con Isaac ni el trabajo de grupo. Llegaban al taller, se desahogaban, se hacían las mártires incluso, y volvían después con su pareja. Por no hablar de las que simple y llanamente mentían. La que se inventaba palizas inexistentes para quitarle la custodia de los niños al marido que la había dejado por otra; la picotera y malmetiente incapaz de refrenar su reconcomio, a la que encendía cualquier observación banal y que se convertía en una verdadera amenaza para el trabajo de grupo; la que aparecía en la casa de acogida el 17 de diciembre para irse el 8 de enero, bien sabedora de que en la casa de acogida hay cena de Nochebuena, comida de Navidad, desayuno de Reyes con Roscón y regalos para los niños en todas esas ocasiones (Isaac mismo recuerda cómo los niños le decían: «Mi mamá sale a verse con mi papá todas las tardes, y a veces nos lleva con ella para que le veamos»); o la inmigrante que ha obtenido la nacionalidad mediante el matrimonio con un pardillo y que denuncia después unos malos tratos inexistentes, garantizándose la permanencia en el domicilio conyugal, que debe abandonar inmediatamente el supuesto maltratador. Por supuesto, hecha la ley hecha la trampa, e igual que hay gente que defrauda al seguro, hay alguna mujer que presenta denuncias falsas, pero no por eso nadie dice que se declaren ilegales los seguros, aunque algún gilipollas sí diga que haya que cambiar la Ley de Violencia de Género. Isaac conoce historias de falsas denuncias, algunas, es cierto, pero sobre todo conoce la historia contraria: la de la mujer que sufre maltrato pero se niega a denunciarlo. Porque a su grupo de apoyo llegan todo tipo de mujeres. Algunas vienen desviadas desde Servicios Sociales y a otras se les aconseja ir a Casas de Acogida. Y las hay que, como Cristina y Esther (las dos únicas españolas del grupo), acuden religiosamente lunes, miércoles y viernes. Pero de ésas hay pocas. Las mayoría se dejan ver durante dos o tres sesiones y luego no vuelven a aparecer. Las más vienen y van como la falsa moneda, y sus historias se repiten: los maltratadores fingen el arrepentimiento con arte y refinado histrionismo. A las borracheras y a las palizas les suceden el recogimiento solitario en el hogar, las promesas encendidas pronunciadas en medio de derroche de lágrimas y suspiros, el firme propósito de enmienda expresado en voz alta y clara y las fervientes declaraciones de amor. Y el corazón ingenuo de la mujer se deja reblandecer en la confianza cómoda y fácil de los camelos del novio o el marido hasta que las tornas cambian y otra vez ellos a sus borracheras y a sus palizas, y ellas a gritar bien alto que esto se va a acabar aunque en el fondo parece que desean que dure toda la vida. A veces Isaac piensa que las mujeres del barrio están tan dispuestas a creer mentiras porque andan ávidas de cosas gratas y placenteras como compensación a la vida tan perra que arrastran, a las interminables jornadas de trabajo malpagado, a las miradas de mal disimulado desprecio que se abaten sobre ellas en los vagones del metro.

Por eso le interesó tanto a Isaac el caso de Amina: porque era distinto. Porque el hecho de que Amina estuviera tan convencida de que le habían hechizado aportaba un sesgo especial a su historia. Es posible que Amina le interesara también por su belleza, imposible negarlo puesto que Amina era con diferencia la mujer más bella de las que integraban su grupo. Un terapeuta debe ser el primero capaz de analizar las razones más profundas de sus actos, así que Isaac no se negaba a sí mismo que si se fijó en la marroquí fue antes por sus ojos que por su historia. Es probable que si la misma historia la hubiese relatado una gorda cuya mirada no tuviera el lustre suntuoso de la de Amina y no transportara la misma sugerencia de un mundo desconocido e inaccesible, de un encanto doloroso, la idea de publicar un artículo sobre el caso no le hubiese siquiera rondado la cabeza. Y también había de admitirse a sí mismo que tras la idea de publicar el artículo subyacía un afán de notoriedad, de protagonismo, una necesidad de ser tomado en cuenta y admirado. Porque Isaac necesitaba que le admirasen.

Hace casi veinte años sedujo a Claudia siguiendo la táctica de Laclos: «Toda fortaleza asediada acaba por caer». Y si ella, que era una de las chicas más guapas de la clase, se enamoró de él no fue, evidentemente, por su atractivo, su inteligencia y su talento, sino porque le admiraba, o al menos eso es lo que él creía, lo que necesitaba creer. Isaac era el que hacía las intervenciones más brillantes en clase, el que presentaba los trabajos mejor argumentados, el que obtenía las más altas calificaciones. También era el que traía y llevaba a Claudia desde su casa a la facultad, pese al enorme gasto en tiempo y en gasolina que el favor le suponía (tenía que levantarse casi una hora más pronto para ir a recogerla cada mañana), el que le prestaba los apuntes y los libros, el que le acompañaba a la biblioteca para ir a buscar bibliografía... Fue durante un año paño de lágrimas y confidente de Claudia, y escuchó pacientemente las quejas que su amiga desgranaba a propósito de su novio de entonces, todo ello sin permitirse jamás la menor insinuación o aproximación. Dueño de su voluntad hasta el extremo, Isaac se las componía admirablemente con sus nervios para que no se le notara la excitación. Hasta que, en el segundo año de carrera, y absolutamente convencido ya de que Claudia era el amor de su vida, se inventó una novia a la que supuestamente veía todos los fines de semana. La bautizó Vanessa y la adornó con un montón de cualidades: era alta, inteligente, elegante y moderna, algo mayor que él. Y con la excusa de que Vanessa le reclamaba tiempo y dedicación, empezó a escamoteárselos a Claudia: Hoy no te puedo acompañar a la biblioteca, mañana no podré llevarte a casa después de clase, esta tarde no me puedo quedar contigo en la cafetería porque ya he quedado... La táctica era arriesgada y además le hacía sufrir a él más que a Claudia, porque cada minuto en su compañía al que Isaac renunciaba voluntariamente le pesaba como tres horas de amargura. Pero no cejó en el empeño. Y luego pasó a la segunda fase, empezó a quejarse de Vanessa en sus conversaciones con Claudia, tal y como Claudia solía hacerlo de su novio. Es demasiado absorbente, demasiado frívola, demasiado posesiva, no me entiende... Y cuando hizo la pregunta decisiva: «¿Tú, crees, Claudia, que debería dejarla?», y Claudia contestó: «Pues me parece que sí», supo que la técnica, pese a ser clásica y previsible, había funcionado de maravilla. Y acto seguido se permitió decir la frase tanto tiempo ensayada ante el espejo, la que llevaba año y medio deseando exclamar en alta voz: «Pues me parece que tú también deberías dejar a Tom».

Durante años no había dudado jamás del amor de Claudia. Ella le consultaba para todo. En los tiempos de la carrera, él supervisaba y corregía los trabajos que ella debía entregar y, más tarde, Isaac editó su currículum y preparó con ella las entrevistas de trabajo, asumiendo el papel de entrevistador en los ensayos que ella hacía del futuro encuentro. Y fue gracias a la recomendación de Isaac que Claudia entró a trabajar en La Casita. Cuando Claudia tenía problemas con algún niño y no sabía qué actitud tomar, discutía el caso con Isaac en casa, en la cena, y no hubiera prestado mayor atención a los consejos que él le daba si él hubiera sido un sacerdote y ella la beata más devota. Pero durante el último año la actitud de Claudia había cambiado de manera tan gradual que casi hubiera sido imperceptible para un compañero menos enamorado que Isaac y menos dependiente de la admiración de su pareja o para alguien, quizá, que no fuera tan extremadamente metódico y observador, que no encajara su vida en un programa tan irreductible. Isaac la notaba mucho más distante, menos entregada. Claudia decía que llegaba a casa muy cansada y la mayoría de las noches ni siquiera quería cenar con él, picoteaba algo de la nevera y se iba al salón a tumbarse frente a la tele con la mirada perdida. A las preguntas o afirmaciones de Isaac contestaba con monosílabos: «sí...», «no», «pss», aunque a veces aventurara un «bueno...» o incluso un «¿por qué no...?». Ya no se colgaba de su brazo cuando caminaban juntos por la calle y en las sesiones de cine, cuando Isaac agarraba una de sus manos blancas y pequeñas entre las suyas nudosas como sarmientos, la encontraba siempre lánguida, nada receptiva, como si estuviera cogiendo la de una muñeca de trapo. Y él siempre se sentía en el límite de la desesperación, rozándola sin llegar a abrazarla, como el escalofrío que precede al llanto. Pero no había nada concreto, tangible, que pudiera reprocharle. Claudia llegaba a casa siempre a la misma hora e Isaac no había encontrado mensajes sospechosos en el buzón de entrada de su teléfono (le avergonzaba reconocer que a menudo curioseaba el móvil de Claudia cuando ella estaba en el cuarto de baño). Tampoco Claudia le había gritado jamás ni le había faltado al respeto. Se trataba simplemente de un desinterés que se iba filtrando casi imperceptiblemente en su convivencia: ella ya no le miraba, ya no le escuchaba, ya no le trababa de la misma manera. Pero todo era tan sutil que él no tenía, aparentemente, nada de qué quejarse. Sin embargo, estaba preocupado. Peor aún: estaba asustado. Y se preguntaba si, de no dudar tanto de Claudia, se habría fijado en Amina.

Y para acabar de empeorar las cosas, vino lo de la búsqueda del bebé. A Claudia le encantaban los niños y no por casualidad había escogido un trabajo en el que tenía que relacionarse con muchos. Siempre, desde que Isaac la conociera, había expresado a menudo su deseo de ser madre, e Isaac no dudaba de que cumpliría el papel a la perfección. Habían esperado a contar con una situación más desahogada, a tener el piso amueblado, a que les hicieran a ambos fijos en el trabajo, para decidirse a intentarlo. Y fue entonces cuando Claudia dejó la píldora y empezó a tomar cápsulas de aceite de onagra, que presuntamente favorecen la fertilidad, o al menos eso le había asegurado la dependienta del herbolario de la calle Tribulete. Y cuando se propusieron hacer el amor cada sábado, Claudia llenaba la casa de incienso, encendía velas en el dormitorio, elegía la música adecuada... Rituales que Isaac encontraba cursis pero que no criticaba, por si las moscas. Parecía que lo tenían todo a su favor, trabajos fijos, no bien remunerados pero que les gustaban, total confianza el uno en el otro, el piso amueblado, una habitación luminosa para el futuro bebé... Lo tenían todo a su favor menos lo más importante: la propia naturaleza. Porque el bebé no llegaba. Pasó un año, y luego otro. Claudia se hizo todo tipo de pruebas y los médicos fueron unánimes en su diagnóstico: el problema no era suyo, nada en los exámenes o análisis revelaba ninguna incapacidad para la concepción. Por fin, el médico de cabecera recomendó que Isaac se hiciera un seminograma.

Le metieron en una habitación con un vasito y un montón de revistas de profusa información gráfica y dudoso gusto. Mientras ojeaba fotos de unas mujeres desnudas que no le decían nada, a Isaac lo único que se le ocurría pensar eran tonterías del tipo: «Ésta, con las caderas tan estrechas, va a tener problemas en el parto», o «con tanta silicona, ésta no podría amamantar a un bebé». Al final, se masturbó pensando en Claudia, pero no en la Claudia con la que convivía, sino en la Claudia de los veinte años, su compañera de facultad, su mejor amiga, la de aquellos primeros tiempos del amor, la de la época en la que los abrazos fluían con naturalidad, en cualquier parte, en el coche, en el portal, cuando se sucedían tan presurosos que costaba hasta contarlos, sin que hubiera que recurrir a música, incienso o velitas. Se corrió pensando en la Claudia de aquellos días lejanos de horizontes abiertos para tender galopes. Quizá fuera porque la nostalgia recubría de azúcar aquellas escenas del pasado por lo que casi parecía que la Claudia que fue ocupara un lugar más significativo en su vida que la Claudia con la que compartía piso y rutinas, como si estuviera enamorado de una Claudia proyectada.

Transcurrió una semana de ansiedad e impaciencia hasta que llegaron los resultados, pero al médico no le acabó de convencer lo que decía en el papel. Isaac tuvo que hacerse una segunda prueba. Y una tercera. El diagnóstico no se hizo esperar: astenospermia. Espermatozoides vagos, con poca movilidad. Resultaba ridículo pensar que había dos tipos de espermatozoides, los vagos y los trabajadores, y que a él, que se levantaba cada día a las siete de la mañana, que trabajaba casi cincuenta horas por semana, le habían tocado en suerte los primeros. «¿Usted fuma?», le preguntó el doctor. «Ya sabe, hay muchos factores que pueden influir en la calidad del esperma: el tabaco, el alcohol, el calor, el estrés...» Isaac no fumaba y apenas bebía excepto en las celebraciones, con lo que la ironía se hacía aún más cruel. Para colmo, el recuento de espermatozoides resultó ser reducido. Y un nuevo palabro se añadió al anterior: oligozoospermia. «Esto no significa forzosamente que usted no pueda concebir.» —Les aseguró el médico, prudente—. «La Medicina no es una ciencia exacta, y he visto casos como el suyo en que la mujer ha quedado embarazada, pero es cierto que han sido contadas excepciones. En general, los médicos consideramos que las parejas que no han podido conseguir un embarazo en el plazo de tres años o más tienen pocas posibilidades de concebir en los doce meses siguientes sin intervención médica. Por eso, yo les recomiendo una fecundación in vitro, porque existe la posibilidad de obtener entre su muestra espermática algunos espermatozoides sanos con los que fecundar a su pareja. Pero debo advertirles de que se trata de un proceso prolongado, y caro.»

Claudia no quiso ni oír hablar de la in vitro. Había escuchado muchas historias de mujeres que se habían hecho hasta cinco fecundaciones que no habían funcionado, mujeres a las que atiborraban de hormonas en los meses previos a la intervención y que se pasaban todo ese tiempo deprimidas y de mal humor, como si estuvieran constantemente premenstruales, mujeres que se dejaban auténticas fortunas en los intentos, a cinco mil euros cada fecundación. «Sólo tres de cada diez se quedan embarazadas, lo he leído —dijo ella—, y se trata de una técnica cara, poco eficaz y de utilidad poco comprobada, que somete a la mujer a riesgos de salud que pueden llegar a ser muy serios.» Isaac sugirió la adopción o la acogida. «De momento no quiero pensar en ello, ya hablaremos más adelante», le respondió Claudia, evasiva. Y, desde entonces, Claudia evitó el tema en todas las conversaciones con el mismo cuidado con el que las abuelas supersticiosas evitan mentar a la bicha. Y a Isaac este desinterés le pareció la confirmación de que Claudia se estaba planteando dejarle, de que le toleraba simplemente como compañero de viaje, de que le guardaba fidelidad en medio de la desgracia más por deber que por amor; y desde entonces cada día le parecía más arduo y empinado, más difícil de escalar, consumido Isaac por una ansiedad que le contenía y le devoraba, obsesionado como estaba por saber cúanto tiempo podría seguir disfrutando por las noches del aroma dulzón de la respiración de Claudia, del contacto de su cuerpo tibio y de la contemplación exacta y serena del perfil de una Claudia dormida sobre la almohada, refugiada en un país de sueños al que Isaac no tenía acceso y en el que ella adquiriría su forma más secreta, probablemente la única real.

Esta preocupación le rondaba la cabeza cuando llegaba a la plaza de Lavapiés y, para espantarla, decidió empezar a repasar mentalmente los que serían los puntos centrales de la argumentación de su artículo, cuando finalmente lo escribiera.

El caso de Malika G —la llamaba Malika porque había decidido ocultar el nombre real de Amina— evidencia cómo los síndromes psiquiátricos mayores, si bien son fenomenológicamente universales, están determinados en su expresión clínica por factores culturales. Su historia nos ejemplifica cómo la enfermedad mental y la experiencia religiosa son inseparables en algunos casos. La explicación de este caso nos sirve para entender por qué debemos conocer el marco cultural de nuestros pacientes antes de aventurar un diagnóstico o un posible tratamiento, puesto que a veces es enorme el papel que desempeñan la red familiar y las creencias religiosas en la manifestación simbólica de un hecho traumático. Por lo tanto hay que tener en cuenta que los aspectos culturales modelan y dan forma a la presentación de una enfermedad. En otras palabras: que, no existiendo formas clínicas propias de una cultura dada, cada cultura facilita cierto tipo de comportamiento.

A sus diecinueve años, Malika G. asegura ser virgen. Ha tenido algunos novios con los que no ha llegado más allá de los besos. Tras romper su compromiso matrimonial con un hombre que la sometía a un intenso maltrato psicológico, Malika tiene planes de casarse con otro. Acude al grupo de terapia aconsejada por una amiga, pues sufre crisis de ansiedad.

Malika, que trabajaba como asistenta, relata cómo fue abordada por el dueño de la casa en la que prestaba sus servicios, el cual la besó y la incitó a mantener relaciones sexuales. Malika no recuerda nada a partir de ese momento, asegura que se desmayó y que más tarde se despertó sola, tumbada en el suelo, sin rastro de su empleador. Quien esto escribe llegó a sospechar en algunos momentos que el relato pudiera ser un sueño o fantasía de Malika.

Tras el incidente, fuera fantasía o realidad, Malika no volvió a pisar la casa en la que trabajaba. Desde entonces, Malika empezó a manifestar algunos síntomas impresionantes como cambios en el tono de la voz, sensación de presencia extraña en diferentes partes del cuerpo, pérdidas de conciencia, agitación, delirio, anorexia, discurso incoherente, alteración drámatica del humor e, incluso, algunas crisis que pudieran ser manifestaciones sintomáticas de tipo epiléptico. Todos estos síntomas probablemente fueran consecuencias somáticas de un síndrome de estrés postraumático.

La madre de Malika recurrió a la ayuda de una amiga de la familia a la que atribuye poderes de videncia, y que les aseguró que Malika había sido hechizada por el dueño de la casa en la que trabajaba. La madre de Malika decidió pues recurrir a un *Fquih* (maestro coránico) de su ciudad natal, un hombre con saber y habilidad en la aplicación de preceptos religiosos y conocedor de la ciencia esotérica, que elaboró un talismán para la muchacha, el cual muy problablemente funcionó como placebo, pues la crisis histérica de Malika (como nosotros la consideramos) remitió notablemente.

Malika sigue sufriendo a día de hoy ataques de ansiedad y crisis de pánico, y está convencida de que fue hechizada.

El discurso etiológico marroquí privilegia las figuras psicopatológicas que remiten a creencias como la posesión o los hechizos. En el caso de Malika, al atribuir la razón de sus cambios a un hechizo elaborado por su atacante, situó el origen de su problema en un acto externo, de forma que evitaba reconocer la atracción sexual que ella sentía por su patrón. La experiencia que relata bien pudo haber sido una fantasía o no, pero lo que nos resulta evidente es que Malika experimentaba un deseo sexual por el hombre al que acusa de haberla hechizado. Por lo tanto, o bien Malika inventó el relato de la seducción y el posterior desmayo, o bien la seducción existió realmente y Malika no se opuso a ella. En cualquiera de los casos, el sentimiento de culpa que Malika experimenta debido al deseo que siente por un hombre que vive con otra mujer se suaviza si atribuye al seductor unas cualidades sobrenaturales. De esta manera, Malika evita admitir sus propios deseos y apetencias al elaborar un discurso mágico según el cual ella no pudo rechazar los avances de su seductor dado que éste la había hechizado.

El delirio de Malika remite a una frustración sexual y una culpabilidad casi patológicas y en torno a ella existe una concentración notable de repercusiones somáticas acompañantes. Nosotros creemos que Malika presentaba un cuadro depresivo en forma de quejas hipocondríacas y de estado delirante persecutorio, consecuencia de varios factores, entre ellos el sentimiento de culpabilidad y la experiencia de maltrato psicológico que estaba viviendo en la relación con su prometido. La mayoría de los síntomas remitieron cuando el Fquih aseguró haberla exorcizado. Sin embargo, Malika sigue sufriendo ataques de pánico y crisis de ansiedad, muy probablemente porque los problemas de fondo —la represión de Malika y la culpabilidad derivada de las presiones de una familia muy tradicional— no se han solucionado.

El problema de Malika se sitúa entre la creencia tradicional y la expresión subjetiva. Puesto que en la tradición magrebí es constante un discurso apoyado en temas persecutorios de tradición y hechicería, a Malika le resulta más fácil elaborar su problema inventando una historia de posesión que admitiendo la atracción que sentía por su seductor e incluso reconociendo un encuentro sexual que ella asegura no recordar pero que, con mucha probabilidad, tuvo lugar y probablemente fue consentido —en el caso de que el relato de Malika no fuera una fantasía—. La experiencia delirante de Malika (su «posesión») se vivió con la mayor naturalidad por su entorno familiar y social, de forma que a la paciente le fue fácil incluir su relato en una historia donde se integraban las creencias tradicionales de su cultura.

La historia de hechizo y posesión permite a Malika comunicar, de una manera simbólica, una experiencia subjetiva que ella no puede admitir. El hechizo que Malika creyó sufrir se ha convertido en un idioma cultural que nos transmite el profundo conflicto psicológico tanto individual como interpersonal de la joven...

Embebido en la redacción mental de su artículo, Isaac llegó a la plaza de Lavapiés, la cruzó tras entrar por la Fe y, en la esquina con Salitre, frente a la parroquia de San Lorenzo, se plantó en la puerta misma de La Taberna Encendida. ¿Habían sido sus pies los que le habían conducido hasta allí? El caso es que Isaac, en principio, tenía pensado coger el metro en la estación de Lavapiés, y no entraba en sus planes tomar nada en la taberna. Pero, sin duda, al estar su pensamiento concentrado en Amina, sin darse cuenta se había dirigido de forma inconsciente al local propiedad de Yamal Benani. ¿Le estaba buscando? Quizá. Al fin y al cabo, Yamal era, según Amina, quien la había hechizado, así que antes o después le vendría bien conocerle, pues así conseguiría más información para redactar su artículo. ¿Tenía posibilidades de encontrar a Yamal en el bar? Pocas. La misma Amina le había explicado a Isaac que Yamal dormía de día y vivía de noche, que era cuando o bien salía hasta las tantas o bien se quedaba en el estudio a pintar. Además, por lo que a Isaac le habían contado, la taberna abría sólo por la noche, así que debería estar cerrada... y, sin embargo, se atisbaba luz en el interior, tras los cristales tintados del local, y le llegaba un penetrante olor a incienso. Convencido de que la taberna no estaba vacía, Isaac empujó suavemente la puerta, que cedió.

—¿Hola? ¿ Hay alguien?

—Estamos cerrados —le respondió una voz desde el fondo—, no abrimos hasta las nueve.

Era profunda y oscura, con un matiz envolvente, muy masculina. Isaac pensó inmediatamente que tenía que tratarse de Yamal. Siempre le había imaginado con una voz parecida, como de actor de doblaje. El aroma a incienso se intensificó.

—¿Usted es Yamal Benani? —preguntó.

—Yo soy, hermano. ¿Quién me busca?

—Bueno... Yo... Es que vivo en el barrio y... Bueno, me habían dicho que el propietario de este local era Yamal Benani, el pintor, y como admiro mucho su obra, tengo curiosidad...

Lo cierto es que Isaac no admiraba poco ni mucho la obra de Yamal. De hecho, Isaac apenas sabía de arte. Pero al menos conocía los cuadros. Cuando Amina contó su historia en el grupo, Isaac había *googleado* a Yamal y accedido a una galería virtual en la que había un site dedicado a las obras de Benani. Isaac las había examinado una por una con detenimiento y había leído los comentarios y reseñas que las acompañaban.

—¿Te interesa el Arte, hermano?

—Sí, mucho... Bueno, yo he estudiado Historia, pero estoy haciendo una tesis sobre expresiones artísticas contemporáneas en la España de la multiculturalidad... —mintió Isaac, porque pensó que si Yamal tragaba el anzuelo, quizá se avendría a responder a algunas preguntas.

—Pero ven, entra... No te quedes ahí, en la puerta, que casi no te oigo...

Isaac avanzó hacia el fondo del local. Cuando apenas había dado tres pasos, le reconoció. Yamal estaba sentado en un taburete, escribiendo algo en un cuaderno sobre la barra, al lado del sahumerio azul en el que, evidentemente, se estaba quemando el incienso que aromatizaba el local y del que emanaba una fragante columna intermitente de humo blanquísimo, como jirones de nube. En el site de Internet publicaban una foto del pintor que no le hacía justicia. Cara a cara, Yamal Benani era mucho más atractivo, tal y como Amina lo había descrito. Tenía el pelo negro y rizado, la piel color canela, la frente amplia, las cejas espesas, la boca de dibujo regular, la nariz intachablemente recta, la mandíbula tan firme como si se la hubieran diseñado con escuadra y los ojos muy grandes y profundos, de un color verde oscuro, sin sombra, húmedos y brillantes como las hojas después de la lluvia, unos ojos que sugerían fértiles inundaciones cíclicas. Llevaba puesta una *yilaba* blanca que acentuaba más aún sus colores y su aspecto exótico. Yamal Benani podría haber posado para un anuncio de perfume caro, y su imponente aspecto hizo más consciente a Isaac de su propia fealdad.

—Estaba revisando las cuentas del bar... Una tarea muy aburrida. Pero si no lo hago de cuando en cuando mi encargado me roba, ¿sabes?... Aunque ya estaba a punto de acabar.

—Me siento muy honrado de conocerle, señor Benani. No me considero un gran experto en Arte. De hecho, mi tesis es más bien social, pero sí soy un admirador de su obra...

—Pero no me llames señor Benani, hermano, me llamo Yamal. ¿Y tú?

—Isaac.

—¿Eres judío?

Isaac creyó percibir una cierta prevención en la voz de Benani

—¿Judío, yo? No, no, qué va. De Carabanchel de toda la vida. ¿Por qué lo dice?

—Por el nombre. Es judío.

—¡Ah! Sí, claro. Pero mi madre no me lo puso por eso. Yo creo que mi madre ni siquiera sabe que el nombre es judío, si le digo la verdad. Verá... cuando mi madre estaba embarazada la familia de mi padre quería que me llamara Eusebio, como se llamaba mi padre y mi abuelo. Y mi madre se negó. Y se compró un libro de esos que hacen una lista de nombres con sus significados. Bueno, pues según el libro, Isaac significaba «El hijo de la alegría». Y como mi madre se llama, precisamente, Alegría, pues por eso me puso el nombre...

—Es una historia muy bella esa que cuentas. Casi parece una leyenda. De todas formas, si alguna vez tienes que viajar a un país árabe casi sería mejor que en tu pasaporte te llamaras Eusebio... Es una broma. Bueno, pues aquí estamos... ¿Quieres tomarte algo? Te puedo invitar a una cerveza, aunque no podré compartirla contigo, porque yo no bebo alcohol.

—Es curioso que un abstemio sea dueño de un bar...

—No tanto. En realidad, cuando me hice con el traspaso del local mi idea era la de montar una pequeña galería de arte. Pero luego, cuando intenté llevar a la práctica el proyecto, descubrí que era mucho más complicado de lo que esperaba. Los galeristas tienen montado su propio sistema endogámico, casi una mafia, y no es fácil que dejen entrar a un recién llegado. Así que opté por dejar las cosas como estaban y, como el local tenía licencia de bar, me dije ¿por qué no? Y, de momento, va bien así. Quizá en un futuro abra la galería, quién sabe...

—¿Para exponer sus propias obras?

—No, eso no puedo hacerlo porque he firmado con mi marchante un acuerdo de exclusividad. Aunque lo cierto es que algunas de mis obras ya están expuestas aquí. Pero se trata, claro, de trabajos sin valor, de cuadros de juventud, sin firmar. El humo, como sabes, estropea mucho las pinturas, y la humedad tampoco es muy buena para la conservación... Yo no dejaría obras de verdadero valor en un local sin acondicionar. Simplemente he colgado algunos viejos cuadros a los que tengo especial cariño... ¿Ves éste? —y Yamal señaló un enorme lienzo situado a su izquierda—. Lo pinté cuando aún era estudiante, en París, es una reinterpretación de un cuadro de uno de mis maestros, Rachid Sebti, un pintor maravilloso. *Magia del Incienso,* se titula.

La pintura representaba a tres mujeres de formas opulentas, largas cabelleras negras y pies sensualmente decorados con *henna,* envueltas en lo que parecían ser sábanas, yaciendo sobre una alfombra, a un palmo de un sahumerio o brasero del que emanaba una columna de humo que se elevaba hacia el techo en espirales y que evocaban simbólicamente, al revolverse en nada, los sueños de las tres beldades, que parecían dormidas.

—El cuadro no tiene mucha calidad artística, pero para mí posee un gran valor sentimental. Evoca una época que apenas me dio tiempo a disfrutar, cuando vivíamos en Marruecos, antes de que mi padre se separara de mi madre. Yo era entonces un niño, apenas tendría seis o siete años... Antes de que apareciese la gran luna de la fiesta de 'Achoura, mi madre y mis tías se engalanaban como princesas y subían a la azotea encalada. Llevaban unos braseros en los que quemaban un incienso mágico y en donde echaban amuletos mientras salmodiaban, con los ojos fijos en la luna y las manos tejiendo arabescos alrededor del brasero, las fórmulas mágicas del *Qbul*...

—¿El qué?

—El *Qbul*... Es... Cómo decirte.... Un ritual, un ritual de seducción reservado a las casadas que embruja a los maridos para siempre. Y en cuanto mi madre terminaba de recitar el *rubí,* un poema de seducción que había escrito ella misma, unos *djinns* poderosos se movilizaban hacia mi padre... O eso creía ella...

—¿Yins...?

—Genios. Los *djinns* son los genios. De todas formas los *djinns* no fueron muy efectivos, porque mi padre repudió a mi madre poco después. Por eso el cuadro me trae recuerdos agridulces... A mí me encantaba la 'Achoura, la fiesta de los niños. Nos regalaban golosinas... En Marruecos la 'Achoura es una fiesta para niños, nos dan bombones y caramelos y se organizan juegos, ¿sabes? Y a mí mi madre y mis tías me mimaban como al rey de la casa... Era el único niño varón, imagínate...Tengo recuerdos maravillosos... Como yo estaba tan mimado y no me negaban nada, me dejaban contemplar los preparativos del ritual.

Recuerdo perfectamente el aroma del *bkhour* que utilizaban —esta vez Isaac no necesitó preguntar, el propio Yamal se apresuró a hacerle la aclaración—. El *bkhour* es una mezcla de inciensos, sabes... Contiene, entre otros, dos inciensos muy poderosos y efectivos: el *jawi* y el *fasukh,* que son los que deben usarse en la magia. Precisamente el incienso que estoy quemando ahora es *jawi*, muy difícil de encontrar, me lo traen expresamente desde Tánger. Mi madre era libanesa, había leído mucha poesía sufí y creía firmemente en la magia, y en *'al-Isti'dad...*

En aquel momento, Yamal se quedó mirando el vacío como atrapado en las propias redes del recuerdo. Isaac, que no sabía bien qué hacer, tardó un rato en preguntar:

—¿Istidad..?

—Es un término difícil de traducir. Se refiere a la predisposición, la receptividad, la capacidad de cada uno para reflejar la inmutable esencia de Alá. Por eso es El Deseo. Porque uno no recibe nada de la vida si no aclara primero su Deseo. Pero la mayoría de los hombres y las mujeres no saben bien lo que desean, y por eso no lo obtienen, porque se pierden en falsos deseos. Creen que anhelan un coche, o una casa, o la fama, o el amor de una mujer determinada, pero ésos no son sus verdaderos deseos. Por ejemplo, hay hombres que desean a cierta mujer y no a otra porque ven que los demás hombres la codician, no porque siempre la hayan amado. Y eligen a la mujer equivocada, a la que no les convenía. También sucede a veces, en este mundo occidental, que muchos creen desear lo que la publicidad les ha metido en la cabeza. Pero el deseo real es algo mucho más profundo, cada uno tenemos uno en la vida. Y debemos aclarar muy pronto cuál es, para concentrarnos en su búsqueda.

—¿Y usted ya se ha aclarado?

—Sí, sin duda. ¿Y tú? ¿Sabes cuál es tu Deseo?

Isaac cerró los ojos sin darse cuenta, olvidado de la tarde que fuera del bar ya se iba haciendo noche, atrapado en un vaivén de entresueño, en aquel recodo concretísimo del tiempo y sometido al azar del hallazgo de Yamal. Publicar mi trabajo, pensó. No, rectificó al instante, ése no es mi verdadero deseo. No rige mi vida, no es lo que más quiero. Este deseo no es sino la consecuencia de otro: que me admiren, que me quieran. Si ahora mismo tuviera que pedir un deseo, creo que sería que Claudia no me dejara nunca.

La voz de Yamal le devolvió a la realidad.

—Por la expresión de tu rostro, deduzco que sí, que lo sabes. Ahora sólo tienes que concentrarte en obtenerlo. No... no abras los ojos.

A Isaac no le resultaba difícil concentrarse. Al fin y al cabo, en el grupo de terapia practicaban a menudo ejercicios de visualización. Trató de recrear a Claudia en la imaginación, en recomponer su imagen como una fotografía mental. Claudia, castaña clara, ojos verdiazules, un metro sesenta, cincuenta y pocos kilos, un pequeño lunar a la altura de la boca, mamífero vertebrado hembra. Claudia cercana y distante a la vez, Claudia a la que no quería nunca dejar de llamar suya, por machista que el término resultara. El aura obsesiva del incienso quemando sus perfumes se le colaba en el deseo, y lo endulzaba. ¿Qué silencioso aceite voluntario transportaría su deseo desde el corazón de lo finito —Claudia— a lo infinito? El humo consagraba su devoción y, aromada y sutil como el incienso, él iba construyendo una plegaria que, con el humo, escalaba hacia el cielo. Se diría que aquella niebla densa le estuviera intoxicando: empezaba a alucinar, como drogado.

Más tarde, Isaac se sentiría incapaz de precisar cuánto tiempo podía haber pasado en aquel estado de ensoñación. A él le parecieron horas. Hasta que en algún momento sintió una presión en el hombro y la voz acariciadora de Yamal volvió a bajarlo a la tierra.

—Hermano, ¿estás bien?

—Sí, estoy perfectamente. Creo que un poco mareado...

—Te entiendo, el *jawi* marea, sobre todo a quien no está acostumbrado, y más en un local cerrado. Deja que te acompañe a la calle, creo que necesitas tomar el aire. Además, tengo que abrir el bar.

Isaac se dejó llevar por Yamal hasta la entrada del local. Ya en el dintel de la puerta se dio cuenta de que la tarde había caído dejando paso a la noche. Yamal miró al cielo y señaló una luna redonda, presagiante, que se mostraba plena y desnuda, sin la sombra de ninguna nube. Daba la impresión de que si Isaac extendiera un poco el brazo podría cogerla en la palma de la mano, pues nunca antes la había visto tan inmensa.

—No sabía que hoy era noche de luna llena... —susurró conmovido ante el espectáculo.

—En otra noche no me habrías encontrado —le dijo Yamal. Y, como si aquellas extrañas palabras sirvieran de despedida, cerró la puerta del bar y desapareció tras ella, dejando a Isaac aturdido y confuso.

Llegó a casa todavía mareado, y cuando Claudia le preguntó por qué había llegado tan tarde no se atrevió a contarle la verdad y se inventó una historia de una avería en el metro. No es que hubiera nada que no se pudiera contar acerca de la experiencia que había vivido, nada reprobable o vergonzoso, es que no sabría cómo contarla, pues él mismo no acertaba a explicarse lo que había sucedido. Claudia, de todas formas, no parecía enfadada, ni siquiera molesta por el retraso. Una prueba más de su indiferencia.

—¿Has visto la luna? —preguntó Isaac.

—No ¿qué le pasa a la luna?

—Ven a la terraza.

Claudia se dejó llevar de la mano, sin demasiado entusiasmo. Sobre los tejados del Madrid antiguo la luna esparcía su luz blanca.

—Qué pasada... —exclamó Claudia.

—¿Quieres que traiga dos copas y brindemos a la luz de la luna? Todavía nos queda una botella de cava de la cesta de Navidad del año pasado —propuso Isaac.

—¿Para qué? —Claudia, poco acostumbrada a detalles similares por parte de su novio, se mostraba visiblemente extrañada—, ¿tenemos que celebrar algo?

—No, mujer, pero... No sé, he visto la luna tan bonita...

Claudia esbozó una sonrisa de alegría y sorpresa que evolucionó hacia una risa tímida, emitiendo una especie de sonido infantil que sonaba a campanillas. Hacía tiempo que Isaac no la veía reír también con los ojos.

—Pues claro, hombre, ¡estupendo! Vamos a brindar por la luna llena, claro que sí...

Él se dirigió a la cocina y volvió con la botella y dos copas de cristal tallado, piezas de una cristalería que les había regalado la madre de Claudia y que casi nunca usaban por miedo a romperlas.

—Pues sí que estamos de celebración —advirtió Claudia—, has traído las copas buenas y todo...

Isaac sirvió las copas en una especie de estado de febril excitación y le dio una a su novia.

—Quiero brindar por ti —dijo, alzando la suya—. Por la chica más guapa de todo Lavapiés. Y la más lista. Y la más buena. Porque estoy muy orgulloso de vivir y trabajar contigo.

—Oye, Isaac... ¿qué te pasa? ¿has fumado algo?

—¿Es que tengo que estar fumado para decirte que te quiero?

—No, hombre, no... No quería decir eso... Pero es que tampoco me lo dices mucho...

—Pues te lo debería decir más, Claudia. Anda, bebamos.

Claudia le miraba con los ojos muy fijos. Isaac sabía que verdaderamente se estaba preguntando si no se habría fumado unos porros con alguno de los marroquíes jovencitos del parque. Pero a la segunda copa ella estaba mucho más relajada, y de pronto parecía que entre la luna y el alcohol se hubieran conjurado para traer de nuevo a la Claudia entusiasta y confiada de hacía diez años.

—Deberíamos hacer esto más a menudo... Celebrar lo guapa y lo estupenda que soy, quiero decir... —dijo ella mientras apuraba la tercera copa.

—Lo haremos cada luna llena —le prometió Isaac. La atrajo hacia sí y la besó, un beso que sabía a cava, y los dos entendieron que aquella noche no haría falta recurrir a la música, el incienso y las velitas.

Un mes más tarde, cuando Claudia le llamó, con la voz entrecortada por los sollozos, para contarle que se había hecho dos veces, dos, la prueba de embarazo y que en las dos ocasiones la barrita se había teñido de rosa, Isaac tuvo la certeza total, tan inamovible como la convicción de que algún día tendría que morirse, de que habían concebido a la criatura al amparo de la luz plateada, de que la luna le había concedido su *'al-Isti'dad*.

EL EFECTO DOMINÓ

Eran las cuatro de la tarde cuando Poppy introdujo la llave con mucho cuidado en la cerradura de su casa. Había aceptado la invitación de quedarse a comer con la familia de Leonor con la esperanza de que su madre y su hermana estuviesen echando la siesta de los sábados para cuando ella regresara a su hogar por la tarde y que, por lo tanto, no tuviese que saludarlas ni contarles lo bien que se lo había pasado o dejado de pasar en casa de Leo. Estaba agotada, prácticamente no había dormido porque la noche anterior había salido de marcha con Leo hasta las siete de la mañana y se habían tenido que levantar a las once para que la madre de su amiga no sospechara. Por supuesto, la buena señora ni las había oído llegar, como siempre, porque la madre de Leo dormía con tapones en los oídos para no escuchar los ronquidos de su señor marido, que gozaba de un sueño tan profundo que ni una bomba podría despertarle.

Cuando la puerta cedió, Poppy se encontró, para su mayúscula sorpresa, con su hermana despierta, esperándola en el recibidor, con los brazos en jarras y los ojos escabechinados.

—Lo sabemos todo —anunció su hermana, solemne como una sibila que vaticinara malos augurios.

Mentalmente, Poppy se puso a hacer recuento de lo que el tal «todo» podría comprender. Que fumaba porros; que cuando decía que se quedaba a dormir en casa de Leo salía con ella hasta las tantas de la mañana y jamás volvía a las doce de la noche, esa hora de Cenicienta que su madre consideraba que marcaba el límite entre la decencia y la indecencia; que la semana anterior, cuando la madre y la hermana se fueron a aquella boda en Bilbao, había estado usando el coche de la madre, pese a que lo tenía terminantemente prohibido; que había suspendido dos asignaturas en los exámenes parciales.

La figura de la madre, en camisón y bata y con unos ojos húmedos y enrojecidos, como de haber llorado, se recortó tras la de la hermana.

—Nos ha llamado la propia Visi... Qué vergüenza, hija, qué vergüenza nos has hecho pasar.

—¿Visi? —preguntó Poppy, sinceramente sorprendida—. ¿Y quién es Visi?

—Pues quién va a ser, la mujer de tu novio.

—¿Novio? ¿Qué novio?

En la cabeza de Poppy se encendió una bombillita. El novio al que se referían pudiera ser Félix, al menos era el único hombre casado que ella conocía. Pero nunca se le habría ocurrido pensar en él como su novio.

—A ver —su hermana tomó carrerilla como una maestra que se preparara para explicarle una lección muy fácil a un alumno poco aventajado que ya se la debería saber de memoria—, llamó aquí una señora y preguntó por ti, y luego nos dijo que su marido estaba contigo.

A la media hora, Poppy había reconstruido la historia entre los arrebatos histéricos de la una y las recriminaciones de la otra. Por lo visto, Visi había marcado los siete dígitos y había preguntado por Poppy a la voz femenina que le atendió al otro lado de la línea, y que resultó ser la de su madre. Y, entonces, Visi le había contado que su marido, de un tiempo a aquella parte, salía mucho, mucho, y que se quedaba hasta muy tarde trabajando, y que ella había empezado a sospechar. Que le registró la cartera y los cajones y que se encontró, en la primera, con una foto de carné de una chica joven y, en los segundos, con un sobre que contenía unas horquillas, unas entradas de cine, un lacito negro de encaje (que tenía toda la pinta de haber adornado unas bragas o un sujetador) y con un posavasos en el que había escritos un teléfono y un nombre, Poppy, garrapateados con una letra femenina, amplia y redonda.

Poppy se quedó de piedra. En la vida habría imaginado que el pavisoso de Félix pudiera ser tan romántico.

—Mamá, eso no quiere decir que yo me haya liado con ese señor... Le conozco, por supuesto, sé de quién hablas, pero es mucho mayor que yo... Yo no me lío con tíos mayores. Y no tengo la culpa de que se haya colgado conmigo.

—Y entonces, ¿para qué le diste la foto?

—Pues no sé, me la pidió. No creo que sea un pecado darle una foto de carné a nadie.

—¿Y el lacito?

—¿Y a mí qué me cuentas del lacito? Sabes que no uso ropa interior negra.

Mentía. Leo le había dejado unas bragas negras, de encaje y puntilla, con perlitas incluso, muy historiadas, para que se las pusiera en la noche del estreno con Félix y no recordaba si tenían lacito o no tenían lacito, no se había fijado. Aquel día no llevó sujetador, los de Leonor le venían muy grandes y le resultaba ridículo comprar uno para la ocasión si sabía que casi nunca se lo pondría. Un sostén de los que Poppy solía usar no habría servido, pues Leonor había insistido en que un sujetador blanco no combinaba con unas bragas negras, así que mejor —decidió Leo— no llevar nada, mucho más sexy.

—Pero es que su mujer nos ha dicho que le confrontó y que él mismo confesó, llorando, que sí, que salía contigo, que estaba enamorado de ti.

—¡Pero si me ha visto tres veces en la vida...! Y no sale conmigo, eso te lo garantizo. Yo qué culpa tengo de que se haya colgado conmigo.

—Pero tú ¿de qué le conoces?

—Pues me entró en un bar, mamá, y estuvimos charlando...

—Hija, qué quieres que te diga... A mí todo lo que me dices me suena muy raro...

—Pues mira, tú puedes creer lo que quieras, pero no sé a qué viene todo este escándalo si sabes de sobra que a mí no me gustan los hombres y que en realidad con quien estoy saliendo es con Leo.

Cuando más tarde Leonor le preguntase que por qué había dicho semejante tontería, Poppy no supo qué responder. Puede que lo dijera por epatar, puede que estuviese indignada contra su madre y su hermana por creerse que podían fiscalizar su vida e imponer su moral como si ella fuera una niña pequeña, puede que creyera que —como finalmente sucedió— si soltaba una bomba aún más gorda que la de la relación con un hombre casado, desviaría la atención del problema real con uno recién inventado. O puede que lo dijera porque como, al fin y al cabo, todo el mundo daba por hecho que Leonor y ella estaban liadas, le pareció en aquel momento la cosa más natural.

Además, seguro que su hermana lo había pensado alguna vez.

Poppy y Leonor no se parecían, aparentemente, en nada. Leonor era una mujerona alta, bien formada, de ojos soberbios y amargos, delgada donde debía serlo y de formas generosas donde convenía. El pelo negro y lustroso le caía casi por la cintura. Poppy era amplia y redondeada, con forma de muñequita de trapo o de bebé gordezuelo, llevaba el rubio cabello corto y casi siempre mal peinado y tenía unos ojos de un color azul desvaído que le hacían parecer aún más joven de lo que era y, quizá por eso, casi entrada en la veintena, aún conservaba aquel apodo mimoso y reducido, el diminutivo infantil del nombre que evocaba unos tiempos mejores en los que un hombre que ya no vivía con ellas se lo había inventado. Leonor no llevaba la cuenta de los chicos y hombres con los que se había acostado desde que perdió la virginidad a los quince años, mientras que Poppy no había conocido varón hasta los diecinueve. Si se decidió a cambiar su estado, fue más por vergüenza que por verdadera convicción: le parecía un poco ridículo seguir siendo doncella a una edad en la que la mayoría de sus conocidas habrían podido dar clases de técnica amorosa a una prostituta experimentada. Leonor era «echá pá alante», directa, impulsiva y un poco marimandona, y acostumbraba a hablar en un tono tal como para que se la escuchara en varios metros a la redonda; Poppy tenía una vocecita infantil y apocada y, cuando entraban en algún garito o una fiesta, siempre iba por detrás de su amiga. Compartían, sin embargo, muchos rasgos que sólo hubiera captado alguien que las conociera bien: un sentido del humor rápido y certero que utilizaban como arma arrojadiza contra cualquiera que las insultara; una avidez por salir, conocer gente, escuchar música y estar, como normalmente se dice, al día; un enamoramiento platónico por David Bowie; un enorme distanciamiento respecto a sus respectivas familias; una íntima sensación de abandono que las había unido como pegamento, convencida cada una de que la otra era su verdadera hermana y de que los hermanos biológicos no eran otra cosa que un accidente y, *last but not least,* un sentimiento precoz de desclasadas con respecto a su grupo de amistades.

Poppy y Leonor se habían conocido en el Centro de Estudios, un colegio pijo donde cada una debía estudiar el curso de orientación universitaria. Ninguna se había hecho muy popular. Leonor porque se acostó con el guapo oficial de la clase, que salía, como suele suceder, con la guapa oficial de la clase, y la guapa, cuando se enteró, inició una previsible campaña contra la rival. Pronto las paredes de los cuartos de baño aparecieron decoradas con la misma leyenda: «Leonor, puta». El cuerpo de Leonor hizo el resto. En el imaginario adolescente, una chica con semejante par de tetas y sin novio conocido no podía ser otra cosa que un pendón desorejado. Por otra parte, Leonor no hizo gran cosa por congraciarse con el resto de sus condiscípulos. Peor aún, se diría que les miraba por encima del hombro, encastillada en su orgullosa antipatía. En realidad, Leonor estaba herida y asustada, y todavía no había vivido lo suficiente como para haber adquirido la necesaria hipocresía que las relaciones sociales requieren: no se sentía capaz de sonreír a quienes le criticaban a sus espaldas.

En cuanto a Poppy, había intentado, sin mucho éxito, hacerse un hueco entre el grupito que rodeaba a la guapa oficial. Y sí, la admitían entre ellas para ir a fumar un cigarrillo entre clase y clase e, incluso, la guapa la invitó a su fiesta de cumpleaños, pero pocas veces la llamaban los fines de semana para salir ni para ir al cine, porque el aspecto infantil de Poppy no combinaba bien con los sujetadores de aro, el maquillaje y los pantalones ceñidos de las otras. Cuando operaron a Poppy de apendicitis y perdió casi quince días de clase, tuvo que pedir prestados apuntes para ponerse al día, pero la guapa oficial y su corte de aduladoras no eran precisamente buenas estudiantes y sus apuntes estaban incompletos, escritos con una caligrafía pésima —oes muy redondas y circulitos absurdos coronando las íes— y tan plagados de faltas de ortografía que resultaba difícil leerlos. Así que Poppy se decidió a pedírselos a Leonor, que sacaba sobresaliente en casi todo, en parte porque realmente quería aprobar y en parte porque la oportunidad le venía que ni pintada para acercarse a una chica cuya actitud secretamente admiraba, porque hablaba y se vestía de una manera diferente, con una especie de estudiado desgarro.

A las pocas semanas ya eran inseparables.

Juntas descubrieron que salir a dos era mucho más divertido que salir en grupo. A la mierda la guapa de la clase y su círculo de acólitas, a la mierda los chicos del centro con sus motos y sus cigarrillos rubios, sus pantalones lavados a la piedra y sus poses de falsos James Dean. Resultaba mucho más emocionante ir a beber a bares que los otros no pisaban; aventurarse por bocacalles desconocidas; jugar a salir de los sitios sin pagar las copas; intercambiarse libros, discos, álbumes de fotos; ir a ver películas en versión original de las que nadie, entre los de su clase, había oído siquiera hablar.

Pronto se hizo costumbre que Poppy se quedara a dormir algunos fines de semana en casa de su amiga. Al principio lo hacía para estudiar y era cierto que, con lo retrasada que iba por culpa de la apendicitis, no hubiera podido sacar los exámenes sin la ayuda de Leonor. Como la madre de Poppy lo sabía y lo agradecía, no tuvo ningún reparo en que la costumbre se mantuviera, incluso cuando ya no había exámenes. A Poppy esto le venía muy bien, porque en su casa existía un toque de queda que exigía que no se podía llegar más tarde de las doce, mientras que en la de Leonor daba absolutamente igual a qué hora llegaran. Los padres de Leonor trabajaban ambos y los fines de semana acostumbraban a dormir hasta bien entrada la mañana, así que no estaban como para fiscalizar las idas y venidas de sus cuatro hijos mientras no molestaran demasiado, y Leonor no lo hacía: sacaba buenas notas, mantenía su habitación en orden, no fumaba en casa, no acaparaba el teléfono y disimulaba con mucha habilidad sus resacas. Cuando se despertaba se daba una ducha de agua fría y echaba mano del corrector, el maquillaje y el colorete para disimular las huellas del cansancio, y del colirio para aclarar los ojos enrojecidos. Tenía muy claro que existía un territorio de su vida privada en el que sus padres jamás deberían entrar, y lo salvaguardaba celosamente. Sus padres estaban contentos con ella, o eso parecía, aunque nunca se sabía muy bien qué pensaban o qué opinaban. El padre pasaba mucho tiempo fuera. Viajaba mucho por razones de trabajo y, si no viajaba, llegaba con el tiempo justo para cenar e irse a dormir. La madre aparecía por casa a las ocho con unas ojeras desmesuradas y un humor de perros, se quitaba los zapatos, se ponía las zapatillas, se hacía un sándwich vegetal con pan integral y se tumbaba frente a la tele con los pies en alto, encerrada en un mutismo de féretro. Los cuatro hermanos se habían acostumbrado a hacerse la cena ellos mismos desde el día en que su madre les dejó claro que ella no era su esclava y que ellos ya eran lo bastante mayorcitos como para aligerarle trabajo. La señora estaba casi siempre de mal humor y, desde que las dos amigas leyeron en una de las revistas femeninas que dejaba desperdigadas por el salón que una mala alimentación puede influir muy negativamente en el estado de ánimo, le atribuían el mal genio y la apatía a la dieta espartana que seguía para mantener su tipo de adolescente. Leonor había revisado muchas veces el botiquín de su madre en busca de Alka Seltzers y Nolotiles para la resaca y por eso sabía que la buena mujer acumulaba ansiolíticos y antidepresivos como otros coleccionan sellos o mariposas. Tenía una vaga idea de que su madre estaba medicada e incluso de que acudía a una terapeuta, porque la propia señora lo había mencionado alguna vez, pero no sabía cuál era exactamente su problema. Lo que Leo sí sabía es que, si ella quería mantener su ritmo de vida, resultaba muy importante que en casa no se significase demasiado. Porque si Leo no molestaba, su madre no se metía en sus asuntos.

Casi todos los viernes y los sábados los padres de Leonor salían al cine o a cenar. Poppy y Leo pasaban la tarde en su habitación, estudiando o fingiendo hacerlo y, sólo cuando sus padres se habían despedido, no sin antes recomendarles que no se acostaran demasiado tarde y no vieran la televisión hasta las tantas, se cambiaban de ropa, se pintaban y salían a la calle. Solían llevar en el bolso un botecito de plástico que antaño había contenido agua de colonia y que habían rellenado con una mezcla de ginebra y coca-cola, y uno de sus trucos favoritos era el de buscar en la barra o en las mesas del bar un vaso abandonado, enjuagarlo en el lavabo del cuarto de baño y, acto seguido, cuando el vaso parecía más o menos limpio, beberse la mezcla en él. De todas formas, Leonor sabía hacerse invitar. Bastaba con mantener la mirada a uno de los muchos hombres que no podían apartar los ojos de ella y sonreírle acto seguido. La mayoría se acercaba después para ofrecerle una copa, y tenían que pagarle también una a su amiga por una cuestión de cortesía. Casi siempre, y tras mantenerles la conversación el tiempo suficiente para bebérsela, Leo anunciaba que las estaban esperando unos amigos y le daba al galán un número de teléfono falso. En algunos casos, si el tipo le gustaba de verdad, le aguantaba la charla y le permitía acompañarla a casa. A veces, se enrollaba con ellos en el coche, mientras Poppy esperaba en el portal. Otras, les daba el número verdadero y se acostaba con ellos a la cita siguiente. Estos amoríos nunca le duraban mucho. La mayoría eran asuntos de una semana, a veces se alargaban hasta los dos meses como máximo. Pero Leo nunca quedaba con sus admiradores a solas excepto para ir a la cama. Si querían llevarla al cine, invitarla a cenar, acompañarla a una exposición, tenían que cargar también con Poppy. Y, además, no podían verla de lunes a viernes. Por eso, la mayoría de sus pretendientes, que solían ser varios años mayores que ella —pues la apabullante presencia de Leonor intimidaba a los chicos de su edad— se aburrían y dejaban de llamarla. Y, entones, Leo se pasaba una semana escribiendo el nombre del galán en sus cuadernos mientras esperaba la llamada que nunca llegaba, hasta que otro nuevo galán venía a sustituir al desaparecido. Y cuando alguno de ellos se enamoraba de verdad, se asustaba y dejaba de verle. Nunca reconocía que no estaba preparada o que temía el compromiso; decía, sencillamente, que él no le gustaba, que era demasiado alto o demasiado bajo, demasiado inculto o demasiado pedante, demasiado celoso o demasiado distante, demasiado pijo o demasiado moderno.

Si Poppy estaba cansada del eterno papel de carabina poco vistosa de la chica guapa, nunca lo hizo notar o se quejó. A ella le divertía salir, conocer nuevos sitios, gente distinta. En las pocas ocasiones en las que había salido con la guapa oficial y su corte, el programa de actividades estaba prefijado por el grupo, largamente acariciado y planeado en clase, de lunes a viernes, con una ilusión metódica y minuciosa que pretendían hacer compartir a Poppy, a veces con cierto éxito, porque el nombre del guapo y, especialmente, su apellido —que se asociaba no sólo a dinero sino también a raigambre y abolengo—, teñía indefectiblemente de prestigio cualquier plan, incluso si éste se reducía a recorrer los mismos bares que habían recorrido ya tantas veces o a ver alguna película, siempre americana y siempre doblada. Las salidas con Leonor, sus planes imprevisibles y espontáneos, le resultaban mucho más interesantes. En las discotecas les dejaban pasar sin cobrarles la entrada, algunos camareros las invitaban a copas, los guardias de seguridad las colaban en las salas de conciertos, muchísimos pares de ojos seguían a Leo mientras avanzaba abriéndose paso a codazos entre la turbamulta de cuerpos apretujados de los bares. Conocían a gente, hacían risas, a veces el admirador de Leo tenía otro amigo que se veía obligado a darle conversación y que trabajaba en una revista o editaba un *fanzine* o tocaba en un grupo, y así, a la sombra de Leo, Poppy fue creando su propia red de contactos y se fue haciendo un nombre en el ambiente de ciertos bares nocturnos. La gente sabía quién era, aunque sólo fuera «esa amiga tan simpática de la guapa», pero mejor eso que no ser nada, que resultar invisible.

Fue así precisamente como conoció a Félix, que era el amigo feo del guapo al que Leonor había conocido en una barra. Ambos trabajaban en una agencia de noticias y habían recalado en aquel bar tras haber dejado la agencia a las dos de la mañana, después de haber trabajado catorce horas seguidas para cubrir un incendio que había arrasado la mitad de la provincia. El amigo de Félix era verdaderamente muy guapo, alto y musculoso, y fue Leo la que se fijó en él y le puso ojitos. A los cinco minutos estaban compartiendo mesa en el bar. Los dos hombres dijeron desde el principio que estaban casados, y daba la impresión de que lo dejaban claro para protegerse de la tentación que representaban aquellas dos chicas tan jóvenes y tan dispuestas. Insistían en asegurar que si estaban en aquel bar y no en su casa junto a sus mujeres era porque el día había sido tan difícil que tenían que desconectar con una copa, que se trataba de una cuestión de necesidad vital más que de simple entretenimiento. El guapo mantenía las distancias con Leonor que, como siempre que se veía frente a un hombre que se le resistía, se sentía más y más interesada, estimulada por el reto, y le rozaba con la menor excusa —el nombre de este galán se mantendría algún tiempo más que el de costumbre en los cuadernos, incluso, aunque el encuentro hubiera sido brevísimo y no se hubiera concretado en ningún avance—, mientras que el feo, que en realidad no era tan feo pero lo parecía por contraste con su amigo, se embarcó en una conversación con Poppy y fue él quien le pidió el teléfono. Cuando Poppy se lo dio, sabía ya que estaba casado, y también sabía que el chico le gustaba.

Félix le dijo que la llamaría entre semana, y lo hizo. Afortunadamente, el día en que llamó fue la propia Poppy la que cogió el teléfono, porque no le habría apetecido tener que dar explicaciones a su madre y a su hermana que, seguro, habrían preguntado: «¿Y quién es ese chico que llama?, tiene voz de persona mayor, ¿no?». Él propuso pasar a buscarla en su coche. «No, mejor no —dijo Poppy, que temía que algún vecino pudiera verla e irle con el cuento a la madre o a la hermana—, mejor quedamos aquí cerca, en el parque. Si quieres, en el quiosco que hay frente al lago de los patos... ¿A las siete?, pues estupendo.» No sabía muy bien por qué había aceptado volver a verle, si en realidad él ni siquiera le gustaba tanto pero hacía tiempo que ningún hombre se fijaba en ella, desde que en segundo, cuando aún salía de cuando en cuando con el grupito de la guapa oficial, un chico bajito y con granos le había enviado a casa unas notas dulces y empalagosas. Además, el hecho de que se tratase de un hombre mayor y, para colmo, casado, le hacía sentirse en posesión de un valioso secreto, porque le parecía que ninguna chica del instituto, ni siquiera Leonor, tendría la audacia de hacer algo semejante, y por eso Poppy estaba embriagada de narcisismo.

En aquella primera cita no pasó nada especial; estuvieron hablando de libros, de discos. La conversación transcurría por cauces lánguidos mientras ellos caminaban despacio, en paralelo, sin rozarse. Cuando se despidieron, él la cogió de la mano con apagada ceremonia y quedaron para verse el viernes siguiente, a la misma hora, en el mismo sitio. Y así se inició una extraña relación de tira y afloja, de fascinación y cautela. Él hablaba a veces de su mujer y de su hijo y ella le contó de su madre y de su hermana, de cómo la una se iba marchitando, cociéndose en su propia amargura desde que el padre las dejara, de cómo la otra había desarrollado un carácter de sargento, como si le tocase a ella el papel de hombre de la casa. «¿Y tu padre?», preguntó él. «Al principio le veíamos de cuando en cuando, pero luego ya no.» No hubo explicaciones, apenas los comentarios sincopados que ella había escuchado en las conversaciones de la madre y que luego rumiaba por las noches, antes de dormirse. Y sabía que sobre ellas había caído un baldón innombrable, una deshonra que se proclamaba gesticulando en voz baja y que había que interpretar a partir de los gestos. Había habido otra mujer y problemas de dinero y de bebida y «menos mal que mi familia siempre ha sido de posibles, que el piso lo tengo pagado y que la renta no me va a faltar, que si no, imagínate. No, si esto me lo esperaba, si ya me habían advertido...». Conversaciones que se interrumpían en cuanto la cabecita rubia de Poppy asomaba por el marco de la puerta, y entonces un silencio abrupto venía a subrayar la importancia de lo que no se decía. Era la primera vez que hablaba de aquello con alguien que no fuera Leonor, y ni siquiera con su amiga se había atrevido a dar demasiados detalles. Pero Félix escuchaba atento, sin hacer demasiadas preguntas, sin alterar apenas la expresión de la cara. Con Félix al lado, parecía que la deshonra no fuera tal, que el baldón desapareciera como por arte de magia, como si fuera una cosa de lo más natural, como si cada día, en algún lugar de la tierra, un padre se largara de su hogar sin dar más explicaciones, como al fin y al cabo sucede.

Fueron pasando los meses. No se veían demasiado. Él tenía a su mujer y a su hijo y le costaba encontrar tiempo para dedicárselo. Era un amorío de por la tarde, de paseos por el parque y manos enlazadas. Después pasaron a los besos y a los magreos y por fin un día fue ella la que propuso que alquilaran una habitación de hotel. Él le preguntó si estaba segura y ella le dijo que sí. Él sabía que ella era virgen y, probablemente, le había dado más importancia a aquel detalle que la que ella misma le concedía. Él nunca había dicho que pensase en dejar a su mujer o a su hijo y ella ni se lo había pedido ni lo había esperado. Ninguno de los dos imaginaba mayor futuro a aquella relación. Ella le veía como un rito de tránsito, un ejercicio, el primer paso para iniciar un camino hacia un amor mejor que estaba por venir, el ensayo de una vida futura, y él, probablemente, como una vía de escape, un antídoto contra la rutina. Poppy no sabría cómo podía haber acabado la cosa si a su mujer no le hubiese dado por fisgonear en los cajones, pero de lo que estaba segura era de que, en cualquier caso, habría acabado, y más pronto que tarde.

La relación con Félix no duró. Poppy no volvió a llamarle nunca al trabajo, como había hecho tantas veces, y él, desde luego, no podía ya llamarla a casa. Más tarde llegó una carta llena de frases hechas y lugares comunes que venía a contar lo que ella ya imaginaba: el dolor de la mujer que se siente traicionada, los reproches, las escenas, los chantajes sentimentales, el perdón que finalmente concede desde el pedestal en el que la ha alzado su abnegación, el padre que decide que su deber es permanecer junto a su hijo pese a lo mucho que echa de menos a la joven que ha devuelto la alegría a su vacía existencia. Te recordaré siempre, siempre ocuparás un lugar muy especial en mi corazón, blablabla, palabrería hueca que a ella ya no le decía gran cosa. Había previsto que la carta podía llegar e incluso había temido que la hermana la abriera, pero la hermana estaba mucho más preocupada ahora por Leonor que por Félix, pues por mucho que al día siguiente Poppy insistiera en que, por supuesto, no estaba liada con Leo, por mucho que dijera y repitiese que sólo había querido gastarles una broma, la hermana se había quedado dándole vueltas al tema en la cabeza. Por supuesto que ya antes había pensado que lo de la amistad entre las dos niñas tenía algo de raro, pero hasta que Poppy no dijo lo que dijo jamás había osado poner nombre a sus sospechas. Y después, no pudo evitar comentarle sus dudas a su novio y éste lo habló en casa, en la cena, delante de su hermano pequeño, que también acudía al Centro de Estudios y al que le faltó tiempo para llamar a todos sus amigos, de forma que en pocos días la supuesta relación lésbica entre Poppy y Leo se convirtió en la comidilla del grupo y a la leyenda «Leonor, Puta» vino a sustituirla otra: «Leonor, lesbiana».

Y entonces fue cuando la madre de Leo le dijo a su hija que ya era mayorcita como para que las amigas vinieran a dormir a su casa, que las fiestas de pijamas se hacían con catorce años, no con dieciocho, y que Poppy tenía ya su casa para dormir. Cuando Leo se lo comentó a Poppy, no hizo mención a alguna supuesta historia, al hecho de que pudieran haber llegado a oídos de su madre comentarios sobre el presunto romance entre Leo y Poppy y, precisamente porque Leonor no habló de ello, fue por lo que Poppy pensó que quizá a Leo le preocupaba más el tema de lo que estaba dispuesta a admitir. Y se indignó cuando pensó que a su amiga pudiera darle vergüenza que la gente pensara que podía estar enamorada de ella. Porque Poppy, en el fondo, sí estaba orgullosa de que la gente se atreviera a imaginar que una chica como ella, gordita y poca cosa, se hubiera ligado a la mujer a la que tantos ojos lúbricos seguían en cuanto iluminaba un local con su presencia. Y este pensamiento le llevó a otro: ¿Podía ser posible que ella estuviera enamorada de Leo? ¿El afecto tan grande que sentía por su amiga era el producto de una simple amistad o iba más lejos? Estaba segura de que nunca había sentido un interés sexual por Leo, pero lo cierto es que poco sabía ella de lo que era o no era un interés sexual, porque con Félix tampoco había experimentado lo que se suponía que el sexo hubiera debido darle, ni mariposas en el estómago al verle, ni estrellitas de colores al acostarse con él. La experiencia había sido más o menos tan agradable como aplicarse crema hidratante en las piernas, una mezcla de caricia y pringue, pero, si tenía que ser sincera consigo misma, no deseaba a Félix más de lo que deseaba a Leo. O sea, nada. O todo. O qué.

Cuando aquel fin de semana Leo llamó a Poppy para proponer la acostumbrada salida del sábado por la noche, Poppy dijo que prefería no salir, que no tenía sentido tener que estar a las doce en casa, como la Cenicienta, cuando todos los bares a los que ellas les gustaba ir abrían precisamente a partir de las doce. «Pero podemos ir al cine o algo, por lo menos...», sugirió Leo. «No, deja. Me quedo en casa a estudiar», dijo Poppy, demasiado orgullosa para admitir que estaba enfadada con Leo porque su amiga no se había enfrentado con su madre, porque Leo no había defendido la posibilidad de que Poppy siguiera durmiendo en su casa. Así que Leonor, resignada, llamó al último chico con el que se había liado, aunque no le llamaba particularmente la atención, pero al menos estaba disponible, y se fue a tomar unas copas con él. Y, al fin de semana siguiente, Poppy también dijo que quería estudiar y Leo volvió a quedar con el mismo chico. Y, al mes, Leo tenía un novio formal y Poppy se sabía de memoria los temarios de todas las asignaturas. Y, cuando llegaron los exámenes de selectividad, Poppy obtuvo la nota más alta de la clase y Leo suspendió por primera vez en su vida. Así que Leo tuvo que quedarse en Madrid, preparando el examen en una academia para la convocatoria de septiembre, y Poppy se marchó a un pueblo de la costa vasca, a casa de sus tíos, como todos los veranos.

Se intercambiaron algunas postales que no decían gran cosa. Las de Poppy hablaban de la playa y el buen tiempo y las de Leo de lo feliz que era con su nuevo novio y de lo mucho que odiaba la academia. Cuando llegó septiembre, volvieron a verse para tomar café. Poppy había decidido estudiar Empresariales y Leo, que había aprobado el examen de acceso en segunda convocatoria por los pelos, pues se había pasado todo el verano saliendo por las terrazas con el que ya se había convertido en su novio formal, no podía acceder a las carreras más interesantes, que exigían una calificación brillante en el examen para su acceso. Ella quería matricularse en una escuela de actuación, pero sus padres lo consideraban una locura, así que llegaron a una solución de compromiso: por las tardes asistiría a una academia de arte dramático y, por las mañanas, estudiaría Secretariado Internacional. «Pero, como puedes imaginar, no tengo la más mínima, pero la más mí-ni-ma intención de acabar de secretaria», recalcó Leo con una férrea determinación que se leía en sus mayestáticos ojos brillantes. Quedaron en llamarse a la semana siguiente, pero Leo no lo hizo porque acababa de tener una discusión con su novio, y en la reconciliación sucesiva se olvidó completamente de todo lo que no fuera el objeto de su amor. Y Poppy tampoco llamó porque había esperado que fuese Leo quien lo hiciera, puesto que a ella todavía le dolía lo que había considerado una deserción por parte de su amiga. Y, además, estaba celosa. Estaba celosa porque Leo tenía de pronto aquel novio que parecía acaparar toda su atención y porque la volvía a consumir la duda: ¿eran esos celos normales en una simple relación de amistad? Así que Poopy no llamó, Leo tampoco lo hizo y gradualmente, en una ciudad tan grande como Madrid, en la que tan fácil es perder el contacto si uno no invierte tiempo y esfuerzo en mantenerlo, dejaron de verse.

En la facultad, Poppy conoció al que más tarde sería su marido. Hoy trabaja en una asesoría fiscal y tiene dos hijos. Vive en una bonita casa con jardín y piscina en una zona residencial de las afueras. A veces, por las noches, le invade una cierta angustia al pensar en su vida burguesa, rutinaria y carente de emoción, pero llega a casa tan cansada que no le da tiempo a rumiar su insatisfacción demasiado rato, pues enseguida se hunde profundamente en un sueño opaco y vacío de imágenes.

En cuanto a Leo, a aquel novio le sucedió otro y después otro y después otro, una sucesión de galanes que Leo lucía en los estrenos como el que exhibe un accesorio caro. Ya cumplidos los treinta, se acostó por primera vez con una mujer, una actriz con la que estuvo saliendo casi un año, hasta que la dejó por un director de prestigio que le dio su primer papel importante en el cine. Se casó con él y tuvo un hijo, y se divorció poco después, no sin que sus abogados le hubieran conseguido un más que rentable acuerdo de divorcio: Leonor se quedaba con la casa y recibía una generosa pensión, en teoría destinada a la manutención de su hijo, pero que en la práctica le permitía vivir sin trabajar, o trabajando de cuando en cuando, haciendo esporádicos papeles en series de televisión que apenas le daban para pagar el carísimo modelerío que solía lucir.

Como Leo disponía de mucho tiempo libre, podía perderlo en cosas tales como arreglar armarios; el tipo de tarea que Poppy se prometía todos los días realizar pero que acababa posponiendo sine die por falta de tiempo. Además, Leonor no tenía más remedio que hacerlo, porque se compraba tanta ropa —y le regalaban otra tanta, al fin y al cabo, su mejor amigo era diseñador de moda— que prácticamente cada año se quedaba sin espacio en el vestidor, de forma que tenía que hacer una cuidadosa selección de los modelos antiguos para desechar los que ya no se iba a poner y dejar paso a los nuevos. Fue así, intentando hacer sitio en los cajones, como se topó con una caja de cartón con las esquinas deshilachadas por el tiempo que contenía recuerdos de juventud y adolescencia, fotos, cartas, entradas de teatro, catálogos de exposiciones... Abrió un sobre rosa y encontró las postales de Poppy, algunas fotos que se habían hecho juntas y unas bragas negras. Y entonces recordó que Poppy le había devuelto las bragas que le había prestado después de usarlas con aquel señor casado que se echó por novio y cuyo nombre Leo no recordaba, y que Leo había decidido no ponérselas por una cuestión de escrúpulos o de higiene, como quisiera mirarse.

¿Qué habrá sido de Poppy?, pensó. Con lo maja que era...Tendría que haberla llamado más a menudo.

Y acto seguido tiró el sobre, con las postales, las fotos y las braguitas, a la papelera y siguió ordenando los armarios.

EL MARIDO ENGAÑADO

Héctor dejó a su Segunda porque le engañaba.

Héctor había estado muy enamorado de su Primera, pero siempre había sentido que de alguna manera ella no le quería tanto. No es que no fuera cariñosa, porque lo era, sobre todo con las niñas, pero no era lo que la gente suele llamar romántica. Laura se negaba a regalar o aceptar regalos por San Valentín porque decía que no quería hacerle el juego a los centros comerciales que se habían inventado aquella fiesta, igual que se habían inventado el Día de la Madre (y, por supuesto, tampoco quería obsequios por esa fecha); prefería una buena película a una cena a dos en un restaurante coqueto; no llevaba en la cartera la foto de su marido (aunque sí la de las niñas) y, cuando le llamaba por teléfono a la oficina, siempre era para discutir asuntos domésticos y urgentes, jamás para decirle, sencillamente, te quiero. La separación fue igualmente fría, muy civilizada. Cuando él le dijo que se había enamorado de otra, ella no le gritó ni se deshizo en llanto sino que se le quedó mirando largo rato sin decir palabra, con una expresión inquisitiva y distante, y por fin sugirió que fueran a ver a un consejero matrimonial. Aquello, por entonces, era de lo más novedoso, no se estilaba, casi nadie lo hacía. De hecho, muy poca gente se divorciaba, porque la Ley de Divorcio se acababa de aprobar, como quien dice. Pero encontraron a un argentino —por entonces los terapeutas eran todos argentinos, escapados de la dictadura de Videla— muy moderno, muy caro, que no consiguió que se reconciliaran, pero al menos sí que se separaran sin discusiones ni salidas de tono que evitaran a las niñas el duro trago de contemplar cómo sus padres se tiraban los trastos a la cabeza.

La Segunda era completamente distinta. Le subyugó. No sólo por su belleza, sus ojos amargos y soberbios, su cintura juncal, su melena espectacular o por su talento —era un actriz excelente, quizá, incluso, demasiado buena actriz, y de eso, tristemente, se daría cuenta tarde—, sino porque le hacía sentirse un héroe, un dios. Ella sí que era detallista, pasional. Incluso a veces demasiado pasional.

Por ejemplo, era muy celosa, cosa que a él le sorprendía, porque a su Primera nunca le había importado que otras le miraran por la calle. Es más, ni siquiera se había fijado. Pero daba la impresión de que la Segunda pensaba que se había hecho con un tesoro muy valioso que cualquiera iba a tratar de arrebatarle a poco que se descuidara. Y si de alguien estaba celosa, era de la Primera. No le valía con saber que, a la hora de tener que elegir entre mujer legítima y amante, él se había decidido por ella, qué va. Lo que hubiera querido hubiera sido que aquellos doce años ni siquiera hubiesen existido. Muchas veces le preguntaba: «¿Tú me quieres?». «Sí, claro», respondía. «¿Más de lo que querías a Laura?» «Sí, claro», mentía. Porque Héctor había adorado a su Laura, que sería siempre la Primera en muchos sentidos, y si se había ido apartando poco a poco había sido precisamente porque tenía miedo de lo mucho que la quería, porque no soportaba sentirse tan vulnerable a su lado.

Las primeras broncas con la Segunda llegaron cuando ella se empeñó en que quería tener hijos. Héctor le había dicho cuando se conocieron que le bastaba con las niñas, que no quería más, y ella nunca manifestó su desacuerdo ya que, según decía ella misma, lo de ser madre nunca le había llamado la atención. Además, ya se sabe que el embarazo ensancha las caderas y arruina la cintura, y una actriz vive de su cuerpo (sobre todo una actriz más famosa por su belleza que por sus capacidades interpretativas, aunque esto último Héctor se había abstenido de puntualizarlo). Pero al acercarse a la cuarentena, el tictac del reloj biológico le debía de haber alterado los nervios, porque cambió como de la noche al día. Él trató de explicarle que sus ingresos no le daban para mantener a más hijos, porque ya le tocaba pagar una pensión por las niñas. Y, además, por mucho que criar a sus hijas hubiera resultado una experiencia maravillosa, también habían sido años sin salidas al cine, sin remolonear en la cama un sábado por la mañana mientras bebía el zumo de naranja y leía periódicos atrasados, sin levantarse un domingo a las cuatro de la tarde después de una juerga monumental, sin vacaciones en refugios paradisíacos en los que el mayor esfuerzo constituyera levantar la mano para pedirle al camarero otra piña colada. Él quería ir de viaje sin tener que arrastrar el carrito, las toallas, los pañales y los biberones. Quería vivir la vida que prometían los anuncios de refrescos. Cuando, por fin, había conseguido hacer su propia película, cuando tenía independencia económica, cuando le llamaban para asistir a festivales e impartir conferencias, cuando tenía que viajar por todo el mundo, ¿a qué complicarse la vida otra vez con responsabilidades paternales? Y ella le llamaba egoísta, cínico, le decía que no la quería, que si la quisiese le daría un hijo. Y él sí que la quería, la adoraba, de no ser así nunca se hubiera divorciado de la Primera, pero empezaba a estar harto de tanta lágrima y tanto drama, y muchas veces se sorprendía a sí mismo añorando a Laura y aquella vida ordenada y plácida en la que nunca se decía una palabra más alta que la otra.

Llegó un fin de semana en el que a él le tocaba quedarse con las niñas. Había prometido llevarlas a pasar el domingo en la piscina y la noche del sábado revolvió todos los cajones buscando por toda la casa el carné de las instalaciones deportivas, que no aparecía por ninguna parte. Sin él, no podría entrar al club. Entonces, recordó que por la mañana había estado ordenando papeles y pensó que podía haber tirado el carné a la basura sin darse cuenta. Así que fue al cubo y desparramó el contenido por el suelo en busca de la dichosa tarjetita plastificada. Y entonces fue cuando reparó en la lámina de Neogynona, con algunas de las celdillas, las que indicaban los catorce primeros días, vacías, y otras, las de la última semana, que todavía contenían aquellas bolitas blancas en su interior y, de pronto, como en una iluminación, le pareció que aquella mañana no había visto las pastillas de su mujer en el armario, donde ella solía dejarlas, al lado de la crema hidratante. Se dirigió al cuarto de baño y buscó en el amarito. Nada. Revolvió en los neceseres, uno por uno. Nada. Miró, incluso, en la bolsa de las pinzas del pelo. Nada. Finalmente, echó un vistazo en el bolso de su mujer, pensando que quizá llevara las pastillas en la cartera. Pero nada.

La Segunda estaba en el salón, mirando la tele.

—Cariño, dime una cosa, ¿has dejado de tomar la píldora?

—No, claro que no. Sigo tomando la píldora.

—Entonces, dime, ¿me puedes enseñar las pastillas?

—¿Y tú para qué quieres que yo te enseñe mis pastillas?

—Por nada...

—Pues no te las puedo enseñar porque ahora estoy en el descanso.

—Y si estás en el descanso, ¿por qué has dejado el ciclo a la mitad?

—¿Y tú cómo sabes que he dejado el ciclo a la mitad?

Cuando dijo «¿Y tú cómo lo sabes?», ella misma se delató. Había dejado de tomar la píldora sin esperar siquiera a acabar el ciclo porque era muy común en ella ese tipo de decisiones arrebatadas, dictadas al calor de un impulso.

—Verás —le explicó—, resulta que un día se me olvidó y después, cuando me di cuenta, habían pasado dos días y me dio mucha pereza tomarme tres de golpe, porque tampoco sabía si iba a resultar contraproducente o qué.

—¿Y por qué no me dijiste nada?

—No sé, no se me ocurrió.

—¿No sabías que te puedes quedar embarazada con sólo un día que dejes de tomarla?

—Qué tonterías dices... A mi edad, después de los treinta, eso no pasa. Mira tú Lola y Aldo, que llevan casi un año intentándolo...

—¿Lola? ¿Te refieres a tu amiga, la modelo? Eso es porque su marido es gay.

A él no le apetecía discutir, pero una cosa le quedó muy clara: ella le engañaba. Y, cuando pensaba en el engaño, no pensaba en una infidelidad, sino en un recurso tan burdo, tan rastrero como el de buscar un embarazo sin advertirle sabiendo que él no iba a estar de acuerdo para así recurrir después a la política de hechos consumados.

Vivía con una mujer que le engañaba, igual que esas señoras que mientras conversan cordialmente con los compañeros de su marido, en una de esas cenas a las que tienen que acudir por obligación, están pensando en el encuentro que han tenido esa mañana con el profesor de tenis.

Pero Héctor no la dejó inmediatamente. Siguieron viviendo juntos. Ella fingía que no tenía secretos para él y él fingía que se lo creía. Y así empezó el final de la historia, porque él aún aguantó esperando que ella se decidiera a confesar, que tendiera un puente por encima de la brecha que se había abierto entre ambos. Pero ella nunca lo hizo y él, lógicamente, empezó a evitarla en la cama, porque temía dejarla encinta, y la brecha se ensanchó y se convirtió en abismo. La Segunda se quejaba y le recriminaba amargamente su falta de interés y se redoblaron los llantos, las lágrimas y los chantajes sentimentales. «Porque yo te quiero —decía ella—. No puedo vivir sin ti, no puedo vivir sin ti —repetía entre sollozos—, y me siento tan sola, tan abandonada ante tu distancia como una niña perdida.» Dos años atrás, aquella interpretación hubiera logrado conmoverle, sin embargo ahora sus palabras le parecían huecas, gastadas y sin brillo. Pero una noche claudicó. Ella era demasiado guapa y él había bebido mucho. Y hubo otra noche, y otra más. Y ella consiguió lo que quería. Y le resulta muy triste reconocer que el embarazo les distanció definitivamente. Aun así, siguieron juntos durante tres años huraños que pasaron reptando como culebras. Y cuando él anunció por fin que se marchaba, ella se puso histérica, le golpeó con los puños, amenazó con tirarse por la ventana, pero no consiguió retenerle.

La Primera sigue viviendo en la misma casa, con las niñas. No hay otro hombre y él sospecha que probablemente ya no lo habrá. En una larga conversación telefónica que tuvo lugar algunos años más tarde, ella le confesó que creía que él había sido el Hombre De Su Vida y que veía muy difícil que en el futuro volviera a vivir con otro. Lo dijo muy serena, sin ningún deje de acusación o reproche en la voz.

De la Segunda sabe a través de las revistas. Porque

cuando la ve para recoger al niño apenas hablan, aunque intercambian sonrisas forzadas y frases de compromiso que —Héctor está seguro— al niño no le engañan. Es extraño que dos personas que estuvieron tan juntas ahora se muestren tan distantes. Siendo él director de cine y ella actriz, hubieran debido coincidir en algún acto social, pero él ha evitado siempre cuidadosamente acudir a los estrenos en los que presumiera que podría encontrarla. Casi choca con ella en una entrega de premios, pero la esquivó con habilidad y cree que la Segunda, demasiado pendiente de sí misma y de su vestido —obra de ese diseñador íntimo suyo, Óscar Rosabert, que la compaña a todas partes—, no se dio cuenta de la maniobra. Hace poco, viendo la televisión, hablaban de ella en un programa del corazón. Había asistido a la inauguración de la exposición de un pintor de nombre exótico, persa o árabe, que se celebraba por todo lo alto en alguna galería de moda. Por Leonor Mayo no pasan los años, decían. Está más guapa ahora que hace quince. La elegante Leonor, Leonor la triunfadora, la divina Leonor. Leonor que es más famosa ahora por su vida social que por sus interpretaciones dramáticas. Y ya nadie recuerda quién le dio su primer papel importante, aquel director que se enamoró de ella y que por ella dejó a su Primera mujer, a la que tanto quería. Leonor trampa, Leonor espejismo, Leonor némesis. Comentaban que se la relacionaba con un rico marchante de arte amigo del Príncipe. La imagina conversando cordialmente con los compañeros de su nuevo novio en una de esas cenas a las que hay que acudir por obligación, mientras piensa en el encuentro que ha tenido esa mañana con el profesor de yoga, y en que ha tenido que insistir hasta cinco veces para que él se pusiera, por fin, el preservativo.

LA ACTRIZ

Ahora que has apagado el micrófono y que por fin podemos dejar de decir tonterías sobre Fulvio Trentino y su paquete de virtudes... Sí, sí, no te rías, que al menos su paquete sí que es una virtud, o eso he oído decir. Otras no sé si tendrá, pero ésa... Pues eso, ya me puedo relajar, ya podemos hablar como amigas, cielo, que amigas es lo que somos y yo ya puedo dejar de decir tonterías. Menos mal que me has hecho este favor y has accedido a entrevistarme. Vas a hacer un texto maravillosooo, seguro, nunca habrán visto en esta redacción algo con tanta calidad. A la directora le emocionó muchísimo cuando le dije que una escritora como tú se avenía a hacer el trabajo, como loca estaba, no era para menos... Qué quieres que te diga, contigo ha sido mucho más fácil, que si me hubieran puesto a una loca petarda me habría muerto de vergüenza. Aparte, que se me habría notado... Vaya, que yo no te he mentido, *amore*, pero tampoco he dicho toda la verdad... Sí, di que Fulvio es crítico de arte, ponlo, pon lo que quieras, pero entre tú y yo, Fulvio de lo que vive es del dinero de su padre, que le daría para vivir a él y a cien como él. Yo, trabajar, lo que se dice trabajar, pues te diré que no veo que trabaje mucho... Y lo de nuestra relación, pues la verdad, ojalá te pudiera decir que sí, que estamos locamente enamorados y que nos vamos a casar y que voy a pillar una millonada y a vivir en la supermansión, cielo, pero qué quieres que te diga, una ya tiene una edad para saber según qué cosas y te diré que para mí que a Fulvio le gusta más la carne que el pescado, no sé si me entiendes. Vamos, que a mí eso me da igual, si yo también, en su día, tuve una historia con una mujer... ¿No te lo había contado? Es que fue hace muchos años... Ella era también actriz. Trabajábamos juntas en una obra de teatro, pero luego creo que a ella le pasó lo que a tantas actrices, que se retiró, que no siguió, porque ésta es una profesión demasiado difícil, demasiado dura, somos muchas las llamadas y pocas las elegidas... Dora se llamaba. No he vuelto a saber de ella... Pero, bueno, cielo, no sé por qué te lo cuento precisamente ahora, si agua pasada no mueve molino y desde aquella ya ha llovido... Y no, no sé tampoco por qué Fulvio se ha prestado a dejarse fotografiar, quizá porque a él le guste lo del colorín más que a un tonto un lápiz y, sobre todo, porque su familia es súper-súper-superconvencional. Ya sabes que él es pariente de la Familia Real y, bueno, la madre como que todavía alberga ilusiones de casar al niño algún día. Doy por hecho que todo esto que te cuento no va a salir de aquí, que te lo cuento como amiga, no como periodista... Seguro que acabas por meterlo en una de tus novelas, si lo haces por lo menos me cambias el nombre y la edad... Ponme mucho más joven, claro... Y no te rías, que te lo digo ab-so-lu-ta-men-te en serio. Digo yo que cuando la madre se muera y él herede, pues ya saldrá Fulvio del armario, si es que sale. O igual se casa conmigo, vete tú a saber, cosas veredes. A mí me encantaría; no sólo por el dinero, oye, aunque también, eso no te lo puedo negar, sino porque me llevo bien con Fulvio. Te diré: es un encanto, me elige los vestidos, me ayuda en todo y se lleva superbien con mi hijo. Qué quieres que te diga, a ciertas edades se aprende a pasar algunas cosas por alto y, ojos que no ven, corazón que no siente... ¿Y yo? Pues es evidente por qué he dicho que sí al reportaje y a la entrevista, porque una actriz siempre necesita promoción, y más a según qué edad. Yo los treinta, tú ya lo sabes, cielo, no los vuelvo a cumplir, pero está claro que mi edad no te la voy a decir. O sea, no te voy a decir la fecha que figura en mi carné de identidad; porque la edad de una actriz es la que representa, y no otra. *Amore*, yo tengo los años que tú me quieras poner. Pero ya sabes que nosotras, las actrices, tenemos impresa una fecha de caducidad, como los yogures, y en cuanto aparece la primera pata de gallo, ya está, fuera de escena, reemplazada por la cantera de jovencitas que están a la cola, intentado tomar el relevo. ¿No has visto *Eva al desnudo*? Pues lo mismo. ¡No sabes lo Margo Channing que yo me siento a veces! Yo me mantengo más o menos airosa, pero me mantengo, pero para eso me hace falta la publicidad, y por eso accedo a posar en el reportaje y a responderte a las preguntas, aunque tú y yo sepamos que lo mío con Fulvio no es exactamente lo que la revista pretende que sea. En fin..., menos mal que nos conocemos desde hace tantos años, cielo. Te diré que da gusto poder ser sincera de cuando en cuando en este mundo de mentiras. Y lo que me temo es que mis días en el cine también estén contados. Es de una injusticia carnicera, la verdad, ver cómo se reducen los papeles, cómo se limita el espectro de personajes femeninos en el cine y cómo todo lo que te ofrecen son historias de marujas aburridas con una crisis menopáusica tremenda a cuestas y que, para colmo, casi nunca son las protagonistas. Y a mí me da pena, qué quieres que te diga, cielo, porque la realidad no es así, porque en la realidad hay médicas, cajeras, juezas, obreras, científicas, mujeres casadas, separadas, solteras... Y, sí, claro, también habrá marujas deprimidas, no te digo yo que no, pero a mí como que me enerva un poco hacer de maruja deprimida, porque es que yo me encuentro estupenda, yo no estoy deprimida y no soy la señora de nadie ni lo quiero ser. Bueno, de Fulvio, sí; por el dinero más que nada. Y no te rías, cielo, que no soy cínica, sólo realista. Y, como te decía, siento que estoy en una edad magnífica, ideal como mujer y como actriz, y no logro entender por qué se produce así, de repente, como de un día para otro, este descalabro profesional, que hasta ayer, como quien dice, no me quitaba las ofertas de encima y ahora parece que mi agente tenga que suplicar. Pero es que, si te fijas, cielo, a la tercera película ya hice de madre de Raúl Ladoire, así, ipso facto, y él, entonces, tenía veintiocho años y yo treinta y cinco, que no colaba. A mi edad ya he hecho de abuela y no creo yo que haya muchas abuelas de mi edad, *amore*. Y, claro, esto ya me pone un poco negra, porque digo: «Dios mío, ya se me han pasado los papeles de mamá». Y ahora, ¿qué? Porque aquí las actrices que están trabajando son las de veintitantos y eso es porque el cine se hace mirando a la gente que paga por verlo, y los que pagan son los niñatos que van al centro comercial, que se toman su hamburguesa y se meten a ver una película de acción o una comedieta de ésas de instituto. Y resulta que, justo ahora que puedo aportar más sabiduría, más bagaje, más referencias y experiencias, parece que ya no soy tan interesante para el mercado. Yo te confieso que estoy deseando trabajar, y me da igual radio, cine, televisión o teatro. Y si para trabajar tengo que posar en esta revista y jurar por lo más sagrado que estoy enamorada hasta las trancas de Fulvio Trentino, pues lo hago, porque esta profesión, por las buenas, es maravillosa, pero por las malas puede ser durísima, supercruel. Ahora, eso sí, amore, ya le he dicho a la directora que aceptaba posar para el reportaje sólo si me lo hacías tú, porque si tengo que estar interpretando el papel de boba enamoradísima de Fulvio Trentino delante de una maricona peliteñida o, peor aún, de cualquier becaria recién entrada en la redacción, me da un pasmo. Sí, claro que he pensado en operarme, cielo, pero por mucho que te operes, te diré, nadie parece tener veinticinco a los cuarenta. Pero mis retoques me los he hecho, como todas. Infiltraciones, bótox, colágeno, hilo de oro... hasta una liposucción me hice, y eso que yo siempre he sido delgada, pero es que con la edad el culo se cae, es inevitable, *amore*, ley de vida. Al lifting no he llegado, no he tenido valor. En todo caso me echarían cinco años menos y me arriesgo a acabar pareciendo un pez globo. Y a perder la expresividad. Si me estiro se irán las arrugas, pero se irá también lo que mi rostro dice sin necesidad de hablar porque, cuando me miro al espejo, yo veo muchas cosas: mi cara se ha ido volviendo angulosa, con más aristas. No creo que sea sólo por la edad, sino porque las experiencias y todo lo bueno y malo que te pasa en la vida también están detrás. Es como si los huesos se te encajaran, como si fueras tú definitivamente. Y yo, te diré, me veo más hecha, más atractiva que nunca. Lástima que eso no lo vean los directores de *casting*. Y, para colmo, hay más personajes masculinos que femeninos, y más actrices que actores. No, no creo que sea tanto un contubernio de los hombres del negocio como una cuestión de inercia. O sea, el guionista, por dejadez, escribe lo que ha visto siempre: hombre activo, mujer pasiva; hombre acción, mujer cuidado. Porque si tú vas a los juzgados, ¿quiénes son los jueces?: mujeres. Vas al ambulatorio y hay tantas médicas como médicos. Eso sí, no todas están como Sharon Stone ni falta que les hace. Pero, si tú por casualidad ves a una jueza o a una médica o a una abogada en la pantalla, pues suelen ser eso: mujeres de cine. Mientras que los tíos da igual que tengan barriga o que les hayan salido arrugas, que pueden hacer de lo que quieran: juez, abogado, matón o barrendero. Mira tú a Álex Vega; a él nadie le llama para hacer de padre ni de abuelo. Él va de ídolo de jovencitas y es dos años mayor que yo. Sí, cielo, te lo juro, que nosotros estudiamos juntos en la Escuela de Arte Dramático. Y a mí es una cosa que me tiene superharta, indignada..., y asustada también, te lo tengo que reconocer, *amore*.

Y lo de cínica, pues mira, cielo, puede... Qué quieres que te diga, viene con la edad, pero yo no siempre he sido así. Lo creas o no, de Héctor me casé muy enamorada, obsesionada incluso. Cuando lo conocí él era un director de muchísimo prestigio y yo no era nadie, una cara bonita más, una aspirante a actriz sin nombre ninguno... y me cegué. Te reconozco que ahora no sabría decirte si me enamoré de él o de lo que él representaba pero, a fin de cuentas, ¿acaso todo enamoramiento no viene a ser eso, quedarse colgado de una ilusión? Y, además, él estaba casado y a mí, como a todas las mujeres, el reto me estimulaba. Me comían los celos, me enganché verdaderamente a aquello. Y eso que él, físicamente, no valía gran cosa. O sea, que si llega a ser un empleado de banca, pues ni me hubiera fijado en él, te lo admito. Pero bueno, el caso es que dejó a su mujer y se casó conmigo y te diré que aquel día en el juzgado fue uno de los más felices de mi vida. Pero después la cosa se fue desmoronando porque él no me prestaba atención ninguna. Se había enamorado de una cara bonita, pero me daba la impresión de que lo que yo podía contarle, mis opiniones, mis inquietudes, mis sueños, mis fantasías, le importaban un pimiento. Por ejemplo, si íbamos a ver una película de Tarkovski, pongamos por caso, y a mí me parecía un rollo insufrible (porque, qué quieres que te diga, entre tú y yo, cielo, lo de *Sacrificio* no había quien lo aguantara), él me venía a decir que yo era incapaz de apreciar la película porque era una inculta y una ignorante. No sabes las veces que me desautorizaba en público. «Leonor, tú de esto no sabes, bonita.» «Leonor, perdona que te corrija, pero...» Y yo cada vez me iba sintiendo más insignificante, más poca cosa, con menos peso. Además, él se pasaba todo el santo día encerrado en su despacho, con sus libros y sus cuadernos y su ordenador, y a mí no me hacía ni caso, casi no me hablaba, excepto para preguntar qué había para comer. Porque de la casa me encargaba yo, claro. Él iba de progre, pero no sabía ni freír un huevo ni fregar un plato, así que resultó que me había casado con un intelectual para acabar haciendo de maruja, pero de maruja de intelectual, eso sí. Y, para colmo, yo empezaba a hacerme mayor. Ya había cumplido los treinta. Eso puede que no sea un drama para las demás mujeres, pero en una profesión como ésta, tan cruel, tan obsesionada con la edad, era como si me marcaran el principio del fin. Yo hasta entonces había dado por hecho que todos los hombres querían acostarse conmigo, pero no creas, no lo pensaba porque creyese que yo era particularmente guapa, sino porque eso era lo que me habían enseñado en el colegio, que los hombres eran animales de presa que buscaban sólo eso de las mujeres, así que cuando los obreros me silbaban por la calle, cuando me seguían los señores por las aceras, cuando en las salas de espera de los aeropuertos algún viajero se me quedaba mirando fijamente, lo tomaba como un hecho de la vida y no le concedía mayor importancia. Pero, poco a poco, eso dejó de pasar y vi que los obreros silbaban a chicas más jóvenes, que los señores seguían a las estudiantes por las aceras, que los viajeros se enredaban en la lectura del periódico sin prestarme mayor atención y que, de la noche a la mañana, todo el mundo empezaba a llamarme «señora». Y me asusté. Pensé: se me acaba la belleza, se me acaba, es cuestión de tiempo, ya ha empezado la cuenta atrás y yo no soy lista, no he estudiado, no tengo cultura, no sé valorar las películas de Tarkosvski y, en cuanto pasen diez años, ni siquiera voy a poder trabajar porque no va haber papeles para mí. Hay pocos papeles para cuarentonas y hay actrices mucho mas preparadas que yo y, qué quieres que te diga, *amore*, me entró el terror y empecé a obsesionarme con la idea de tener un hijo para algo tan absurdo, lo reconozco, como dar sentido a mi existencia. Que ahora el razonamiento lo veo superridículo, vale, pero te diré que entonces me parecía de una claridad meridiana. El caso es que, cuando yo conocí a Héctor, él me había dicho que no quería hijos porque ya tenía dos, dos niñas, y no quería ni oír hablar de la idea de tener otro cuando se lo propuse. Y fue como si de repente se abriera un abismo bajo mis pies y me encontrara sin asideros. Me desesperé, me volví loca, me deprimí y empecé, por primera vez, a pensar en dejarle, porque me parecía que su postura era de un egoísmo tremendo. Pero no tenía valor para dejarle, no veía salida. Y una mañana me desperté llorando, recién salida de una pesadilla y, después de lavarme los dientes, fui, como de costumbre, a pesarme y descubrí que había engordado dos kilos. Me dio un ataque de rabia, y en un arrebato, ya sabes lo superimpulsiva que soy, cielo, tiré la caja de las píldoras a la basura, porque sabía que las pastillas provocan retención de líquidos entre otros mil efectos secundarios, porque en el prospecto también decía que alteraban el humor y pensé: tate, es por culpa de los anticonceptivos por lo que he engordado y por lo que me siento tan deprimida. Y el caso es que, cuando Héctor vio la caja en la basura, pensó que le había intentado engañar para quedarme embarazada sin avisarle. Yo ni había pensado en eso. Te diré... Si la verdad es que por entonces ya ni follábamos y, además, a mí el médico me había dicho que a partir de los treinta por lo menos había que intentarlo durante un año entero y a todas horas y nosotros no follábamos ni a todas horas ni a ninguna, pero el caso es que adoptó esa actitud suya, que tanto me desesperaba: la del tío distante y prepotente, y me dolió muchísimo esa falta de confianza que me hería, me rasgaba, me destrozaba el alma. A partir de ahí, la cosa se enfrío mucho, porque cada uno desconfiaba del otro. Yo lloraba mucho por entonces, le decía que estaba confusa, perdida, desesperada, pero él no me hacía ni caso. Lo curioso es que acabamos teniendo un hijo cuando yo ni siquiera lo quería ya. Cuando ya casi no nos hablábamos, cuando vivíamos vidas separadas, cuando yo ya me planteaba lo del divorcio, pero un día Héctor llegó superborracho de un estreno y se me tiró encima, y no había forma de sacárselo, ni con agua caliente, vamos. Y a la semana, otra vez lo mismo. Yo pensaba: es imposible, no me va a dejar preñada, el médico me ha dicho que hace falta por lo menos un año de intentos... Pues, ya ves, dos polvos mal echados y listo. Bingo. Después yo intenté continuar con él, por el niño más que nada, y aguanté a su lado. Y un día, limpiando la casa, me encontré entre sus papeles el guión que estaba escribiendo, *Cosmofobia*, y lo leí y vi que uno de los papeles estaba perfecto para mí, como si lo hubiera escrito pensado en mí, vamos, y pensé: «Qué bien, qué bonito, es un regalo que me hace», y no le dije nada de que lo había leído para no quitarle la ilusión de poder darme la sorpresa, y fueron pasando los meses y veo que empieza a haber conversaciones con productores y tal, pero que él no dice nada del guión y ya me va extrañando, así que un día le pregunto: «Oye, Héctor, esa película, *Cosmofobia,* ¿al final, se rueda o no?». Y me dice: «Pues sí, creo que voy a firmar el contrato esta misma semana». Y yo, que ya no me puedo controlar más, voy y le pregunto: «¿Y para quién es el papel de Mina?». «Pues había pensado en Penélope Cruz

—me dice—, pero no sé si va a poder hacerlo.» Y me quedé alucinada, porque el papel era como para una tía hecha y derecha, vamos, que nunca se decía su edad, pero como era madre de un crío y tal dabas por hecho que tendría los treinta por lo menos y Penélope, por entonces, iba por los veinte. Recuerdo que me quedé ahí clavada, en el sitio, que no supe qué decirle del planchazo que me había llevado, y entonces me fui a mi cuarto y me puse a llorar, pero eso él no lo vio. Yo, delante de él, sin hacerme la ofendida, fría, eso sí, pero llorar no me vio. Y, desde aquel punto y hora, se marcó para mí el principio del fin de la historia. Pero no, no le dejé, qué va, *amore*, era yo muy cobarde por entonces y, además, tenía un niño pequeño. Me acabó dejando él a mí y lo peor es que, cuando vi que se marchaba, me vi tan desesperada, me sentí tan sola, tan superperdida, que le monté el numerito de lágrimas y sollozos suplicándole que no se fuera. Amenacé con tirarme por la ventana y todo aunque, en el fondo, sí quería que se fuera…, no sé si lo puedes entender, cielo, si ni yo misma lo entiendo. Y bueno, te diré que desde entonces fue como si hubiera pasado el sarampión, que lo pasas una vez y nunca más. No me volví a enganchar a nadie, nunca, por eso te digo que preferiría un matrimonio con alguien como Fulvio, que vale que no tendrá pasión y puede que ni sexo, pero al menos sí sabremos cada uno el terreno que pisamos y lo que podemos esperar el uno del otro. Y vale, que yo sé que Fulvio tendrá sus asuntos por ahí, pero a mí no me importa, yo también tengo los míos y eso en nada afecta a nuestra relación precisamente porque no está basada en el sexo. A ti te parecerá cínico, pero a mí me tranquiliza mucho, porque yo al amor y al sexo ya no me quiero enganchar.

El último rollo así como sexual que tuve me dejó devastada, por ejemplo. Fue una cosa rarísima, me da casi hasta vergüenza contártelo, cielo. Si fuera gay lo contaría orgullosa, seguro, porque fue con... un obrero de la construcción, agárrate. Sí, sí, amore, y marroquí por más señas, el colmo. Ya sé que no me pega nada, pero fue una historia superbonita. Verás, salíamos de un estreno, íbamos un grupo de personas, creo que éramos Álex Vega, Yamal Benani, Óscar Rosabert y yo, y subíamos por la Gran Vía para buscar un taxi y, a la altura de Callao sabes que están haciendo obras para la ampliación del metro o algo así ¿no?, pues entonces pasa un chico que va arrastrando una carretilla llena de escombros y, como se trataba de una noche especialmente calurosa, llevaba el torso al aire. Nos quedamos todos mirando, porque la escena era como para grabarla: el chico tenía unos abdominales perfectos, un cuerpo de escándalo y, además, estaba supermoreno... Era como un anuncio, vamos, y yo es que no lo pude evitar, dije en voz bien alta lo que todos estábamos pensando: «¡Qué hombre tan guapo!», y claro, el chico me oyó, se dio la vuelta y sonrió, y yo le sonreí a su vez. En esto, paramos a un taxi, nos subimos y el taxi se queda detenido en el semáforo. El albañil se acerca hasta el vehículo, pega dos golpecitos en la ventanilla, yo bajo el cristal y me entrega un papelito con un número de teléfono apuntado. Imagínate... En ninguna película que yo haya grabado he tenido ocasión de rodar una escena tan bonita. Álex y Óscar se reían mucho. «Mira Leonor, la mujer fatal, que los pilla hasta en la calle.» Pero fue Yamal el que más me animó: «Llámale, mujer, que ya sabes que los moros somos muy buenos amantes...». ¿Que si lo sabía? ¿Yo? Sí, claro que lo sabía. O al menos sabía que Yamal era un buen amante... Claro, *amore*, claro que tuve algo con Yamal en su día. Algo muy corto, pero intenso. Pero es que Yamal es irresistible... Casi..., ¿cómo te diría...?, diabólico. Causa el mismo efecto en todo el mundo. Y no es porque sea guapo, que lo es. También Álex es muy guapo y el efecto no es tan fulminante. Lo de Yamal debe de tener que ver con el exotismo, no sé, con lo prohibido, con lo desconocido, con lo oscuro... Bueno, el caso es que Yamal insistió mucho, medio en broma medio en serio, en que tenía que llamar a aquel chico. Y, claro, al día siguiente le llamé. Y resultó que él no tenía ni idea de quién era yo. En su vida había oído hablar de Leonor Mayo, por supuesto, y a mí me pareció maravilloso poder establecer una relación así, tan pura, sin ideas preconcebidas, sin saber casi nada uno del otro. ¿Tú has oído eso que decía Rita Hayworth de que su problema con los hombres era que se acostaban con Gilda y se levantaban con Rita? Pues yo siento algo así, que se quieren acostar con la famosa Leonor Mayo, pero cuando despiertan con Leonor Ramírez (que ése es mi verdadero apellido), se les cae el mito a los pies, se decepcionan. Pero este chico, te repito, no me quería por famosa, porque ni siquiera sabía que yo lo era. Hablar, la verdad, no hablábamos mucho. Te diré: él casi no habla español. Nos entendíamos con su mal castellano y mi francés chapurreado, pero no nos hacía falta... la química hacía el resto. Fue todo superfuerte. No es que yo no hubiera estado con hombres hermosos antes, que he estado con muchos. Estuve con Álex Vega cuando éramos los dos muy jóvenes y, entonces, él era aún más guapo de lo que es ahora... Sí, *amore*, ríete, es verdad que me especializo en hombres ambiguos... Pero Héctor de ambiguo no tenía nada, te diré, él iba de muy macho, muy macho. Y yo me acosté con Hisham —se llamaba Hisham— y pensé: vale, una y no más santo Tomás, que no sé adónde voy yo con un albañil que, desde luego, ni idea tiene de quién es Tarkovski..., ni falta que le hacía. Pero el caso es que volvimos a quedar una vez, y otra, porque yo estaba superenganchada, te lo tengo que reconocer, cielo, y es que este chico era como muy dulce, muy tierno, muy abrazable. Antes de hacer el amor, se tumbaba encima de mí y me besaba millones de veces los ojos, las mejillas, la boca y nos quedábamos completamente relajados, bañados en un sudor suave, limpio, sedoso. Yo, hasta entonces, no había tenido tan claro el significado de la expresión «hacer el amor». Y ese cuerpo joven que tenía... Es curioso que cuando yo era joven no apreciaba tanto los cuerpos, porque todos los chicos con los que me acostaba eran jóvenes y guapos, como yo. Y acabé con Héctor, que me sacaba casi veinte años y que tenía un cuerpo horrible, descuidado, porque yo lo que quería, y ahora te lo puedo reconocer, era un hombre famoso, importante, con nombre, no un niñato. Pero ahora que he estado casada con el hombre importante y el hombre importante me ha hecho sentirme vacía como un florero ornamental, ahora quiero un hombre joven, un chico normal. Siempre queremos lo que no tenemos, es superestúpido pero es así, cielo. Y este chico era, desde luego, de lo más normal. Con decirte que nos teníamos que ver a la hora de comer porque él hacía el turno de noche, de siete a siete... Y por eso la mayoría de las veces no comíamos, sino que íbamos directamente a la cama y él, después de hacerme el amor, se quedaba dormido, y a las seis se despertaba sin necesidad de reloj y, como impulsado por un resorte, daba un salto y se iba a trabajar. Y, cuando dormía, yo me quedaba mirándole, embobada, la nariz recta, el abanico de pestañas, la grave ternura de su expresión. Era como un bebé, dormido perdía diez años. Despierto, volvía a aparentar su edad que, si quieres que te diga la verdad, cielo, ni siquiera sé cuál es. Nunca se la pregunté. Supongo que tendría unos veintipocos... No se la pregunté para no tener que decir la mía, claro. Nunca pensé en formalizar lo nuestro ni en nada por el estilo, pero la verdad es que tampoco pensé nunca en acabarlo, hasta que me contó que tenía una novia, una novia virgen, y que estaba ahorrando para casarse, que quería comprar una furgoneta para hacer no sé qué chanchullos con Marruecos de compra y venta de piezas de recambio para coches y, de repente, plof, como que se me desinfló la burbuja en la que yo vivía, porque, vale, ni había hecho planes de futuro ni había pensado, en ningún momento, en que lo nuestro fuera a ninguna parte, pero de ahí a saber que tú eres el desahogo sexual de un chico que se va a casar con otra y que quiere que su mujercita llegue virgen a la boda, te diré, media un abismo, y me sentí utilizada. Y mira que Óscar me lo decía: «Pues, hija, aprovecha. Con lo buenísimo que está, que te quiten lo *bailao* y, luego, que se case con quien quiera. A vivir, que son dos días». Pero a mí no me acababa de convencer. Es que yo no soy como otras que van de supermodernas y dicen eso de «yo soy un hombre gay atrapado en un cuerpo de mujer», qué va. No, *amore*, yo tengo mi orgullo. Y una cosa es que no busque una relación de compromiso para toda la vida, pero tampoco me hace gracia tener tan claro, tan clarísimo, que sólo me buscan para follar. Cielo, qué quieres que te diga: me hacía sentir una puta. Pero, aun así, o quizá precisamente por eso, seguí viéndole. Vete tú a saber... Ya te he dicho antes que a mí el reto me estimula, que es lo que me pasó con Héctor en su día, que en cuanto vi competencia me encelé. Y, bueno, pues seguíamos viéndonos y él dale que te dale con la murga de los quince mil euros que tenía que ahorrar para comprar la furgoneta, que tenía que ser una Mercedes, porque si no no iba aguantar el trayecto de Madrid hasta Algeciras, y que cuando consiguiera dinero iba a casarse, por fin, con la tal Amina, la novia, que el padre de ella no quería, pero que eso se iba a arreglar, porque tenía un amigo que blablabla. Ilusionadísimo se le veía al chico con la historia de la furgoneta. Y yo pensaba que en mi armario hay colgado algún traje de noche que vale quince mil euros y más. Tengo algún Chanel hecho a medida que vale una fortuna. Es verdad que yo siempre los saco con descuento, pero tengo también un esmoquin de Valentino que cuesta más que la furgoneta, por ejemplo; y cuando él me contaba lo que le había costado llegar hasta aquí, las doce horas diarias que trabajaba, lo de que mantenía a sus padres y a sus hermanos, no sé, como que me sentía rara, en deuda, como si a mí me lo hubieran dado todo regalado y a aquel pobre chico se lo hubieran puesto todo superdifícil. Así que un día no pude mas y se lo dije: «Mira, yo te presto el dinero, yo te ayudo a comprar la furgoneta». En el fondo, yo sabía que lo hacía un poco por invertir los papeles, porque así la puta dejaba de ser yo y pasaba a serlo él. Pero me dijo que no, que no podía aceptarlo, que su religión se lo impedía. ¿Te lo puedes creer, cielo? Con esas mismas palabras me lo dijo: «Mi religión me lo impide». Y yo, claro, me quedé de piedra, te diré, como que no entendía nada. Y luego, él me dijo muy serio que no podía aceptar dinero del pecado. Planchada me quedé, cielo. Imagínate, era lo último que me había esperado. Dinero del pecado... Por favor... Si es que parece el título de un culebrón sudamericano. Y al final llamé a Fulvio llorando a mares y se lo conté. Ya te he dicho que a mí lo de ser tan impulsiva es que me pierde. Y él supercomprensivo, superamable, que si no te preocupes bonita, que si no es para tanto... Superamable. Y que vamos a salir a cenar... Y esa misma noche, precisamente esa misma noche, que ya es casualidad, es cuando nos sacan las fotos a Fulvio y a mí saliendo del restaurante, cogiditos de la mano y muy achispados, claro, muy acaramelados y muy cariñosos el uno con el otro. Y cuando las fotos salen y se empieza a hablar de la nueva relación de Leonor Mayo yo pensé que la ocasión la pintan calva y que a mí me venía muy bien volver a estar en el candelero. Pero lo curioso es que él, en lugar de molestarse por las fotos, parecía encantado: «¿Ves? —me decía—. Si es que hacemos la pareja ideal». Y, luego, cuando le dije que me habían llamado de la revista para hacer un reportaje y que si no le importaba que dijera que salíamos juntos, me dijo: «Pues, claro, Leonor, tú di lo que quieras, porque, además, tú y yo sí que salimos juntos. ¿O no?». ¿Ves cómo me debería casar con él? ¿Ves cómo es mucho mejor un novio así que uno convencional? Además, yo no vivo una vida convencional, qué quieres que te diga. Ninguna actriz la lleva, y por eso te quiero decir que yo no siento que hayamos hecho ningún montaje, ni que yo haya mentido en la entrevista, porque yo quiero a Fulvio y Fulvio me quiere a mí, y hay tipos de amor muy distintos, y a cierta edad, te diré, los arrebatos pasionales ya llaman poco la atención y lo que interesa es algo menos vistoso y más trabajado, que corresponde con la intimidad. Yo creo que, en el fondo, estás entendiéndome perfectamente, cielo.

LAS OPORTUNIDADES PERDIDAS

Hace dos noches escuché un ruido extraño que me despertó. Se trataba de una especie de gorgoteo que venía del cuarto de baño, un plop-plop-plop que me estaba martilleando en la cabeza, una nota que crecía al vibrar. Me levanté intrigado y entonces me di cuenta de que la luz del baño estaba encendida. Me habría olvidado de apagar el interruptor y de cerrar el grifo. Pero no, eso resultaba raro, yo no hago esas cosas, son muchos años viviendo solo, años de precisiones cronometradas y rutinas inapelables. Abrí la puerta, temblando de miedo y de frío. La bañera desbordaba. Aterrorizado, reparé en que había un cuerpo flotando. Una mujer joven. Dormida o muerta. Me acerqué más. La reconocí. Me temí lo peor. Intenté sacarla de la tina. La agarré por debajo de las axilas y, juntando los brazos sobre su pecho, tiré con todas mis fuerzas, pero no podía con ella. Las hebras de cabello mojado se le pegaban como algas a la piel blanquísima. Pese a su aspecto frágil, resultaba extrañamente pesada.

Sí, estaba muerta.

Entonces me di cuenta y me avergoncé de mí mismo.

La flamante erección que sobresalía se erguía como señal de hombre.

Y después me desperté, gritando.

Estuve a punto de llamarte y decirte que no fueras a nadar esta semana, que había tenido un sueño muy angustioso y que temía que fuera premonitorio, que te había visto muerta en mi bañera.

No lo hice.

Tú fuiste a la piscina, como todos los días.

No te ahogaste.

Fin de la adolescencia, últimas vacaciones con los padres en la playa. El grupo de amigos de conveniencia que se hace a primeros de agosto y se deshace en septiembre, relaciones de interés, de esas que, cuando amaina el calor, se pierden la pista. Entre ellos se encontraba la prima de una conocida, que resultó ser la única de entre las chicas que entendía mi sentido del humor. Muy llamativa, ojos verdes, recta nariz, barbilla puntiaguda, piernas inacabables. «Ten cuidado con ella —dijo su prima—, tiene un novio en la ciudad. Se ha hablado hasta de boda.» Espuma de mar, cansancio de sol, ella reía mis gracias y colocaba su toalla al lado de la mía. Yo me quedaba a veces mirando el vello dorado de sus piernas y me entraban ganas de alargar la mano para comprobar si al tacto serían tan amelocotonadas como prometían a la vista.

Pero no lo hacía, ni pensar en canjear labios o manos.

La última noche salimos a bailar a una de aquellas *boîtes* de entonces en las que los cuerpos se entrechocaban en la pista, bote a un lado, bote al otro, luces estroboscópicas, lo más moderno y lo más ye-yé. Resultaba imposible que no te rozaran e, incluso, que no te empujaran de cuando en cuando. Una chica guapa, vivaz, acalorada, en minifalda —entonces apenas se empezaban a ver, eran cosa de frescas y extranjeras— se me acercaba más de la cuenta. Por fin, me abordó sonriente, por estribor, y me interpeló en un acento extraño, quizá francés, para saber si la invitaba a una copa. Yo alcé los ojos interrogantes hacia mi amiga, situada a babor. «No pierdas la oportunidad, que es muy guapa», susurró. Palabras que se deshacen en un chorro de agua fría: quien te lanza a los brazos de una desconocida no puede tener muchas ganas de acabar en los tuyos.

Al año siguiente ya pensaba en ella como en la canción del verano que durante tres meses no te puedes quitar de la cabeza y de la que con el tiempo no recordarás nombre ni intérprete, apenas el estribillo.

Y, pocos años después, me casé con mi primera mujer, Laura, que resultó ser, precisamente, la prima de la chica de la que me había enamorado, la misma que me advirtiera de lo imposible de nuestro romance, del novio en la ciudad y de la boda proyectada.

Pasado mucho tiempo, me encontré a aquella chica que fuera mi primer amor, ya convertida en mujer, en una fiesta: «Me dieron ganas de machacarle la cabeza a aquella pesada de la discoteca —me dijo—, pero no quería quedar como una histérica».

Pero ya las decepciones conyugales se le habían ensanchado a las caderas y el trasfondo vidrioso de los ojos verdes sugería mucho alcohol y poco futuro.

Juventud. Por entonces yo colaboraba como contertulio en un programa de radio, un debate cultural que se emitía simultáneamente desde dos equipos, en dos ciudades diferentes. Participaba en una tertulia en la que había otra colaboradora, la única mujer en todo el grupo, que hablaba desde el otro estudio y, a menudo, nos enzarzábamos, en el aire, en divertidas discusiones radiofónicas. Nunca nos habíamos visto la cara. Era una de las primeras feministas, profesora también ella en la universidad, y acababa de iniciar la que, con el tiempo, sería una más que brillante carrera política. Un día la llamé para anunciarle que tenía que ir a su ciudad a participar en una mesa redonda con otros directores y guionistas. Ella me invitó a cenar. «Insisto —dijo cuando quise pagar, apartando la mano que se dirigía a coger la factura—, creo en la igualdad de géneros y tú eres aquí mi invitado.» Me habló de que en la radio prácticamente la acosaban. Estaba Zutanito, el de producción, que le tiraba los tejos a la mínima, y Menganito, el documentalista, que le tocaba el culo disimuladamente cuando coincidían en los pasillos fingiendo que había sido un gesto casual, aunque ¿qué puede tener de casual que te rocen el culo? «No sabes cómo es —me decía—. No entiendo que no logren entender algo tan simple como que no significa no.» Yo decodifiqué el mensaje a mi manera: «Lo que me quiere decir —pensé— es que no está interesada en liarse conmigo», así que la acompañé al portal de su casa, me despedí con un beso en la mejilla y volví, cabizbajo, a la estéril y aséptica soledad de mi hotel.

Años después, nos encontramos en la capital, cuando ella ya era diputada. Anota mi teléfono. Me llama. Quedamos, una vez más, a cenar y la nostalgia sobrevuela la conversación. «Qué pena que aquella noche no surgiera nada.» «Pues, porque tú no quisiste.» «Claro que quería, claro que quería...»

Me dijo que en su día contó aquellas historietas de los chicos de la radio con el único fin de hacerse la interesante.

Pero ella tenía ya la vida muy hecha y yo, que todavía me estaba lamiendo las heridas de mi segundo divorcio, no tenía ganas de meterme en líos.

No te he contado nunca lo triste, lo vacío que me quedé tras mi ruptura con Leonor. Una vacuidad de sentirse vivir sin más. Una impresión de desierta monotonía que llegaba a tener el espesor de algo casi positivo, como si el dolor me hubiera inmunizado contra cualquier sentimiento y, por tanto, contra los desengaños. Mi segundo divorcio fue mucho más triste que el primero, porque durante los doce años que duró mi primer matrimonio nunca tuve la impresión de que Laura me hubiese utilizado, pero sí que fui muy consciente de que para Leonor yo no fui otra cosa que un peldaño más en su particular escalera hacia el éxito, una forma de conseguir la ropa bonita y las fiestas brillantes que tanto le gustaban.

Y, por eso, porque me sentía como si hubiera tropezado y se hubiera derramado toda la sangre que llevaba dentro y que me animaba, rechacé la invitación que transportaban las frases de aquella mujer.

La madurez. Vino a entrevistarme una periodista, una becaria joven, con cierto aire de cervatillo asustado. La entrevista fue muy larga y hubo momentos en los que pensé que se me estaba insinuando, pero deseché la idea al instante. ¿Tú te crees que una chica de su edad se va a interesar por un viejo como yo? Estaba siendo amable porque en eso consiste su trabajo.

Cuando apareció el artículo y reparé en la entradilla, se hizo la luz en mi cabeza. Leí y releí la misma frase sobre mis penetrantes ojos azules hasta que se me quedó grabada a fuego en la memoria.

Otra oportunidad perdida.

Tú no llevarás la cuenta, pero yo te conocí hace casi exactamente un año, el 9 de junio. Y no, no es que apuntara la fecha en un posavasos o algo por el estilo, sino que la recuerdo porque era el cumpleaños de un viejo amigo. Él está divorciado, sin hijos. Creo que se sentía solo. Yo tengo dos hijas y un hijo, pero también me siento solo. Acabábamos de cenar en un restaurante de ésos de platos reducidos a lo esencial y cuenta alargada hasta lo imposible. Puntualizaciones cronológicas aparte, el caso es que, cuando ya habíamos salido del local y yo tenía muy claro que quería irme a casa, mi amigo sugirió el nombre de un bar. A mí no me apetecía nada, no me gustan los bares de copas, lugares ruidosos cuyo falso ambiente cordial y festivo hace que me sienta fuera de lugar, como si quisiera aparentar una edad que ya no tengo.

Y, entonces, aparecistes tú.

—Mira —mi amigo me dio un codazo—, mira lo que acaba de entrar.

Yo miré. Volvías la cabeza a un lado y al otro, como buscando a alguien y, al hacerlo, ondeabas la suntuosa melena oriental. En algún momento, tu mirada se detuvo en nuestro rincón y yo, instintivamente, te sonreí, reflejo condicionado ante la visión de una joven hermosa. Y tú me devolviste la sonrisa. Mi colega te invitó a una copa, que aceptaste para nuestra sorpresa. Ibas vestida de manera sencilla, con unos vaqueros y una camiseta blanca, y no llevabas maquillaje. Con el tiempo, ese encanto natural se convertiría en una de las cualidades que más valoraría de ti: tu rostro sin afeites, en contraste con la artificiosa belleza de Leonor o de todas las actrices con las que me he ido acostando a lo largo de los años. Nos explicaste que habías quedado con unos amigos, pero que llegabas demasiado pronto, que tenías que hacer tiempo. Te dejaste invitar a otra copa. No sé cómo ni cuándo salió el tema de tu perro en la conversación, creo recordar que dijiste que te estaría esperando al llegar a casa. Yo también tengo perro, te dije, y descubrimos, oh casualidad, que vivíamos en el mismo barrio y que paseábamos a los perros en el mismo parque, el del Casino, pero que nunca nos habíamos visto porque lo hacíamos a horas diferentes. Nos intercambiamos los teléfonos justo antes de que llegaran los amigos a los que esperabas y te despidieras con una sonrisa.

Y quedamos, y me hablaste de tu ex novio, de tu ex novio, de tu ex novio. David por aquí, David por allá; así que me propuse mantenerme a una prudente distancia. Qué hace un viejo desvencijado por la edad, aplastado por los desengaños, cargado de manías, aspirando a poder ser más que un amigo de una chica tan radiante. Y no podía entender aquellas historias que me contabas de que sabías que él te era infiel pero que callabas por miedo a perderlo. Yo soy un hombre fiel, siempre lo he sido. Cuando engañé a Laura con Leonor me divorcié casi inmediatamente, no pude soportar la culpa y no podía vivir con la mentira. Y a Leonor le fui escrupulosamente fiel, pese a que supiera que ella me mentía, que me utilizaba. Por eso no entendía que alguien que pudiera compartir su vida con una mujer tan espléndida como tú perdiera su tiempo en acostarse con otras. Llámame tonto, o anticuado.

Un año ha pasado, hemos quedado muchas veces, la mayor parte de ellas a solas. Paseamos a los perros, me hablas de tu ex novio, vamos al Parque del Casino, contemplamos a los niños que juegan con la pelota, me hablas de tu ex novio, David por aquí, David por allá. A veces, quedamos a desayunar antes de que tú cojas el coche para ir a la oficina y yo regrese a mi estudio. Me hablas de tu ex novio, me pierdo por el camino resonante de ecos que la memoria inventa, intento reconstruir la inflexión de tu voz al llamarme por mi nombre, el brillo exacto de tus ojos cuando me viste llegar vestido de traje el día que venía de dar aquella conferencia, la ciudad inmensa con su zumbido de motores, tu setter, mi chucho, tú y yo plantados bajo aquella marquesina, esperando que la lluvia escampara. Cómo rechazaste mi chaqueta cuando te la ofrecí para que no pasaras frío; eres muy caballero, dijiste, pero no te preocupes, tengo una salud de hierro, y yo entendí que querías decir que, si alguno de los dos cogía una gripe, el que peor lo iba a pasar era, sin duda, el más mayor. Nunca nos hemos tocado más allá de lo imprescindible, no nos hemos cogido la mano, ni siquiera nos la hemos rozado. Afloran recuerdos, caen esperanzas, desmenuzo las pequeñas mentiras y las grandes, soy tu amigo, pienso, soy tu amigo.

Pero no lo soy.

Y me di cuenta de ello el sábado pasado, cuando fui a tu fiesta de cumpleaños, desentonando como un mendigo en una recepción de gala; una fiesta en que casi todos los invitados podrían ser mis hijos e, incluso, mis nietos, y advertí la familiaridad con que tratas a tus verdaderos amigos, los de toda la vida, esos que han ido al colegio contigo, por esa suerte que tuviste y que yo no disfruté, pues cuando yo fui a la escuela no había enseñanza mixta y por eso yo no tuve amigas, con *a,* en unos tiempos en los que las chicas eran unos seres inalcanzables que llevaban faldas plisadas y calcetines hasta la rodilla. Pero fue aún peor cuando se te acercó aquel chico, no sé si lo recordarás, un rubio de ojos azules. Me lo habías presentado como un amigo, pero yo adivinaba que él quería algo más, o quizá sólo lo imaginaba. Quizá me instalé en un mundo irreal, porque el deseo me llevó a los celos y me hizo ver lo que no era, arrastrado por una fuerza ajena a mí, una voluntad que no sabía de lógica, que se me había colado dentro y me atrapaba hasta hacerme daño. En el momento en que te cogió del hombro para acercarte hacia él, en un gesto que se adivinaba tantas veces repetido, sentí una emoción que me encendía y que engendraba una avidez estúpida, un angustiado redoble del corazón.

La verdad se plantó ante mí, tiesa e ineludible.

Yo no soy tu amigo.

Y pensé que todo este tiempo hemos sido como dos nativos que vivieran en dos islas, situadas la una enfrente de la otra hasta que, un día, cada uno hace una balsa y se encuentran en el mar, en un islote equidistante. Uno puede ver perfectamente el contorno de la isla de la que el otro vino: la vegetación, los pájaros, los riscos, el pico de la montaña, pero el otro nada puede ver del origen del primero, pues una niebla le impide ver el horizonte, la isla que sólo puede imaginar a través de lo que el otro le cuenta.

El deseo es como niebla.

Todo es discontinuo en el deseo, todo se disuelve en el deseo.

Cuando nacemos, llegamos a la vida arrastrados por el agua. Cuando deseamos, el sexo nos moja la entrepierna. Soñar con agua es soñar con vida y sexo. ¿Por qué entonces te soñé muerta? ¿Porque soñé con algo que pudo ser y no fue? La noche como máscara, una imagen en busca de un personaje que la viva, que la interprete. La noche que no entiende de pretextos ni excusas, de coartadas o mentiras para negar lo evidente. Quizá el sueño anunciaba que necesito de una clara razón contra el absurdo, no gastarme la vida en desconfianzas. Recordé aquellas ocasiones del pasado en las que no me atreví, por temor al rechazo, a expresar lo que sentía y así perdí lo que pudo ser y no fue. Por eso me atrevo a dar este paso, a enviarte estas letras, por si pudiera suceder el milagro y que tú empezaras a verme con ojos más amables. Porque cuando pasan las oportunidades, nadie recoge las caricias perdidas.

El tiempo se goza, no se cuenta, y es triste entender que empezamos a comprender lo importante precisamente cuando el cuerpo no puede conseguírnoslo. Y si el tiempo es el que cura las heridas, ¿no será la mía incurable puesto que no me queda tanto? Tengo que confesarte, Diana —tienes nombre de diosa y a mí me lo pareces—, que tengo hartura de esos clichés estúpidos y esas filosofías que no entiendo. Y me da miedo pensar que cuando leas esta carta te asustes, que te atemorices al descubrir que mi interés no era paternal, ni curioso, y ya no quieras quedar a pasear al perro. O, quizá, siempre supiste del deseo que encendías, incluso antes de que yo mismo supiera identificarlo y admitirlo, y me seguías viendo porque te gustaba verte reflejada en mis ojos: joven, radiante, inalcanzable como una diosa que despertó a un descreído, enardeció a un indiferente e inflamó a un estoico.

EL CORAZÓN DEL SAPO

Diana llamó a su teléfono móvil después de tres años de no hacerlo. Lo sorprendente era que, tras mil noventa y cinco días de no haber marcado aquellos seis dígitos, aún los memorizara perfectamente.

Si sale el contestador, si no coge a la primera, me olvido.

Pero cogió a la primera.

—¿Sí?

Inconfundible. Su voz. Era él.

—Soy yo.

La voz de ella también debía de ser inconfundible, porque él la reconoció de inmediato.

—¡Qué sorpresa! —parecía animado—. ¡Cuánto tiempo! —y que lo digas—. ¿Cómo estás?

—Pues... Bien... —cómo resumir tres años en unas pocas frases: ¿Salgo con otro? ¿Sigo trabajando en la misma empresa, pero me han ascendido? ¿No te he olvidado, pero ya no te echo de menos?—. Más gorda... —fue la única estupidez que se le vino a la cabeza.

—Supongo que llamas por lo del concierto...

—Pues sí... —¿cómo podía haberlo adivinado así, tan rápido?

— ¿Cuántas entradas quieres?

— Pero ¿tienes entradas?

—Sí, claro, ¿cómo no voy a tener entradas para mi propio concierto?

—Tu concierto..., esto..., ¿cuándo tocas?

—Mañana. Me llamabas por eso, ¿no?

—Esto... Sí, claro, claro..., te llamo por eso. Quiero tres entradas, entonces.

—Ningún problema.

—Oye, ¿dónde es?

—En el Arena, mañana, a las diez de la noche.

—Vale, pues... hasta mañana. Nos vemos. Gracias por las entradas.

—No, qué va, gracias a ti por llamar. Ha sido un detalle.

Fortuna, la caprichosa diosa de la suerte y de las casualidades, debía de estar de un humor travieso aquel día, porque ella no tenía ni idea de que su grupo iba a tocar en Madrid. En realidad, ella quería ver a Beck, pero las entradas para ver a Beck se habían agotado dos días después de ponerlas a la venta, dos meses antes de la fecha del concierto. Había removido cielo y tierra, Roma con Santiago para conseguir unas, pero no había manera: el divo tocaba en un local muy pequeño y contaba con muchos seguidores. Entonces, en uno de los carteles que anunciaban el concierto, reconoció el nombre de la oficina de *management:* la misma que llevaba al grupo de su ex. Haciendo de tripas corazón, se había atrevido a llamarle, tres años después, pensando que quizá él podría servirle de intermediario para conseguirle algún pase de prensa. Y, después, cuando David le ofreció las entradas para *su* concierto, y no para el de Beck, no tuvo valor ni ovarios para decirle: «No, perdona; me había equivocado. A ti no quiero verte ni en concierto ni en pintura ni en apariciones».

Durante aquellos tres años, había imaginado muchas veces el día en que se reencontraran. No, no podía ser en un bar puesto que ella, conscientemente, se había esforzado por dejar de frecuentar todos los garitos por los que sabía que él podría moverse. Por ejemplo, evitaba La Taberna Encendida. La única vez que la había pisado desde que se separaron había estado muy nerviosa, mirando a la puerta cada dos segundos por si viera entrar a David, pero él no apareció. Y no había vuelto desde entonces a pisar el local, aunque aquella fuera una noche de suerte, al menos para su amiga Miriam, que había ligado con un chico joven y muy guapo. Diana admiraba la valentía de Miriam, que se atrevía a ir a La Taberna, incluso si sabía que se podía dar de narices con su antiguo amor, Yamal, que era el dueño del garito. Miriam, a diferencia de Diana, no tenía miedo a su pasado y sabía enfrentarse a él.

Habría más posibilidades de toparse con David en un concierto, pero él seguía yendo a movidas de rock y a ella le gustaba más la electrónica. No sabía muy bien por qué, pero siempre imaginaba que se daría de narices con él en un aeropuerto, puesto que él viajaba mucho, por aquello de las giras, y ella también, por su trabajo: ser jefe de producto es lo que tiene. De hecho, se había encontrado a mucha gente en las salas de espera de los aeropuertos: antiguos vecinos, novios, compañeros de instituto, amigos a los que había perdido la pista... Pero nunca con David.

No, no quería volver a verle, pero sabía que se trataba de algo inevitable. Al fin y al cabo, vivían en la misma ciudad y compartían gustos. Antes o después tendrían que coincidir en una sala de cine o en un bar o en una terraza. De hecho, resultaba raro que no se hubieran cruzado en tres años.

Y, si iba a aquel concierto, al menos iría sabiendo lo que iba a pasar. No se llevaría un susto, ni un disgusto. No le pillaría de improviso. La mejor manera de vencer un miedo es enfrentándose a él de cabeza, pensó. Es la oportunidad de demostrar que ya no tiene poder sobre mí. Se le vinieron a la memoria los versos de una de las viejas canciones de David: *Cómo acerca el temor, aún me resisto, pero me lleva a ti de extraño modo.* No los había escrito él, había adaptado un poema. *Porque a todas partes vas conmigo: en el pensamiento, en el soplo de mi aliento y en mi sangre confundido.* ¿Quién era el autor? Ni idea. A veces, a David le daba por hacerse el culto. También había adaptado unos versos de Gil de Biedma, pero de eso ya hacía tiempo. Él ya no iba con ella a todas partes. Diana ya no pensaba en él veintiséis horas al día. O, al menos, así había sido hasta que hizo aquella estúpida llamada y había vuelto a dejarle sitio en su cabeza. Ahora que había accionado aquel interruptor secreto, se había puesto en marcha un antiguo motor que creía definitivamente detenido y un runrún familiar se empeñaba en repetir su nombre: «Davidavidavidavidavidavidavid». Y le sonaba a «vida, vida, vida mía».

No, sería mejor no ir al concierto. Pero no ir implicaba aceptar la derrota, reconocer que aún tenía miedo de verle, de sufrir por verle. Y no: ella, la de entonces, ya no era la misma (qué manía de pensarlo todo en verso), ya vivía con otro, ya había superado aquella ruptura. ¿O no? La única forma de saberlo era yendo a aquel concierto.

Llamó a Miriam y le explicó la situación. Como imaginaba, Miriam se ofreció a acompañarla, sin problemas, pese a que el grupo de David ni le gustaba ni le había gustado nunca. «Voy a llamar a mi madre para decirle que se quede con el niño y te recojo mañana a las nueve en el portal de tu casa —le dijo—. Va a ser divertido, ya verás. Hace siglos que no voy a un concierto de los de guitarras y chupas de cuero.»

Aquella noche, en la cena, no pudo contenerse y se lo contó a Simón, su nuevo y recién estrenado novio, que conocía toda la historia: los cuatro años de subidas y bajadas, de broncas y reconciliaciones, de continuas infidelidades, de ansiolíticos y flores de Bach, de dolor, de convulsión, de delirio, de despertarse en mitad de la noche con la sensación de faltarle el aire, y aquella ocasión en la que ella se subió a un avión llorando a lágrima viva y la azafata, conmovida o asustada, se acercó a ofrecerle un vaso de agua y un pañuelo y ella se sintió estúpida porque había tragedias importantes que merecían una escena como aquélla: la muerte de un hijo o la de una madre o el exilio o la persecución política, pero no una tontería como una pena sentimental, y cómo precisamente aquella mañana fue cuando tomó la decisión: si le he dejado, le he dejado; nada de llamarle otra vez, nada de intentar arreglar las cosas, nada de pedir perdón por una falta que ni siquiera creo haber cometido, nada de arrastrarme para suplicar que cambie. Si se ha acabado, se ha acabado. Su nuevo novio se sabía bien la historia, porque la conoció precisamente cuando ella se estaba lamiendo las heridas, cuando todavía le costaba comer y cuando aún se le escapaba alguna lagrimita en público. Él supo esperar y gradualmente pasó de ser colega de trabajo a amigo, de amigo a paño de lágrimas, de paño de lágrimas a amante ocasional, de amante ocasional a novio, y de novio a pareja oficial.

La paciencia abre más puertas que las llaves.

Y después de haber hecho una temeraria incursión en el territorio de las pasiones de novela, hacia las cimas de lo sublime y de lo eterno, qué bien sabía regresar al valle donde vive el común de los mortales, contenta con las cosas tal y como estaban, y olvidarse de aquellos que se empeñan en escalar montañas, aquellos a los que les excita tanto el riesgo a despeñarse.

Miriam le decía y le repetía muchas veces que no hay que intentar cambiar el destino ni lamentarlo. «Eso lo aprendí de Yamal, que Alá o quien sea ha hecho el mundo así y que es inútil intentar cambiar las cosas. Y en Yamal esto no sonaba fatalista, sino práctico. No debes sufrir por el pasado, sino agarrarte a los recuerdos felices.» Pero el problema de los recuerdos es que cuando los años pasan, o bien se disuelven en el olvido como azúcar en agua o bien se distorsionan, mezclados con los momentos nuevos que inevitablemente los contaminan. Por ejemplo, los buenos recuerdos que de David tenía los analizaba ahora desde el prisma del presente y notaba que, ya desde el principio, se comportaba como un crío, y ella había creído amarle cuando en realidad no había hecho sino ponerse una capa de superheroína, de redentora, que le sentaba como hecha a medida. Precisamente si conseguimos avanzar en la vida es gracias al olvido, porque si recordáramos todas las cosas buenas que hemos perdido nos aplastaría la nostalgia y, si recordáramos todas las malas, nos comería la depresión.

—Creo que deberías ir, claro que deberías ir —le dijo Simón—. Al fin y al cabo, han pasado tres años. Tienes que demostrarte a ti misma que lo tienes superado. Si quieres, yo te acompaño.

A ella casi se le atraganta la ensalada. ¿Que me acompañas? Dudaba de sus intenciones. ¿Qué quería? ¿Protegerla? ¿Medir fuerzas con el antiguo rival? ¿Comprobar con sus propios ojos si de verdad aquel tipo merecía todas las lágrimas que ella había derramado? Y, luego, pensó: «Pues que venga, qué más da. Al fin y al cabo, Simón es un chico muy presentable, muy guapo. Siempre es mejor que David me vea llegar acompañada. Y bien acompañada, además».

Así que, al día siguiente, apareció bien flanqueada: de un lado, su novio, del otro, su mejor amiga. A sala llena, un foro de gente tarareando las canciones demostraba que no sólo los incondicionales estaban presentes. Un directo muy correcto, con poco movimiento pero con una ejecución milimetrada aunque previsible: en tres años el grupo no había alterado en gran cosa su repertorio. David se movía sobre el escenario con la misma sabiduría de antaño, abrazado a la Telecaster como si estuviera follándosela. Nunca había sido un tipo muy alto, pero sobre las tablas ganaba peso, prestancia, mientras sus ásperos recitados guiaban la tensión guitarrera sobre una batería con dobles bombos machacones. Ella intentó acercarse hacia la banda, pero a medida que avanzaba la presión se iba haciendo más y más insufrible: una masa compacta compitiendo por el espacio, aguantando empujones, sudando exageradamente, coreando los estribillos que se sabía de memoria, sin apenas aire que respirar. David parecía encantado con la respuesta de sus incondicionales, según podía deducirse de su sonrisa, y ella le conocía bien, sabía que no solía sonreír en los conciertos. Nada nuevo bajo los focos: durante cuatro años ella había presenciado el mismo concierto repetido en muchos escenarios diferentes. Al principio, el ambiente le excitaba y se sentía orgullosa de saber que era suyo el objeto de deseo que brillaba sobre las tablas y por el que suspiraban, desde la sala, cientos de admiradores al unísono. Pero, con el tiempo, la cosa empezó a cansarle, sobre todo desde que supo que, cuando no estaba presente, alguna de las admiradoras que coreaba las canciones solía acabar pasando la noche con el cantante en la habitación de su hotel. Se enteró, de la manera más prosaica y poco original, el día en que David se olvidó de apagar el ordenador y en la pantalla quedó a la vista el buzón del correo electrónico con una carpetita de nombre revelador: «Ellas». Le bastó con leer tres mensajes para entenderlo todo: igual que los antiguos marinos tenían una novia en cada puerto, los modernos roqueros se follan una *grupi* en cada bolo. Y entonces Diana imaginaba las sonrisas y los besos que David le había dirigido vueltos hacia otros ojos y hacia otros labios, todas las muestras de cariño que había tenido para con ella ofrecidas a otras. Y todos los recuerdos eróticos de sus noches con David se convertían en la idea de las actitudes ardientes o extasiadas, de las posiciones o los juegos que practicaría en otras camas. De modo que Diana llegó a lamentar cada uno de los placeres y los juegos cómplices que había vivido junto a David, todas y cada una de las caricias recibidas, cada una de las veces en las que él le había hecho correrse y cómo, insensata de ella, había tenido la imprudencia de indicarle cómo hacerlo, porque suponía que David habría puesto en práctica sus instrucciones con otras. Evidentemente, dejar al chico de moda suelto por los bares de provincias era como dejar una cartera repleta de dinero en medio de la calle. Y, de repente, Diana imaginaba a todas las fans de David, con un informe rostro colectivo, como ladronas, y echaba la culpa a quien toca la cartera, olvidándose de que David no era un objeto inanimado, que su voluntad intervenía, que nadie roba al hombre que no se deja robar.

Pero aquel descubrimiento no fue el más amargo.

Diana volvió a revisar el contenido del ordenador con más calma, en los días siguientes, y descubrió una nueva carpeta que contenía un montón de mails de Emma Ponte.

Diana sabía que David y Emma se conocían de toda la vida, que habían compartido grupo a principios de los ochenta, que tocaban en un sitio que se llamaba el Nevada, que ella cantaba y tocaba la guitarra y David el bajo. Lo que no había sabido hasta aquel momento es que ya en los ochenta Emma y David se habían acostado juntos y que, desde entonces, durante más de quince años, habían seguido con la historia, viéndose de manera esporádica. Según los mails, habían coincidido en Barcelona (él había ido a tocar y ella estaba poniendo las voces en un disco de los Schizo en el que ejercía de artista invitada) y se habían pasado tres días de farra juntos: coca, priva y sexo. Emma tenía muy mala reputación. Se decía de ella que se acostaba con cualquiera, hombres y mujeres, pero Diana —qué ingenua— siempre había pensado que, por mucho que cuando el río suena agua lleva, los rumores no eran más que exageraciones producto de la envidia suscitada por el hecho de que Emma se hubiera mantenido a la cabeza de las listas de ventas de discos durante muchos años, cosa difícil para cualquiera, pero más para una mujer. Para colmo de males, siempre que Diana se había encontrado con Emma yendo ella con David, la cantante había sido amabilísima, y el recuerdo de su sonrisa le quemaba a Diana por dentro con calor de humillación.

Diana fingió que no se había enterado de nada porque no quería admitir que había intervenido una correspondencia ajena, pero desde entonces no pudo ir a los conciertos sin sentir que el resto del grupo *sabía,* que sentían pena por ella, o desprecio o conmiseración o lo que fuera y sin preguntarse, cada vez que aparecía una chica mona por el *backstage,* si aquélla también era una de las que se tiraban al cantante de moda cuando su novia oficial no le acompañaba. Intentaba pensar que esos celos morbosos no eran sino una enfermedad y que, cuando ella estuviera curada, los actos de David, sus devaneos, los besos que hubiera podido dar o los polvos que hubiera echado le importarían tan poco como los de cualquier otro. Intentaba fingir que en realidad no le molestaba, que siendo ella la oficial, la que vivía con él, ¿qué más le daban las *grupis,* las aventuras de una noche? Pero es que Emma no había sido una historia de una noche, y eso Diana no lo podía ignorar.

¿Y qué sentido tenía recordar ahora todo aquello? Entonces ella tenía veinticinco años, pero ahora ya había cumplido los treinta y él ya no iba a todas partes ni en su pensamiento ni en el soplo de su aliento ni en su sangre confundido; aquello ya había pasado. Pero ¿por qué seguía atrayéndole tanto? ¿Por qué aquella presencia magnética todavía le hipnotizaba desde el escenario hasta el punto de que le subiera por el pulso de la sangre una especie de impulso en ebullición, de saltar allá arriba y volver a estrecharle entre sus brazos?

Sí, le veía en el escenario y sentía algo. Todavía le gustaba. Peor aún, todavía le quería. O le deseaba. O lo que fuera. Sentía que le faltaba el aire. Y, entonces, escuchó los versos: *Y en el soplo de tu aliento y en tu sangre confundido*, y todos los recuerdos de aquella época en la que él decía y repetía que la adoraba, y que hasta entonces Diana había logrado mantener más o menos controlados en el fondo de su cabeza, engañados por aquel repentino destello del amor que creyeron de regreso conjurado por los versos, se revolucionaron, brincaron desde su escondite y corearon con David, sin acordarse de que Diana ya no era nada suyo, el estribillo de la que fuera su canción, y a Diana le invadió una necesidad absurda de David, imposible de satisfacer y difícil de aplacar, un insensato y doloroso deseo de volver a besarle como antaño.

Miriam y Simón se habían quedado en la barra pidiendo unas copas mientras ella avanzaba hacia el escenario. Diana decidió volver sobre sus pasos y avisarles antes de que consiguieran atraer la atención del camarero, para decirles que se iban, que no se quedaban un minuto más allí. Sentía que se ahogaba, que no podía quedarse en aquella sala, con aquellos recuerdos. Pero, entonces, Diana se dio de narices con Jon, el único integrante del grupo con el que, en aquellos viejos días en los que ejercía de *maruja del rock*, se había llevado bien y había tenido alguna confianza. El mánager parecía encantado de verla.

—¡Diana! ¡Qué sorpresa! David va a estar encantado de verte... Bueno, y yo más. Estás guapísima, tía. ¿Qué te has hecho?

—Un lifting. No, en serio, he dejado la mala vida. Ya no bebo, ni me meto, ni salgo hasta las tantas.

—Pues te ha sentado muy bien, desde luego. Oye, ¿quieres una copa?

—Es que he venido con mi novio —las palabras le vibraban en los labios: cuando decía «mi novio» en el pasado, se refería a David, y le resultaba raro utilizarlas para designar a otro que ya no era David, sobre todo delante de alguien que, hasta entonces, le había visto con un «mi novio» cantante, no con un «mi novio» rubio— y con una amiga, Miriam. No sé si te acordarás de ella, creo que la has visto alguna vez.

—Pues les invito a ellos también. ¿Dónde están?

—No sé si les vas a ver desde aquí. Los dos rubios altos de la barra. ¿Los ves?

—Vamos para allá, que tengo copas gratis.

Jon se presentó y pagó las consumiciones con un vale de sala. Después, se comportó como el excelente relaciones públicas que era y empezó a ligar con Miriam, que parecía encantada. Así que habría que esperar a que aquellos acabaran las copas para marcharse. Diana se alegró por Miriam, que desde su separación estaba teniendo un éxito increíble con los hombres. Garito al que iban juntas, garito del que Miriam salía acompañada. Y no es que Jon fuera un buen partido, porque era, como todos los roqueros, un mujeriego y un politoxicómano, pero al menos, tenía más de treinta años, no veintipico como Antón, el chico con el que Miriam salía últimamente, el que habían conocido en La Taberna Encendida. Así que Diana hizo de tripas corazón y se resignó a lo inevitable: media hora más en aquel antro, media hora más resistiéndose a la presencia que le arrastraba desde allá arriba. Pero se hizo más de media hora, porque el mánager, evidentemente encantado con la rubia alta, invitó a una segunda ronda. Y a una tercera. Y, entretanto, el grupo fue desgranando todos los temas del último disco. Y hubo dos bises. Y el concierto terminó.

—Huy, tengo que ir al *backstage* a felicitar a los chicos —dijo el mánager, que poco tenía que felicitar, puesto que, distraído con la rubia, no había prestado la más mínima atención a la música y no podía saber si lo habían hecho bien o mal—. ¿Venís conmigo?

—No, no... —ni de coña, pensó ella—, que mañana hay que trabajar y si vamos al *backstage* nos van a dar las tantas.

—Pero tenéis que venir —insistió Jon, dedicándole a la rubia Miriam una sonrisa invitadora—, sobre todo tú, Diana, que a David le va a hacer muchísima ilusión verte. Vamos, que me mata si no te llevo.

—Anda, sí —propuso Miriam—. Cinco minutos. Saludamos y nos vamos, que yo también me tengo que levantar temprano.

Diana se encogió de hombros, resignada a lo inevitable, y se dejó llevar como una oveja a la que conducen al matadero.

El camerino era un cuartito miserable que olía a rancio, a sudor, a cerveza y orines, en el que se agolpaban como podían una veintena de personas, entre los músicos y el *entourage*. Todos llevaban más o menos las mismas pintas: camisetas, vaqueros y pelo largo, y ellos tres —Miriam,

Simón y Diana, ropa de diseño, pelo perfectamente cortado, bronceado de piscina— parecían, por contraste, unos figurines. Dicen que el gusto se construye por mimetismo y Miriam era bastante pija, así que era posible que, en una reacción en cadena, le hubiera contagiado a Diana su gusto en los últimos tres años —pues la empezó a frecuentar a diario desde que dejó de salir con el roquero—, y Diana, de rebote, le pasara la infección a Simón. Diana sabía que ahora lucía distinta a como David la conoció: mejor vestida, el pelo mejor cuidado, ¿más guapa? Quizá. Recordó una carta que le había escrito Héctor, un director de cine de ésos de mucho prestigio pero poco éxito con el que solía charlar mientras ambos paseaban a los perros y que se había enamorado de ella, según aseguraba en su misiva. Diana había alquilado dos películas suyas en el videoclub, pero no había entendido nada. Eran largas, farragosas, incomprensibles, pedantes. Se quedó dormida viendo la segunda. Sin embargo, el director le había enviado una carta preciosa, nada pedante, muy comprensible. La llamaba diosa. Se repitió la palabra en la cabeza: «Diosa, diosa, diosa. Soy una diosa, tengo nombre de tal y le voy a hacer honores, ya no me puedes hacer daño».

David estaba en una esquina, apoyado contra una pila de cajas de cerveza, con aire visiblemente cansado. De repente, alzó la vista y sus miradas se cruzaron. Él sonrió. Ella avanzó hacia él. Apenas les separaban cinco metros, pero estaban todos tan apretujados que se le hizo difícil llegar.

—Hola.

—Hola. Gracias por venir.

El escenario miente, Diana ya lo sabía. Las luces, la elevación, la focalización... Pero no podía imaginar que mintiera *tanto*. Porque en el escenario, hacía apenas unos minutos, él era un chico guapo, guapísimo, y al hombre apoyado contra la pila de cajas de cerveza ya le quedaba poco de chico. Había envejecido notablemente en aquellos tres años. Unos surcos de arrugas le circundaban los ojos, el pelo estaba entrecano y la coronilla clareaba. Y, además, había engordado. En el escenario, con la camisa negra, no se notaba, pero de cerca sí. Incluso tenía papada. Y los ojos... estaban como inyectados en sangre, con unas venillas rojas dibujándose en lo blanco. ¿Se podía cambiar tanto en tan poco tiempo? Pues sí, era evidente. Sobre todo si uno bebía al ritmo que ella recordaba.

—Éste es Simón.

—Encantado.

Los dos hombres se estrecharon la mano en un gesto cortés, pero a nadie se le hubiera pasado por alto el abrasivo recelo con el que se medían mutuamente.

Afortunadamente, Miriam apareció, como caída del cielo, para acabar con aquel silencio denso que podía haberse cortado como un cuchillo.

—Hola, David, cuánto tiempo —cuando Miriam le estampó a David los dos besos de rigor, Diana cayó en la cuenta de que ni siquiera se habían besado para saludarse—. Muy bueno el concierto —mentía como una perra: había prestado menos atención al concierto que a los anuncios de la teletienda.

—Estás guapísima, Miriam. Por ti no pasan los años, como dice el anuncio —él mentía también. Miriam había engordado muchísimo y era imposible que él no se hubiera dado cuenta—. ¿Qué es de tu vida?

—Huy... Hace tantos años que no te veo que no sé cómo resumir... Dejé a Yamal, me casé con otro, tuve un hijo, me separé. ¿Qué? ¿No nos invitas a una cerveza?

—Pues claro, no faltaba más. A ver —gritó David—: ¿QUIÉN ME PASA TRES BIRRAS?

Jon, diligente, apareció con cuatro botellines, dos en cada mano.

—¿Y el abridor? —preguntó Miriam—. ¿O quieres que las abramos con los dientes?

—A ver, ¿DÓNDE HAY UN ABRIDOR?

Por lo visto, nadie en el camerino tenía un abridor.

—No importa —aseguró David—, tengo un truco que no falla.

—El del mechero —adivinó Diana, que ya se lo conocía.

Efectivamente, el cantante sacó un mechero del bolsillo de los vaqueros y procedió a abrir los botellines haciendo presión contra las chapas. Y entonces ella reparó en el detalle. Le temblaban las manos. Muchísimo. Como si tuviera un Parkinson.

—Abre sólo tres; yo no quiero, he dejado de beber.

—¿Tú, abstemia? ¿Tú? Bueno, eso sí que no me lo creo —dijo David con tono de verdaderamente no creérselo.

—Verás..., no he tenido más remedio. Por lo del embarazo, ya sabes. Estoy de tres meses...

El estrépito del botellín al estrellarse contra el suelo vino a romper el silencio. Se le había resbalado de las manos.

—Pero, tía, qué morro tienes. Y yo que casi me lo creo...

—Sí, ya te lo vi en la cara. Pensé que ibas a meter la pata y soltar algo así como «si te presté un támpax el fin de pasado...».

—No, qué va, me di cuenta enseguida, estuve rápida. Qué buena la cara que puso David, por favor, casi le da algo. Si se le cayó el botellín y todo... Aunque eso puede que fuera por la temblequera, que ya la llevaba de antes.

—¿Tú también te diste cuenta?

—Sí, cuando fue a abrir la cerveza, temblaba como un pajarito.

—¿Tú crees que fue por la impresión de verme?

—No. Yo creo que es porque está alcoholizado —era la misma Miriam que dijo una noche: «Voy a sentir que te vayas de vacaciones... No, no es que vaya a echarte de menos, es que cuando salgo sin ti no ligo tanto»—. Vamos, que ya lo estaba antes, cuando salía contigo, pero ahora más. ¿No te diste cuenta de que estaba como hinchado y de que tenía la nariz roja, como con venillas en las aletas? Típico de alcohólico. Además, está viejísimo, qué arrugas, por favor. Eso es de las noches sin dormir, que pasan factura. Y lo que yo te diga: el grupo está acabado. Si ni siquiera tú te habías enterado de que tocaban. Y lo hicieron fatal.

—¿Tú que sabrás, Miriam, si no te enteraste? No les prestaste ninguna atención.

—¿Para qué se la iba a prestar con lo mal que tocaban? Sobre todo él, que desafinaba más que un gato.

Pues sí, el grupo estaba acabado y él era un alcohólico. Pero no es que las cosas hubieran cambiado en tres años. Cuando le conoció, él ya bebía como un cosaco y el grupo no era precisamente el más respetado del pop español. Había sido siempre así desde entonces. Un tío que bebía mucho y que no tenía demasiado talento, amén de un mentiroso. ¿Qué era lo que había visto en él? ¿Cómo podía justificar aquellos cuatro años de intenso sufrimiento, de noches sin dormir, de lágrimas, de delirio, de desesperación? Quizá porque había vivido su relación como sobre un escenario. Aturdida por las engañosas luces de la fama, había proyectado sus fantasías sobre la figura del roquero de moda y se había dejado llevar por el ritmo de la imaginación, porque tenía del amor un concepto superficial y decorativo. Había sufrido porque ella misma se lo había buscado; no había otra explicación, no hubo más nostalgia que la de una idea. Resultaba triste admitirlo, zanjar así lo que había vivido como el amor de su vida, pero más triste habría resultado no darse cuenta y pasarse la vida añorando una equivocación como aquélla. Porque la cabeza trama sus intrincadas redes y la pasión nunca es, en realidad, como se la inventa. Y un día la flota de recuerdos naufraga en la noche, en el agua oscura de la desmemoria y, cuando una deja de sufrir, ya ha olvidado.

Y, con un poco de suerte, también ha aprendido.

LA PIEL DE LA SERPIENTE

El otro día estaba leyendo *Yo, Claudio,* de Robert Graves y por ese libro me enteré de que Livia en etrusco antiguo significa «malignidad». A mí me había dicho la propia Livia que el nombre significaba «pálida» y que ella pensaba que le sentaba muy bien. Pero, si Livia era pálida, era porque salía todas las noches y evitaba que le diera el sol. Ella quería ser la más *fashion* y la más moderna, y es verdad que el rollo ése de ir morenísimo en plan rayos UVA está totalmente pasado. Por eso, las pocas veces que salía de día, usaba protector solar de los de pantalla total. Y, como tenía los ojos y el pelo muy negros, llamaba mucho la atención. Era guapa Livia, y elegante. Y pálida, sí. Pero la palidez se la había creado. Lo de la malignidad, eso es otra historia.

Yo, a Livia, la conocí en un fiestón por todo lo alto que se había montado en el Florida Park, un sitio que está en medio de los jardines del Retiro. Yo había ido con otros amigos y ella estaba por ahí también y así, como que de repente, me fijé en ella. No sabría decirte por qué. Era guapa, sí, pero en aquella fiesta había muchas chicas guapas, montones de modelos. Quizá me fijé por el traje que llevaba, un vestido estilo Gilda, años cuarenta, ajustado en plan guante, muy *fashion* pero a la vez muy poco visto, no sé... Y me fijé también en el tatuaje, que era como una serpiente que le bajaba por la espalda, y ya me pareció raro que una chica tan *fashion* llevase un tatuaje tan feo, así como... carcelario, no sé cómo explicarte. Puede que por eso me acordase de ella después. Y a las seis de la mañana, con un pedo de impresión, nos echamos todos a la calle porque el sitio ya cerraba, y de repente veo que hay una chica tirada en el suelo y me voy para allá y era esta chica, que se había ido a hacer pis a los setos del Retiro, se había esnafrado con los taconazos, se había roto el brazo y no se podía mover porque tenía un dolor horrible. Entonces, avisé a los de seguridad: «Oye, que hay una chica ahí, tirada en el suelo». Además, me acuerdo de que, no sé si había llovido o habían regado, pero estaba empapado el césped del Retiro y hacía un frío que no veas, porque esto era por octubre o por ahí y la chica se debía de estar congelando con aquel vestidito palabra de honor. Los de seguridad llamaron a la ambulancia, pero la ambulancia tardaba en llegar y a mí me dio pena de la chica allí sola, congelada, así que me quedé un rato con ella. Cuando llegaron los enfermeros, le preguntaron si había bebido y ella les dijo que sí, claro, y entonces le dijeron que no le podían dar analgésicos si había tomado alcohol, y la pobre chica allí, llorando de dolor. Al final, se la llevaron en la ambulancia. Así que, fíjate, desde que la conocí ya la cosa fue así, que a mí ella me daba pena y que intentaba ayudarla.

Después, coincidimos en Barcelona, en el Bread and Butter, una feria de moda, sobre todo *free wear* a tope. Es una feria más de imagen que de moda, por decirlo de alguna manera, y es así, cómo te diría yo, pues la gente montándose *stands,* un poco una feria para ver qué hay y un poco feria para estar. Ella había ido a pasar los modelos de alguien, no recuerdo de quién, algún diseñador de ésos tan *undergrounds* tan *undergrounds* que luego olvidas su nombre. En esa feria hay una zona como de diseñadores, el «milk and honey» lo llaman, y había barra libre y, como yo andaba un poco colgado, me fui con ella a beber. Yo a Livia no la conocía de nada, o casi de nada, vamos, que no éramos intimísimos, pero me puse a hablar: «Álex p'arriba, Álex p'abajo...», porque yo tenía una relación de amistad con este chico, con Álex, que es un actor que no sé si es muy conocido, pero que es muy buen actor, muy guapo. Ahora está en una serie, en *Hospital Central*. A Álex me lo había presentado mi amiga, la actriz, porque habían ido juntos a la Escuela de Arte Dramático. Yo a Leonor Mayo la conozco de toda la vida, estudiamos juntos en el Centro de Estudios, pero allí casi ni nos hablábamos. Entonces se rumoreaba que era lesbiana, que salía con una compañera de clase. Pero qué va, el que sí que era maricón era yo, sólo que no me atrevía a decirlo, que el ambiente de ese sitio era de lo más enrarecido. Más tarde, cuando nos volvimos a encontrar, nos reímos mucho juntos y ella decía: «Si yo pensaba que eras un pijo de lo más pijo. No me podía ni imaginar...». Pero se me está yendo el hilo... El caso es que fue Leonor la que me presentó a Álex, y Álex y yo nos habíamos hecho superamigos y llevábamos cosa de un año que éramos como Pin y Pon, como que íbamos a todo juntos. Pero yo me quedé como mogollón de colgado de él y un día me declaré, y él me dijo que no, que no estaba enamorado de mí. Me contó no sé qué historia de que seguía colgado de otro tío, uno del que llevaba enamorado desde el instituto que, además, era hetero y muy hetero. Sé que tenía un grupo de rock o algo así, pero he olvidado el nombre. A mí es que el rock no me gusta, a mí como que me gusta el tecno y tal... Y a partir de ahí, de que me rechazó, digo, nos dejamos de ver Álex y yo, y yo me quedé hundido. Y esto voy y se lo cuento a Livia, sin conocerla de nada, todo borracho. Y, de repente, ella se volcó. Me escuchaba, me aconsejaba y la verdad es que yo se lo agradecí mucho porque, bueno, le conté lo que me estaba pasando y tal, y se volcó en plan incondicional, como de aguantarme mucho el rollo, que yo estaba como todo el rato de monotema, ¿sabes? Que es verdad que, aunque tengas veinte amigos, como te centres en uno y esa relación se te corte, pues te quedas un poco descolgado. Porque, fíjate, aunque tenía unos amigos con los que hacía un poco más así el día a día, ya no podía quedar con ellos, porque ellos salían con Álex. Así que yo andaba como que sin vida social, ¿sabes?, y ella decía que acababa de romper con su novio de toda la vida, así que estábamos como colgados los dos y empezamos a ir siempre juntos. Y de ahí nos hicimos intimísssimos. Y sí que también fue como muy de repente que se pegara tanto a mí, porque ella siempre hablaba de sus doscientos cincuenta amigos y, al final, siempre estaba conmigo, como que igual no tenía tantos amigos, ¿sabes lo que te quiero decir? Pero, bueno, las cosas como son... Nos lo pasábamos muy bien, muy buen rollo, mucho eso de salir.

A mí, Livia me contó que ella era de Sevilla, de una familia muy buena, y siempre estaba con historias muy absurdas y muy graciosas, como que de repente era: «Pues yo he estado en casa de la Duquesa de Alba para la puesta de largo de su hija» o «pues desde el balcón de mi casa se ven las procesiones, y lo mejor de Sevilla venía siempre a casa a verlas» o «pues, en la Feria, mi familia montaba una caseta a la que sólo se podía acceder con invitación, y una vez a la caseta fue el marido de la infanta, el Marichalar» o «yo paseaba con mi caballo de amazona, que me lo habían traído del cortijo, por el Real de la Feria» o «el sábado de Feria no se va a la Feria, porque se llena de chusma de fuera y la gente bien de Sevilla de toda la vida van a una fiesta privadísssima en el barrio de Santa Cruz...». Y que si las cofradías y que si los costaleros y que si los Mora-Figueroa y que si los Domecq y que si los Barrera y que si el Conde de Osuna y que si el Duque del Infantado... Todo era así, todo lo que ella contaba de Sevilla... Siempre había estado en unas fiestas increíbles. Como que allí era la más de la más, pero que se había venido a la capital para ser modelo y a su familia eso no le hacía ninguna gracia, porque para ellos, que eran tan conservadores, lo de ser modelo era como ser puta y que por eso no le enviaban ni un duro, con la esperanza de que no le llegara el dinero ni para comer y tuviera que volver agachando la cabeza.

Cuando me empezaron a ver con ella por todas partes, me llamó Yamal Benani y me dijo: «Oye, que te he visto por ahí con Livia y que tengas cuidado con ella, que me ha dicho Lola que la Livia es peligrosa». Lola también era modelo, como Livia. Bueno, modelo es un decir. Ninguna de las dos era famosa por entonces, si acaso Lola, pero más porque se la veía en todas las fiestas que porque hiciera anuncios o pasarela. Yo a Lola la conocía a través de Leonor Mayo. Habían sido bastante amigas cuando Lola estaba casada con Aldo. El Aldo es un niño bien que se había casado de jovencito con la modelo guapa pese a que todo el mundo sabía que le gustaban los modelos, con *o*. Ahora ya ha salido del armario y vive con un tío. Pero Lola, más que ser modelo de las buenas, es más bien la típica niña pija que dice que es modelo pero que en realidad vive, y bien, del dinero de sus padres. Y nada, yo fui y le pregunté a Livia: «¿Oye, tú has tenido algún marrón con Lola?». Y me contó Livia que Lola se había enfadado con ella porque Livia se fue a la cama con uno que supuestamente le gustaba a Lola, y Lola, muy dolida, había empezado a putearla, pero a putearla a saco. Le había robado cosas; decía que le había robado un ordenador portátil, una cámara de fotos y que no pagaba la luz. También que, mientras estaba con el brazo roto, Livia tuvo que estar como que cinco días sin luz porque Lola no la había pagado, o eso me contó. Y yo pensé: «Ay, pobrecita». Y ella decía: «Y todo porque yo me acosté con ese chico, pero que yo no sabía que a Lola le gustaba, porque Lola y yo no éramos amigas. O sea, que se hizo una fiesta en casa y ella invitó a amigos suyos y yo invité a amigos míos y resulta que yo ligué con este chico y como que me acosté con él, pero que para nada pretendía hacerle daño». Y, entonces, me contaba que había sido terrible, porque se había tenido que encerrar en su habitación con el pestillo echado porque tenía miedo, porque decía que Lola traía a una gente rarísima a casa y eso, que le habían robado cosas, que si unos guantes de noséqué firma le habían desaparecido y, luego, los vio en la habitación de esta chica, de Lola. Y, también, había tenido un problema en otra casa. Me contó que le había puesto una denuncia a la casera porque la casera le había cambiado la cerradura, pero la denuncia de Livia, según te la explicaba, era un poco como ridícula: «Me ha robado cuatro televisores de plasma, no sé cuántos zapatos de Manolo Blahnik» y, claro, lo primero que se me ocurría era: «¿Y tú qué hacías con cuatro televisores de plasma en tu casa?». Con eso te quiero decir que tenía ella algún antecedente raro, que yo tenía que haber desconfiado, pero no lo hice, no sé por qué, vete tú a saber. Yo es que soy como que paso mucho. La verdad es que soy un poco buenazo porque cuando empezamos a tener la amistad hubo varios momentos en los que debía de haber tenido una conversación con ella un poco seria y yo creo que por evitar allí un enfrentamiento o un poco por tomar la postura cómoda lo dejabas pasar, porque Livia es verdad que tenía así estas cosas puntuales y raras, y esas movidas tan surrealistas que arrastraba, que se había peleado con todo el mundo, historias que eran más graves de lo que yo quería ver. Pero es que, además, Lola se había convertido en la nueva mejor amiga de Álex, iba con él a todas partes, eran como novios, aunque estoy seguro de que no se acostaban. Y mira que Lola es guapa, que es guapísima, eso yo no te lo niego, las cosas como son, pero seguro que no se acostaban, que Álex es gay y muy gay. Pero me habían dicho las malas lenguas que ella estaba enamorada de él y yo estaba muy resentido, muy celoso, aunque no quisiera admitirlo, porque, claro, de la noche a la mañana como quien dice, Álex había pasado de ir conmigo a todas partes a ir con Lola a todas partes. O sea, Lola era su mejor amiga y yo sentía que Lola me había robado algo, que me había quitado el puesto. Me comían los celos, me comían los celos. Aunque supiera que a Lola no se la tiraba ni se la tiraría nunca, me comían los celos al pensar que ahora Lola escucharía sus confidencias, que iría con él al cine y que a la salida discutirían sobre los desenlaces de las películas y que los domingos por la mañana, para ahuyentar la resaca, le acompañaría al barrio de La Latina a beber Martinis y a echarles un vistazo a los chicos guapos que se sientan en las terrazas para dejarse ver. Y por eso creo que no presté más atención a lo que me contó Yamal, por celos. Porque ya odiaba a Lola sin casi conocerla, a aquella muñequita rubia, a la niña bien que me había robado la amistad de Álex... o así lo sentía yo.

Por ejemplo, lo de la bronca de las camisetas, ahí me tenía que haber dado cuenta de que algo fallaba en la cabeza de aquella chica, de Livia. Ella y yo teníamos muchísimas broncas por tonterías. Es que ella era una persona que a la mínima te la formaba. Como le torcieras el gusto o le dijeras algo que no le apetecía oír, te la formaba; gritaba. Tenía un pronto así, muy tremendo, y yo sabía que si iniciaba según qué conversación lo más probable es que esa conversación acabara en «pues dejamos de ser amigos». Y yo le tenía cariño, o por lo menos eso creía, porque luego he visto que después, fíjate, no la he echado de menos como eché de menos a Álex, por ejemplo. Y, bueno…, ay, sí, que pierdo el hilo. Te estaba contando lo de las camisetas. Pues eso, que yo quería hacer unas camisetas con mi logo, pues para regalar a clientes y tal, y ya había contactado con un proveedor que me había pasado un presupuesto. Y, cuando Livia lo vio, el presupuesto digo, puso el grito en el cielo: «Esto es caríiiisimo… Porque yo te lo hago, yo te hago el presupuesto y te sale mucho más barato. Ay, la pena es que no puedo localizar al representante de American Apparel en España, porque sólo encuentro la oficina en Alemania, que es la delegación de Europa». Las American Apparel son unas camis bastante chulas, porque el algodón es bueno y tal. Y yo le dije: «Huy, pues yo conozco al representante: ahora que lo pienso, es amigo mío. Llámale y pídele tú el presupuesto. Ocúpate tú». Pero el tiempo pasaba y ella no hacía nada, así que un día cojo el teléfono, llamo al de AA y le pido yo el presupuesto directamente, y cuando Livia se pasa por la tienda le digo: «Oye, que no hace falta que me hagas el presupuesto de las camis, que ya me he ocupado yo». Y me montó un pollo tremendo; que a ella no le hiciera perder el tiempo, que «si vas a hacerlo tú, hazlo tú». Y, encima, yo como disculpándome: «No, es que yo no quería hacerte perder el tiempo» y tal. Y, entonces, de repente, salta ella: «Y tú, ¿de qué vas? ¿Quieres quitarme contactos o qué?». Y, claro, yo alucinado, porque al de AA se lo había presentado yo. O sea, que te decía que yo ya veía que algunas veces se le iba la pinza, pero como que lo dejaba pasar, por comodidad o por lo que fuera.

Y luego estaba lo de que nunca tuviese dinero. Por ejemplo, pienso en una cena entre amigos, la del cumpleaños de Leonor, sin ir más lejos, y entonces de repente fue como «bueno, hay que pagar». Veinte euros, tampoco estamos hablando de mucho dinero. Y cada uno pusimos veinte euros en un montón, y entonces le decimos: «Livia, que veinte euros». Y ella: «No, no; yo ahí ya los he puesto». Y yo: «No, Livia, no; tú no has puesto nada, que éstos los he puesto yo, y éstos, Yamal, y éstos, Fulvio». Y ella: «¿Ah, sí? Ay, pues me habré equivocado. Voy a mirar... Ay, no tengo dinero. Qué raro... Juraría que yo había traído dinero. Claro que, como hoy he cambiado de bolso...». Y eso, realmente, era como para sentarte con ella y decirle: «Tía, ¿de qué vas?». Pero es que lo de las cenas y las copas era un clásico. Que vamos a cenar: llega la hora de pagar, ella hace como que mira el monedero y se da cuenta de que no tiene dinero. Entonces, va a pagar con tarjeta y resulta que esa tarjeta es justo la que no le funciona. O, sino, se va justo al baño a la hora de pagar y vuelve a los veinte minutos, cuando sabe que todo estará pagado, que, dime tú, quién necesita veinte minutos para ir al baño... Entonces yo la dejaba que hiciera todo el paripé, porque al final sabía que la invitaría yo, pero siempre le dejaba primero hacer su numerito, en parte porque era gracioso de ver, en parte porque, muy de vez en cuando, sí que pagaba algo y esa incertidumbre como que le daba morbo a la cosa. Yo me acuerdo concretamente una noche que me llama Yamal y me dice: «Venga, busca tú un restaurante y nos vamos a cenar». Y nada, pues reservé en el Zen Zentral y, entonces, me llama ella: «¿Qué haces?». Y yo: «Pues nada, que me ha llamado Yamal y que nos vamos a cenar». Y yo sabía que ella no tenía un duro, porque la noche anterior habíamos estado cenando en el Obrador y ya nos había dicho que no tenía dinero. Y ella dice: «Ay, pues me apunto». Y yo: «Mira, Livia, que el Zen Zentral no es barato, que igual nos cuesta cuarenta euros la cena, que ya sabes que Yamal va a todo trapo y al final te sale la cosa por un ojo de la cara y yo no voy a dejar que invite, que siempre lo hace y no me parece bien». Porque Yamal es de esos que invitan a todo el mundo, pero es verdad que a mí no me parecía bien gorronearle. Entonces dice: «Ay, pues me apetece porque, jo, claro, no me voy a quedar en casa». Y yo: «Pero no tienes dinero, Livia, y no puedes esperar que un tío que no te conoce de casi nada te invite», o sea, dejando bien claro que yo no pensaba invitarla. Y dice ella: «Tengo un dinero que no me debería gastar, pero bueno, me lo voy a gastar. Ya veré luego cómo lo consigo reponer, porque, claro, no me voy a quedar en casa». O sea, a ella el hecho de que yo tuviera un plan en el que ella no pudiera participar la horrorizaba. Pero, sobre todo, a ella, que era muy agoniosa, le horrorizaba perderse una cena con Yamal Benani y Leonor Mayo, porque a ella le perdía el *glamour* y le encantaba la idea de cenar en un restaurante con aquellos dos, que la vieran con lo *must* de Madrid. Porque, además, Livia, como casi todo el mundo, tenía cierto cuelgue con Yamal. Ya se sabe, un hombre tan guapo, tan cosmopolita, tan vivido, tan viajado, tan artista él, no hay mujer que se le resista. Ni hombre tampoco. Y lo que me hizo Livia fue una encerrona porque, por supuesto, me hizo la de siempre, que si me llega a decir claramente: «Mira, no tengo dinero, invítame», igual lo hago. Si, total, lo hacía siempre. Pero ella, dar la imagen como de que no tenía dinero es que no podía, porque ya se había creado un personaje de pobre niña rica, porque luego, cuando hablábamos de buscar trabajo, ella decía: «¿Pero cómo voy a hacer yo unas fotos para tal revista por sólo este dinero, si yo valgo mucho más?». Y es verdad que yo la he visto rechazar trabajos o no presentarse a castings sólo porque no le apetecía levantarse temprano.

Como te decía, que desde el principio se la veía venir. Por ejemplo, resulta que Livia tenía la llave de mi casa, porque yo soy así de tonto y se la dejé, no me acuerdo ya ni para qué. Ah, sí, creo que porque me iba un fin de semana que yo sabía que iba a llover y le dije que se pasara a ver si se me inundaba la terraza, que a veces pasa cuando llueve. Pues el caso es que ese mes me encuentro con una factura de ciento y pico euros de teléfono, y yo el teléfono fijo casi no lo uso. Y cuando reviso la factura veo que todo son llamadas a móviles de una hora y hora y media, todas hechas en el mismo día. Lo que me dio la pista es que había una llamada a Sevilla. Entonces yo la llamo y, primero, Livia me dice que: «No, yo no», pero luego le digo: «Mira, es que he estado revisando las llamadas y todas están hechas a horas en las que yo estoy en la tienda y resulta que hay una a Sevilla y, si tú me dices que tú no la has hecho, yo voy a tener que llamar a ese número y preguntar a ver quién les ha podido llamar desde Madrid, porque si tú me dices que tú no has sido ya es que me preocupo porque alguien ha entrado en mi casa». Y, entonces, se queda un poco callada y dice: «A ver..., espera... Ay, Óscar, cariño, sí, sí..., es verdad, yo te lo quería haber dicho, pero es que se me olvidó», y me cuenta una movida de que un día tenía que hacer unas llamadas urgentes, pero que como no tenía saldo en el móvil ni dinero para cargarlo pues las tuvo que hacer desde mi casa, pero que tenía la intención de decírmelo, claro, por supuesto, y que luego se le había olvidado.

Yo mismo no entiendo cómo podía hacerme una detrás de otra y cómo yo se las aguantaba. Yo me he dado cuenta luego, con el tiempo, de que igual tenía una relación con Livia mucho más superficial de lo que me creía, que en realidad era como el que tiene un perrito que le divierte y que si luego se le hace caca en el cuarto pues se lo pasa, porque el perrito está para eso. Después te pones a pensar y es que eran doscientas cosas. Y yo no es que estuviese forrado precisamente; acababa de abrir la tienda, me estaba haciendo un nombre todavía, tenía un montón de deudas con proveedores, no estaba como para mantener a nadie y eso ella lo sabía muy bien.

Pero la acabé manteniendo desde que se vino a vivir a mi casa. Y ésa sí que fue una historia de lo más absurda. Y..., pues de repente había allí una movida extraña, porque yo conocía a gente que vivía en el mismo edificio en el que ella vivía antes de venir a vivir conmigo y, ya dos meses antes, alguno nos había dicho: «A Livia la echan de su casa, que el contrato se le acaba», pero como yo era amigo de Livia y Livia me decía que no, pues la creía a ella, hasta que un día me llama y me dice que el lunes tenía que estar fuera, que no sé qué de los abogados, que le habían enviado una carta de desahucio, pero que ella no la había visto... Me cuenta que se le había acabado el contrato en junio y que ella había intentado hablar con el dueño del edificio para que le hicieran una prórroga y que, de repente, le habían enviado esa carta, pero que, como ella vivía en un edificio con tantísima gente, pues eso, que los buzones estaban todos llenos y a veces las cartas se traspapelaban, porque iban a parar al buzón de otro. Y que ella encontró la carta encima de una mesa donde a veces iban a parar las cartas que alguien había encontrado entre su correo y que habían caído allí por equivocación, que eso es verdad porque yo lo he visto, lo de la mesa, digo. Pero, claro, una orden de desahucio no la dejan en una mesa, la tienes que firmar. Yo fui tonto de no caer en la cuenta entonces.

Y entonces, de repente, me dijo: «Que no tengo dónde ir hasta que encuentre piso», y yo le dije: «Vale, pues ven a casa», qué remedio. Y llega el día de la mudanza y el camión no cabía por la calle. Y yo pregunté cinco veces, cinco, porque no me lo podía creer: «¿Todo esto es tuyo?», porque me había traído no una furgoneta, no ¡un camión!, ¡trescientas cajas! Es verdad que cuando volví lo había colocado todo de tal manera que no parecía tanto, pero su habitación era puramente una caja, un almacén. Ella señalaba a un montón de cajas apiladas y decía: «Mira, esos son los zapatos, tengo muchos porque soy como Ymelda Marcos, jijiji», y mirabas y había una pila de cajas de zapatos de Prada, de Blahnik, de Gucci... Y, en el tocador, otras tantas cajas de perfume de Diorissimo, Opium, Anaïs, Kenzo, Miyake. Lo dicho: un almacén, su habitación.

Y cuando se viene a casa pues como que la cosa va bien, la convivencia estupenda, ella superdivertida y yo llegaba por las noches y había alguien que me hacía compañía y que me escuchaba. Y yo, de vez en cuando, le decía: «Oye, Livia, que tienes que ponerte a buscar un sitio donde vivir, que aquí no te puedes quedar toda la vida», y ella: «Que sí, que sí, que ya me he puesto a ello, pero no encuentro nada que me convenza» y tal. Y yo como que no la veía buscar mucho, porque las mañanas se las pasaba durmiendo; pero, bueno, lo dejaba correr. Pero sí empecé a notar cosas raras. Había, por ejemplo, un bote donde yo dejaba la calderilla y, luego, con eso pues compraba las cosas de limpieza y tal, y a veces me encontraba el bote vacío, y un día fui a lavar unos pantalones y al revisar los bolsillos me di cuenta de que allí había cincuenta euros y me los quité y los dejé encima de la mesa de la cocina, junto a las cartas, y al día siguiente los cincuenta euros no estaban. O que de repente me decía: «Oye, que tengo que quedar esta noche y no tengo qué ponerme. ¿Puedo pasarme por tu tienda y coger algo?», y yo: «Pues, claro, cariño, coge lo que quieras, pero ya sabes que me lo tienes que devolver lavado y planchado», porque esto lo hacen muchas actrices y modelos, te piden ropa para ir a un estreno y luego te la devuelven; así se promociona la marca. Leonor Mayo, por ejemplo, va a todos los estrenos con mi ropa, no hay foto en la que no salga con un modelo de Rosabert. Pero es que ella nunca, jamás, ni una sola vez devolvía un modelo. Livia, digo, no Leonor.

Y en éstas, cuando Livia llevaba así como un mes en mi casa, me cuenta que una conocida, la Anita, que trabajaba diseñando accesorios, joyas y bisuterías, se va a Hong Kong, que a la Anita la empresa le paga un viaje con las dietas muy altas y la habitación de hotel y que la Anita le dijo: «Vente. Lo único que te tienes que pagar es el viaje, porque el hotel está pagado y la comida también, que los gastos de comida se los paso a la empresa». Total, que Livia me dice: «Es que no sé qué hacer, porque, por un lado, no tengo dinero, pero, por otro, es una oportunidad... ¡Honk Kong!». Y yo que le digo: «Mira, Livia, la verdad es que Hong Kong mola mucho, pero ¿cómo te pagas tú el billete?», porque yo ya entendía que me estaba pidiendo el dinero a mí y yo no se lo pensaba pagar. Y la cosa se queda ahí. Y, a la semana, me viene con que ha conseguido el dinero y que se va. Yo le pregunto que de dónde lo ha sacado y ella me dice que ha hecho unas fotos para un catálogo de lencería, que no me sonó raro entonces, porque yo sabía que, de vez en cuando, hacía trabajitos, porque guapa era, muy guapa, y trabajos le salían, y le habrían salido más si no pasase de todo.

Y, cuando Livia ya está en Hong Kong, así que como de repente me llama Álex —sí, *ese* Álex— y me dice que me tiene que contar una cosa muy importante. «Oye, mira... —empieza—, que el otro día estaba yo pinchando en el Dôme —porque Álex es actor, pero, de cuando en cuando, pincha, así, en plan *celebrity dj*— y tenía mi maletín con el mini ordenador portátil y la cartera y el móvil y alguien entró y se lo llevó.» Y yo, alucinando, claro. «Álex, si es que te tengo dicho que no dejes entrar a tanta gente en la cabina cuando estás pinchando; sobre todo si tienes el iMac ese que vale una pasta.» Porque Álex, para pinchar, llevaba un superordenador iMacG5 con la tira de programas especiales para DJs y reproductor mp3 y no sé qué más. «Pero es que te llamo porque una de las que entró fue tu compañera de piso, la sevillana, la que dice que es modelo, y a mí me han hablado fatal de ella, que dicen que a Lola le robó media casa.» Y yo, indignado: «Álex, ¿cómo te atreves? Es que no me puedo creer que me digas esto, ¡que estás hablando de mi amiga!». Bueno, le bufé y le llamé de todo. Y el caso es que, cuando colgué, sí que pensé que era rara la coincidencia de que así, de repente, Livia hubiera conseguido el dinero para el viaje, y sí es verdad que hubo un segundo en que pensé: ¿Y si Álex tuviera razón?, pero enseguida me vino la mala conciencia, que cómo puedes pensar eso de una amiga, que una cosa es que sea gorrona y otra que vaya robando por ahí.

Total, que ella dice que va a Hong Kong y todos los amigos y amigas nos volvemos locos pensando: «Hong Kong, el paraíso de los *fakes,* de las imitaciones fantásticas y baratísimas, de los pradas, chaneles y diores». Entonces, yo me puse a pensar e hice una lista: Quería un bolso de Balenciaga para mi hermana, una cartera de Gucci y un llaverito de Prada. Y le di, de entrada, trescientos euros. Y estando allí, me envía un mail y me dice que con el dinero que le he dado no le llega. A mí me extrañó, porque yo ya había estado en Hong Kong y, claro, había ido, cómo no, al mercado de las mujeres donde ella fue a comprar todos los *fakes,* y yo sabía que hay diferentes calidades, pero que, como mucho, muchísimo, desmesurado vaya, te puede costar cien euros un bolso. Pero, aun así, le hice una transferencia de doscientos euros más, porque me dice aquello de «como tengo que sacar el dinero, me hacen una comisión superalta». Y me empieza a enviar mails absurdos desde Hong Kong con fotos de ella tirada en la supercama del hotel y rodeada de bolsos y, claro, yo pienso: «Si no tenía dinero ni para pagarse el billete, ¿de dónde ha sacado la pasta para comprar tantas cosas?». Pero, total, que vuelve y a mí me trae lo que le he pedido, pero el colgante de Prada —un colgante que ha sacado Prada para llaveritos; una pijada— a mí se me rompe, así que me voy a su habitación, porque sabía que ella había traído más, y me encuentro con que tiene una bolsa con así como tropecientos colgantes de Prada, cada uno en su cajita y pienso: «Pues esto es que los va a vender». Pero no, pasan los días y allí siguen los colgantes. Y lo único que se me ocurre pensar es que, como Livia iba de guay, no vendía los colgantes, porque, si todo el mundo empezaba a llevarlos, eso iba a querer decir que ella no iba a ser la más chic, así que los había traído para venderlos y, luego, se había arrepentido. Porque a ella no había cosa que más le molestase que no destacar, que alguien más pudiera llevar lo que ella se ponía y, por eso, con Leonor Mayo, que es superamiga mía, ya te he dicho, tenía unas broncas absurdas por la ropa. Me acuerdo que un día que íbamos a salir los tres, llama Livia a Leonor y le dice: «¿Te vas a poner las perlas?». Cuando decía lo de las perlas, se refería a un collar de perlas largo que había sacado yo para mi colección y que les había regalado uno a cada una. Y va ella y le dice a Leonor: «No te las puedes poner, porque esta noche me las voy a poner yo». Y Leonor: «¿Y qué tiene que ver? A mí no me importa que las dos llevemos perlas». Bueno, bueno..., un drama. Un drama tal que al final la pobre Leonor no se puso las perlas, claro. Y a mí me decía: «Es que Leonor se va a poner las perlas», toda lastimosa, como quien dice: «Es que Leonor me ha robado un novio».

Ay, que pierdo el hilo otra vez. A lo que iba, que poco después estuve con una amiga que acababa de llegar de Hong Kong y me enseña un bolso de Balenciaga idéntico al que me había traído Livia o, si me apuras, hasta mejor, porque el suyo era de piel buena, y me dice que le costó cuarenta euros y yo me doy cuenta de que Livia me ha tomado el pelo.

La verdad es que yo mismo reconozco que lo de querer tener un bolso de Balenciaga o una cartera de Gucci o un colgante de Prada es un poco estúpido, pero cuando estás en el mundo de la moda, si te gusta y tal, o sea, cuando *juegas* al mundo de la moda, te das cuenta de que, de repente, pues llevar una bolsa de Prada implica más cosas: una situación económica, social, un cierto gusto... Y ya lo del *fake* es el juego máximo, que es: voy a jugar a que tengo lo que en realidad no tengo. O sea, lo de las marcas es un fetiche, un juego. Lo que pasa es que, si no tienes otra cosa en la que apoyarte, como le pasaba a Livia, lo que tenía que ser juego se convierte en obsesión. Obsesión porque digan: «Livia, qué mona va siempre, que lleva el bolso de Gucci y el colgante de Prada». Mira, a veces, estábamos en casa tan tranquilamente viendo la tele y, entonces, ella se iba a dar una ducha y a la hora aparecía con zapato de tacón toda puesta, maquillada y estupenda y se ponía a ver la tele conmigo, arreglada como si fuera Carrie Bradshaw y la fueran a enfocar ahora escribiendo sus artículos. Y con eso te la he descrito.

Al poco me vuelven a llamar y me cuentan que ella había ido a una fiesta y dijo que no sé si le dolían los pies o no sé qué historia, porque llevaba, como siempre, unos tacones muy altos, y la dueña de la casa le dijo: «Pues, si quieres, vete al armario y cógete unos zapatos míos» y de todos los zapatos que había se cogió unas botas que no sé si eran de Jimmy Choo o de Jourdan, pero de esas de seiscientos euros el par. Se las puso y se fue con las botas puestas. Y a mí cada vez me iban llegando más historias de este calado. Era todo como muy raro, pero luego no era un monstruo, luego estabas con ella y te reías un montón y te aguantaba las lloreras, si las tenías, y cocinaba, porque Livia cocinaba muy bien y, cuando yo llegaba a casa, siempre tenía la cenita hecha. Y ella estaba siempre como muy ahí, a tu lado, porque tampoco tenía otra cosa que hacer, supongo.

O sea, que lo que te estoy contando es que durante el año o así que fuimos inseparables yo ya iba viendo muchas cosas raras, pero se las pasaba por alto, no sé si porque yo estaba solo o porque ella era tan divertida o porque soy un buenazo, no lo sé. Y eso que ella no ayudaba nada. Decía: «Te voy a ayudar con la tienda» y se suponía que iba a arreglarme la ropa para que se viera bonita, que iba a ayudar con el mailing. Qué va, no hacía nada. Venía a la tienda y se ponía a chatear por Internet.

Pero todo explotó a cuenta de lo de la cámara de mi hermana.

Te cuento: mi hermana hizo como una reunión en su casa el día de Navidad, que era como una reunión íntima y tal. Ahora mi hermana tiene un momento de amigos de bastante pijoterío, politoxicómanos todos ellos, pero pijos, y había invitado a estos amigos que son el Duque de Tal o Menganito, el superdiseñador, o Zutanita, la actriz... Y Livia, en cuanto se enteró, se empeñó en que ella quería ir, que, además, era día de Navidad y estaba sola, que a mí ya me extrañaba que, por muy mal que se llevara con su superbuena familia y por muy poca gracia que les hiciera que la niña fuera modelo, no se hubiera ido a casa por Navidad. Pero, bueno, no pregunté. Y fuimos. Y muy buen rollo. Ja-já, ji-jí, copa va, copa viene, ay qué mona que es tu amiga, qué estupenda y qué elegante y qué ardilosa en la forma de andar... Y a los dos días me llama mi hermana y me dice que le ha desaparecido la cámara de fotos que, además, se la había regalado yo. «Ah, pues la cámara..., pues qué raro, la cámara». Y, de repente, Livia aparece con la misma cámara y me dice que se la ha regalado su familia por Navidad. Y un día estábamos en el salón y yo miro la cámara y la cabeza me hace como cla-cla-cla, y me digo: «No, no puede ser, sería demasiado fuerte». Entonces, llamé a Leonor y ella me dice: «Ay, qué raro, qué fuerte», pero no me dice: «Estás zumbado. ¿Cómo puedes pensar eso?». Así que llamé a mi hermana y le pregunté si tenía el número de serie de la cámara y me dijo que sí y nos lo dio. Le metí la milonga de que en Internet, en la página de Canon, si metías el número de serie y alguien iba a reparar la cámara o a que le imprimieran las fotos de la tarjeta, te llamaban. No le podía decir que sospechaba que mi compañera de piso se la había robado. Y la cosa quedó ahí, porque yo siempre pensaba: «Ay, tengo que mirar si el número de serie de la cámara de Livia coincide», pero nunca lo miraba. Creo que no me atrevía. Yo, incluso, sintiéndome mal por darle vueltas a lo de que quizá la otra había robado la cámara, con cargo de conciencia por pensar así de mi amiga. Hasta que un día la cosa cayó por su propio peso. Porque yo tenía que ir a una feria y necesitaba hacer unas fotos de los *looks,* porque siempre la ropa se ve mejor puesta y..., pues le pedí la cámara a Livia. Y, cuando llego a la tienda, dice Leonor, que le había contado yo la historia: «Pues, ya de paso, mira el número de serie y te quitas un problema de la cabeza». De repente, pues miramos, y era.

Y entonces, llego a casa y le digo: «Livia, ¿podemos hablar un momento?». Y cuando le digo lo de los números de serie, me dice muy digna: «Eso es imposible». Y yo: «Pues es el mismo», y ella, como muy ofendida: «¿Qué estás intentando decir?». Yo digo: «Mira, Livia, no hagamos más difícil esto. Lo que quiero decir es que tu cámara es la de mi hermana y que, por favor, hagas las maletas y te vayas, y que luego, más tranquilamente, ya la semana que viene, organizaremos la mudanza y tal, porque sabes que eres muy amiga mía y, claro, me ha dolido muchísimo». Y entonces va ella y dice: «Yo sólo quiero que sepas que *no es nada personal,* que si yo llego a saber que es la de tu hermana, no me la habría llevado». Y digo yo: «Primero, eso no es excusa, que si no era de mi hermana, la habrías robado en casa de mi hermana, que es lo mismo. Pero es que, además, has tenido que borrar todas las fotos de mi hermana, de la perra, del marido, del fin de semana con sus amigos..., así que no me digas que no sabías de quién era... Mira, yo me voy, y cuando vuelva no quiero que estés». Así que me fui. Y se puso a llamar a todo el mundo desde el teléfono fijo de mi casa, a contarles esta historia de «es que me ha echado, es que dónde voy a ir, pobrecita de mí». Y luego me llamó y me dijo que no tenía dónde ir, que si se podía quedar en mi casa. Y yo le dije que no. Así que cuando llegué a casa por la noche, ella no estaba, pero sus cosas sí, y se había llevado las llaves. Y me entró de repente el miedo y llamé a un cerrajero de urgencia y cambié la cerradura.

Y a los dos días, vuelve a llamarme Álex y me cuenta que se la ha encontrado. «Que sepas que tu amiga, ésa a la que tanto querías, te va poniendo verde por ahí, que dice que ya no vivís juntos porque era imposible, porque estaba harta de limpiar y tal.» Y claro, Álex me llamaba porque él sabía muy bien que yo soy un fanático del orden. Y así me entero de que la Livia ha ido contando, a quien quisiera oírla, todo tipo de barbaridades. Y yo como que casi me pongo a llorar y, entonces, Álex me suelta: «Mira, Óscar, a ti lo que te pasa es que tienes amigos como quien tiene un bolso de Prada: para lucirlos. Que a ti te venía fenomenal Livia, porque era como mona, estupenda, bien vestida, simpática y quedaba fabuloso que te vieran con ella en las fiestas, pero nunca te tomaste el mínimo trabajo en profundizar a ver quién era. Y yo, a veces, me sentía así también contigo y por eso no quise empezar una relación. Por eso y por más cosas, pero eso influyó». Me quedé planchadísimo, porque no podía evitar pensar que igual como que Álex tenía bastante razón... Y desde entonces, Álex y yo como que no hemos vuelto a ser Pin y Pon pero, por lo menos, un poco hemos retomado la relación y nos hablamos a menudo, porque algo aprendí.

Y como Livia todavía no se había llevado sus cosas, me voy a su cuarto y me pongo a registrar, para recuperar la ropa que me había ido cogiendo de la tienda. Y me pongo a abrir cajas y me encuentro con cientos de cajas vacías, las de zapatos, las de perfume, cajas sin contenido; alucinante. Y tenía colgados en la puerta como trescientos pases, acreditaciones, hasta las pulseritas vips, esas muñequeras que te dan en las fiestas para que puedas beber gratis. Así que me pongo a mirar las acreditaciones y voy viendo Premierevision, CPD Düsseldorf, Pure London, Fashion Coterie, Hortensia Von Hutten, Neozone, CPM Moscow.... Y de repente caigo en la cuenta: «Si Livia en esta feria no ha podido estar y en esta otra, tampoco; si ella nunca ha estado en Milán ni en Estados Unidos, ni en Moscú». Y cuando me fijo mejor, me doy cuenta de que son pases hechos para otra persona, pero que ella ha pegado encima de la foto original su foto y luego la ha cubierto con Aironfix por encima, un trabajo de chinos. O sea, alguien le debió de dar el pase usado y ella como que lo *customizó*. Que no sé para qué, si para que, cuando fuese alguien a su habitación, pensase que ella viajaba a París, Milán, Nueva York y Tokio... o para verlos ella por la noche y hacerse a la idea de que había estado allí. Y sigo mirando y, efectivamente, encuentro toda la ropa que me había ido pidiendo prestada, más mucha que no me había pedido. Y cosas absurdas: un collar de perro así como de leopardo, muy *fashion,* que le había regalado yo a *Tina,* la perra de mi hermana, y un montón de móviles, como diez o quince, metidos en una caja. Robados, pensé inmediatamente; claro, ¿qué iba a pensar? Y muchísimas, muchísimas tonterías de ésas de accesorios que venden en H&M: horquillas, coleteros, pendientes; todas en sus envoltorios de plástico... Robados, claro.

Y poco después, me llama Sofía, que es una diseñadora de Fun&Basics como muy conocida por al ambiente de la noche pero que a mí nunca me dirigía la palabra, y me dice: «Oye, que me ha contado Álex lo que te ha pasado con Livia y te tengo que explicar una cosa». Y me larga que ella era la compañera de piso de Livia en aquel maravilloso edificio en el que Livia vivía y del que las habían echado. Pero que las habían echado porque Livia llevaba casi un año sin pagarle al casero, pero que a sus dos compañeros de piso, esta Sofía y otro chico, no se lo decía y les pedía su parte del alquiler, que era mucho dinero y, claro, de eso había estado viviendo Livia durante mucho tiempo, porque era mucho dinero, pero no el suficiente para los modelazos que la niña llevaba ni la vida que se daba.

Y al cabo, me puse nervioso, la llamé al móvil y le dije: «Livia, tal día y a tal hora tienes que estar aquí para llevarte tus cosas. Te buscas un camión como la otra vez o te las arreglas como puedas, pero no las quiero aquí». Y en tal día y en tal hora apareció con un camión y se las llevó, y nunca más la volví a ver.

Habría pasado como cosa así de un año desde entonces, cuando me llama uno de los amigos *superdebuenafamilia* de mi hermana y, de repente, me dice que me tiene que pedir un favor, que el hijo de una buenísima, intimísssssima amiga suya, la Duquesa de Tal, es fotógrafo y que quiere venirse a Madrid a trabajar en moda y que a ver si le puedo hacer el favor de mirarle el *book* al chico, que igual como que me vale para hacer un catálogo y tal. Y yo le digo: «Pues sí, vale, estupendo», y al poco me llama el chico y quedamos. Y aparece el típico sevillano pijo, engominado, muy guapo y tal, y me enseña el *book* que, la verdad, como que no era nada del otro mundo. Y yo voy pasando fotos cuando me encuentro una foto de Livia, pero mucho más joven. Y yo que digo: «Ay, ¿pero qué hace aquí Livia?». Y él: «No se llama Livia, se llama Carmen». Y yo: «No, se llama Livia». Y él: «Se llama Carmen; a mí me lo vas a decir, que era mi novia». Y justo cuando yo ya pienso que me he equivocado y que no era más que una chica que se parecía mucho a Livia, veo que hay otra foto, una especie de semidesnudo artístico tomado por detrás, y ya me queda claro que sí, que es Livia, porque se le veía perfectamente el tatuaje aquél de la serpiente. Y entonces, le digo: «¿Ves? ¿Ves el tatuaje? ¡Ésta es Livia! ¡Yo la conozco!». Y él me dice: «Pues si tú lo dices... Yo es que hace varios años que no la veo, pero entonces se llamaba Carmen».

Así que llamo al amigo de mi hermana, el que me ha recomendado que vea las fotos del chico, que es como supercotilla, así muy locaza, muy del sur, muy de mucho hablar pero muy buena gente, y le cuento lo del álbum. Y por supuesto, este señor se sabía la historia de Livia y la cámara, que se la había contado mi hermana, y como que me lo cuenta todo, que se sabía toda la vida de la tal Carmen, porque la madre del de las fotos, ya te lo he dicho, era «su superamiguísssima intimísssima». Por lo visto, el aspirante a fotógrafo era de una de las mejores familias de Sevilla, pero les sale rana y va de bohemio y eso, y cuando hereda dinero de su abuela como que se compra un apartamento en Triana y le entra la vena de artista, de fotógrafo y tal. Y en éstas que se pone a vivir con una chica y a la madre le da el ataque de su vida, porque la madre, claro, como que quería casar a su único hijo con una niña bien de superbueníssima familia de Sevilla de toda la vida. Así que la madre le pone un detective para enterarse de dónde viene la chica y se entera de que la chica es como de familia superpobre, de Las Tres Mil Viviendas, un barrio de Sevilla que es muy peligroso, por lo visto, y que encima ha estado en comisaría ni se sabe la de veces y está fichada porque era de esas bandas que se dedican a robarle la cartera a los turistas. Y claro, llama al hijo y se la forma bien formada. Y la señora se presenta en la casa del hijo y todo y tiene una trifulca con la tal Carmen. A la tal Carmen el hijo la había conocido cuando estaba de camarera en un garito, se había encaprichado de ella, la había tomado de musa, la había refinado, le había enseñado a hablar, le había comprado los mejores vestidos... y de la niña de Las Tres Mil Viviendas que robaba carteras no quedaba nada. Y parece que hasta habían hablado de boda y todo, pero desde que se metió la madre de por medio lo de la boda ni pensarlo, claro, que el chico iría de bohemio y tal, pero no se iba a jugar una herencia de miles de millones. Y la siguiente es que una tarde el hijo llega al apartamento y se encuentra, de repente, con que la novia se ha llevado todo lo que podía llevarse: los cuadros caros, la tele y tal, y le ha vaciado las cuentas. Y no habían vuelto a oír hablar de ella hasta que se cruzó conmigo. Y según me iba contando esto, yo me acordaba del día en que estábamos los dos viendo la tele en el sofá; yo, derrengado después de tantas horas en la tienda, y ella, toda puesta, con su faldita y sus tacones y sus pendientes de perlita y el maquillaje impecable y un traje con el hombro al aire que dejaba ver la serpiente que le subía por el hombro, y le pregunté a Livia que por qué se había hecho el tatuaje aquél y ella me dijo: «Bueno, me lo hice muy jovencita, ya sé que es horrible, me lo tendré que quitar con láser o algo, pero a mí siempre me han llamado la atención las serpientes. No sé..., me gusta mucho esa idea de que puedan renovarse, cambiar de piel».

LOS PIES EN LA TIERRA

Álex no hubiera ido nunca a aquella fiesta de no ser porque Bruno se empeñó.

—Va a ser divertido. Vamos a la fiesta y, al día siguiente, a la playa; y luego nos volvemos.

—Me parece una pijada gastarme un billete de avión y una noche de hotel sólo para acudir a una fiesta.

—No es una fiesta cualquiera. No se cumplen cuarenta años todos los días, y Toni es un amigo.

—Según lo que se entienda por amistad.

A Toni le veía de uvas a peras y no le consideraba íntimo ni nada por el estilo, pero sí que era cierto que se trataba de una de sus relaciones más antiguas: se habían conocido en el instituto y hubo unos años de estrecha cercanía, cuando todos salían en pandilla por el barrio a jugar a los recreativos o, de vez en cuando, al cine. Pero más tarde la vida les había ido separando y, si se empeñaban en conservar la amistad, era más que nada por un impulso sentimental y casi supersticioso, como el que guarda una medalla de latón sin valor que le regaló su madre.

—No te va a salir tan caro —insistió Bruno—, ya sabes que mi cuñado trabaja en una agencia de viajes.

Se dejó convencer debido a la insistencia de Bruno o quizás a su propia inseguridad: a él siempre le había costado mucho decir no. También era cierto que llevaba una temporada muy aburrida, había estado trabajando en una obra de teatro que aguantó seis meses en cartel y, en aquel momento, su cuenta corriente estaba más que saneada. Podía permitirse pasar tres meses de descanso hasta septiembre, cuando comenzara el rodaje de la película en la que él tenía un papel, no protagonista, pero sí importante. Es decir, que todas las circunstancias parecían estar a favor del viaje a Barcelona: por una vez en su vida contaba, fenómeno inusitado, con una confluencia de dinero y tiempo.

Bruno, que le conocía bien, había esperado a decírselo hasta que estuvieron en el aire, a bordo de un avión inscrito en el cielo como un proyectil, porque estaba seguro, y así lo confesó, de que, si se lo hubiera dicho antes, Álex jamás hubiera acudido a la fiesta.

Podía haberse enfadado ante la encerrona, pero sabía bien que Bruno no la había preparado con mala intención. Por la razón que fuera, a Toni le hacía ilusión que todos los miembros de su antigua pandilla estuvieran presentes en su fiesta de aniversario, como si los cuarenta marcaran la frontera divisoria entre un hombre con un futuro prometedor y otro con un pasado tras él e hiciera falta, más que nunca, conjurar los recuerdos de juventud. Y por eso había invitado a David.

—Al fin y al cabo, ¿cuánto hace que no os veis? ¿Dos, tres años? Es imposible que todavía te dure el cabreo...

—Yo nunca me cabreé.

—O lo que sea, el berrinche o como lo llames...

¿Cómo llamarlo? La decisión tajante de dejar de ver a David no había estado motivada ni por un cabreo ni por un berrinche ni por nada similar, simplemente por una mera cuestión de supervivencia. Supervivencia sentimental.

Se había enamorado de David en unos años en los que hubiera resultado imposible confesarlo, en unos años en que la palabra gay no existía, y se decía homosexual en los libros y maricón en la calle, este último término expresado siempre en tono claramente despectivo. Se había enamorado de David a los quince años, en el instituto, cuando resultaba imposible hablar de amor, pero más imposible aún acallar el reclamo que cada vez calaba más adentro. Durante años, se masturbó pensando en David, en sus ojos profundos, en su cuerpo delgado, fibroso, acariciándose como si la carne fuera el punto exacto entre lo que se escapaba y lo que no se podía decir, un centro intuido pero imposible de expresar que huía de la concreción y hasta de las metáforas. Pero David no era más que un compañero de pandilla, un amigo. Por supuesto, Álex no era tan imbécil o tan ciego como para no reparar en los defectos de David; su narcisismo incurable, por ejemplo, esa vanidad que le llevó a montar un grupo, no tanto porque le gustara o le dejara de gustar la música (en aquellos tiempos, recuerda Álex, David ni siquiera sabía quién era Miles Davis), como por la necesidad de brillar, de ser admirado por los hombres y deseado por las mujeres. Pero Álex no amaba a David por sus virtudes, sino a pesar de sus defectos, y aquella afectación infantil le resultaba a Álex entrañable, conmovedora. Por entonces, David desafinaba y la voz, que todavía no había completado la transición de adolescente a adulta, se le rompía en más de un gallo, pero sus admiradoras, que ya las tenía, no parecían advertirlo. En los primeros conciertos, en los que Álex aplaudió enfervorizado desde la primera fila, las chicas parecían volverse locas, más interesadas, sin duda, en el cuerpo y los ojos de David que en el timbre o el color de su voz. Cuando Álex escuchara su primer disco, se quedaría impresionado con la tecnología moderna: tamizada por las máquinas del estudio, la voz de David sonaba grave, modulada, acariciante por más que en directo apenas se le oyera.

Cuando Álex asistía a los primeros conciertos de David, lo hacía siempre acompañado por una amiga. Porque a Álex le gustaban las mujeres, mucho. Le gustaban sus trajes y sus perfumes, la cadencia grácil de sus nucas, la efusión de las cabelleras sueltas y abundantes, el alabeo tímido de los párpados que se bajaban al pronunciar según qué palabras, las conversaciones sobre los problemas que tenían con sus madres y sus amigas, su sinuoso sentido del humor, mucho menos directo que el de los hombres pero casi siempre más certero. Todas las cualidades femeninas satisfacían en Álex sus gustos artísticos más refinados y sentía que le introducían en un mundo de sueños románticos, pero asexuados, al que no había tenido acceso hasta entonces y en el que creía impregnarse de pureza. Le encantaba que le vieran del brazo de una chica guapa, que parecía a su vez encantada de ser vista del brazo de Álex. Y se ganó una fama de mujeriego que casi podría estar a la altura de la que se estaba trabajando David.

Pero la diferencia entre David y Álex estribaba en que el primero se acostaba con sus conquistas, mientras que el segundo se comportaba como un perfecto caballero que apenas hacía más que besarles tiernamente las suaves y sonrosadas mejillas y embriagarse con el aroma de sus cabellos. A ellas no les importaba que él no intentara acostarse con ellas, porque por entonces corrían tiempos en los que la virginidad de las mujeres todavía se valoraba, y las amigas de Álex tomaban por respeto lo que no era sino desinterés sexual. Él no se mentía a sí mismo, sabía que cuando se masturbaba le venían a la cabeza imágenes de David y nunca de sus amigas. Pero tampoco les mentía a ellas; sencillamente, ocultaba la verdad. De hecho, Álex no se fue a la cama con ninguna mujer hasta que cumplió los veintiún años, cuando conoció en la Escuela de Arte Dramático a la que todavía por entonces se llamaba Leonor Ramírez, nombre que con el tiempo cambiaría al de Leonor Mayo. Y lo hizo porque quiso, no intentando esconder su verdadera inclinación sexual ni llevado por la insistencia de Leonor, aunque sí que la hubo. Si se acostó con Leonor fue porque estaba fascinado por ella, por el misterio de la presencia que revelaban y ocultaban a un tiempo los trucos y las artimañas de la actriz, y se sentía atraído no sólo por su evidente belleza, sino también por ciertas cualidades de Leonor que no podía calificar sino de masculinas: su ambición, su empuje, su independencia e, incluso, su desorden de pensamiento, su falta de franqueza y su fiero egoísmo, que a los ojos de Álex eran antes virtudes que defectos —quizá porque todos los tipos de amor tiendan a buscar en los rasgos mas insólitos o, incluso, despreciables del objeto amado una justificación—, pues los veía como los ingredientes que, mezclados, componían una férrea determinación que llevaría a Leonor a conseguir cualquier cosa que se propusiera, como el tiempo acabaría por demostrar.

Durante los meses en los que estuvo con Leonor, David pasó a ocupar una posición lejana y disminuida y, sin embargo, por mucho que con Leonor Álex se empeñara en negar lo evidente, no pudo prevenir el hastío, el hecho de que él supiese que en el fondo, irremediablemente, todos los deseos por Leonor iban a llevar el peso de la marca de David. A veces, Leonor parecía no tener gran cosa que decirle y las actitudes insignificantes, monótonas y definitivamente asentadas que acabaron adoptando cuando estaban juntos, tenían más de decorado de tramoya que de intimidad real, y acabaron matando aquella esperanza novelesca de un futuro compartido. Y por fin, Álex escribió a Leonor una carta triste de despedida, esperando en el fondo, el muy ingenuo, que la conmoción del miedo a perderlo hiciera pronunciar a Leonor nuevas palabras, súplicas nunca pronunciadas que le harían volver a desearla. Pero Leonor se tomó la carta con la mayor calma y asumió la ruptura con elegancia y casi se diría que con alivio. Y pasados los años, a Álex le gustaba recordar a Leonor como su novia de juventud porque le hacía creer que lo suyo había sido elección y no imposición, que, si las cosas no se hubieran desviado en un recodo del camino, él hubiera podido seguir avanzando hacia un futuro con mujer e hijos, y por eso, porque Leonor representaba la garantía de que él era bisexual y no homosexual, seguía considerándola la mejor de sus amigas y la tenía colocada en lugar bien visible en el altar de sus afectos.

Esa sensación de complicidad que vivió en su día con Leonor era la que intentaba revivir con Lola, su acompañante más reciente, una modelo espectacular con la que salía a menudo, pero ya no se engañaba y ni se planteaba hacer el amor con su nueva amiga por más que tuviera la impresión de que ella habría accedido más que encan-ta-da si él se lo hubiera propuesto. Le bastaba lucirla como quien saca a pasear a un hermoso alazán domesticado. Le hacía sentirse admirado, y el deseo que los hombres sentían por ella le excitaba: si ellos deseaban a la mujer que le acompañaba, en cierto modo también le deseaban a él, y es que Álex no podía renunciar a esa fijación que nació con David, la obsesión por los hombres «heteros y muy heteros». Una obsesión que quizá tuviera que ver con el hecho de que Álex nunca quiso ser gay, de que odió desde el instituto la certeza de que no iba a casarse con una de aquellas amigas de sonrosadas mejillas y cabellos perfumados, de que no podía quitarse de la cabeza el tono hondamente despectivo con el que su padre decía: «Ese maricón» cuando, a la hora de comer, cucharón en mano, veía en la televisión a algún presentador más guapo de lo normal comentando las noticias. Y quizá, el acostarse con hombres que no fueran gays le hacía sentir que con sólo alargar un poco la mano podría salir de su mundo para entrar en otro, en ese mundo de novias y esposas que habitaban los hombres que él deseaba.

Cuando Álex ingresó en la Escuela de Arte Dramático, David y él empezaron a dejar de verse paulatinamente, apenas en algunas reuniones nostálgicas de la antigua pandilla, en el cumpleaños de Bruno o en alguna fiesta de Nochevieja. El grupo de David cosechó bastantes éxitos en su momento y luego fue perdiendo fama y nombre, un grupo de ésos cuya música no se escucha jamás en un bar de ambiente, un grupo para chicos de cazadora de cuero, patillas mal cuidadas y torso sin depilar, un grupo «hetero y muy hetero». Reapareció David de pronto en la vida de Álex cuando el de los ojos profundos dejó de vivir con Diana, la novia que más le había durado y con la que había planeado casarse, y alquiló un apartamento situado, precisamente, a cuatro calles del de Álex.

La tal Diana se había hartado de unas continuas infidelidades que David no negaba, porque decía que no podía evitarlo, que las fans se lo ponían demasiado fácil, que estaban allí, tan disponibles, después de cada concierto... El antiguo amigo llamó porque se encontraba solo, deprimido, perdido, porque se ahogaba en su nueva casa (si a aquello se le podía llamar casa), porque cada noche, después del trabajo, cuando llegaba a aquel agujero de treinta metros cuadrados, se ponía a llorar como un crío. Así se lo confesó, como un crío, y a Álex le pareció tan conmovedor que un hombre de verdad, de los de pelo en pecho, «hetero y muy hetero», reconociera así, con tanta limpieza y naturalidad, que lloraba por amor, que no pudo por menos de enternecerse y acompañar a David a tomar unas cañas. Al fin y al cabo, Álex también salía de una ruptura, aunque mucho menos traumática: había terminado de tontear con un joven modelo de mucha planta y poca sesera, una relación que dejó muy pocas huellas tras de sí, apenas el recuerdo algunas veces añorado de unos cuantos polvos estupendos y una sensación de aplastante aburrimiento. Y así fue como Álex se convirtió en confidente, paño de lágrimas, compañero de barra, acompañante para todo. Así fue como aquel amor adolescente que no osaba decir su nombre, la vieja y tristísima memoria de buscarle sentido a un runrún que bullía por dentro sin poder salir afuera, renació, esta vez más maduro, más sereno, más confiado y, error, craso error, más esperanzado.

Pero no había esperanza posible porque David era «hetero y muy hetero», o eso aseguraba él, y no tenía intención ninguna de dejar de serlo. Esa aseveración no impidió que Álex siguiera masturbándose pensando en él; al contrario, de alguna perversa manera le excitaba más la fantasía de hacérselo con un hombre muy hombre, intocado por varón. Pero, en algún momento, no supo establecer la diferencia entre fantasía y realidad. Se obsesionó perdidamente, no pensaba en otra cosa: David instalado en su cabeza como un huésped permanente. Se despertaba con David, comía con David, ensayaba con David y todos sus papeles los representó para un público que era David y nadie más que David.

A nadie le confesó esta obsesión excepto a Yamal, y esto no fue porque considerara a Yamal el mejor de sus amigos o porque tuviese una especial confianza con él, sino porque Yamal poseía esa fuerza hipnótica, seductora, de serpiente bailarina, que hacía que nadie se le pudiera resistir. Si Yamal preguntaba, obtenía respuestas. Y Yamal vio a Álex tan trastornado que preguntó, y Álex, de repente, se lo soltó todo a borbotones, como una fuente cegada a la que alguien le retira de repente la lápida que tanto tiempo lleva conteniéndola.

Y Yamal le advirtió:

—Ten cuidado, no juegues con tu suerte. Hay cosas que nunca acaban bien y ésta es una de ellas, está escrito. Piensa que algunos encuentran el vacío insoportable porque tienen demasiadas cosas dentro de sí mismos y por eso no soportan la soledad ni la frustración y se empeñan en perseguir lo inalcanzable. Pero, si sabes ser paciente en un momento de pasión, escaparás a cien días de tristeza.

—Eso suena a proverbio árabe.

—Porque lo es —respondió Yamal.

Y llegó el día en que, por fin, sucedió. Tras una juerga de muchas horas y mucho alcohol y mucha droga, fue cuando por fin se besaron y se tocaron. Cómo olvidar el rubor encendido y delator, la curva de la boca, los labios entreabiertos, muy lentos, que abrasaban, la lengua que hería sin remedio... Pero aquello no llegó a consumarse. En el momento álgido, David acertó a balbucear un «no puedo» etilizado y se apartó.

Cómo escuece la distancia entre dos cuerpos que se separan cuando uno aún quiere estar allí.

Álex sabe que David consideró una traición que él se negara a volver a verle. A Bruno, David le contó (como Bruno le contaría más tarde a Álex) que se había sentido un objeto, un juguete. David no pudo entender que Álex pensara que si volvía a verle se moriría de deseo, de frustración, de pena.

Qué letal cualidad la del amor no correspondido, instalado en la cabeza, reconstruyendo un cuerpo fragante en la memoria aunque el cuerpo amado nunca sea, nunca pueda ser, sencillamente, un cuerpo.

David nunca supo de las incontables noches que Álex pasó llorando, aferrado a la almohada. Por las noches, Álex no podía dormir porque tenía miedo, miedo a que el corazón se le saliera del pecho, miedo a no poder soportar la ausencia y volver a llamarle, miedo a volver a enredarse en aquel deseo absurdo. El mismo miedo que le hizo jurarse a sí mismo que nunca, nunca, nunca más se enamoraría. El miedo que le empuja a liarse con niñatos como Silvio, que te hacen cualquier cosa en el cuarto de baño en cuanto llevan tres copas y dos rayas, niñatos que también se precian de ser «heteros y muy heteros», que tienen una novia esperando en casa que ni imagina lo bien que chupa pollas su novio, niñatos que nunca contarán a nadie lo que te hacen y les haces, niñatos cuyos cuerpos disfrutas, pero de los que nunca te colgarías.

Entre todas las fiestas del mundo, tenía que haber elegido aquélla. Estaba de lo más concurrida, una algarabía de luces y de gente, pero fue como si un foco poderoso iluminara a David entre aquella marea de cuerpos en desorden. David estaba más mayor, el cabello se le había encanecido, había ganado peso y adquirido arrugas, pero Álex lo vio tan perfecto como siempre había sido, o como lo había interpretado. Inmediatamente escaneó su periferia para registrar la presencia de alguna acompañante. Pero no, aparentemente David estaba solo.

Álex se sabía imponente. En aquellos cinco años había ido al gimnasio cada día con dedicación espartana. Llevaba el pelo bien cortado, el traje impecable, la sonrisa festiva calada como una máscara. Como si a David aquello fuera a importarle poco o mucho.

Por fin, David reparó en su presencia. Durante unos segundos se le quedó mirando con la expresión tensa, pero al cabo, poco a poco, el rictus se suavizó y fue mutando a sonrisa. Álex se la devolvió, contagiado por la ternura que le comunicaban aquellos ojos. No podía evitarlo, le seguía gustando, le seguía queriendo, le seguía conmoviendo. Sentía que todavía le quedaban rastros de aquel cuerpo dentro del propio cuerpo.

Los primeros minutos fueron un tanto incómodos, pero al cabo de media hora los dos estaban charlando animadamente, como si el tiempo no hubiera pasado. Álex se quedó de piedra cuando se enteró de que David había ido al teatro a verle.

—Pedí un asiento en una de las últimas filas, para que no pudieras darte cuenta de que estaba allí. De todas formas, el patio de butacas estaba llenísimo, habría sido imposible que me vieras.

—Es que, si te llego a ver, se me va el texto, seguro.

David rió. Una carcajada limpia, cristalina, nada forzada.

Curioso que la normalidad resultara tan extraña.

El pasado estaba allí, flotando sobre la barra, para reinterpretarlo. Para disfrutar de la historia que ya había pasado, sólo hacía falta otra manera de mirar hacia atrás.

Les dieron las tantas de la mañana en la barra. Subieron juntos al taxi, pero no a la habitación. David se alojaba en el mismo hotel. Era Bruno el que había reservado los billetes, pero se había asegurado de que David y Álex tomaran vuelos distintos. Se despidieron en el *lobby* civilizadamente, cariñosamente.

—¿Nos vemos mañana para ir a la playa?

David dudó antes de contestar, unos segundos que a Álex se le hicieron eternos.

—Claro. Llámame cuando te despiertes. Estoy en la 405.

Y no fue tan difícil. No fue tan difícil ver a David en bañador, luciendo el cuerpo deseado durante casi veinticinco años, el cuerpo que ya no era aquel cuerpo que le turbaba en los vestuarios después de la clase de gimnasia. Ahora era más sólido, más hecho, distinto. David había engordado, desde luego, bastante. Quizá era un efecto del alcohol; Álex había oído decir que David bebía mucho. No fue tan difícil contener un deseo del que ya apenas quedaba una difusa estela, un deseo que se había transmutado con el tiempo en simple afecto. El tiempo todo lo cura. En el ínterin, Álex había besado otros labios que sabían distinto, había conocido otras caricias cómplices, otras manos compañeras, se había despojado del olor de David, de su peso en la cabeza. Siempre relaciones sin compromiso: los amigos no eran amantes y los amantes no eran amigos, no rompía esa regla. Sí, el tiempo todo lo cura y también los nuevos cuerpos. Entretanto, David le hablaba a Álex de su trabajo, de su nuevo piso, de su hermana (¿te acuerdas en el instituto, cuando la llamaban la Piolín? Pues no la reconocerías; está hecha una maruja, gordísima), de sus desastres sentimentales (no te lo creerás, pero mi última novia se largó así, de pronto, sin avisar, sin dejar una nota siquiera y, encima, se me llevó el ordenador y mi reloj de oro, la muy perra) y Álex se daba cuenta de que su historia no podría escribirse sin David, de que los momentos más luminosos de su adolescencia estaban indefectiblemente asociados a aquel hombre que a su lado se untaba el cuerpo con crema de protección solar, aquel hombre que ya estaba echando tripa y al que le comenzaba a clarear la coronilla, aquel hombre al que se le notaba, en el deje húmedo de la voz, que aún podía llorar como un crío por amor.

—Cuando volvamos a Madrid, deberíamos quedar algún día para ir de cañas, como en los viejos tiempos.

—Deberíamos.

Aquel hombre hubiera podido ser el mejor de los amigos, si Álex no se hubiera empeñado en alcanzar lo inalcanzable.

LA RELACIÓN DE INCONVENIENCIA

—En mi sueño me hallaba en mi antiguo colegio y avanzaba por el pasillo entre las clases. A la altura de la escalera que conducía al recreo, me encontraba con Álex, que llevaba un kimono blanco con el cinturón verde. Él y yo subíamos entonces la escalera hacia la planta de arriba, la de las clases de las alumnas más mayores, pero no era allí donde llegábamos, sino que la escalera conducía a un hotel de lujo o, más bien, a la planta de un hotel de lujo. Parecía que alguien hubiese contratado una planta entera para celebrar una fiesta. Las habitaciones estaban abiertas y podíamos atisbar lo que pasaba en ellas. Había gente con botellas de champán en animados grupos y también había gente haciendo el amor... Las manos como en cataratas... Entonces, Álex me besaba con un beso largo, apasionado, en el que parecía que no sólo se tocaran nuestras lenguas sino nuestras almas... —las almas que se funden en la unión misteriosa que preside el hado entre las sombras, piensa ella, y al unirnos nos dispersamos como los restos de un mismo naufragio, pero esto no lo diré y menos aquí—. Bueno, no quiero usar una palabra tan cursi y que no dice nada. Se tocaban nuestras respectivas identidades, nuestros yoes, nuestros centros esenciales o como quieras llamarlo. Y yo me sentía, por fin, completa —un suspiro se le escapa entre los labios que aterciopelan una lengua de miel y dos triunfales hileras que ella llama dientes y muchos llaman perlas—. Cuando desperté, lo hice con la impresión de que estaba enamorada, de que el sueño me había transmitido un mensaje, de que había traído a la superficie de la vigilia desde el fondo de los sueños lo que me estaba pasando pero que conscientemente no quería admitir.

La luz que entra por la ventana del despacho rebota en la rubia cabellera, rizos de sol que sugieren monedas derretidas por el roce de siglos, amontonadas en los bucles de una linda rubia bien criada, orfebres gnomos de encantadas grutas labrando su mágica cabellera, porque la rubia tiene cierto aire de hada, de cuento, de niña no crecida.

No crecida.

—No estás enamorada, o puede que sí, que lo estés... Pero recuerda que enamorarse no es amar. En tu mente estás mezclando conceptos aparentemente sinónimos como el apego, el enamoramiento y el amor. Y cada concepto genera unas creencias, unos prejuicios, unas expectativas y exigencias que se manifiestan sin que tú seas consciente. Es decir, crees que mantienes una relación basada en el vínculo del amor, pero le estás aplicando el vínculo cognitivo del apego; un vínculo infantil, no maduro. En cualquier caso, no voy a ponerle nombre a lo que sientes, pero sí te diré que estás repitiendo un patrón, un patrón que ya has seguido otras veces.

— ¿Qué patrón?

Un itinerario ya trazado que vuelve siempre sobre los mismos pasos, un amor que es siempre el mismo, que se repite en cuerpos diferentes, que se alimenta de sí y no del otro, o de los otros.

—¿Cuántas veces hemos hablado de eso? Si, por los motivos que sean, una persona no ha conseguido el amor y la atención que desea por parte de sus padres, buscará una pareja que, al igual que el progenitor, no le ofrezca el amor que desea y le haga trabajar duro para obtenerlo.

—Esto lo sé, pero no veo por qué Álex no va a estar en condiciones de ofrecerme el amor que ando buscando...

—Porque te ha estado enviando mensajes sin parar. Mensajes que decían: «No me puedo comprometer».

—Pues yo no lo veo así. Si no hace más que llamarme cada cinco minutos y vamos juntos a todas partes. Es como si fuera un novio, pero no lo es. Ni siquiera me ha besado nunca.

—¿Y por qué no intentas besarle tú?

—Porque siento que, si le beso, romperé el hechizo, que el príncipe se volverá rana, que no me llamará más.

—Me estás admitiendo que sabes que nada sexual puede haber entre vosotros.

—Sí..., es verdad. Pero, entonces, ¿por qué me llama todo el rato? ¿Por qué no hace más que decirme lo guapa que soy?

—Porque es un seductor nato, como todos los actores, y le gusta sentirse admirado. Va con la profesión. Vamos a ver, repasa un poco. Le conoces hace meses, os llamáis a diario, pero nunca has visto su casa, no conoces a su familia, nunca te ha besado ni te ha tocado, ni ha manifestado ningún tipo de interés sexual por ti. Sabes que vive solo, que nunca ha vivido en pareja, que ningún productor ni director ni agente, nadie que haya trabajado con él, le ha conocido nunca un novio o una novia... ¿Qué más señales necesitas?

—Bueno, si lo pones así... Mira, yo que entiende ya me lo supongo. Vamos, que hay rumores ¿sabes? Pero también sé que estuvo saliendo con Leonor Mayo, cuando los dos estudiaban interpretación, que todavía son muy buenos amigos. Solían posar juntos en el *photocall* de los estrenos...

—Tú también posas con él en el *photocall* de los estrenos, ¿no?

—Sí, sí. Supongo que a él le viene muy bien posar con una actriz o con una modelo. Que una cosa es que la sociedad ahora sea muy tolerante y tal, y la otra que un actor pueda decir en voz muy alta que es gay. En cuanto lo diga, sólo le salen papeles de gay. Mira tú a Rupert Everett. Y claro, alguien como Álex Vega, que fue el amor platónico de todas las adolescentes del país... Y de todas las señoras, también. Si se enteran de que es gay, a *Hospital Central* no vuelve, eso seguro.

—Y si miramos tu sueño, Lola, ¿no es evidente lo que él representa?

—Pues no.

—¿Qué asocias al colegio? Responde sin pensarlo, en un segundo.

La rubia no lo duda.

—Infancia.

—Es decir, estableces tu vínculo desde la asociación con algo que deseabas en la época en la que ibas al colegio y, precisamente, según has dicho, antes de subir a la planta de las niñas mayores. Es él quien te lleva a esa planta; por lo tanto, hablamos del paso de la infancia a la pubertad...

—Y ya sabemos lo que me pasó entonces...

Una larga pausa. En el contrasentido de las manecillas del reloj, cuando Lola vuelve sobre los pasos de la memoria se desatasca la rueda antes de girar y, a la vuelta del vértigo y sobre la imagen de él, la carilinda superpone una imagen, la imagen que le chirría en la retina, la imagen de ese hermano al que Álex tanto se parece, pero en versión mejorada, como si una mano benévola hubiera retocado con Photoshop una foto de su hermano tomada cuando aún no tenía veinte años, cuando ella aún le deseaba, cuando pasó lo que pasó, lo que ella no quiere recordar ni admitir, algo que le ha marcado tanto como para que se haya quedado estancada en aquel instante, cuando él era el hermano bello y no el hermano gordo y calvo al que la rubia detesta, con el que ya no habla ni siquiera por teléfono, el hermano al que odia desde que le descubrió en la cama con su mejor amigo del colegio. Lola se niega a reconocer que aquella escena que ella consideró repugnante (trece años tenía por entonces) le resultaba, en realidad, turbadoramente erótica, porque aquel encuentro contenía la síntesis de todo lo prohibido e inadmisible: el deseo de su hermano por otro hombre, el deseo de Lola por su hermano. Desconcertante memoria que recobra, en el reloj del destino, donde cada dolor marca su instante, aquella cabellera en desorden, tan parecida, casi exacta, a la de Álex: rizos rubios y turbios, como la cerveza, que decía la canción. Y es que Álex, intemporal Álex pese a que ya ha cumplido los treinta hace casi un lustro, mantiene todavía ese aire lampiño, de adolescente, esa gracia de flor incierta y por abrir que vuelve locos a tantos hombres y a algunas mujeres, no a tantas: a ese tipo exacto de mujeres que no quieren crecer. Sorprendida, la rubia Lola, que hasta ese preciso momento no ha advertido el parecido, aparta de sí la imagen con el mismo gesto con el que apartaría una mosca que se le posase en la nariz. Como es cierto que uno de los rizos le había caído por la cara, la otra confunde el ademán y piensa que su paciente, sencillamente, se está atusando la melena, la melena de princesa que delata largas horas empleadas en su cuidado: corte de puntas mensual, mechas, mascarillas, suavizantes. Lola tiene dinero para gastarlo en cuidar su melena y en pagar la atención de su interlocutora.

—Y la bata ¿qué representa?

—Eso está claro: a Aldo, mi ex marido. Lo conocí en la clase de taekwondo, y llevábamos ese mismo kimono.

El matrimonio que no llegó a cumplir los dos años, que ya llevaba escrita, antes de consumarse, la fecha de caducidad. Cuando ella se casó, tan joven, una niña casi, ya sabía que a su novio no le gustaban las mujeres, pero pensó, eterna cazadora de imposibles, que ella le cambiaría, que él estaría dispuesto a cambiar. El marido que en la piscina se quedaba mirando a los chicos en bañador algunos segundos más de lo necesario. Exacta mirada, insegura y solícita, siempre atenta, vaga y la misma, una mirada que está contenta de no ser más que mirada, una mirada que más tarde Lola reconocería en los ojos de Álex cuando, en las fiestas de los estrenos, saludaba con esplendorosa sonrisa a algún joven actor de moda.

—Exacto. Y el hecho de que se la pongas a Álex representa tu voluntad de colocarlo en el lugar que ocupó en su día tu ex marido. Y el hotel, ¿cómo lo interpretas?

—El sexo, evidentemente.

—Sí, y como siempre, estás desgajando sexo y amor. El sexo ocurre en el mismo lugar, pero lo practica otra gente y en habitaciones distintas. Lo colocas en un entorno sexual, pero sublimas esa cuestión, que a vosotros os roza pero no os toca. No es casualidad que creas haberte enamorado de alguien que, precisamente, no ha intentado jamás establecer una relación sexual contigo, porque en el fondo tú no puedes enamorarte de alguien que te ofrezca sexo o, más concretamente, la intimidad profunda que se asocia al sexo. Y esto ya lo hemos hablado.

Un beso que la hermosa Lola recuerda en la vigilia y que vivió en el sueño. Roce de labios como un aletear de vaporosos colibríes, la impalpabilidad con que la abeja liba el cáliz, enhiesto como un pene y, como un pene, glorioso de rocío. Y sí, es cierto que es fácil hacer la asociación entre abejas y flores, inocencia y sexo. Pero es difícil renunciar a Álex, o a la fantasía de Álex. Lola no es tonta; Lola sabe, en el fondo, que Álex la utiliza, pero ¿acaso no le utiliza ella también? ¿Acaso no se siente más segura, más triunfadora, más en su sitio cuando entra a los estrenos, a los locales, acompañada por un hombre imponente, de cuerpo trabajado día a día en el gimnasio con dedicación espartana? Un figurín de cabello bien cortado, trajes impecables, de sonrisa festiva calada como una máscara. Lola sabe que se mueve en un mundo de apariencias en el que cada quien, más que ser, juega a ser; un mundo en el que un bolso de Balenciaga, una cartera de Gucci o un colgante de Prada implican una situación económica, un gusto; un mundo en el que la gente adora jugar a que tiene lo que en realidad no tiene. Y por eso llevan *fakes,* falsos bolsos de Balenciaga, falsas carteras de Gucci, falsos colgantes de Prada, falsos novios y falsas novias. Sabe que a Álex le viene bien Lola, porque es mona, estupenda, bien vestida, simpática y porque queda muy bien que le vean con ella en las fiestas. Y sabe que Álex nunca se ha tomado el más mínimo trabajo en profundizar en quién es ella. Porque Álex es incapaz de engancharse a cualquier sentimiento estable, sobre todo si éste implica un esfuerzo continuado. A veces, cuando brilla junto a Álex en esas fiestas que el noventa por ciento de los mortales sólo puede imaginar a través de lo que ven en televisión, Lola se siente aturdida y confusa, como si le hubiese tocado un premio gordo en moneda inconvertible y le parece irónico esa supuesta ventaja de la belleza y la posición. Le da vergüenza pensar que con lo que cuesta el traje que ella luce esa noche se mantiene una familia entera durante un mes y, sobre todo, le avergüenza el no saber disfrutar del vacío privilegio de lucirlo. Si es amor lo que siente por

Álex, no puede situarlo en un contexto de futuro, porque la nostalgia de lo que podría ser viene ya inscrita en el contexto de lo que no está siendo. Muchas veces se dice Lola que debería dejar ese mundo, buscar un trabajo serio, incluso intentar estudiar una carrera, tener una rutina, unos intereses, unos objetivos. Pero a ella nadie la ha valorado nunca por otra cosa que por su belleza, y le aterra adentrarse sin mapas por caminos que nunca ha transitado. Cuando ve en la televisión noticias de jóvenes que arriesgan la vida en el mar, intentando llegar a Occidente en busca de comida, de sueños cumplidos, siente un escalofrío de sonrojo al pensar en la vida superficial que lleva. Pero en los locales por los que se mueve, en los restaurantes en los que cena, en las tiendas en las que compra la ropa, en los libros que lee, en las revistas que hojea no tienen cabida esas historias tangenciales y sórdidas pese a que sucedan a pocos metros, en la calle, en la misma acera en el que un negro mendiga unas monedas. Y por eso Lola prefiere seguir haciendo oídos sordos a esa voz interior y continuar avanzando por la vida colgada del brazo de Álex Vega.

Una vez, Lola se atrevió a confesarle estas dudas a Yamal Benani. Le explicó que no podía evitar sentir cargo de conciencia cuando veía en los telediarios a los niños que se mueren de hambre, o a los jóvenes que arriesgaban su vida en las pateras mientras ella vivía una vida tan frívola, en la que se paga por unos vaqueros cien veces más de lo que en realidad cuestan sólo porque la etiqueta es de una marca y no de otra y, lo que es peor, en la que Lola induce con su imagen a otra gente a hacer lo mismo. Cada foto de Lola en un catálogo, en una revista, está diciendo: «Cómprame». Y Yamal le dijo: «En Marruecos, te dirían que así son los designios de Alá. Alá coloca a unos a un lado de la vida y a otros al otro lado. Alá tiene sus razones, que nosotros desconocemos, Lola». Lola se quedó sorprendida. «No sabía que fueras tan creyente», le dijo a Yamal. Nunca ha olvidado la respuesta: «Lo suficiente para saber que las divinidades son terribles, como la vida».

Álex, sin embargo, sí que cruza la línea, sí que conoce otros mundos en los que ella no se atreve a aventurarse. Álex conoce a inmigrantes, a chaperos, a vendedores de hachís, a manteros y a miembros de maras. Cuando sale sin ella, se mueve por los antros más oscuros de Lavapiés y, después, regresa con extrañas historias pegajosas y fragmentarias que a veces menciona de pasada, como un buceador que se sumergiera en aguas profundas y volviera a la superficie con un pez exótico enganchado en el arpón. Nunca le ha pedido a Lola que le acompañe a esas excursiones, y Lola no se lo ha sugerido jamás porque sospecha que es allí donde encuentra Álex ciertas emociones que necesita y que ella no puede darle.

Cuando regresa al despacho desde las ensoñaciones en las que estaba sumida, Lola se encuentra con los ojos fijos de su terapeuta, interrogantes.

—Perdona, me he distraído...

—¿En qué pensabas?

—En Álex, en la vida, en mi sueño, en lo que el sueño dice... ¿Cómo crees que debería interpretarlo?

—En realidad, deberías interpretarlo tú.

—¿Que deje de verle?

—Eso también deberías decidirlo tú.

—Que deje de verle, que deje de perseguir quimeras que nunca voy a conseguir, de empeñarme en combates perdidos de antemano. Sí, eso ya lo sé; si la teoría me la sé de memoria... Pero eso no quiere decir que me sea tan fácil llevarla a la práctica. Es que es muy duro renunciar a ciertas ilusiones...

La vida es terrible y las divinidades son terribles, porque los hombres han creado a los dioses y no al revés. Y yo he inventado tu nombre para darme uno propio. Cortinas de humo para no enfrentarme a lo que no quiero ver. Y, si arrojo hacia ti un cabo para salvarte del naufragio, se convertirá en una cuerda que te anude el cuello.

—Lo sé —confirma la terapeuta—. Es duro crecer.

LE BEAU TERRIBLE

En mi casa tengo dos *Cuadros Gemelos* de Yamal Benani, aparentemente idénticos, pero distintos. Son dos rectángulos que he colgado en paralelo. La base de cada uno de ellos es un bastidor grueso de madera entelado con un lienzo color marfil sobre el que el pintor estampó unas manchas de acrílico en tonos tierra y unos goterones granate oscuro que tienen el aspecto exacto de la sangre coagulada. Este símil no se me ocurrió hasta hace poco, cuando reparé en el hecho de que el cuadro había cambiado, pues las manchas se habían oscurecido con el tiempo. Mi ex novio me llamaba exagerada, y achacaba mis impresiones a mi exceso de imaginación. Él aseguraba que el color no había cambiado, aunque hoy reconoce que tampoco él prestó nunca excesiva atención a las pinturas, que casi no se fijó en ellas hasta que yo empecé a hablar de los matices cambiantes de las manchas. A veces pienso en regalar los cuadros, pero no lo hago, porque mi madre me enseñó que nunca debe regalarse un regalo y, también, a qué negarlo, porque sé que son caros y que cada día que pasa lo son más, pues la obra de este artista se revaloriza por minutos, como quien dice. Sé que soy una afortunada por poseer una obra de Benani y, a veces, pienso, incluso, que debería asegurarla. Pero por las noches ya no me levanto jamás a por un vaso de agua, pues para llegar a la cocina tengo que cruzar el salón y, cuando cae la luz, no quiero estar cerca de los cuadros iguales, sobre todo desde aquella tarde en la que mi hija, que estaba jugando tan tranquila con su bloques lógicos, se quedó de pronto mirando fijamente a los cuadros durante largo rato, con mucha más concentración de la que se supone que una criatura de su edad puede mantener y, de pronto, rompió en sollozos y fue a refugiarse en mis brazos. Desde entonces, la niña no ha vuelto a jugar en esa esquina del salón y tampoco mi perro se tumba allí a dormir, algo que sí hacía antes de que colgáramos en esa pared las obras.

Lo que más me intriga de todo es que los cuadros son idénticos. Idénticos. He pasado horas intentando buscar la diferencia, pero no la encuentro. Es como si los hubieran clonado. Y la mancha de sangre, repetida, parece que me llama con susurro de fantasma.

Es difícil que la muerte de un director de museo, crítico de arte, comisario de exposiciones o similar le resulte indiferente a un artista. Si el fallecido en cuestión le prestaba apoyo, su pérdida resulta un verdadero drama. Pero, si no lo hacía —y, estadísticamente, la indiferencia es mucho más común que el entusiasmo—, el artista lleva la noticia con una más o menos suave alegría que intenta disfrazar sin mucho éxito: «Oh, me he enterado de la triste noticia, sí..., por los periódicos. Su viuda debe de estar destrozada». Si recurrimos de nuevo a la estadística, lo normal es que el comisario, crítico o director fallezca a causa de un cáncer, un infarto, un accidente de coche, una enfermedad derivada de un síndrome de inmunodeficiencia asociada o, incluso, una sobredosis. Pero en las revistas de arte no se leen muchas noticias sobre directores, comisarios y críticos asesinados, lo cual no deja de sorprenderme, pues es un hecho que todo artista fantasea alguna vez con asesinar al director del museo o comisario que no ha elegido nunca su obra para una exposición, o al crítico que le ha hecho una reseña incendiaria en un suplemento cultural.

Conocí al pintor Yamal Benani el año en que Madrid fue Capital Europea de la Cultura. ¿Recuerdan? A Barcelona le dieron las Olimpiadas; a Sevilla, la Exposición Universal y a la pobre Madrid, como premio de consolación para que no llorase, la Capitalidad Europea de la Cultura en el 92. La verdad es que se hizo muy poco por la cultura en ese año, lo cual no es de extrañar, dado que el Presidente del Consorcio «Madrid 92» era, ni más ni menos, que el entonces alcalde de Madrid, José María Álvarez del Manzano, al que algunos medios dieron en llamar «el genocida cultural».

Era enero y el pintor Álvarez Plágaro exponía en Madrid por primera vez sus series de cuadros repetidos. Por entonces tenía yo veintiséis años y salía con un proyecto de artista conceptual al que le gustaba pasearme de *vernissage* en *vernissage* y que prácticamente me arrastró a la inauguración de la exposición. Este proyecto de artista acabó alcoholizado, como tantos, y me lo encuentro, de cuando en cuando, en algún bar de mala reputación, pero su historia no va a aparecer en esta novela, como tampoco lo hará la de Álvarez del Manzano. Mi ex sólo figura aquí —sin nombre— porque él fue quien me introdujo en el ambiente artístico de Madrid.

Como suele suceder en ocasiones semejantes, la sala estaba llena de invitados, copa de vino en mano y cotilleo en boca: «Mengano va a exponer aquí, Fulana allá, Zutano va a ir este año a Arco y Perengano a la Documenta». La mayoría vestía de negro de pies a cabeza, muchos lucían gafas de pasta, una mujer iba ataviada *à la gueisha* con un traje ceñidísimo y un moño sujeto a la coronilla con palillos de comer arroz y otra llevaba un lazo verde tan aparatoso en la coleta que se diría envuelta para regalo.

Al fondo de la sala estaba el artista, visiblemente nervioso, recibiendo parabienes. Nosotros también nos acercamos, como exigía el protocolo, para felicitarle.

Mi entonces novio nos presentó:

—Aquí, Lucía Etxebarria; aquí, Alfredo Álvarez Plágaro.

Plágaro era (y es) un hombre guapo, así que le dediqué la sonrisa que cualquier mujer mínimamente cosmopolita le dedica a un artista interesante en todos los sentidos. Y, entonces, reparé en el chico que estaba a su lado. Era imposible no fijarse. Se trataba de un joven tan guapo que merecía el calificativo de obra de arte casi con mayor fundamento que los cuadros expuestos. Tenía los ojos rasgados y de un extraño color verde menta, la nariz recta, el pelo largo y negro, la piel canela y una boca ancha y sensual que al abrirse dejaba ver una hilera de dientes blanquísimos y simétricos.

—Éste es Yamal Benani, un joven artista de mucho talento que acaba de llegar de París. Va a vivir aquí.

El atractivo joven extendió una mano, cortés y vacilante, como si pretendiera demostrar una reserva tímida que debía vencer frente a una simpatía espontánea que acabaría por triunfar.

Por entonces, Plágaro estaba trabajando en series de cuadros repetidos, *Cuadros Iguales* los llamaba. Los cuadros eran iguales, pero distintos. Es decir, exponía dos cuadros idénticos, pero no calcados ni clonados, sino pintados en paralelo, en una especie de gestación gemelar. Así, cada elemento era un original en forma de obra, dado que ningún cuadro podía ser idéntico a otro, pues, al no haberlos copiado una máquina, el fallo humano se suponía de la misma forma que se suponía que mediante esta representación el artista cuestionaba el propio concepto de originalidad y las diferencias entre pintura y representación. Los *Cuadros Iguales* de Álvarez Plágaro ponían en tela de juicio el concepto de «obra única» ya que, al no estar nunca hechos con procedimientos mecánicos de seriación, eran y no eran, al mismo tiempo, obras únicas. Es necesario resaltar que Plágaro no acababa un cuadro y luego lo copiaba, sino que realizaba la serie en su conjunto. El número de unidades de la serie, por tanto, estaba limitado desde el principio y no se podía ampliar.

Al tratarse de series repetidas, los cuadros obligaban a remirar lo visto anteriormente. Un cuadro independiente, gracias a sus idénticos, se veía con mayor profundidad: era como apreciar el mismo cuadro varias veces. La mirada pasaba de uno a otro y viceversa. El espectador, como en un juego, podía buscar la inevitable diferencia de la igualdad.

El germen de los *Cuadros Iguales* tenía un claro espíritu dadá, porque la repetición es propia del humor y de la ironía: es transgresión. Y para seguir cuestionando la representación, resultaba que las series de cuadros se podían subdividir en grupos de menos unidades, así que un comprador podía comprar el grupo entero o un subgrupo y colgar las obras en su casa a su libre albedrío. (Por cierto, siempre era más caro comprar la obra por partes que *el pack* completo.) El comprador acabaría así la obra del artista, puesto que él decidiría la composición final. Por eso, para Plágaro, el montaje de una exposición suponía el último acto creativo. Su obra ofrecía una gran cantidad de posibilidades de instalación debido a que los cuadros no requerían de una posición determinada para ser vistos (un *Cuadro Igual* nunca podía estar «al revés», ni tampoco «al derecho»; se podía colgar de los cuatro lados) y a que las series se podían instalar de muchas maneras (unos junto a otros, encima de otros o formando grupos). Con las mismas series de *Cuadros Iguales* se podían, en principio, crear exposiciones totalmente diferentes.

Es decir, que Plágaro había rizado el rizo y había creado arte conceptual a partir de cuadros abstractos. Un genio, vamos, aunque a mi entonces novio no se lo pareciera, porque mi novio estaba enfrascado por aquella época en conceptualismos tales como un sillón hecho de guías telefónicas «para poder sentarse sobre la masa», y la pintura propiamente dicha (la que implica lienzo, aguarrás, pincel y demás objetos considerados *démodés* para cualquier conceptual de pro) no le llamaba la atención. Huelga decir que mi entonces novio nunca llegó muy lejos como artista pero, como ya he dicho, ésa es otra historia que no tiene cabida en esta novela.

Para más dadaísmo, en aquel momento, Álvarez Plágaro no sólo repetía los cuadros, sino que repetía también las exposiciones. Es decir, su primera exposición en Madrid no era una exposición sino que eran Dos Exposiciones Iguales, en dos galerías de arte diferentes y en el mismo período de tiempo.

Yo escuchaba fascinada toda la explicación que nos estaba largando Plágaro sobre su poética, con la atención racional puesta en lo que el pintor me contaba, pero con la otra —la instintiva— concentrada en su joven acompañante, aquel árabe que no articuló palabra durante todo el discurso de Plágaro pero que se le quedó mirando fijamente y con la boca literalmente abierta de emoción, visiblemente impresionado por la apabullante justificación teórica del artista. Tan concentrado se le veía al chico que parecía que bebiera las palabras del pintor.

Pasó el invierno, la primavera y el verano de aquel supuestamente importante año para Barcelona y Sevilla y volví a encontrarme a Yamal Benani en otra exposición, esta vez institucional, que casualmente también trataba sobre la repetición. Era, recuerdo la fecha, el 6 de octubre del 92, seis días antes del Día de la Hispanidad. Se inauguraba una exposición en el casi recién estrenado museo Reina Sofía titulada *Repetición/Transformación*. El comisario había sido un americano llamado Michael Tarantine. Curioso que a mí el apellido me sonara al autor de la película *Reservoir Dogs,* que se acaba de estrenar en España y que a Benani sólo le sonara a arte; eso demostraba de qué ambientes tan distintos proveníamos. Yo ya había dejado al artista conceptual y había ido a la exposición con una amiga, Leonor, que por entonces empezaba la que iba a ser una fulgurante carrera como actriz, así que cuando me encontré al francés sin más compañía que la copa que llevaba en la mano no dudé en abordarle con la mejor de mis sonrisas. A los pocos minutos estábamos enzarzados en una conversación.

El padre de Benani, según él mismo me explicó, era marroquí y su madre libanesa, pero él había estudiado Bellas Artes en París. Ese detalle, añadido a la impecable dicción de su francés, a sus estudiadísimos modales y al traje de corte impecable que lucía, me hizo pensar que se trataba de un chico de buena familia. Y una buena familia marroquí es una estupendísima familia, pues en Marruecos no existe la clase media. La oligarquía que rodea al Rey suele ser millonaria. Una vez leí en un periódico nacional de Marruecos que, con lo que el rey Hassan y su corte habían sacado del país, se podría pagar la deuda externa del país y, además, la corte y sus descendientes podrían vivir «por los siglos de los siglos», o así lo aseguraba el firmante del artículo, un conocido político de adscripción fundamentalista islámica. Y por eso le pregunté a Yamal, pese a que el apellido Benani no es inusual en

Marruecos, si su padre no sería el famoso Gassan Amin Benani, el que había sido ministro de Hassan de Marruecos, un personaje sanguinario, responsable del encarcelamiento y tortura de miles de presos políticos.

—Me sorprende que sepas tanto de la situación política de mi país. Sí, se trata de mi padre. Pero, antes de que juzgues, debo aclararte que prácticamente no nos vemos, pues él repudió a mi madre. Hace años que no sé de él. Yo he vivido en París desde los quince años, con ella, y me he trasladado recientemente a Madrid. Quizá también hayas oído hablar de ella, o al menos de su familia. Mi madre es Leila Hariri, su padre también fue ministro.

Sí, claro, el nombre me sonaba. Los Hariri eran una de las familias más ricas e importantes del Líbano. Como no me parecía de buen gusto preguntar más sobre sus orígenes, decidí desviar la conversación hacia el tema más socorrido: la exposición que nos rodeaba. En la muestra se exponían obras de Allan McCollum, Agnes Martin, Gerhard Richter, Robert Rauschenberg, Remy Zaugg, Robert Mangold, Antoni Tàpies, Jasper Johns, Sherrie Levine, Michelangelo Pistoletto y del grupo Art & Language. Me explicó Yamal que, comparando esta exposición con la otra única realizada en el estado español que trataba sobre el mismo tema, curiosamente, sólo coincidía un nombre: Andy Warhol. Benani parecía algo irritado, no porque no hubiesen contado con él —lo cual no resultaba particularmente extraño, porque era todavía lo que se ha dado en llamar «un artista emergente», eufemismo utilizado para designar a ese artista al que sólo conocen su padre, su madre y su grupo de amigos, y al que sólo le compran obras los dos primeros—, sino a causa de los autores y obras seleccionados para la exposición. Decía que en este tipo de exposiciones temáticas los comisarios podían actuar de dos maneras: o bien poniendo primero el título y luego metiendo con calzador a quien les apetecera, empezando por sus amigos, o bien metiendo primero a quien les apeteciera, empezando por sus amigos, y luego poniendo un título que les encajara lo más posible. Con un título como aquel podía meterse a cualquiera, decía Yamal, los que repetían porque repetían y los que hacían transformaciones, porque hacían transformaciones. Benani parecía dispuesto a largarme una improvisada conferencia sobre arte y representación, pero de repente entró en la sala un tipo que, a juzgar por la cantidad de gente que revoloteaba a su alrededor, siendo él claro centro de gravedad de una órbita de aduladores, debía de ser alguien importante en el poco importante mundo de las artes plásticas. Era un hombre que tenía pinta de haber acabado de pasar, con retraso, su *middle life crisis*. Alto, rubio y sonriente, vestía un traje gris oscuro, una camisa gris clara y una corbata azul, y llevaba unas gafas sin montura que a día de hoy luce hasta algún ministro conservador, pero que entonces eran claro signo de apabullante modernidad, una cosa muy poco vista. De hecho, era la primera vez que yo veía unos lentes así; en aquella época, el que se las daba de moderno en Madrid llevaba gafas de pasta estilo retro. Los ojos tras los cristales eran fríos, de ese color azul acerado tan *wasp*. Se trataba del mismísimo comisario de la exposición, Michael Tarantine. Yamal Benani me preguntó cuál era mi nivel de inglés. Le dije que muy alto, y en ese mismo instante me convirtió en su traductora oficial cuando el marroquí abordó al americano con muy profesional sonrisa. Aclaró la voz, la impostó y la moduló.

—Señor Tarantine —tuve que traducir—, permítale que le felicite por el excelente gusto que ha demostrado en la elección de las obras que componen esta muestra, y que me presente: me llamo Yamal Benani y soy artista.

Añadí de mi cosecha que yo me llamaba Lucía Etxebarria y que era modelo de artistas, mentira esta última que improvisé porque todavía no había publicado un solo libro y mi trabajo —responsable de comunicación en una multinacional— no estaba en absoluto en consonancia con el entorno. Pero resultaba evidente que el comisario ni se había fijado en mí, porque sólo tenía ojos para el bello Yamal. Acto seguido fui traduciendo lo que Yamal Benani le contaba a Tarantine sobre su obra.

Hago un resumen:

Le dijo a Michael que estaba trabajando en una serie que se iba a titular *Repeticiones*, que la repetición era el *leitmotiv* de su voluntad creativa, que lo más importante era el acto de repetir más que lo que el acto repetía. Que desde su libertad, por medio de la repetición, limitó su propia libertad, la cercenó y, paradójicamente, no dejó por ello de ser menos libre. Que pudiendo hacer de todo en ese infinito que es un cuadro se autolimitaba a ir repitiendo lo que iba haciendo simultáneamente en otro. Que en sus cuadros repetía conscientemente el «fallo» y el «acierto», con lo que tanto el uno como el otro cambiaban su significación y que, de este modo, por medio de la repetición, la anécdota se superaba y la idea se concretaba mejor, se devaluaba menos. Que no buscaba crear diferencias en absoluto, que en todo caso ellas se creaban solas. Y, por último, le preguntó a Tarantine si creía que la repetición de la obra daba más valor a cada cuadro o se lo quitaba. Dos cuadros iguales de *Las Meninas,* pintados al mismo tiempo y simultáneamente por Velázquez, ¿tendrían mayor o menos interés que uno solo?

Enseguida me di cuenta de que Benani estaba argumentando, punto por punto, la poética que regía la obra de Álvarez Plágaro. De hecho, yo había leído textos de Plágaro y recordaba claramente aquello del fallo y del acierto, de la libertad cercenada que paradójicamente se amplía y lo de *Las Meninas* repetidas. Me sorprendió, además, que Michael Tarantine pareciera encantado con el discurso del guapo marroquí y con la aproximación conceptual que el artista había hilvanado. ¿Acaso no había oído hablar nunca de Plágaro? ¿Qué tipo de experto en arte era aquel tal Tarantine?

—¿Has leído *Diferencia y Repetición* de Gilles Deleuze? —preguntó el comisario. En sus labios «Deleuze» sonaba a «Delux».

—Por supuesto —respondió el marroquí—. He leído toda la obra de Deleuze —pronunció Deleuze, por supuesto, en impecable francés, dejando claro, por comparación, que al comisario la Fortuna no le había favorecido entre sus dones con el de lenguas—. Y mi obra quiere expresar la paradoja deleuziana. Porque la diferencia se convierte en objeto de representación, siempre en relación con una identidad concebida, con una analogía juzgada, con una oposición imaginada, con una semejanza percibida...

Me costó muchísimo traducir esta última frase, máxime cuando lo hacía desde el francés al inglés siendo el español mi lengua materna, y no tengo muy claro si, tras mi filtro, la afirmación conservó un mínimo de sentido, pero el comisario parecía más que encantado con la conversación. No pudo, sin embargo, continuar con ella porque un joven vestido de negro de pies a cabeza le cuchicheó algo al oído. Tarantine se excusó diciendo que debía atender otros compromisos, y le facilitó al joven artista su dirección para que le hiciese llegar toda la información que pudiese de su obra.

Desde aquel año, la relación de Benani con Michael Tarantine fue constante. El artista envió a aquella dirección todos los catálogos de todas sus exposiciones, amén de un exhaustivo dossier de críticas que Tarantine no podría apreciar, dado que no hablaba una sola palabra de español o francés. Yo hube de ayudarle a traducir las cartas que Benani enviaba y recibía, y que más tarde se convirtieron en faxes y, por último, en e-mails. Esta correspondencia se mantuvo, de forma más o menos esporádica, durante diez años, hasta que en 2001 Yamal Benani recibió un correo de Tarantine en el que el comisario le explicaba que quería organizar una exposición sobre sistemas seriados de repetición y las posteriores desviaciones de esos mismos sistemas en un espacio o galería de Nueva York por determinar. La exposición se titularía *Sistema/Desviación*.

El tránsito de mi relación con Yamal Benani durante aquellos casi diez años fue bastante extraño. Nunca fuimos amantes, y no sé si llegamos a ser amigos. Nos veíamos a menudo para tomar café y, en aquellos encuentros, Yamal siempre aparecía con una carta de Tarantine que quería que yo tradujera al español o con un texto suyo que yo debía reescribir en inglés. A mí no me costaba demasiado hacerlo, así que no me negaba, incluso siendo consciente de que el joven pintor se estaba aprovechando de mí. Pero, por alguna razón, yo le dejaba hacerlo. Quizá a causa de su belleza magnética y sus gestos lentos, de misteriosa densidad. Yamal estaba pero no estaba, era una presencia siempre ausente, añorada, imaginaria, y el sentimiento que me inspiraba era una especie de turbación misteriosa; lo más parecido a lo que a veces despierta la música o el arte abstracto. Nunca aspiré a conseguir nada de Benani, sexualmente hablando, pues sabía que tenía una novia más o menos oficial, una tal Miriam, y me iban llegando rumores que lo relacionaban con nombres más o menos importantes del ambiente artístico español, como Víctor del Campo (Director de Estampa, la Feria Internacional de Grabado de Madrid), Rafael Doctor (Director del Museo Internacional de Arte Contemporáneo de Castilla-La Mancha) o Fulvio Trentino (uno de los marchantes más importantes de España, director de la galería que lleva su nombre). Las malas lenguas aseguraban que con cada uno de ellos había tenido Yamal una amistad más que íntima, pero los rumores, ya se sabe, son sólo rumores, y en una ciudad tan bulliciosa y movida como Madrid proliferan como los hongos. Se decía de Yamal que se acostaba con hombres pero que, como tantos árabes, no quería renunciar a casarse y tener hijos. Yo no podía calibrar cuánto había de verdad o de fantasía en aquellas historias. Mi amiga Leonor, la actriz, me había contado que su amigo Álex, otro actor, aseguraba haber tenido un corto asunto con el pintor, pero yo no sabía hasta qué punto los cotilleos de Leonor, siempre tan exagerada, eran fiables, y tampoco quería preguntar más sobre lo que no era de mi incumbencia. De todas formas, por entonces yo estaba soltera y tenía tiempo para poder perderlo en cafés y copas con un hombre al que nunca iba a poder llamar amante, pero cuya conversación era amena e inteligente. Además, qué diablos, cuando la gente te ve con un hombre guapo, inmediatamente piensan que tú también lo eres. Y, si no, piensan al menos que debes de tener algo muy especial para poder haber acaparado su atención. Así que a mí me gustaba dejarme ver con Yamal y por eso me dejaba utilizar. Llegó a ser tan estrecho nuestro contacto que en muchas carnicerías árabes del barrio en las que no sirven a los no musulmanes (lo consiguen mediante el sencillo método de cobrarles la carne a precios abusivos asegurándose así de que no volverán) me trataban con una amabilidad exquisita, pues todo el mundo sabía que era amiga de uno de los hombres más notables de su comunidad.

Yo era perfectamente consciente de que Yamal era un trepa, un egocéntrico y un niño mimado. Le había visto en acción a la hora de venderse, había presenciado cómo se apropió de la obra de otro para promocionarse a sí mismo. Era un artista tan poco original que había copiado descaradamente las ideas de otro, pero el apropiacionismo es algo tan común en el mundo del arte —hasta el punto de haberse convertido en un término— que a nadie le había escandalizado. Sin embargo, no podía decidirme a dejar de verle. La presencia de Yamal me arrastraba como un remolino, no sólo por su evidente belleza, sino por un algo más profundo y oscuro que nunca fui capaz de precisar. El caso es que, si me pasaba días sin ver a Yamal, de pronto sentía una necesidad agobiante de volver a quedar con él, algo tan físico como lo que experimento cuando llevo muchos días sin comer chocolate y estoy cansada o me va a venir la regla. Pero el ansia por el chocolate tiene una explicación técnica: la necesidad de potasio, fósforo y magnesio, y yo no encontraba razón lógica alguna para justificar semejante ansia desesperada por ver a Yamal. Era casi como si Yamal me estuviera llamando con un canto de sirena al que yo no tuviera más remedio que responder, como si me hubieran hechizado. Sé que al lector le va a costar entender lo que cuento, pero sentía esa llamada en la cabeza, intensa, como las voces que escuchaban Juana de Arco o santa Teresa. No me atrevía a contárselo a nadie porque suponía que me iban a llamar esquizofrénica, y yo misma, a veces, pensaba que mi cabeza estaba empezando a fallar.

Cuando sentía aquella ansia, aquel extraño canto que me martilleaba en las sienes, telefoneaba a Yamal. Y siempre me daba la impresión de que él estaba esperando mi llamada, de que ya sabía de antemano que yo iba a contactarle, pues en cada ocasión se mostraba disponible y entusiasta, pero sospechosamente tranquilo, como si hubiese adivinado mi deseo mediante una conexión telepática.

Quedábamos para tomar un café y él me hablaba de sus proyectos, de sus exposiciones y de las noticias que recibía con Tarantine, que le tenía verdaderamente fascinado, aunque también era cierto que para un artista de importancia tan relativa el hecho de mantener una relación, por epistolar que fuera, con uno de los *curators* más importantes del mundo, resultaba un potencial trampolín de enormes posibilidades.

Cuando Benani supo de la intención de Tarantine de organizar la colectiva *Sistema/Desviación,* se obsesionó con participar en ella y me hizo traducir una verdadera avalancha de mails enviados al *curator* en los que le hablaba de su obra, de sus proyectos futuros y del entusiasmo con el que había acometido una nueva producción de series de cuadros. Al principio, Tarantine respondía a Yamal amablemente en correos de una o dos líneas, pero más tarde no llegó nada. Yamal seguía escribiendo larguísimos mails que yo traducía, pero la comunicación se había cortado. Y yo entendí que al comisario le había asustado la insistencia del joven (o ya no tan joven) artista. Esto debió de ser, si la memoria no me falla, a finales de 2001.

En 2002 me ofrecieron un puesto de escritora residente en la Universidad Mac Gill, de Montreal, durante el trimestre que transcurría desde el inicio del curso hasta las vacaciones de Navidad, a cambio de un sueldo miserable pero con residencia pagada y un bonito despacho para escribir. Cuando llamé a Yamal para despedirme, me dijo que él también se marchaba de viaje. A Nueva York.

—¿Ah, sí? Estupendo —le dije—. ¿Vas a hacer turismo?

—Voy solo…, sí. Estoy pensando en instalarme allí por una temporada. Me he separado de Miriam ¿sabes?, y necesito pasar un tiempo fuera de Madrid… Un tío de mi madre tiene un apartamento fabuloso en la Quinta

Avenida que está vacío, y me deja instalarme allí el tiempo que me apetezca. Quiero ver exposiciones, museos, hacer contactos, ya sabes. Y entrevistarme con Michael Tarantine...

Aquello me sonó muy extraño porque sabía que hacía tiempo que el *curator* no respondía a las cartas de Benani. ¿Sería posible que le hubiera enviado algún mail al pintor proponiéndole una entrevista y que Yamal no me lo hubiese pasado para que se lo tradujera? Sí, podía ser perfectamente posible, puesto que, a pesar de que cuando yo le conocí el marroquí no hablaba una palabra de inglés, con el tiempo había llegado a defenderse bastante bien en aquel idioma.

—Oye, pero... ¿has quedado con él o algo?

—Pues... la verdad es que no. Pero sé cómo encontrarle. Tengo amigos que me han facilitado su dirección y los nombres de los bares por donde se mueve. No he de tener más que un poco de paciencia y antes o después me haré el encontradizo.

Intenté por todos los medios disuadir a Yamal de semejante plan absurdo. En primer lugar, las posibilidades de que chocara con el comisario eran más bien escasas e, incluso, podría ser que Tarantine ni siquiera se hallara en Nueva York, pues bien podía haberse marchado de vacaciones. Y, en segundo, yo dudaba mucho de que un encuentro «casual» fuera a convencer a Tarantine de la conveniencia de incluir a Yamal Benani en su próxima muestra. Más bien al contrario, lo más posible es que le incomodase la insistencia de semejante fan fatal.

—No, no creas; según tengo entendido es un hombre de rutinas. Tengo amigos en Nueva York que le conocen bien y me dicen que Michael sale todas las noches a un tipo de bares... Lucía, no sé si me entiendes. Y al fin y al cabo, yo soy un hombre guapo...

Más o menos acertaba a entender lo que Yamal me estaba sugiriendo, pero no seguí preguntando porque prefería no tener la confirmación de que mis suposiciones eran ciertas, pues no quería empezar a despreciar al que hasta entonces había tenido por amigo. Sabía bien que Yamal Benani era un hombre que volvía locos a los hombres porque su tipo de belleza sólida, contundente, les sugería una masculinidad en estado puro, sin concesiones. Así que cambié de tema, le di mi dirección en Mac Gill, me despedí amablemente hasta septiembre y volví a la organización de mis maletas.

Mi vida en Montreal era, francamente, de lo menos trepidante. Me levantaba a las nueve, desayunaba, daba un paseo por los jardines del campus, trabajaba en mi despacho hasta la hora de comer, comía, volvía al despacho, revisaba y corregía el trabajo de la mañana y regresaba a mi apartamento. Alguna tarde, quedaba con alguno de los profesores para cenar y, si no, lo hacía con un joven estudiante con el que había iniciado una interesante amistad. Esta rutina vino a alterarla una llamada de Yamal Benani, que me comunicaba que estaba en Montreal, en Le St. James, un hotel carísimo situado en el barrio antiguo de la ciudad. Quedamos en que nos encontraríamos en el hall del hotel para salir a comer.

Me sorprendió hallarlo muy cambiado. Se había cortado el pelo casi al uno, al estilo marine, y lucía unos vaqueros muy ajustados y una camisa roja no menos ceñida. Además, estaba muy moreno y se le veía radiante.

—¿Sabes? —me dijo tras intercambiar los dos besos de rigor—. Me lo he pasado bomba en Nueva York, he conocido a muchísima gente... Y a través de esa gente me han invitado a una fiesta privada en una mansión a las afueras de Montreal, por eso he venido.

—Y... ¿no me vas a llevar?

—Verás, Lucía, es que es una fiesta... muy particular. De las de estricta invitación y con un rollo... muy especial. Vamos, una cosa muy privada.

Yo me sentí tan dolida por la poca confianza que no pregunté más.

Comimos en un restaurante de Le Plateau y en la conversación me di cuenta de lo cambiado que estaba mi amigo. Prácticamente, no hablaba de otra cosa que de sí mismo. Estaba convencido de que su viaje a Nueva York marcaba un antes y un después en su carrera. Había hecho muchos contactos, me explicaba, y para un artista los contactos son mucho más importantes que el azar, la suerte o el talento, o eso aseguraba.

—Yo tengo talento —decía— y me he creado la suerte para fabricarme los contactos. Antes de cumplir los cincuenta estaré expuesto en el MOMA, ya verás.

Rebosaba narcisismo por todos los poros y me estaba empezando a asustar, pues no me cabía duda de que se había enganchado al tráfico de vanidades. No me dejó tiempo siquiera para hablarle del chico con el que estaba saliendo, un canadiense que estaba haciendo el doctorado en Mac Gill.

—¿No crees —pregunté— que te tomas demasiado en serio tu carrera? Hablas como si fuera lo único importante.

—Y lo es. Te juro que pactaría con el diablo si hiciera falta, haría lo que fuera por triunfar. He pasado la mitad de mi vida preparándome para lo que está a punto de llegar. Qué digo la mitad de mi vida... toda mi vida. Dibujaba desde los dos años, te lo puede confirmar mi madre. Y no he dicho en vano lo de pactar con el diablo, porque yo estoy buscando lo mismo que buscaba Fausto: la inmortalidad. Sabes, Lucía, yo no creo en el Más Allá ni en la otra vida, aunque crea en un Todo más grande que nos incluye, y creo que a él volveré, pero no como Yamal Benani, ni en un paraíso en el que las huríes me estén esperando, no sé si me entiendes. Soy creyente, sé que hay algo más que lo visible, lo sé mejor que nadie, existe la magia, el Todo, y yo respeto la tradición y, si voy a mi país, por supuesto afirmaré que Alá es grande, pero no creo palabra por palabra lo que diga un imán o un alfaquí. Creo que nos morimos y desaparecemos, y que el arte nos concede nuestra única posibilidad de inmortalidad. Pero el arte no es nada sin la gloria, porque si el artista no conoce la gloria su obra desaparece, se pierde, nadie tiene interés en conservarla.

Cierto era que desde la primera vez que conocí a Benani ya me pareció un tipo obsesivo, pero hasta aquel día no había pensado que su carácter pudiera ser patológico, que le podía seducir hasta tal punto el estridente reclamo de la fama, que ansiara de semejante manera deslumbrar al mundo para que en él centrara su atónita mirada. Lo vi de pronto con vocación de alimaña, horadando secretas galerías hacia el éxito, ocultando monedas en oquedades remotas; el tipo de persona que sabe elegir la palabra oportuna, el momento adecuado, el ademán preciso y el gesto conveniente. Me sorprendí, pero no me asusté, porque en los últimos años había empezado a sospechar de qué pasta estaba hecho. Se había dejado arrastrar por las vacuas promesas que sobornan centuriones y engolosinar a la serpiente pues, hombre al fin, se negaba a descifrar milagros simples que estaban al alcance de la mano, más importantes que la gloria y la fama, milagros que yo creía haber empezado a conocer en la ciudad. Así que opté por dejarle hablar sin siquiera escucharle mientras la mente se me iba a otras cosas más agradables, como la velada de la noche anterior, que había transcurrido en apacible modorra, apurando a tragos, sin vaso, una botella de vino blanco en el apartamento de mi nuevo amigo.

Finalmente, acompañé de nuevo a Yamal al hotel y me despedí en el vestíbulo.

—Qué bonito es este hotel. ¿No me dejas subir a ver tu habitación?

—Me encantaría en otras circunstancias, pero he venido acompañado...

—Y de quién, ¿si puede saberse?

—Ya te he dicho antes que hay cosas que prefiero que no sepas...

Me dio dos besos y se despidió diciendo que debía empezar a prepararse para la fiesta de la noche. Nos separamos. Desde la puerta giratoria, me volví para ver cómo Benani se encaminaba a los ascensores sin pedir previamente la llave de su habitación. Evidentemente, alguien le estaba esperando arriba.

Cuando salí a la calle, me dirigí a una cabina telefónica y pedí en información telefónica el número de Le St. James. Acto seguido llamé al hotel y pregunté si me podían pasar con el número del señor Yamal Benani. Me respondieron que en aquel momento no había en el hotel ningún cliente alojado con aquel apellido. Por si acaso, deletreé el nombre. Y de repente, me vino una iluminación. Recordé que durante todo el almuerzo Yamal no había mencionado ni una sola vez el nombre del comisario que había sido la razón de su viaje y aquella omisión se me antojó sospechosa. Le pedí a la telefonista si podía pasarme, pues, con la habitación del señor Michael Tarantine.

—*I'll put you through* —escuché.

—*Hello?* —se oyó al otro lado de la línea. Reconocí de inmediato, a pesar del horrible acento, la voz de Yamal.

Los restos de Michael Tarantine, ciudadano americano, nacido en Florida en 1948, fueron encontrados descuartizados dentro de un saco en un parque industrial del distrito municipal de Ville-Émard, en Montreal (Canadá) el 5 de febrero de 2003. Las circunstancias de su muerte no están todavía claras, la policía rehusó ofrecer más detalles y el misterio continúa todavía hoy.

Álvarez Plágaro (y no Yamal Benani) inauguró la exposición *Sistema/Desviación* (junto a Keiko Sadakane y Françoise Perrodin) en la galería alemana M. en Bochum, el 18 de octubre de 2003.

Como dato anecdótico, añadiré que se trata de la misma galería que lleva en exclusiva para Europa la obra escultórica de Richard Serra y la que les vendió la famosa obra *Equal Parallel* de 38 toneladas en 1987 por 450.000 marcos, unos 36 millones de pesetas, obra que «desapareció» misteriosamente en el Museo Reina Sofía para gran escándalo en los medios españoles y consternación entre los responsables del museo.

La biblioteca de Michael Tarantine, compuesta por 1.500 libros de arte contemporáneo (entre los que hay varios catálogos de Álvarez Plágaro y de Yamal Benani) se inauguró en la Escuela Nacional Superior de Artes Visuales de la Cambre (Bruselas) el viernes 29 de abril de 2005.

Hasta aquí los hechos.

Y a partir de aquí, lo invisible.

Recuerdo haber leído que ningún pintor puede reproducir un árbol en su infinita variedad de hojas y movimientos. Creo que eso no lo escribió crítico de arte alguno, sino Nietzsche. De la misma manera, los silencios que esta novela deje son una invitación a preguntas que bosquejen un recorrido por hojas distintas. Nunca sabremos, ni yo ni nadie, la verdad de lo sucedido a Michael Tarantine. Lo que yo sí sé es que Yamal Benani regresó a Madrid a primeros de marzo de 2003, poco después de la muerte de Michael Tarantine, y que desde entonces su carrera empezó a subir como la espuma. En tres años consiguió lo inconseguible: Arco, la Bienal de San Paulo, el Aperto de la Bienal de Venecia, el Espace Actuel de París, exposiciones en el Reina Sofía de Madrid, en la Leo Castelli de Nueva York y en la Whitechapel de Londres. Yamal viajaba entre Madrid, París y Nueva York como el que hace transbordos en el metro, y adquirió un renombre inusitado en un artista, pues se empezó a dejar ver en eventos con la *créme* de la modernidad madrileña y se convirtió en algo así como en el Warhol de la capital española, pero a la vez seguía viviendo en su barrio de emigrantes y manteniendo excelentes relaciones con los marroquíes que allí viven. Es decir, como el Don Juan de la obra de teatro, que subía a los palacios y bajaba a las cabañas y en todas partes dejaba memoria de sí, aunque no sé si amarga o no. Cuando leía sobre él en la prensa, yo no podía dejar de recordar aquella frase que me dijo de que pactaría con el diablo si hiciera falta. Y algo en mi cabeza intuía que el asesinato del comisario y la repentina fama de Yamal Benani estaban conectados de alguna manera, pero nunca pude descifrar la conexión exacta y éste va a ser uno de los silencios que mi novela deje.

A veces, aún me encuentro a Yamal por el barrio. Ha abierto un bar de bastante éxito en el que ha conseguido, de nuevo, lo imposible: mezclar a la crema con la plebe, a los escritores, cineastas y artistas con los manteros y los traficantes de hachís.

A punto de acabar esta novela, regresaba de Marruecos cuando leí la siguiente noticia en *La Gazette du Maroc* que las azafatas me habían facilitado como lectura para el avión:

La caída de una mafia

Tras el arresto de Mohamed El Kharrad, alias Cherif Ben Alouidanne, uno de los mayores barones de la droga del país, la máquina judicial se ha puesto en marcha para organizar el desmantelamiento de la tela de araña administrativa que el barón organizó para proteger sus intereses. Entre los nombres implicados en esta complicada trama figuran los de responsables de la seguridad nacional, policías, gendarmes y funcionarios del Estado que contribuían al sostenimiento y la ocultación de una red internacional de tráfico de drogas. Algunos de los que se han filtrado son los de Abdelaziz Izzou, prefecto de policía de Tánger, Youssef Alami Lahlimi, el comandante de la región de la gendarmería real de Kenitra, Farid Hachimi, el comandante del puesto marítimo de Tánger...»

La noticia continuaba dando nombres y nombres de funcionarios implicados, de forma que una se quedaba con la impresión de que no hay en todo Marruecos un funcionario que no esté corrupto, impresión que, de todas formas, ya tenía una antes de leer *La Gazette*. Pero justo cuando estaba a punto de pasar página, mis ojos se detuvieron en uno: Yamal Mustapha Benani, hijo del antiguo ministro de Hassan, que se suponía controlaba la distribución del material desde su entrada en España.

Llegada a Madrid, bajé a La Taberna Encendida para preguntar por Yamal. Lo encontré tranquilísimo y encantador y me dio la impresión de que jamás lo iban a detener. Al fin y al cabo, en todas las partes del mundo la justicia se aplica sobre todo a los pobres. En todas las partes del mundo, pero especialmente en países como Estados Unidos y en Marruecos, en los que la justicia depende de que tu abogado cobre mucho o no. Entonces, empecé a entender el porqué de las excelentes relaciones que Yamal mantenía con todos los camellos del barrio y también de dónde salía su dinero, el dinero que le había permitido construirse, peldaño a peldaño, la escalera que le llevaba a la fama. El dinero que le había permitido comprarse a sí mismo todos los cuadros en sus primeras exposiciones —a través de amigos, por supuesto— para que la noticia corriera y así poder acceder a una galerista mejor, tal y como me había contado Miriam, su ex novia. El dinero que le había permitido los viajes a París, Londres y Nueva York, las invitaciones a cenas para marchantes, galeristas y críticos, las excelentes relaciones sociales. El dinero que había pagado su pacto con el diablo. Y ahora, mientras tecleo estas páginas, no sé bien si el mundo que Yamal habita es ese espantoso y sobrenatural en el que me paso el tiempo situándolo o si por el contrario mi imaginación ha actuado como un reflector mal regulado que proyecta en torno a un objeto grandes sombras fantásticas. A veces, tengo la impresión de que Yamal siempre me fascinó porque representa la esencia misma del barrio, que se va escondiendo tras tantos disfraces distintos, el corazón místico y latente de todas estas gentes que viven juntas pero que no se conocen ni se reconocen, de esta masa limítrofe enfrentada a una inevitable peripecia vital en la que avanzan administrativamente adscritos a una patria, pero emocionalmente fieles a otra. En este punto de encuentro, en este eje cartesiano de contrarios en el que se destila el jugo de lo que va a ser, probablemente, el mundo del futuro, Yamal es el Todo al que él mismo se refería porque es el barrio mismo: un superviviente, un misterio, un abismo.

Mi hija acaba de cumplir tres años y tiene nacionalidad canadiense. Está inscrita en la ludoteca anexa al Centro Social del Parque del Casino. En principio, la ludoteca sólo estaba destinada a niños derivados de Servicios Sociales, pero ahora aceptan a cualquier niño que vaya a jugar, sobre todo si viene acompañado por su madre y la madre acepta poner orden en las trifulcas que a veces se montan entre Nicky y Mahamud. A mi hija le gusta pintar, a pesar de que todavía es demasiado pequeña para hacer otra cosa que rayajos sobre el papel, pero combina sorprendentemente bien los colores. El otro día me enseñó uno de sus dibujos: «Mira, mamá, mira que'esho», me insistía con su lengua de trapo. Antón le había ayudado a dibujar las rayas y los círculos con la misma paciencia franciscana que muestra con todos los niños.

Es Antón el que me tiene al día de algunas noticias. A través de él conocí a Ismael, que sigue viniendo de vez en cuando a recoger a Mahamud y que está preparando los trámites para casarse con Susana La Negra, trámites complicados puesto que Ismael no tiene pasaporte. Pero con dinero se puede comprar uno, o sobornar a un funcionario para hacerse con una partida de nacimiento. Se casarán porque Ismael necesita papeles, Susana no se engaña sobre eso, pero a ella no le importa, está encantada de poder ayudar. En cuanto a Sonia La Chunga, a través de los contactos de Yamal conoció a un productor de televisión y ahora está de azafata en un concurso de la tele en el que aparece vestida (es un decir) con una especie de pantaloncitos mínimos que dejan bien a la vista sus impresionantes piernas. Miriam sigue viéndose de vez en cuando con Antón. Puede que él esté enamorado de ella pero, tras la decepción que se llevó con Claudia, jamás me lo va a confesar o incluso no se lo reconocerá a sí mismo. De Leonor Mayo sé a través de las revistas del corazón y de la televisión. Su compromiso con Fulvio Trentino se vino al traste cuando a él le implicaron en una historia de blanqueo de capitales que tenía que ver con la Operación Malaya. Álex Vega continúa en *Hospital Central*, y sigue dejándose ver por el barrio en compañía de Silvio, que ha adelgazado mucho, no se sabe si en el cambio tuvo que ver el sufrimiento por su ruptura con Susana o más bien la mala vida y el poco sueño. Mónica y Cristina han anunciado su boda, a la que no piensan invitar a ninguna de las suegras. Emma Ponte dio a luz a una niña y concedió el reportaje en exclusiva a la revista *Hola*. La compañía discográfica le dio la carta de libertad al grupo de David Martín y él ha anunciado en el *Rolling Stone* que tiene en mente el proyecto de crear su propio sello independiente para distribuir sus próximos trabajos. Óscar Rosabert presentó sus últimos modelos en la Pasarela Cibeles, con Leonor Mayo, su musa, aplaudiendo como loca en primera fila, flanqueada por Yamal Benani a un lado y Álex Vega al otro. Una de las modelos que lució sus trajes fue, precisamente, Lola Díaz, que se ha convertido en la imagen de marca de la firma Rosabert y en la estrella del catálogo. Diana viene a pasear a su setter de cuando en cuando por el Parque del Casino, y saluda a Antón con cariño. A veces viene acompañada de un Héctor que la mira con ojos de cordero degollado. Amina trabaja ahora de camarera en el bar de la Filmoteca, charlo con ella a menudo y me ha contado que su relación con Hisham continúa, pero no han fijado fecha de boda. Con la ayuda de Amina, que le cede parte de su sueldo, Hisham ha reunido casi todo el dinero necesario para comprar la tan ansiada Mercedes. Esther obtuvo un sobresaliente gracias a su trabajo sobre el Quijote y está muy motivada y decidida a acabar su carrera. A través de Susana La Negra supe que a Poppy la han ascendido a controladora financiera de su empresa y ahora gana más que su marido, y que Dora se ha sacado un novio nuevo, diez años menor que ella. El barrio rebulle de vida como un hormiguero, se encoge y se expande como un corazón, la vida avanza inevitable y rápida, en batallar intenso, corre como un manantial, como un río, y el cauce no hace sino subir. Algunos se ahogan en este torbellino, y otros aprenden a nadar y a guardar la ropa.

Las rayas rojas que mi hija había garabateado sobre el papel me recordaban a los *Cuadros Gemelos* que tengo colgados en el salón. Quizás estoy un poco obsesionada. O quizás el color rojo me recuerda tanto a la muerte como a la vida, porque al fin y al cabo lo asocio a una imagen que archivo en la memoria con una calidad fotográfica. La primera vez que vi a mi hija, el médico la sostenía entre sus brazos y yo veía un bulto que se movía, completamente cubierto de sangre y de una baba viscosa que, supongo, eran restos de placenta adheridos a la piel del bebé: la vida, que, desde el principio mismo, causa una emoción que hace llorar, una mezcla de amor profundo y asco.

DRAMATIS PERSONAE

He incluido todos los nombres de personajes de la novela y la mayoría de nombres reales y reconocibles (pintores, en su mayoría). Sin embargo, he omitido alguno de éstos especialmente cuando son históricos (Velázquez) o cuando, más que personaje, es una referencia.

He de agradecer a Luis de la Peña el haber hecho, bolígrafo en mano, el recuento de los personajes que aparecen en este libro y el haberlos clasificado por orden alfabético.

PERSONAJES DE LA INTRODUCCIÓN

Abril, Victoria: Actriz.

Abdul: «Primo» o amigo de Yamal.

Alaska / Olvido: Cantante y actriz en la primera película de Pedro Almodóvar, *Pepi, Luci, Bom y otras chicas del montón*.

Almodóvar, Pedro: Cineasta.

Andersen, Bibi: Actriz.

Aritz: Amigo de Mónica. Ver nota en «Personajes de la novela».

Claudia: Trabajadora social. Supervisora de la ludoteca. Ver nota más extensa en «Personajes de la novela».

Enrique: Amigo de la autora. Hace de árbitro en los partidos de fútbol de los niños en el parque. Ha estudiado Trabajo Social y actualmente trabaja como funcionario en el Ministerio del Interior. Le gusta ver películas en versión original.

Grégori, Cristina: Actriz.

Maura, Carmen: Actriz.

Mónica: Amiga de la autora. Ver nota más larga en «Personajes de la novela».

Nayib: Amigo de la autora. Ver nota más larga en «Personajes de la novela».

Paredes, Marisa: Actriz.

Sánchez Pascual, Cristina: Actriz.

Siva, Eva: Actriz.

Tizón: Perro de la autora, excelente jugador de fútbol. Es negro, suave, peludo, y parece de algodón. Lástima que siempre huela a ... perro.

PERSONAJES DE LA NOVELA

Abir: Senegalés que regenta un bar junto con Hamid. Tiene por costumbre llamar «cariño» a todas las chicas que le piden copas, lo que pone muy nerviosa a su novia, una guiri muy rubia y muy blanca.

Abdul: «Primo» o amigo de Yamal.

Alba, La: Vecina de Sonia, La Chunga. Convive con Aziz, que regenta una tetería marroquí en el barrio.

Aldo: Estuvo casado con Lola. Por entonces la pareja era amiga del matrimonio Héctor-Leonor, a día de hoy ya disuelto.

Alegría: Madre de Isaac.

Álex: Actor. Ver Vega, Álex.

Almodóvar, Pedro: Director de cine.

Álvarez, Javier: Cantautor.

Álvarez del Manzano, José María: Fue alcalde de Madrid de 1991 a 2003.

Álvarez Plágaro: Pintor. Nacido en Vitoria en 1960. Licenciado en la Facultad de Bellas Artes de Bilbao en 1985, año en que consigue el tercer premio de Pintura «Villa de Bilbao». Becado en 1986 por la Diputación Foral de Álava y el Instituto de la Juventud, al año siguiente lo será por la Casa de Velázquez de Madrid. En la actualidad vive y trabaja en Madrid. Su obra, muy relacionada con el mundo del cómic, presenta referencias literarias y simbólicas. Destacan los colores suaves: grises, ocres y verdes, que se combinan en formas simétricas y bien estructuradas.

Amina: Hermana mayor de Salim. Fue asistenta de Yamal y Miriam. Vecina de la casa de Sonia, La Chunga. Hoy novia de Hisham, estuvo prometida a Karim. Asiste, como Esther y Cristina, al grupo de terapia «Las Positivas», dirigido por Isaac, que no ha sabido resistirse a la atracción de sus lustrosos ojos.

Ander: Tío de Claudia encarcelado durante el franquismo.

Anita: Diseñadora de accesorios, joyas, etc., amiga de Livia, a quien lleva como acompañante a Hong Kong.

Antón: Voluntario en la ludoteca del Parque del Casino. De ocho de la mañana a cuatro de la tarde trabaja como dependiente en la sección de informática de la FNAC. Ha sido amante de Miriam y Sonia, La Chunga. Está más o menos enamorado de Claudia. Tiene el cabello color oro viejo y los ojos turquesa, mide un metro ochenta y pesa setenta y ocho kilos. Él mismo no se da cuenta de lo guapo que es, lo que le hace aún más atractivo.

Arbelo, Rosana: Cantautora.

Aritz: Amigo y compañero de clase de Mónica.

Aziz: Marroquí que regenta una tetería, novio de la

Alba. «Primo» o amigo de Yamal. Echa mucho de menos a su familia, que vive en Marrakesh.

Benani, Gassan Amin: Ex ministro del rey Hassan de Marruecos y padre del pintor Yamal Benani.

Benani, Yamal: Propietario de una taberna del barrio y pintor de prestigio. Hijo de padre marroquí y madre libanesa. Sus pintores más admirados son Rothko, Yves Klein y Matisse. Sus poetas favoritos, Mallarmé, Verlaine y Apollinaire. No le gusta la obra de Picasso. Lleva un perfume especial de incienso que sólo se fabrica en el Líbano.

Bruno: Amigo de Álex, con el que viaja a Barcelona.

Camino, Mabel: Compañera del colegio de Claudia y Dorita.

Carla: Prima de Selene, la niña que va a la ludoteca.

Carmen: El nombre real de Livia.

Cherifa: Tía de Amina.

Chunga, La: Ver Sonia. Apodo que Antón pone a Sonia y que, finalmente, ella acaba por asumir orgullosa.

Coyote, Víctor: Amigo de David. Su nombre real es Víctor Abundancia. Fue cantante de Los Coyotes, mítico grupo de la movida madrileña. A día de hoy sigue ejerciendo como músico y también es conocido por su faceta de artista gráfico y pintor. Recientemente ha publicado un libro de cuentos titulado *Cruce de perras*. También es el autor de la excelente portada de esta novela.

Cristina (Cris): Anoréxica. Novia de Mónica. Paciente de Isaac en el grupo de terapia «Las Positivas». Se alimenta principalmente de manzanas y yogures. Hace poco, en el cóctel de apertura de una exposición, el director de la revista *Vanidad* le propuso posar como modelo en su publicación. «Pero si yo tengo una cicatriz en la cara», dijo Cristina. «Pues por eso —respondió directo y muy gay él—, te hace interesante.» Cristina está considerando la oferta.

Claudia: Trabajadora social y supervisora de la ludoteca. Amor platónico de Antón. Vive con Isaac desde hace tantos años que ya ni los cuenta. En el colegio fue compañera de clase de Dora. Antón la llama para sí El Hada. Le gusta vestir de blanco, pero sólo se lo permite el fin de semana porque en su trabajo se mancha mucho. Es vegetariana, pero come huevos y leche. Suele llorar en las películas, y su cantante favorita de todos los tiempos es María Dolores Pradera.

Daniel: Marido de Miriam, del que se ha separado.

David Martín: Músico. Ver Martín, David.

Diana: Amiga de Miriam, La Mamá, y conocida de Antón. Ex novia de David. Sus grupos favoritos son Depeche Mode y Dover. Casi nunca usa maquillaje y se pone falda en contadísimas ocasiones. Aunque no es particularmente bonita de cara, sí tiene un cuerpo esbelto y juncal, y una melena larguísima, suntuosa y oriental, como de anuncio de champú, que llama mucho la atención.

Díaz, Lola: Ver Lola.

Dora, Dorita: Encargada de la tienda de ropa para mujeres de talla grande en la que trabaja Susana. Ha trabajado como modelo y actriz. Fue compañera de colegio de Claudia y amante de Leonor. Se tiñe el pelo de negro para que haga más contraste con sus ojos azules, que sabe su mejor activo. Para resaltarlos, usa kohl.

Elena: El nombre real de Poppy. Clienta de la tienda en la que trabajan Susana y Dora. Fue amiga íntima de Leonor Mayo cuando ambas estudiaban COU. Su escritor favorito es Galdós, aunque casi no tiene tiempo para leer. Tiene dos hijos: Álvaro y Candela, que no aparecen en esta novela.

El Hadj Oumar Tall: Fundador del antiguo imperio Toucouleur. Nacido en Fouta-Toro (actualmente Senegal) en 1797 y fallecido en Deguembéré (cerca de Bandiagara, el actual Senegal) en 1864. El Hadj Oumar gobernó sus estados en teocracia, asistido por un consejo de marabúes (magos) y teniendo a la ley coránica como principio fundamental de gobierno. En el actual Senegal llevar el nombre Tall es objeto de gran orgullo por aquellos (muchos) que se dicen, con razón o sin ella, sus descendientes.

Esther: Hermana de Silvio, el novio de Susana. Asiste al grupo de terapia «Las Positivas», que dirige Isaac. Está haciendo un trabajo sobre el Quijote, pero su escritora favorita es Lucía Etxebarria y casi se muere de alegría cuando supo que iba a aparecer en este libro.

Eusebio: Padre de Isaac.

Everett, Rupert: Actor.

Fagueye: Mujer de Ferba.

Fátima: Niña que juega en el parque y va a la ludoteca.

Félix: El primer amante de Poppy. Era mayor que ella y estaba casado.

Ferba: Senegalés propietario de la tienda en la que trabaja Ismael. Primo segundo de Youssou. Posee también un locutorio en el barrio. Casado con Fagueye y padre de Mahamud. Le encantaría tener otro hijo, esta vez una niña.

Guerra, Pedro: Cantautor.

Hada, El: Apodo que le da para sí Antón a Claudia, la profesora de la ludoteca.

Héctor: Director de cine de reconocido prestigio pero escaso éxito de público. Casado, primero, con Laura y en segundas nupcias con Leonor Mayo. Está enamorado de Diana. Su película favorita es *Stalker* de Tarkovski. En cada entrevista que le hacen repite que relee *El Quijote* todos los veranos, pero en realidad miente.

Hamid: Senegalés que regenta un bar junto con Abir.

Hammed: «Primo» o amigo de Yamal.

Hariri, Leila: Madre de Yamal y esposa repudiada de Gassan Amin Benani. Vive en París en un amplio apartamento frente al Jardín de Luxemburgo y va casi siempre vestida de Yves Saint Laurent. Su perfume es Rive Gauche. Su poeta favorito, Ounsi El Hage.

Hassan: Rey de Marruecos.

Hisham: Marroquí que trabaja en la construcción y frecuenta la amistad de Aziz. Novio de Amina. Mantuvo una fugaz relación con Leonor Mayo. Le gusta mucho la música y sus cantantes favoritas son Amina Alaoi, Natasha Atlas y Najwua Karam. Aunque no es analfabeto, en la práctica casi nunca lee.

Irene: Novia de Antón, que se fue a comprar tabaco y no regresó nunca. A día de hoy ya no fuma.

Isaac: Novio de Claudia, El Hada, desde los tiempos de la facultad. Su músico favorito es Bach; sus libros *El origen del odio,* de Alice Miller y *Las relaciones peligrosas,* de Choderlos de Laclos, y su película *Lo importante es amar,* de Andrzej Zulawski.

Ismael: Inmigrante negro, muy guapo, que trabaja en una pequeña tienda del barrio de la que es propietario Ferba, y con el que se encariña Susana. Su músico favorito es Youssou N'Dour. No tiene libros favoritos porque casi no sabe leer.

Jennifer: Novia de uno de los amigos de Antón con los que va a Mallorca.

Jon: Mánager del grupo de David. En su juventud militó en un grupo troskista y la policía le perseguía. Hoy es un viejo roquero que posee un adosado y dos coches.

Johns, Jasper: Pintor.

Karim: Ex novio de Amina, de muy buena familia pero muy mal carácter.

Kerli: Asistenta de Miriam y Yamal, luego fue asistenta de Diana y David, por recomendación de Miriam. Madre de Selena.

Keti: Trabajadora social. Cuidadora de la ludoteca, es

quien se encarga de llevar leche y galletas a los niños para merendar.

Ladoire, Raúl: Actor.

Lambert, Yvonne: Galerista de la obra de Yamal. Fue quien lanzó internacionalmente a Miquel Barceló.

Laura: Primera mujer de Héctor.

Leonor Mayo: Ver Mayo.

Levine, Sherrie: Pintora.

Livia: Hermoso animal social de dudoso pasado que fue novia de David e íntima amiga de Óscar Rosabert. Se supone que trabajaba como modelo aunque nadie la ha visto nunca asistir a un casting. Lleva una serpiente tatuada en el hombro, que simboliza su naturaleza sibilina.

Lola: Se casó, muy joven, con Aldo. Hoy es la acompañante social y mejor amiga de Álex Vega. Su diseñadora favorita es Sybilla y su color preferido, el azul. De día usa Perfume de Verbena, de L'Occitane, y de noche Eau de Cartier. Ha sido portada de *Telva* y *Vogue*. En su *book* se lee: «Medidas: 179cm / 88-60-90cm / Zapato: 40».

Malika: Nombre ficticio que da Isaac a Amina en el artículo que escribe sobre ella.

MacNamara, Fanny, o Fabio: Vedette de La Movida y cantante.

Mamá, La: Amiga de Antón. Ver Miriam.

Mangold, Robert: Pintor.

Martin, Agnes: Pintora.

Martín, David: David, el cantante. Ha convivido con Diana primero y con Livia después. Estas relaciones las simultaneaba con una historia intermitente con Emma Ponte, que ha sido su amante esporádica durante más de veinte años y con quien compartió grupo. Es el amor platónico de Álex. Su primer grupo se llamaba El Capitán Marrano y las Guitarras Grasientas, pero se hizo famoso más tarde como cantante de Sex Love Addicts, recordados por el single «Somos chusma». Su disco favorito de todos los tiempos es *A Love Supreme,* de John Coltrane, y su película *Blade Runner.*

Mayo, Leonor: Actriz de cierto prestigio, más conocida por sus constantes apariciones en televisión y prensa como personaje social que por su trabajo. Segunda esposa de Héctor. Amiga íntima de Yamal Benani y Óscar Rosabert, con los que suele compartir salidas a actos sociales de relumbrón mediático. Prometida de Fulvio Trentino. Fue al colegio con Poppy y solía cruzarse con Mónica y Emma en los años ochenta, por los bares de Madrid. Ya entonces destacaba por su belleza y sus maneras altivas. Practica dos horas de gimnasia diaria con un preparador, bebe tres litros de agua al día (siempre Evian) y cuida mucho lo que come. Siempre lleva en el bolso un tubo de máscara «Noir Fatale» de Lancôme. No se considera una mujer particularmente fiel, pero sí que lo ha sido siempre a su perfume: Cabochard.

McCollum, Allan: Pintor.

Mercedes: Cantante con la que mantuvo una relación Emma Ponte.

Miriam: Ver La Mamá. Amante de Antón. Convivió con Yamal Benani y más tarde se casó con un antiguo vecino, Daniel, con el que tuvo un hijo, Teo. Se sabe de memoria poemas enteros de Khalil Gibran y su cantante favorito es Jacques Brel. Su perfume es Anaïs Anaïs.

Mónica: Novia de Cristina. En el pasado fue novia de Emma Ponte. Almódovar le ofreció un papel en su primera película, que ella rechazó. Su grupo favorito es Le Tigre y su escritora preferida Jeanette Winterson. Nunca lleva perfume.

Mahamud: Uno de los niños que juegan en el parque y van a la ludoteca. Hijo de Ferba. Su película favorita es *Buscando a Nemo.* Tiene problemas de descoordinación.

Casi no ve a sus padres: Fagueye trabaja en el locutorio casi doce horas al día, y Ferba viaja mucho.

Nayib: «Primo» o amigo de Yamal. Amigo de Lucía. Se encuentran en el parque donde los niños juegan al fútbol. Estudió Interpretación pero no encuentra trabajo como actor, así que a día de hoy trabaja de dependiente en unos grandes almacenes. Sabe leer las cartas.

Negra, La: Susana, la amiga de Sonia, La Chunga, y novia de Silvio. Ver Susana.

Nicky: Niño problemático (por no decir chungo) que juega en el parque y va a la ludoteca. Vive en el mismo edificio en el que habitan Sonia, La Chunga (con su padre y su madre), Amina (con su hermano Salim) y Albita (con su novio Aziz). Cuando sea mayor quiere ser policía, para llevar pistola.

Novia, La: Irene, la novia de Antón. La que se fue a por tabaco. A día de hoy ya no fuma.

Pistoletto, Michelangelo: Pintor.

Ponte, Emma: Cantautora. Se ha mantenido durante quince años a la cabeza de las listas de discos más vendidos. Durante más de una década ha simultaneado una relación intermitente con David, con quien va a tener una hija, con sus relaciones con mujeres. Fue novia de Mónica, la actual novia de Cristina. Su cantante favorita de todos los tiempos es Peaches. Y su libro de cabecera *Reacción,* de Susan Faludi.

Rachid: Niño que va a la ludoteca.

Rauschenberg, Robert: Pintor.

Richter, Gerhard: Pintor.

Roberto: Hermano de Claudia.

Rosabert, Óscar: Diseñador de ropa, amigo íntimo de Leonor, la cual suele llevar sus modelos a cualquier evento social en el que se presuma que va a tener que posar en el *photocall.* Su película favorita es *Muerte en Venecia,* y su músico, Prince. Según afirmaba en una entrevista, su ropa se dirige a: «Chicas traviesas, sí, sin perder la compostura pero perdiendo la cabeza, que se animan a divertirse jugando a ser irónicas, a no tomarse nada demasiado en serio, ni siquiera a sí mismas. Mujeres que hacen estandarte del lujo cotidiano y de su inevitable naturaleza contradictoria».

Rosa (señorita): Profesora de gimnasia de Claudia y Dorita.

Salim: Uno de los niños que juegan en el parque y van a la ludoteca. Hermano de Amina. De mayor quiere jugar al fútbol como Zidane.

Samira: Tía de Amina.

Sebti, Rachid: Pintor maestro de Yamal.

Seco, María Luisa: Presentadora de programas infantiles en la televisión española de los 70.

Selene: Niña a la que un borracho del parque le tira de las coletas. Hija de Kerli, la que fue primero asistenta de Miriam y Yamal, y de Diana y David después. Como tantas otras mujeres en esta novela, se siente atraída por Antón.

Serrano, Ismael: Cantautor.

Silvia: Hermana mayor de Claudia.

Silvio: Amigo de Antón, ex novio de Susana y hermano de Esther. Se va de juerga a menudo con Álex. Su grupo preferido es Metallica, y su plato favorito, los huevos fritos con puntilla y chorizo que le prepara su madre. Es hincha del Real Madrid.

Simón: Actual novio de Diana. Es un hombre extremadamente tranquilo y pacífico, rozando lo introvertido. Muy probablemente, Diana escogió a un hombre así porque le resultaba el opuesto total de David Martín. Su grupo favorito es Portishead, y su escritor, Thomas Bernhard.

Sofía: Diseñadora de Fun&Basics. Conocida de Álex, compartió piso con Livia.

Sonia: La Chunga, teleoperadora submileurista y amante de Antón. Algunos fines de semana pone copas en La Taberna Encendida. Como sabe que tiene unas piernas estupendas, suele llevar minifalda. Apenas lee, pero le gustó mucho *Nada,* de Carmen Laforet. Cambia mucho de perfume, dependiendo de su presupuesto.

Susana: La Negra, ex novia de Silvio. Ha estado enamoriscada de Antón y más tarde de Ismael. Adicta al chocolate (el que se come, no el que se fuma). No le gusta mucho leer, pero se sabe de memoria trozos de *El principito* y *Juan Salvador Gaviota.* Sus cantantes favoritas son Concha Buika y Dnoe Zion.

Tall, Ferba: Ver Ferba.

Tápies, Antoni: Pintor.

Tarantine Michael: Comisario de exposiciones.

Tarik: «Primo» o amigo de Yamal.

Teo: Hijo de Miriam, La Mamá. Su película preferida es *Madagascar.* Más que a nadie en este mundo quiere, primero, a su mamá, y segundo, a *Tito,* su osito rojo de peluche.

Tom: El primer novio de Claudia.

Toni: Amigo de Álex y Bruno en Barcelona.

Trentino, Fulvio: Personaje del mundo artístico, dedicado a la gestión y dirección de proyectos artísticos, de opción sexual ambigua. Su comida favorita es la vietnamita. Le gusta vestir de Armani de pies a cabeza.

Trini (tía): Tía de Claudia.

Vanessa: Novia imaginaria que se inventó Isaac en su día para poner celosa a Claudia.

Vega, Álex: Actor. De cuando en cuando ejerce de *celebrity Dj.* Su grupo favorito es Lindstrom y su Dj preferido, Tiga. Mataría por trabajar con Almodóvar. Lleva siempre Farenheit, de Dior, el perfume que Susana reconoce en la camisa de Silvio. De él estuvo enamorado platónicamente Óscar Rosabert. Él a su vez ha estado toda la vida enamorado platónicamente de David Martín. Evidentemente, en su entorno no aplican la enseñanza de aquella canción de Crosby, Stills, Nash and Young: «If you cant´be with the one you love, love the one you are with». Si la aplicara, Álex querría un poco más a Silvio.

Visi: Mujer de Félix, el que fuera primer amante de Poppy.

Warhol, Andy: Pintor.

Yamal: Ver Benani, Yamal.

Yeni: Niña que acude a la ludoteca.

Youssou: Amigo de Ismael en el Centro de Retención al llegar a España. «Primo» de Ferba.

Zaugg, Remy: Pintor.

NOTAS Y AGRADECIMIENTOS

CAPÍTULO: *Las mujeres y los niños primero*
La ludoetnia del Parque del Casino existe, pero en ella no trabajan ni Claudia ni Antón, que son personajes de ficción, al igual que Mahamud, Nicky, Selene, Fátima o Salim. Sin embargo, los personajes de los niños sí se basan en historias reales que me han contado algunos asistentes sociales.

CAPÍTULO: *La Chunga*
Gracias a Mariola, a Grace Morales y a la web Teleoperando por su valiosa información sobre cómo es la vida de la teleoperadora moderna.

CAPÍTULO: *La Negra*
Gracias a Silvia Sobe/Denoe Zion por contarme tantas cosas sobre Guinea. Y por hacerme reír tanto. Y por enseñarme lo que es una mujer con un par de ovarios bien puestos. Olé los tuyos: ¡eres la más, eres la miss!

CAPÍTULO: *La realidad y el deseo*
Gracias a Antumi Toasijé por asesorarme para escribir la historia de Ismael. Y a Hicham (me falta el apellido) y

Mohamed Lahchiri por ayudarme con la historia de Hisham y Amina.

La letra de la canción que David reconoce proviene de dos poemas que me resuenan en la cabeza desde la adolescencia: «Décima muerte», de Xavier Villaurrutia, y una composición sin título de Julia Prilutzky.

CAPÍTULO: *Los molinos de viento*

Existe un grupo de ayuda para mujeres llamado «Las Positivas» que se reúne en el Centro Social del Parque del Casino, pero no hay ningún Isaac allí, y los casos que he narrado, si bien están basados en casos reales, no responden a ninguna de las chicas de este grupo.

Para contruir la historia de Cristina he visitado numerosas páginas Pro Ana. Si te ves reflejada en ella, puede que haya leído la tuya. Gracias de nuevo a Mohamed Lahchiri y a Mina Marovany y Jamal Zaphly por ayudarme a construir la historia de Amina.

Cuando habla Amina, refleja en parte opiniones expresadas por Malika Abdehaziz, coordinadora de ATIME (Asociación de Trabajadores e Inmigrantes Marroquíes de España), en una entrevista concedida a la revista *Maneras de Vivir*.

CAPÍTULO: *La sihr*

Para construir el caso de Amina me baso en el artículo «Salud mental e inmigración magrebí» de Eduardo Balbo (Médico Psiquiatra del Centro de Salud Mental de Fuenlabrada) aparecido en la revista *Salud Global*, año IV, número 4 del 2004; en la historia de Jane Bowles, supuestamente embrujada por su compañera Cherifa y en un caso real que tuvo a bien relatarme Mohamed Lachiri.

Para hablar de la magia del incienso he partido de un

artículo de Fátima Mernissi aparecido en la revista *Mundo Árabe*.

Gracias a Isabel Jiménez Burgos por acompañarme a Marruecos en busca de más pruebas de la existencia de la *sihr*.

CAPÍTULO: *La actriz*

Algunas de las opiniones de Leonor se basan en las expresadas por actrices de más de cuarenta años entrevistadas en el suplemento dominical del diario *El País* en el año 2006.

CAPÍTULO: *La piel de la serpiente*

Gracias a Jota Rocabert y a Annita Rodríguez, que me contaron todo lo que hay que saber sobre los entresijos del mundo de la moda en España que, dado mi habitual desaliño indumentario, yo desconocía.

CAPÍTULO: *Le beau terrible*

Parte de este capítulo está basado en un relato original del pintor Alfredo Álvarez Plágaro que se titulaba «El asesinato de un comisario» y que él nunca llegó a publicar. Le doy las gracias a Alfredo por permitirme partir de su relato para desarrollar la idea del asesinato de Michael Tarantine. Por cierto, existió un comisario llamado Michael Tarantino, ya fallecido. Pero, aparte del nombre, cualquier parecido entre los dos comisarios es mera coincidencia.

Tengo que darle también las gracias a Álvarez Plágaro por ser, además de uno de los mejores pintores de España, un maravilloso amigo que está siempre de buen humor. Y para colmo he de decir, con permiso de su mujer, que es guapísimo.

Debo agradecerle, como siempre, a Mercedes Castro su apoyo incondicional y sus valiosísimas sugerencias.